대산세계문학총서 **0 2 6**

서유기 제6권

西遊記

吳承恩

서유기 제6권

오승은 지음
임홍빈 옮김

문학과지성사
2003

지은이 오승은(吳承恩, 1500?~1582?)
중국 명나라 효종~세종 때 문학가로서, 자는 여충(汝忠), 호는 사양산인(射陽山人), 지금의 장쑤성(江蘇省) 화이안(淮安) 지역에 해당하는 산양현(山陽縣) 출신이다.
1550년 성시(省試)에 급제, 공생(貢生)이 되고, 1566년 절강(浙江)의 장흥현승(長興縣丞)으로 재임하였으며, 만년에는 형왕부(荊王府) 기선(紀善) 직을 맡았으나, 평생을 청빈한 선비로 지냈다. 전통적인 유학 교육을 받았고, 고전 양식의 시와 산문에 뛰어났다. 평생 동안 구전된 기록과 민간설화 등의 괴담에 각별한 흥미를 가졌는데, 이것들은 『서유기』의 바탕이 되었다. 『서유기』는 그가 죽은 지 10년 뒤인 1592년에 처음 발표되었다. 저술에는 『서유기』 이외에, 장편 서사시 『이랑수산도가(二郞搜山圖歌)』와 지괴 소설(志怪小說) 『우정지서(禹鼎志序)』가 있다.

옮긴이 임홍빈(任弘彬)
1940년 인천 출신으로, 한국외국어대학교 중국어과를 졸업하고 민족문화추진회 국역연구부 전문위원을 거쳐 국방부 전사편찬위원회 민족군사실 책임편찬위원과 국방 군사연구소 지역연구부 선임연구원을 역임하고, 1992년부터 현재까지 개인 연구실 '함영서재(含英書齋)'에서 중국 군사사 연구와 중국 고전 및 현대문학을 번역하고 있다. 역저서로는 『중국역대명화가선』(I·II) 『수호별전』(전6권) 『백록원(白鹿原)』(전5권, 공역) 등 여러 종과 『현대중국어교본』(상·하), 그리고 한국 군사문헌으로 『문종진법·병장설』『무경칠서』『역대병요』『백전기법(百戰奇法)』『조선시대군사관계법』(경국대전·대명률직해) 등, 10여 종의 국역본이 있다.

대산세계문학총서 026
서유기 제6권

지은이 오승은
옮긴이 임홍빈
펴낸이 이광호
펴낸곳 ㈜문학과지성사
등록번호 제1993-000098호
주소 04034 서울 마포구 잔다리로7길 18(서교동 377-20)
전화 02) 338-7224
팩스 02) 323-4180(편집) 02) 338-7221(영업)
전자우편 moonji@moonji.com
홈페이지 www.moonji.com

제1판 제1쇄 2003년 6월 10일
제1판 제8쇄 2023년 9월 15일

ISBN 89-320-1421-3
ISBN 89-320-1246-6(세트)

한국어판 ⓒ 임홍빈, 2003
이 책의 판권은 옮긴이와 ㈜문학과지성사에 있습니다.
양측의 서면 동의 없는 무단 전재 및 복제를 금합니다.

이 책은 대산문화재단의 외국문학 번역지원사업을 통해 발간되었습니다.
대산문화재단은 大山 愼鏞虎 선생의 뜻에 따라 교보생명의 출연으로 창립되어 우리 문학의 창달과 세계화를 위해 다양한 공익문화사업을 펼치고 있습니다.

서유기 제6권
| 차례

제51회 심원(心猿)이 온갖 계책을 다 썼으나 모두가 헛수고요, 수공(水攻) 화공(火攻)으로도 마귀를 제압하지 못하다 · 17

제52회 손오공은 금두동에 들어가 한바탕 뒤집어엎고, 석가여래는 마왕의 주인을 넌지시 일러주다 · 52

제53회 삼장은 자모하(子母河) 강물을 잘못 마셔 잉태하고, 사화상은 낙태천의 샘물 떠다가 태기(胎氣)를 풀다 · 85

제54회 서쪽으로 들어선 삼장 법사는 여인국에 봉착하고, 심원(心猿)은 계략을 세워 여난(女難)에서 벗어나다 · 121

제55회 색마는 음탕한 수단으로 당나라 삼장 법사를 농락하고, 삼장은 성정(性情)을 지켜 원양(元陽)을 깨뜨리지 않다 · 153

제56회 손행자는 미쳐 날뛰어 산적떼를 때려죽이고, 삼장 법사는 미혹에 빠져 심원(心猿)을 추방하다 · 188

제57회 진짜 손행자는 낙가산의 관음보살에게 하소연하고, 가짜 원숭이 임금은 수렴동에서 또 가짜를 찍어내다 · 223

제58회 마음이 둘로 갈리니 건곤(乾坤)을 크게 어지럽히고, 한 몸으로는 참된 적멸(寂滅)을 수행하기 어렵다 · 252

제59회 당나라 삼장은 화염산(火燄山)에 이르러 길이 막히고, 손행자는 속임수를 써서 파초선을 처음 빼앗다 · 282

제60회 우마왕(牛魔王)은 싸우다 말고 잔치판에 달려가고, 손행자는 두번째로 사기 쳐서 파초선을 손에 넣다 · 316

서유기—총 목차 · 349

기획의 말 · 357

제51회 심원(心猿)이 온갖 계책을 다 썼으나 모두가 헛수고요,
수공(水攻) 화공(火攻)으로도 마귀를 제압하지 못하다

제53회 삼장은 자모하(子母河) 강물을 잘못 마셔 잉태하고,
사화상은 낙태천의 샘물 떠다가 태기(胎氣)를 풀다

제55회 색마는 음탕한 수단으로 당나라 삼장 법사를 농락하고,
삼장은 성정(性情)을 지켜 원양(元陽)을 깨뜨리지 않다

제56회 손행자는 미쳐 날뛰어 산적떼를 때려죽이고,
삼장 법사는 미혹에 빠져 심원(心猿)을 추방하다

제60회 우마왕(牛魔王)은 싸우다 말고 잔치판에 달려가고,
손행자는 두번째로 사기 쳐서 파초선을 손에 넣다

일러두기

1. 이 책의 번역 대본은 중국 베이징 인민출판사(北京人民出版社)가 펴낸 『서유기』이다. 이 판본은 명나라 만력(萬曆) 20년(1592)에 간행된 금릉 세덕당(金陵世德堂) 『신각출상 관판대자 서유기(新刻出像官板大字西遊記)』의 촬영 필름과 청나라 때에 간행된 여섯 종류의 판각본을 참고하여 수정 정리한 것으로 1955년 초판을 발행한 이래 교정을 거듭하였으며, 특히 1977년 제4판부터는 1970년대에 발견된 명나라 숭정(崇禎) 때(1628~1644)의 『이탁오(李卓吾) 평본 서유기』를 대조 검토하여 이전 판을 크게 보완하였다.

2. 대조 보완 작업을 위해 그밖에 수집, 참고한 대본은 다음과 같다.
(1) 명나라 판본: 『서유기』 단권, 악록서사(岳麓書肆), 1997. 1, 제23판.
　　　　　　『이탁오 평본 서유기』, 상하이 고적출판사(上海古籍出版社), 1997. 4, 제2판.
(2) 청나라 판본: 장서신(張書紳) 편 『신설 서유기 도상(新說西遊記圖像)』, 건륭(乾隆) 14년(1749), 영인본.
　　　　　　황주성(黃周星) 주해본 『서유증도서(西遊證道書)』, 강희(康熙) 3년(1664).
　　　　　　『진장본 서유기(珍藏本西遊記)』, 지린문사출판사(吉林文史出版社), 1995.
　　　　　　『서유기(西遊記)』, 상무인서관(商務印書館)(H.K.), 1997, 전6권.

3. 『금릉 세덕당 본』이 비록 여러 면에서 장점을 많이 지녔다고는 해도 그 역시 결함이 없지 않아, 나머지 다른 판본의 우수한 점을 채택하여 고쳐 썼는데, 특히 현장 법사의 출신 내력을 다룬 대목은 주정신(朱鼎臣) 판본의 내용을 추가하는 과정에서 궁

색하게 '부록(附錄)'이란 형식을 썼으므로, 이를 청나라 때 장서신의 영인본 『신설 서유기 도상』의 편차(編次)에 따라 다음과 같이 재구성하고 번역하였다.

『세덕당 본』의 편차

부　록　진광예는 부임 도중에 횡액을 당하고,　　　　　　附　錄　陳光蕊赴任逢災
　　　　강류승은 아비의 원수를 갚고 근본을 되찾다　　　　　　　　江流僧復仇報本

제9회　원수성의 신묘한 점술에 사사로이 굽힘이 없고,　　第九回　袁守誠妙算無私曲
　　　　어리석은 용왕은 치졸한 계략으로 천조를 어기다　　　　　老龍王拙計犯天條

제10회　두 장군은 궁궐 문에서 귀신을 진압하고,　　　　第十回　二將軍宮門鎭鬼
　　　　당 태종의 혼백은 저승에서 돌아오다　　　　　　　　　　唐太宗地府還魂

제11회　목숨을 돌려받은 당나라 임금이 선과를 지키고,　第十一回　還受生唐王遵善果
　　　　외로운 넋 건져주려 소우가 부처의 교리를 바로 세우다　度孤魂蕭瑀正空門

제12회　현장 법사가 정성으로 수륙 대회를 베푸니,　　　第十二回　玄奘秉誠建大會
　　　　관음보살이 현성하여 금선장로를 깨우치다　　　　　　　　觀音顯聖化金蟬

재구성한 편차

제9회　진광예는 부임 도중에 횡액을 당하고,　　　　　　第九回　陳光蕊赴任逢災
　　　　강류승은 아비의 원수를 갚고 근본을 되찾다　　　　　　　江流僧復仇報本

제10회 어리석은 용왕 치졸한 계략으로 천조를 어기고,　　第十回　老龍王拙計犯天條
　　　승상 위징은 서찰을 보내어 저승의 관리에게 청탁하다　　魏丞相遺書託冥吏

제11회 저승을 두루 유람하던 태종의 혼백이 돌아오고,　　第十一回　遊地府太宗還魂
　　　호박을 바치러 죽어간 유전은 새로운 배필을 얻다　　進瓜果劉全續配

제12회 당 태종이 정성으로 수륙 대회를 베푸니,　　第十二回　唐王秉誠建大會
　　　관음보살이 현성하여 금선 장로를 깨우치다　　觀音顯聖化金蟬

4. 번역에 있어서, 광범위한 독자를 대상으로 원문의 뜻을 충분히 살려 의역(意譯)하고, 될 수 있는 대로 한자(漢字) 용어를 배제하고 우리말로 쉽게 풀어 썼으며, 당시의 제도상 관용어는 그대로 사용하였다.

5. 역주는 중국의 역사적 인물, 사회 제도상 우리나라와 다른 관습, 종교적 용어, 내용과 관계가 깊은 배경 사실, 그리고 관용어와 인용문에 대한 설명을 주로 하였으며, 특히 본문 가운데 우리에게 생소한 중국 속담이나 사투리, 뜻 깊은 경구(警句)는 번역문 다음에 이어 원문(原文)을 부록하였다.

　【예】"다섯 가지 형벌을 받아야 할 죄목이 3천 가지가 있으되, 그중에서 불효보다 더 큰 죄는 없다(五刑之屬三千, 而罪莫大於不孝)."

　　　"집안의 살림살이를 맡아봐야 땔나무 값 쌀값 비싼 줄 알게 되고, 자식을 길러봐야 부모님의 은혜를 알아본다(當家才知柴米價, 養子方曉父娘恩)."

　　　"아무리 술맛이 좋다마다 해도 고향 우물 맛이 최고요, 친하니 어쩌니 해도 고향 사람이 최고(美不美, 鄕中水, 親不親, 故鄕人)."

서유기 西遊記

제51회 심원이 온갖 계책을 다 썼으나 모두가 헛수고요, 수공 화공으로도 마귀를 제압하지 못하다

애지중지하는 철봉을 빼앗기고 싸움에 패해 빈털터리로 도망쳐 나온 제천대성, 금두산 뒤쪽으로 돌아와 주저앉아서 눈물을 뚝뚝 흘려가며 울부짖었다.

"사부님! 제가 당신과 더불어 소원하기를……."

부처님의 은혜는 덕이 있고 융화함이 있어, 당신과 함께 어리광도 부리고 함께 살아온 그 뜻 한없이 크고 끝이 없었습니다.

같이 머물고 같이 도를 닦았으며 같이 해탈하기를 바랐으며, 같이 인자함을 베풀고 한결같은 마음으로 영험하신 공덕을 드러내려 하였습니다.

연분도 같고 상(相) 또한 같아서 진정한 마음으로 맺어졌으며, 함께 보고 함께 알았으니 사제지간(師弟之間)의 도리가 서로 통하기를 바랐습니다.

그러나 오늘날에 여의금고 철봉이 주인을 잃어버릴 줄 어찌 알았으며, 적수공권 맨주먹 맨발 신세가 되었으니 이 몸으로 어이 떨쳐 일어설 수 있으리까?

참담하기 그지없는 심사로 하염없이 넋두리를 늘어놓던 끝에, 손대성은 흐트러진 정신을 가다듬고 앉아서 속으로 혼자 곰곰이 생각했다.

"그 요괴는 분명 내 정체를 알고 있었다. 그렇지 않고서야 싸움판에서 나를 치켜세우며 '과연 천궁을 뒤엎어놓을 만큼 수단이 뛰어난 놈이로구나!' 하고 찬탄할 리가 없지 않은가? 그놈은 속세의 평범한 괴물이 아니다. 틀림없이 천상의 흉악한 별자리가 속세를 그리워하여 인간 세상에 내려왔을 것이다. 하지만 어디서 내려온 마귀 두목인지 알 수 없으니 답답하기만 하구나…… 그렇다! 마냥 이러고 한탄만 하고 있을 게 아니라, 상계에 올라가 한번 조사를 해봐야 되겠다!"

손행자는 혼자서 자문자답하고 이 궁리 저 궁리를 해보다가, 급히 몸을 솟구쳐 구름을 일으켜 타고 단숨에 하늘 높이 날아오르더니 눈 깜짝할 사이에 곧바로 남천문 밖에 이르렀다. 고개를 처들고 흘끗 바라보니 광목천왕(廣目天王)이 마주 달려나와 맞아들이면서 공손히 인사를 건넨다.

"대성, 어딜 가시는 길이오?"

"일이 있어 옥황상제님을 만나뵈러 왔소이다. 당신은 여기서 무얼 하고 계시오?"

손행자는 한마디로 대답하고 되물었다.

"오늘이 내 당직 차례라, 남천문을 순시하고 있던 참이었소."

광목천왕의 말이 채 다 끝나기도 전에, 또 마원수(馬元帥)·조(趙)원수·온(溫)원수·관(關)원수, 이렇게 호법 사대 원수가 달려와 반갑게 인사를 한다.

"어이구, 대성님! 미처 영접하지 못하여 죄송합니다. 차라도 한잔 올릴까요?"

"볼일이 급해서 안 되겠소."

한마디로 딱 부러지게 거절한 손행자가 광목천왕, 사대 원수들과 작별하고 남천문 안으로 들어섰다. 영소보전 밖에 다다르니 이번에는 장도릉(張道陵)·갈선옹(葛仙翁)·허정양(許旌陽)·구홍제(邱弘濟)¹ 이렇게 네 천사(天師)와 남두육사(南斗六司), 북두칠원(北斗七元)²들이 일

---

1 장도릉·갈선옹·허정양·구홍제: 장도릉(張道陵, 34~156)은 동한(東漢) 때 개국 공신 장량(張良)의 8세손으로 도교의 한 지파인 오두미도(五斗米道)의 창시자. 부적과 주술로 사람들의 병을 치료해주며 회개하여 가르침을 받들게 하였는데, 후에 '정일천사(正一天師)'로 책봉되었다. 갈선옹(葛仙翁)의 본명은 갈현(葛玄, 164~244), 삼국시대 방사(方士)로서 오나라의 기인 좌자(左慈)에게 도를 배우고 『태청단경(太淸丹經)』과 『구정단경(九鼎丹經)』을 받았으며, 후에 이것을 문하 제자 정은(鄭隱)에게 전수했다 한다. 강서성(江西省) 합조산(閤皀山)에서 도를 닦은 후 세상에 기적을 많이 보이고 백성들의 병을 치료해주어, 세상을 떠난 후 신선이 되어 천궁의 '태극좌선옹(太極左仙翁)'에 제수되었다고 한다. 서진(西晉) 때의 도교 학자로 『포박자(抱朴子)』를 지은 갈홍(葛洪, 283~363)은 그의 증손으로, 정은에게 사사(師事)하여 연단술과 의학을 널리 발전시켰는데, 세상 사람들은 그를 '작은 갈선옹'이라 일컬었다. 허정양(許旌陽)은 본명이 허손(許遜, 239?~374), 동진 때의 도사. 일찍이 정양현(旌陽縣)의 현령(縣令)으로 선정을 베풀어 관리와 백성들의 칭송을 받아 '허정양'이란 별호가 붙었다. 진나라 왕조가 분란을 일으키자, 벼슬을 버리고 강호를 유람하던 끝에 황당심모(黃堂諶母)를 만나 스승으로 섬기며 정명오뢰제법술(淨明五雷諸法術)을 전수받고 남창(南昌) 서산에서 일가족 42명이 저택까지 한꺼번에 비승(飛昇)하여 신선이 되었다고 한다. 구홍제(邱弘濟)는 본명이 구처기(邱處機, 1148~1227), 금나라 때의 도사. '전진칠자(全眞七子)' 중의 한 사람. 19세에 왕중양(王重陽)의 문하생으로 들어가 13년간 고행 끝에 유처현(劉處玄)의 전진교를 계승, 1219년 몽골 칭기즈 칸의 초빙을 받아 18명의 제자를 거느리고 3년 동안 서역으로 여행하여 지금의 힌두쿠시 산맥에 주둔하고 있던 몽골 군영에 도착, 칭기즈 칸을 만나보고 경천애민(敬天愛民)과 효친 사상을 전파하고 욕심을 떠나 청정한 삶을 추구하는 양생법(養生法)을 가르쳐 큰 호응을 받았으며, 그의 비호를 받아 중국 전역과 몽골 영토 내에서 도교 전진파를 크게 흥성시켰다. 원세조(元世祖) 쿠빌라이는 그가 죽은 후 장춘진인(長春眞人)으로 추존하고, 이후 '진군(眞君)'으로 승격되었으며, 『서유기』에서는 구처기의 전생(前生)을 구홍제로 설정하여 사대 천사 가운데 하나로 등장시켰다.

2 남두육사·북두칠원: 모두 도교의 성신(星神) 이름. 남두성(南斗星)은 천자의 수명과 재상들의 작위, 녹봉(祿俸)의 서열을 주관하는데, 『상청경(上淸經)』에 보면 **남두육사(南斗六司)**는 수명의 연장을 주관하며, 여섯 성군이 각각 궁궐에 거처한다. 그 첫째가 운명을 맡은 사명성군(司命星君), 둘째가 복록을 맡은 사록성군(司祿星君), 셋째가 수명의 연장을 맡은 연수성군(延壽星君), 넷째가 이익을 헤아려주는 동익성군(同益星君), 다섯째가 재난에서 건져주는 도액성군(度厄星君), 그리고 여섯째가 천기상생성군(天機上生星君)이다. 북두성(北斗星)은 천강(天罡)이라고도 일컫는 일곱 별인데, 인간의 죽음을 운명짓는 성군들이다. **북두칠원**은 ①천추성(天樞星), ②천선성(天璇星), ③천기성(天機星), ④천권성(天權星), ⑤천형성(天衡星), ⑥개양성(開陽星), ⑦요광성(瑤光星)으로, 『태청옥책(太淸玉冊)』에는 이 북두칠성을 탐랑성(貪狼

제히 전각 앞으로 나와 손행자를 맞아들이면서 손을 들어 인사했다.

"여어, 손대성! 안녕하시오? 이곳에는 무슨 일로 오셨소이까?"

그리고 내쳐 물었다.

"당나라 스님을 보호하여 서천에 가시는 일은 성공하셨는지요?"

이 물음에 손행자는 두 손을 홰홰 내저었다.

"아직 멀었소! 멀었고말고! 길은 까마득하게 먼데, 중도에 요사스런 마귀들이 우글거려 이제 겨우 절반밖에 공을 이루지 못했소. 지금만 하더라도 금두산 금두동에서 외뿔 달린 독각시대왕이란 괴물한테 사부님이 납치당하셔서 동굴 속에 갇혀 계시단 말이오. 그래서 이 손선생이 그놈의 문전으로 찾아가 한바탕 싸움을 벌였는데, 그 괴물의 신통력이 얼마나 대단한지 이 손선생의 금고봉까지 빼앗기고 말았지 뭐요. 이러니 내가 무슨 수로 그 마왕을 사로잡겠소? 가만 생각해보니, 아무래도 그놈은 상계의 어떤 흉악한 별자리가 속세를 그리워해서 하계로 내려온 것이 분명한데, 도대체 어디서 내려온 마귀 녀석인지 알 도리가 있어야 말이지. 그래서 이 손선생이 옥황상제님을 찾아뵙고 상계의 신령들을 엄격히 단속하지 못한 책임을 물으려는 거요."

허정양 천사가 이 말을 듣고 기가 막혀 너털웃음을 터뜨렸다.

"이 원숭이 녀석, 버릇없기는 여전하군 그래!"

"내가 버릇없는 게 아니오. 이 손선생은 한평생 입이 야무진 사람이오. 덕분에 모든 일을 제대로 찾아 이렇게 술술 풀어오지 않았소?"

곁에서 장도릉 천사가 입씨름을 가로막는다.

"여보게 허천사, 긴말 할 것 없네! 이 친구가 왔다고 옥황상제님께 전갈해드리면 그만 아닌가?"

星)·거문성(巨門星)·녹존성(祿存星)·문곡성(文曲星)·염정성(廉貞星)·무곡성(武曲星)·파군성(破軍星)이라고도 썼다.

손행자도 바쁜 몸이라 옥신각신할 생각이 없다.
　"고맙소, 고마워!"
　네 천사가 영소보전으로 들어가 아뢰고 옥황상제 폐하를 뵙도록 주선해주었다. 손행자는 백옥 계단을 우러러 목청도 낭랑하게 아뢰었다.
　"대천존 어르신! 폐를 끼쳐 죄송하옵니다. 이 손선생은 당나라 스님을 모시고 서천으로 경을 가지러 가는데, 도중에 흉악한 일만 많고 좋은 일이 적음은 더 아뢸 것도 없사옵니다. 하오나 현재 저희 일행이 금두산 금두동에 이르러 외뿔 달린 괴물이 당나라 스님을 소굴로 납치해 갔사온즉, 그놈이 이분을 찜 쪄 먹을 것인지 삶아 먹을 것인지, 아니면 포를 떠서 말려 먹을 것인지 알 도리가 없게 되었나이다. 이 손선생이 그놈의 문전에 찾아가 한바탕 어우러져 싸웠으나, 그 괴물의 신통력이 어찌나 크고 너른지 이 손선생의 금고봉마저 빼앗기고 말았사옵니다. 이런 까닭에 그 요사스런 마귀를 잡아 묶기가 어렵나이다. 하온데, 그 요괴가 말하는 품을 보니 이 손선생의 내력을 잘 알고 있는 듯싶기에, 혹시 천상의 흉악한 별이 하계의 속세를 그리워하여 내려온 것이 아닌가 의심스러우므로, 이에 특별히 아뢰오니 엎드려 바라옵건대 천존 어르신께서는 자비심을 베푸시고 통촉하시와, 성지를 내리셔서 흉성(凶星)의 내력을 조사해주시고, 토벌군을 출동시키시어 요마를 소탕해주시오면, 이 손선생은 감격하여 마지않겠나이다."
　그리고 또 한번 국궁 배례를 올리면서 거듭 간청하였다.
　"이만 아뢰오니, 옥황상제 폐하의 처분만 바라나이다!"
　섬돌 아래, 손행자의 곁에 서 있던 갈선옹이 듣기가 민망스러웠는지, 끌끌 웃어가며 한마디 던졌다.
　"이 원숭이가 예전에는 그토록 오만방자하더니, 오늘은 어째 이다지도 고분고분해졌을꼬? 말투도 점잖고 한결 유식해졌으니, 그것참, 오래 살다 보니 별일 다 보겠군 그래!"

"천만의 말씀! 이 손선생이 오늘따라 고분고분해진 게 아니라, 손에 쥐고 휘둘러야 할 철봉이 없기 때문에, 어쩔 수 없이 그런 거요!"

이때 옥황천존께서 손행자가 아뢰는 말씀을 다 듣고 나더니, 그 즉시 가한사(可韓司)에 조서를 내려 이렇게 명령하였다.

"오공이 짐을 찾아와 이렇듯 상주하니, 속히 제천(諸天)의 성두(星斗)와 각 별자리의 신왕(神王)들을 낱낱이 조사하되, 속세를 그리워하여 하계에 내려간 자가 있는지 없는지 알아보고, 즉시 그 결과를 아뢰도록 하라!"

어명이 떨어지자, 가한사를 맡고 있는 장인진군(丈人眞君)[3]이 조서를 받들고 손행자와 함께 조사에 착수하였다. 제일 먼저 동서남북 사대천문(四大天門)에서 신령과 천왕 및 각급 관원들을 조사하고, 그 다음에는 삼미원(三微垣)을 두루 방문하여 높고낮은 진군(眞君)들을 하나하나 살펴보고, 또다시 뇌정관(雷霆官)에 소속된 도(陶)·장(張)·신(辛)·등(鄧)·구(苟)·필(畢)·방(龐)·유(劉) 등, 여러 천군(天君)과 제장(諸將)들을 조사한 다음, 마지막으로 삼십삼천(三十三天)까지 모두 살펴보았으나, 어느 하늘에든 빠진 신령이 하나도 없었다.

그들은 다시 이십팔수(二十八宿)를 방위별로 점검해나갔다. 동칠수(東七宿)에 속한 각(角)·항(亢)·저(氏)·방(房)·삼(參)·미(尾)·기(箕)와, 서칠수(西七宿)의 두(斗)·우(牛)·여(女)·허(虛)·위(危)·실(室)·벽(壁), 그리고 남칠수(南七宿)에서 북칠수(北七宿)에 이르기까지

---

[3] 장인진군: '장인(丈人)'이란 곧 지금의 사천성(四川省) 관현(灌縣) 서남쪽 15킬로미터에 자리잡은 청성산(靑城山)의 별칭이다. 일명 적성산(赤城山)이라고도 부르는데, 전설에 따르면 이 산에서 득도한 영봉자(寧封子)를 황제(黃帝)가 추존하여 '오악장인(五嶽丈人)'으로 삼았으므로, 그후 장인진군(丈人眞君)이 되었다고 전한다.

샅샅이 뒤져보았으나 역시 모든 별자리들은 평안하게 자리잡고 있었다. 태양(太陽)·태음(太陰), 수성·화성·금성·목성·토성의 칠정(七政)들과 나후성(羅睺星)·계도성(計都星)·기성(炁星)·패성(孛星)[4] 등, 흉악하고도 사납기로 이름난 사여(四餘)들 중에도 빠진 자가 없었다. 결국 모든 별자리들은 하늘에 가득 널려 있을 뿐, 속세를 그리워하여 하계로 내려갈 마음은 전혀 품지 않고 있었던 것이다.

아무런 소득도 얻지 못한 채 조사를 마친 손행자는 장인진군에게 말했다.

"일이 이렇게 되었으니, 이 손선생은 다시 영소보전으로 돌아갈 필요가 없겠소이다. 옥황상제님께 번거로움을 끼쳐드려 내 마음이 심히 편치 않구려. 그대가 돌아가서 복주(覆奏)하시오, 나는 여기서 하회를 기다리고 있겠소."

가한사 장인진군은 손행자의 분부에 따라서 돌아갔다.

홀로 남게 된 손행자는 한참 동안 기다리면서 시 한 수 지어 흥을 돋웠다.

　　　바람 맑고 구름 개어 승평 세계(昇平世界) 즐기니, 신령(神靈)
　　은 고요하고 별자리 밝아 상서로움을 드러낸다.
　　　하한(河漢, 은하계)이 모두 안녕하고 천지 또한 태평하니, 오방
　　팔극(五方八極)에 병기와 깃발 뉘어 전쟁 없구나.

---

[4] 나후·계도·기·패: 이들 네 별자리는 모두 일·월·금성·목성·화성·수성·토성과 함께 도교에서 '십일대요(十一大曜)'에 속하는 별. 그중에서도 흉성(凶星)에 속하는 별이다. **나후**(羅睺)와 **계도**(計都)에 관해서는 제49회 본문과 주 **3** '구요' 참조. '기'는 자기성(紫炁星)의 준말, '패'는 월패성(月孛星)의 준말이다.

가한사 장인진군은 옥황상제에게 돌아가 조사 결과를 아뢰었다.

"하늘에 가득한 별자리 가운데 빠진 것이 없사옵고, 각 방면의 신장들도 모두 다 있사오며, 속세를 그리워하여 하계로 내려간 자는 하나도 없나이다."

옥황상제가 계주하는 말을 듣고 나서, 다시 어명을 내렸다.

"그렇다면 손오공으로 하여금 천장 몇 사람을 가려 뽑아 하계로 내려가서 요사스런 마귀를 함께 잡을 수 있도록 하라."

사대 천사는 어명을 받들고 즉시 영소보전을 나와 손행자에게 달려갔다.

"손대성, 옥황상제께옵서 너그러우신 은혜를 베푸시어 그대에게 이런 말씀을 전하라 하셨소. '천궁에는 속세를 그리워하여 하계로 내려간 자가 없으니, 그대는 몇 사람의 천장을 골라 뽑아 함께 요마를 잡으러 가도록 하라.' 이렇게 분부하시었소."

손행자는 잠시 고개를 숙인 채 곰곰이 생각하더니, 사대 천사를 보고 맥없이 웃었다.

"천상에 있는 장수들은 이 손선생보다 못 한 사람이 많고, 이 손선생을 이길 만한 능력을 지닌 사람이 적소. 내가 천궁에서 일대 소동을 일으켰을 때를 생각해보시오. 옥황상제께서는 십만 천병을 출동시키고 천라지망을 깔아놓게 하셨으나, 천장들 가운데 단 한 사람도 나와 견줄 만한 인물이 없었지 않소? 그래서 결국 소성 이랑진군을 내보내시고 나서야 겨우 나하고 맞설 만한 호적수가 된 거요. 이제 저 괴물로 말하자면 그 수단이 이 손선생을 능가할 정도로 막강한 놈인데, 천장 몇 사람만 데려가서 어떻게 이길 도리가 있단 말씀이오?"

허정양 천사가 겸연쩍게 변명한다.

"차일시피일시(此一時彼一時)라, 그때는 그랬지만 지금은 사정이 아주 다르오. 속담에도, '기는 놈 위에 나는 놈 있다(一物降一物)'라고 했소. 손대성은 어명을 거역하실 작정이오? 어명대로 천궁의 좋은 장수를 골라 쓰셔서, 공연히 지체하지 말고 일을 그르치지 않도록 하시오."

손행자가 고개를 끄덕였다.

"일이 이쯤 되었으니, 옥황상제의 은혜에 깊이 감사드릴 따름이오. 어명을 거역해서는 물론 안 되겠고 말이오. 나도 이렇게 빈손으로 갈 수야 없는 노릇이니, 수고스럽지만 허천사께서는 옥황상제께 다시 아뢰어 천장 가운데 탁탑 이천왕과 나타태자 두 분만 데려갈 수 있도록 알선해주시오. 그분들에게는 그래도 요마를 항복시킬 만한 병기 몇 가지가 있으니, 하계에 내려가서 괴물과 한판 싸움을 붙여놓고 사세가 어찌 되나 보기로 합시다. 과연 이들 부자가 괴물을 잡을 수 있다면 이 손선생에게는 다행일 테고, 만약 그렇지 못하다면 그때 가서 또 다른 방법을 강구해보기로 하겠소."

사대 천사가 영소보전으로 돌아가 옥황상제에게 이 뜻을 아뢰었더니, 옥황상제는 즉석에서 이천왕 부자에게 각 부서의 천병들을 거느리고 출동하여 손행자를 도와주라는 명령을 내렸다. 이천왕 부자가 어지를 받들어 그날로 출전 준비를 끝마치고 손행자를 찾아와 합류한 것은 물론이다.

손행자는 사대 천사에게 또 한 가지 부탁을 덧붙였다.

"옥황상제께서 이렇게 이천왕 부자를 파견해주시니 감사하기 이를 데 없소. 또 한 가지 번거로우시더라도 다시 아뢰어 뇌공(雷公) 두 사람을 더 쓰도록 해주셨으면 좋겠소. 이천왕 부자가 싸우는 틈에 뇌공으로 하여금 하늘 위에서 괴물의 정수리에 벼락을 때려 거꾸러뜨리는 것이 아주 상책일 듯싶은데 어떻겠소, 옥황상제 폐하께 아뢰어주실 수 있겠소?"

"좋소이다, 좋아요! 그렇게 아뢰어드리리다!"

사대 천사는 껄껄대고 웃으면서 선선히 응낙했다. 그리고 또 한차례 영소보전으로 들어가 옥황상제에게 아뢰었더니, 옥황상제는 칙명으로 구천응원뇌성보화천존의 부중에 소속된 등화(鄧化)·장번(張蕃) 두 뇌신을 지명하여, 이천왕 부자와 함께 요괴를 항복시키고 당나라 스님 일행을 재난에서 구출하도록 도와주게 했다. 이리하여 이천왕 부자와 뇌공 두 사람은 천병을 이끌고 손대성과 함께 남천문 바깥을 벗어나 곧장 하계로 내려갔다.

눈 깜짝할 사이에 당도한 손행자는 응원군 일행에게 지형을 설명해주고 이렇게 물었다.

"이 산이 바로 금두산이요, 산중턱에 있는 것이 요괴의 소굴인 금두동이오. 여러분 중에 어느 분이 먼저 나서서 도전할 것인지, 상의해보시는 것이 어떻겠소?"

이천왕이 구름을 멈추고 천병들을 남쪽 비탈진 언덕에 배치시킨 다음, 손행자를 돌아보고 이렇게 말했다.

"대성도 알다시피 내 아들 나타는 일찍이 아흔여섯 군데 동부(洞府)의 요사스런 마귀를 항복시킨 경험이 있고 또 변화 술법에 아주 능통할뿐더러 요괴 마귀를 제압하는 여섯 가지 병기도 지니고 있으니, 먼저 나타를 보내 도전하도록 하는 것이 좋겠소."

손행자도 그 말에 선선히 동의했다.

"그렇다면 좋소! 이 손선생이 나타태자를 안내해드리리다."

선봉장의 임무를 맡은 나타태자가 위풍도 당당하게 용맹을 떨치면서 앞으로 썩 나서더니, 손행자와 더불어 높은 산 중턱으로 뛰어올라 단숨에 동굴 어귀에 다다랐다.

동굴 문은 단단히 잠긴 채 고요한 정적만이 감돌고 있었다. 손행자가 그 앞으로 달려나가 큰 소리로 외쳤다.

"이 못된 마귀 놈아! 어서 빨리 문을 활짝 열고 우리 사부님을 돌려보내지 못하겠느냐!"

동굴 안쪽에서 문을 지키고 있던 졸개 요괴가 이들을 보고 재빨리 안으로 달려가서 급보를 알렸다.

"대왕님, 손행자가 웬 젊은 사내 녀석 한 놈을 데리고 문 앞에 쳐들어와서 싸움을 걸고 있습니다."

마왕은 고개를 끄덕끄덕하면서 중얼거린다.

"그 원숭이 녀석이 철봉을 나한테 빼앗기고 빈손으로 싸우기 어렵게 되니까, 어딜 가서 구원병을 청해 가지고 온 모양이로구나."

그리고는 냅다 호통쳐 명령을 내렸다.

"뭣들 하느냐! 내 병기를 꺼내오지 않고서!"

이윽고 손에 1장 2척짜리 점강창을 잡은 마왕이 동굴 문 밖으로 걸어나와보니, 과연 앳된 동남 하나가 손행자와 함께 서 있는데, 그 생김새가 멀끔하고 기이한 것이 참으로 늠름하기 짝이 없었다.

백옥같이 고운 얼굴에 아리따운 모습이 둥근 보름달이요, 붉디붉은 입술 네모 반듯한 입매에 은빛 이빨이 가지런하게 돋아났다.

정기 서린 눈초리가 번갯불이요 눈동자는 사납게 부릅떴는데, 시원스레 탁 트인 이마에 노을이 엉기고 머리는 총각 상투를 틀어올렸다.

비단 허리띠를 바람결에 나부끼니 오색찬란한 불꽃이 일고, 비단 전포(戰袍) 자락 펄럭이니 햇빛에 비쳐 황금 꽃떨기가 피어나는 듯하다.

질끈 동인 비단 끈은 이글이글 타올라 앞가슴의 호심경(護心

鏡)을 드높이고, 보배로운 갑옷이 휘황찬란하게 빛나며 두 발에는 전투용 가죽신을 떠받쳐 신었다.

몸집은 작으나 목소리는 우렁차 천둥 치듯 울리니, 이 청년이 삼천 세계(三天世界) 호교(護敎)하는 나타 삼태자시다.

마왕이 그를 보고 껄껄껄 웃는다.

"누구인가 했더니 바로 이천왕의 셋째 아들 나타태자란 녀석이로 구나. 한데 무엇 하러 내 집 문전에 나타나서 고래고래 소리를 지르는 게냐?"

나타태자도 질세라 마주 호통을 쳤다.

"너 같은 못된 마귀 놈이 행패를 부려 동녘 땅에서 온 성승을 괴롭힌다기에, 옥황상제의 성지를 받들어 네놈을 붙잡으러 왔다!"

마왕은 이 말을 듣고 버럭 성을 냈다.

"요런 발칙한 풋내기 녀석! 네까짓 놈이 손오공의 청탁을 받고 구원병으로 왔단 말이냐? 그래, 내가 그 성승이란 놈을 잡아 가둔 마귀 두목이다! 어쩔 테냐? 너 따위 어리디어린 애송이 녀석이 무슨 재간을 지녔다고 감히 젖비린내 나는 주둥아리를 놀려 큰소리치는 거냐? 꼼짝 말고 거기 서서 내 창이나 한 대 받아봐라!"

마왕이 날카로운 창 끝을 선뜻 내지르자, 이편의 나타태자는 참요검(斬妖劍)을 뽑아들고 마주쳐 나아갔다. 이리하여 둘이서는 맞부딪치고 어우러져 일대 격전을 벌이기 시작했다.

싸움이 벌어지자, 손행자는 급히 산비탈로 돌아가 소리쳤다.

"뇌공은 어디 있는가! 빨리 나타나 삼태자를 도와 저놈의 요마에게 벼락을 때려 제압하라!"

제천대성의 사나운 분부가 떨어지기가 무섭게 등화, 장번 두 뇌공이 부리나케 구름을 딛고 서서 벼락 칠 준비 태세를 갖추었다. 그리고 이제 막 손을 쓰려고 할 때였다. 나타태자는 벌써 변신 술법을 써서 머리가 셋, 팔뚝 여섯 달린 삼두육비(三頭六臂)의 거인으로 바뀌더니 여섯 손에 여섯 가지 병기를 나눠 잡고 마왕을 겨냥하여 무서운 기세로 돌진하고 있었다. 그러자 마왕 역시 머리가 셋에 팔뚝이 여섯 달린 괴물로 탈바꿈하여 세 자루로 늘어난 점강창을 양손에 하나씩 갈라 잡고 나타태자의 공격을 척척 받아내기 시작했다. 공세가 가로막히자, 나타태자는 또다시 항마법력을 써서 들고 있던 여섯 가지 병기를 마왕을 표적으로 삼아 한꺼번에 날려보냈다. 여섯 가지 병기란 어떤 것들이었을까? 요괴의 목을 치는 감요도(砍妖刀)와 참요검(斬妖劍), 요괴 마귀를 결박하는 박요삭(縛妖索), 절굿공이처럼 생긴 항요저(降妖杵), 둥근 공처럼 생긴 수구(繡毬), 그리고 불길이 활활 솟구치는 수레바퀴 화륜아(火輪兒)가 그것들이다.

"변해라!"

대갈일성 터뜨리는 호통 한마디에 그것들은 하나가 열로 늘어나고, 열 개가 다시 백 개로, 백 개가 천 개로, 천 개가 만 개로 바뀌었는데, 한결같이 똑같은 병기들로서 마치 사나운 비바람 속에 우박이 퍼붓듯 걷잡을 수 없는 기세로 마왕 하나를 표적 삼아 무섭게 들이치기 시작했다.

그러나 이렇듯 무시무시한 집중 공격 속에서도 마왕은 태연자약, 겁에 질리거나 두려워하는 기색이라고는 털끝만큼도 보이지 않고 한 손으로 흰빛이 번들거리는 비장의 무기 둥근 고리 테를 꺼내더니 허공으로 훌쩍 던져올리면서 외마디 소리를 질렀다.

"붙어라!"

뒤미처 '쏴아아!' 하는 소리가 한차례 나더니, 단숨에 수천 수백 자루나 되는 상대방의 여섯 가지 병기를 모조리 빨아들이고 말았다. 졸지에 병기를 빼앗기고 빈털터리가 되어버린 나타태자는 당황한 나머지 몸을 돌이켜 허둥지둥 달아날 수밖에 없었고, 일거에 승리를 거둔 마왕은 의기양양하게 동굴로 돌아갔다.

공중에서는 등화와 장번, 두 뇌공이 남몰래 웃으면서 한마디씩 주고받았다.

"우리가 일찌감치 낌새를 알아차리고 벼락을 때리지 않았으니 망정이지, 만약 그랬더라면 우리 것도 영락없이 저놈한테 빼앗기고 말았을 게 아닌가?"

"그러게 말일세. 벼락을 빼앗기고 돌아가서는 우리가 무슨 낯으로 대천존 폐하를 뵈올 수 있었겠나?"

그들은 구름을 낮추고 내려서서 나타태자와 더불어 남쪽 산등성이에 자리잡은 본진으로 돌아왔다.

"공중에서 내려다보니, 그 요마의 신통력이 과연 지독하더군요."

두 뇌공이 주장 격인 이천왕에게 보고하자, 곁에서 손행자가 낄낄대고 웃음보를 터뜨렸다.

"내가 뭐랍디까? 그놈의 신통력은 그저 그 정도지만, 둥근 고리 테하나만큼은 정말 대단한 거요. 그게 무슨 보배인지 알 수는 없으나, 일단 허공에 던져올렸다가는 무슨 물건이든지 깡그리 빨아들이고 맙디다그려!"

첫 싸움판에서 지고 도망쳐온 부끄러움에 못 이겨 씨근벌떡 분을 삭이고 있던 나타태자가 발끈 성을 냈다.

"대성은 사람이 어째 그렇소? 아군은 병기를 잃고 패전하여 이렇게 근심 걱정을 하고 있는데, 이게 다 누구 때문이오? 이 모두 그대를 위해서가 아니오? 그런데도 함께 걱정하고 위로해주기는커녕 오히려 곁에서 웃고만 있다니, 이게 도대체 무슨 도리요?"

"미안하오. 태자께서 걱정하시는데 이 손선생이라고 걱정되지 않을 리가 있겠소? 하지만 지금의 내 형편으로 어쩔 도리가 없으니 그렇다고 울 수도 없고, 차라리 웃어넘기는 게 좋을 듯싶어 웃었던 거요."

탁탑 이천왕의 이마에도 주름살이 골 깊게 파였다.

"일이 이 지경이 되고 말았으니, 어떻게 끝장을 내야 좋을지 모르겠소."

손행자도 걱정스럽기는 마찬가지다.

"무슨 계책을 쓰든지 간에 그놈의 둥근 고리 테가 우리 병기를 빨아들이지 못하게 해야 저 요마를 붙잡을 수 있을 텐데, 어쨌든 우리 잘 궁리해봅시다."

이천왕은 한동안 곰곰이 생각하더니 불쑥 이런 말을 끄집어냈다.

"그놈의 고리 테에 빨려들어가지 않을 것이라면 물과 불밖에는 없을 듯싶소. 속담에도 '물과 불에는 인정사정이 없다(水火無情)' 하지 않았소?"

손행자는 이 말에 귀가 번쩍 트였다.

"그럴듯한 말씀이오! 여러분은 여기에 가만 앉아 계시오. 이 손선생이 다시 한번 더 천상에 올라갔다 오리다."

"천상에는 무엇 하러 또 가시겠다는 겁니까?"

등화와 장번 두 뇌공이 묻는다.

"이번에는 옥황상제께 아뢸 것도 없이 곧바로 남천문에 들이닥쳐 동화궁(彤華宮)의 형혹 화덕성군(熒惑火德星君)을 찾아가서 이곳으로 청해다가 불을 지르게 할 작정이오. 그래서 저 못된 괴물의 소굴을 한바탕 불살라버리고, 경우에 따라서는 그 둥근 고리 테마저 불태워 재를 만든 다음 요사스런 마귀를 붙잡도록 하겠소. 무엇보다 먼저 여러분의 병기를 찾아드려야 여러분이 하늘로 돌아갈 수 있을 테고, 그 다음에는 우리 사부님도 재난에서 벗어나게 해드릴 수 있을 테니 말이오."

병기를 찾아준다는 말에 누구보다 먼저 나타태자가 반색했다.

"대성, 망설일 것 없소이다. 얼른 가셨다가 얼른 돌아오시오. 우리는 여기서 기다리고 있을 테니까."

손행자는 상광을 날려 또다시 남천문 밖에 이르렀다. 광목천왕과 사대 원수가 그를 맞아들이면서 물었다.

"아니, 손대성, 어찌하여 또 오셨습니까?"

"이천왕이 나타태자를 선봉장으로 출전시켰으나, 단 한차례 싸움에서 그 마왕에게 여섯 가지 병기를 모조리 빼앗기고 말았소. 그래서 이제 동화궁으로 가서 화덕성군에게 싸움을 도와달라고 청할 작정으로 달려온 거요."

이 말을 들은 사대 원수는 더 이상 그를 붙잡지 못하고 즉시 들여보내주었다. 동화궁에 다다르자, 화부(火部) 소속 여러 신령들이 손행자를 알아보고 얼른 궁궐 안으로 들어가 연통을 했다.

"손오공이 주공(主公)을 뵈러 찾아왔습니다."

말썽꾸러기 제천대성이 찾아왔다는 보고에, 남방 삼기 화덕성군(南方三炁火德星君)[5]은 부랴부랴 의관을 갖추고 궁궐 문 밖에 나와 손행자를 정중히 맞아들였다.

"어서 오시오, 대성! 어제 가한사에서 소관의 궁궐을 샅샅이 조사했으나, 이곳에서는 속세를 그리워하여 자리를 뜬 자가 하나도 없었소이다."

"그 일은 알고 있소. 한데 구원병으로 모셔간 이천왕과 나타태자가

---

[5] 남방 삼기 화덕성군: 도교에서 천궁의 화부(火部)를 주관하는 정신(正神). 그 휘하에 다섯 화신(火神)이 있다. 제16회 주 **2** '삼기 화덕성군' 참조.

그 몹쓸 괴물한테 패전하고 병기마저 모조리 잃어버렸기 때문에, 당신에게 구원을 좀 청해볼까 해서 이렇게 찾아온 거요."

이천왕 부자가 패했다는 말에 화덕성군은 깜짝 놀라 두 눈이 휘둥그레졌다.

"아니, 저 나타태자가 패전을 했단 말씀이오? 그분으로 말하자면 삼단해회대신(三壇海會大神)으로 이 세상에 태어났을 때 아흔여섯 동부의 요마를 제압할 만큼 신통력이 굉장하신데, 그런 분조차 이겨내지 못한 괴물을 소신(小神)이 어찌 감당할 수 있겠소이까?"

손행자는 좋은 말로 화덕성군을 안심시켰다.

"그래서 이천왕과 상의해보았는데, 천지간에 제일 무서운 것은 오로지 물과 불이라고 단정을 내리게 되었소. 그 괴물에게는 둥근 고리 테가 하나 있는데, 남의 물건을 빼앗는 신통력을 지니고 있소. 그것이 무슨 보배인지는 모르겠으나, 불이라면 이 세상 모든 것을 멸망시킬 수 있으므로 특별히 성군께 청하는 바이니, 화부(火部)에 소속된 신령들을 거느리고 하계로 내려가 불을 놓아서 그 못된 괴물을 태워 죽이고 우리 사부님을 구해주셨으면 고맙겠소."

화덕성군이 그 말을 듣는 즉시 화부의 신병들을 불러모아 거느리고 손행자와 더불어 금두산 남쪽 언덕 비탈로 내려가 이천왕 부자와 뇌공들을 만나보고 그들과 합류했다.

이천왕은 손행자를 보고 이렇게 당부했다.

"손대성, 그대가 다시 한번 가서 저놈을 불러내주시오. 이번에는 내가 먼저 그놈과 겨뤄보리다. 한참 싸우다가 그놈이 둥근 고리 테를 꺼내 쓰려고 하면, 슬쩍 피해 빠져나올 테니까, 그때 화덕성군의 신병들을 시켜 그놈을 불태워 죽이도록 하시오."

손행자는 껄껄대고 웃으면서 그 제안을 선선히 받아들였다.

"좋소이다, 바로 그거요! 자아, 그럼 나하고 함께 나서봅시다!"

두 사람이 출동하자, 화덕성군과 나타태자, 등화·장번 두 뇌공은 높다란 산봉우리에 올라서서 응원할 태세를 갖추기 시작했다.

이윽고 손행자가 금두동 어귀에 들이닥쳐 큰 소리로 외쳐 불렀다.

"문 열어라! 이 못된 요괴 놈아, 우리 사부님을 냉큼 돌려보내지 못하겠느냐!"

졸개 요괴가 부리나케 안으로 뛰어들어가 급보를 전했다.

"손오공이 또 쳐들어왔습니다!"

마왕은 부하 요괴들을 거느리고 동굴 바깥으로 나오더니 손행자를 보고 빙글빙글 웃어가며 조롱했다.

"이 고약한 원숭이 녀석 봤나! 또 어디서 어떤 녀석을 구원병이랍시고 불러왔느냐?"

손행자의 등 뒤에 따라붙던 탁탑 이천왕이 앞쪽으로 돌아나오면서 냅다 호통을 쳤다.

"이 몹쓸 놈의 마귀야! 나를 알아보겠느냐?"

마왕은 목젖이 드러나도록 고개를 젖히고 껄껄댔다.

"옳아! 이천왕께서 왕림하셨군 그래. 내 손에 지고 꽁무니를 뺀 아드님의 원수도 갚고, 병기를 찾아주시려고 이렇게 오신 모양이지?"

"오냐, 네놈의 말대로 내 아들의 원수도 갚고 병기도 찾아주기 위해서다만, 그보다는 네놈을 먼저 잡아 없애고 당나라 스님을 구해주려고 왔으니, 꼼짝 말고 거기 서서 내 칼부터 받아라!"

괴물은 몸을 옆으로 슬쩍 비켜 피해내더니 긴 창을 뻗쳐 손길 나가는 대로 마주 덤벼들었다. 이리하여 그들 둘이서는 동굴 앞에서 한바탕 싸움을 벌이기 시작했는데, 그 광경이 자못 볼 만한 것이었다.

천왕이 칼로 찍으면, 요괴는 창으로 받아넘긴다.

칼로 찍으니 서릿발 같은 광채가 뜨거운 열기를 뿜어내고, 창으로 받아넘기니 그 날카로운 예기가 수심 찬 구름을 흩어놓는다.

하나는 금두산에서 태어나 자란 못된 괴물이요, 다른 하나는 영소보전에서 파견되어 내려온 천신(天神)이다.

저편은 선성(禪性)을 업신여기느라 위무를 떨치고, 이편은 재난에서 스승을 구하느라 대륜(大倫)을 펼친다.

천왕이 술법을 써서 모래와 돌을 날리면, 마귀는 억센 힘을 다투어 흙먼지를 뿌린다.

흙먼지를 뿌려 하늘과 땅을 온통 어둡게 하니, 모래를 날려 바다와 강물을 흐려놓는다.

쌍방이 애를 써서 공적 다투니, 이 모두가 당나라 스님이 석가세존을 뵙게 하기 위해서이다.

그들이 접전을 벌이는 것을 보자, 손대성은 즉시 몸을 돌려 높은 산봉우리로 뛰어오르더니 화덕성군을 향해 큰 소리로 고함을 쳤다.

"삼기 성군(三炁星君), 정신 차리시오!"

이 무렵, 이천왕과 치열한 싸움을 벌이고 있던 요마가 또다시 하얀 둥그러미 테를 꺼내들었다. 그것을 본 이천왕은 재빨리 상광을 돌이켜 일부러 패하는 체하고 본진으로 돌아와버렸다. 그와 때를 같이해서 이편 높다란 산봉우리에서는 화덕성군이 화부 소속 여러 신령들에게 일제히 불을 놓으라는 명령을 내렸다.

이윽고 하늘에서 지상으로 불벼락이 떨어지기 시작했다. 실로 무시무시한 불길이 금두산 금두동 일대를 송두리째 불바다 속으로 빠뜨려놓기 시작한 것이다.

경전(經典)에 이르기를, '남방은 불의 정화(南方者火之精也)'라 하였으니, 비록 티끌만한 불씨라도 만경 들판을 태워버릴 수 있다지만, 삼기(三炁)의 위력이야말로 온갖 불씨의 시초(百端之火)로 변할 수 있는 것이다.

　이제 각 부서의 신지(神祇)들이 쓰는 불 도구 화창(火槍), 화도(火刀), 화궁(火弓), 화전(火箭)은 저마다 그 쓰임새가 한결같지 않으나, 저 반공중에서 바라보고 있노라면 불까마귀[火鴉]가 시끄럽게 우짖으며 날고, 산머리에는 온통 화마(火馬)떼가 갈팡질팡 치닫는다.

　불쥐 적서(赤鼠)는 쌍을 이루고 화룡(火龍)은 짝을 이루니, 적서는 쌍쌍이 뜨거운 화염을 내뿜어 만리가 붉게 물들고, 짝을 이룬 화룡이 짙은 연기를 토해내어 천방(千方)이 온통 시커멓다.

　화차(火車)가 밀려나가고 불호리병[火葫蘆]이 흩뿌려진다. 불깃발[火旗]이 요동치니 온 하늘마저 노을에 잠기고, 불몽둥이[火棒]가 마구 휘저으니 대지는 온통 불바다가 된다.

　영척(甯戚)이 소를 채찍질한다[6]고 말해 무엇 하랴, 주유(周瑜)[7]

---

6 영척이 소를 채찍질하다: 영척(甯戚)은 춘추 시대 위(魏)나라 출신의 상인으로 제(齊)나라에 물건을 팔다가 그 당시 패자(霸者)로 군림하던 제환공(齊桓公)의 눈에 띄어 객경(客卿)으로 발탁된 인물이다. 그는 제나라 장터에서 쇠뿔을 두드리며 노래를 불렀는데, 이 시에 표현된 화재 상황의 고사는 저자 오승은이 잘못 인용한 듯하다. 소를 이용하여 대화재를 일으킨 사람은 기원전 310년경 연(燕)나라에 전국 72개 성을 점령당하고 거(莒)와 즉묵(卽墨) 2개 성에 포위된 채 반격의 기회를 노리던 제(齊)나라 명장 전단(田單)이었다. 그는 황소 1천여 마리에 오색 용무늬 옷을 입히고 양뿔에 날카로운 칼을 비끄러맨 다음, 쇠꼬리에 기름 적신 갈대 묶음을 매달아 가지고 어두운 밤을 틈타 일제히 불을 지르고 채찍질하며 연나라 군의 숙영지로 돌진시켰다. 그 결과 연나라 군은 공황에 빠져 대참패를 당하고, 야간 화공 전술로 기습에 성공한 전단은 마침내 잃어버린 국토를 되찾았다. 여기서 화재를 묘사한 기세는 바로

가 적벽(赤壁)대전에서 조조(曹操)군을 섬멸한 불길보다 더 세고 강하다.

　　이야말로 비범한 천화(天火)로서 지독하기 그지없으니, 활활 이글이글 타오르는 불바람 불기운에 온 세상이 새빨갛구나!

　요마는 무서운 불길이 닥쳐드는 것을 보았다. 그러나 조금도 겁내는 기색 없이 소매춤에서 둥근 고리 테를 꺼내더니 하늘을 향하여 훌쩍 내던졌다.

　"쒀아―!"

　그것뿐, 바람이 휘몰아치는 소리와 함께 화룡, 불까마귀, 불쥐, 화도, 화궁, 화전 할 것 없이 불을 일으키는 병기들은 모조리 둥근 고리 테에 맥없이 빨려들어가고 말았다. 화덕성군의 병기를 한꺼번에 말아들여 빼앗은 요마는 부하 요괴들을 거두어 가지고 발길을 돌려 의기양양하게 동굴로 돌아갔다.

　이래서 화덕성군의 손아귀에는 아무짝에도 소용없는 깃대 한 개만 달랑 들려 있었다. 그는 허겁지겁 부하 장령들을 불러들여 거느리고 이천왕 일행과 합류하여 본진으로 돌아가 남산 언덕 아래 털썩 자리잡고

전단의 고사를 인용하였다고 볼 수 있다.
7 주유(175~210): 삼국 시대 오(吳)나라 명장. 강동 지역의 명문 거족 손책(孫策)과 교분을 맺고 손오(孫吳) 정권을 세웠으며 손책이 죽은 후 장소(張昭)와 더불어 그 아우 손권(孫權)을 보필하여 오나라의 기반을 닦았다. 당시 북방을 통일한 조조(曹操)는 207년 7월, 형주(荊州)를 습격하여 유비(劉備)군을 궤멸시킨 다음, 10월에는 조조 자신이 20만 대군과 전함 1천 척을 거느리고 남하하여, 일거에 손권·유비의 세력을 섬멸하려 하였다. 양군은 장강(長江)을 사이에 두고 적벽(赤壁)에서 대치하였는데, 주유는 대도독(大都督)으로 임명받아 교묘한 술책으로 조조군의 전함을 사슬로 묶어놓게 만들고 돌격선 10여 척에 기름과 섶을 실어 한밤중에 화공 전술을 써서 조조의 함선과 영채까지 모조리 불태워 대패시켰다. 이 전투를 기점으로, 중국 천하는 위(魏)·촉한(蜀漢)·오(吳)의 삼국으로 정립되는 계기를 맞이하게 되었다.

앉았다.

"손대성, 내 평생 이렇게 흉악한 마귀 녀석은 정말 처음 보았소! 이제 내 화구(火具)를 모조리 잃어버렸으니 어찌하면 좋소?"

손행자도 기가 막혀 나오느니 웃음뿐이다.

"그놈 탓을 할 것은 없소이다. 여러분은 느긋이 마음 풀고 여기 편히 앉아 계시오. 이 손선생이 다시 한번 다녀오리다."

"아니, 자네 또 어딜 가겠다는 건가?"

이천왕의 물음에, 손행자는 자신 있게 말했다.

"저 괴물이 불을 무서워하지 않으니, 보나마나 물은 두려워할 거요. 속담에도 '물은 불을 이길 수 있다(水能剋火)' 하지 않았소? 내 이 길로 북천문에 들어가 수덕성군(水德星君)을 청하여 물기운을 펼쳐서 동굴 속으로 쏟아 붓게 만들고 저놈의 마귀 녀석을 물에 빠뜨려 죽이고야 말겠소. 그리고 여러분의 병기를 깡그리 되찾아서 돌려드릴 테니 기다리고 계시오."

이 말을 듣고 이천왕은 고개를 갸우뚱한다.

"그 계책이 묘하기는 하지만, 동굴 속에 물을 쏟아넣었다가는 대성의 사부님까지 물에 빠져 돌아가실 게 아니겠나?"

"괜찮습니다. 우리 사부님이 물에 빠져 돌아가신다 해도 내게는 다시 살려낼 방도가 있으니까, 여러분이 그것까지 걱정하실 것은 없소. 이렇게 머뭇거리다가 일을 그르치면 안 되니까 내 속히 다녀오리다."

"그러시다면 얼른 가시오! 얼른 가보시오!"

빈털터리가 된 화덕성군이 재촉했다.

용감한 손행자는 다시 근두운을 일으켜 타고 하늘에 올라 곧바로 북천문 밖에 들이닥쳤다. 머리를 쳐들고 흘끗 살펴보니, 다문천왕(多聞

天王)이 앞으로 나와 절하면서 묻는다.

"손대성, 어딜 가시는 길이오?"

"일이 한 가지 있어서 오호궁(烏浩宮)으로 수덕성군을 만나보러 가는 길이오. 한데 천왕은 여기서 무얼 하고 계시는 거요?"

손행자가 되묻자, 다문천왕이 대답한다.

"오늘은 내 당직 차례가 되어 순시를 돌고 있었소."

이런 말을 주고받고 있으려니, 다시 방(龐)·유(劉)·구(苟)·필(畢) 사대 천장(天將)들까지 나와서 문안 인사를 드리고 차를 권한다.

그러나 갈 길이 다급한 손행자에게 차를 얻어 마실 마음의 여유가 어디 있으랴. 그는 두 손을 홰홰 내저어 사양했다.

"차 대접일랑 그만두시오! 우선 내 일이 급하니까, 번거롭게 이럴 것 없소!"

그는 북천문을 지키는 천신들과 작별하고 곧장 오호궁으로 달려가, 수부(水部)의 여러 신령들을 시켜 즉각 수덕성군에게 통보하도록 했다. 신령들은 지체 없이 궁궐 안에 전갈했다.

"제천대성 손오공께서 오셨습니다."

보고를 받자, 수덕성군은 그 즉시 사해 오호(四海五湖), 팔하 사독(八河四瀆), 삼강 구파(三江九派)를 다스리는 신령들을 낱낱이 점검하고 아울러 각처의 용왕들을 내보내어 영접하게 한 다음, 자신도 의관을 갖추고 궁궐 문 밖까지 나와서 손대성을 정중히 안으로 맞아들였다.

"어제 가한사(可韓司)에서 저희 궁궐을 조사하고 본부 소속 신령들 중에 속세를 그리워하여 하계로 내려가 괴물 노릇을 하는 자가 없는지 알아보라 하셨으나, 이제껏 강해 하독(江海河瀆)의 여러 수신들에 대한 조사를 완전히 끝마치지 못하였소이다."

수덕성군의 변명에, 손행자가 도리질을 해 보였다.

"아니, 됐소. 그 마왕은 강이나 하천의 신령이 아니라, 아주 굉장한 내력을 지닌 요정이오. 처음에는 옥황상제께서 이천왕 부자와 뇌공 두 명을 하계에 내려보내서서 그놈을 잡도록 해주셨으나, 그놈이 둥근 고리 테로 농간을 부리는 바람에 나타태자의 여섯 가지 병기를 빼앗기고 말았소. 이 손선생은 어쩔 수 없이 다시 동화궁으로 가서 화덕성군에게 간청하여 화부의 여러 신령들을 거느리고 내려가 불을 놓게 했는데, 이번에도 화룡, 화마 같은 병기들을 그놈의 고리 테가 단숨에 모조리 빨아들여 빼앗아가고 말았지 뭐요. 가만 생각해보니, 그 물건이 불을 두려워하지 않는다면 필경 물을 두려워할 듯싶기에, 수덕성군이 물기운으로 그놈의 요정을 잡아 없애고 천장들의 병기를 되찾아 돌려주었으면 해서 내가 이렇게 일부러 부탁드리러 찾아뵙는 거요. 그래야만 우리 사부님도 재난에서 구해드릴 수 있지 않겠소?"

수덕성군은 이 말을 듣고 즉석에서 황하(黃河)를 다스리는 수백 신왕(水伯神王)[8]에게 명령을 내렸다.

"그대가 대성을 따라가서 공을 세우시도록 도와드려라."

황하 수백은 소맷자락 속에서 백옥으로 깎아 만든 주발 한 개를 꺼내들고 손행자에게 보여주었다.

---

8 수백 신왕: 곧 황하(黃河)의 신령. '하백(河伯)'이라고도 부른다. 『산해경(山海經)』 「해내북경(海內北經)」에는 "용 두 마리를 탄 빙이(冰夷)가 하백"이라 하였으며, 손성연(孫星衍)의 『시자(尸子)』에는 "흰 얼굴에 키가 큰 인어의 몸뚱이를 지녔다" 하였고, 「해외동경(海外東經)」의 기록에는 또 수백 천오(天吳)를 "머리 여덟 달린 사람의 얼굴에, 발과 꼬리가 여덟 개 달리고 등 빛깔이 푸른 황색을 띤 짐승"이라고 묘사하였다. 그가 사람으로 둔갑하여 붉은 갈기터럭에 털이 흰 백마를 타고 수궁(水宮)을 나설 때에는, 백마가 치닫는 곳마다 강물도 함께 뒤따르는 바람에 대홍수가 일어난다고 하였으며, 그의 아내 복비(宓妃)가 하늘에 열 개의 태양 가운데 아홉 개를 쏘아 떨어뜨린 활의 명수 후예(后羿)와 밀회를 나눈다는 사실을 알고 크게 분노한 끝에 백룡(白龍)으로 변신하여 지상에 대홍수를 일으켰다가 후예가 쏜 화살에 맞아 애꾸눈이 되었다는 전설도 있다.

"제가 이 주발에 물을 담아 가지고 가겠습니다."

손행자는 이것 봐라 싶어 수백에게 되물었다.

"아니, 그처럼 작은 주발에 물을 담아야 얼마나 들어가겠나? 그 작은 물 한 사발 가지고 요괴를 빠뜨려 죽일 수 있단 말인가?"

그러자 황하 수백은 차분한 말씨로 이렇게 대답했다.

"대성님께 숨기지 않고 말씀드리겠습니다. 이 주발 하나는 곧 황하의 물 전부입니다. 그러니까 반 주발이면 황하의 절반이 담기고, 한 주발이면 곧 황하의 물 전부가 담기는 셈입니다."

이 말을 듣고 손행자는 기뻐하면서 말했다.

"그럼 됐네. 그 주발로 절반만 담아서 가져가도 넉넉할 걸세."

이리하여 수덕성군과 작별한 그는 황하의 수백을 데리고 천궁을 떠났다. 수백은 백옥 주발을 손에 들고 황하의 물을 반 그릇쯤 떠서 담더니, 손행자를 따라 부리나케 금두산으로 내려갔다. 그는 남쪽 언덕 비탈에 내려서서 이천왕을 비롯하여 나타태자, 뇌공, 화덕성군을 만나보고 황하의 물 절반을 담아 가지고 왔다는 둥, 백옥 주발이 어떤 신통력을 지닌 보배라는 둥, 시시콜콜한 얘기까지 다 늘어놓으면서 자랑하기 시작했다. 성미 급한 손행자는 듣다 못해 그 말을 중도에서 끊고 성화같이 재촉했다.

"여보게, 수백! 시시껄렁한 얘기는 걷어치우고 날 따라오기나 하게. 내가 악을 써서 동굴 문을 열도록 할 테니까, 그놈이 나올 때까지 기다릴 것 없이 냅다 동굴 문 안으로 물을 쏟아 부어 마왕과 요괴들을 가리지 말고 한꺼번에 빠뜨려 몰살하도록 하게. 그 다음에는 내가 사부님의 시신을 건져내다가 다시 살려내도 늦지 않을 테니까, 염려 말게."

수백은 손행자의 분부대로 그 뒤를 바짝 따라붙은 채 산비탈을 감돌아 동굴 어귀에 이르렀다. 손행자가 목청을 드높여 버럭 악을 썼다.

"요괴야! 문 열어라!"

문을 지키고 있던 부하 요괴 녀석이 듣고 보니 손대성의 목소리가 분명하다. 그래서 또 부리나케 안으로 뛰어들어 급보를 알렸다.

"손오공이 또 쳐들어왔습니다!"

마왕은 이 말을 듣기가 무섭게 보배를 몸에 지니더니 창을 들고 걸어나왔다.

"얘들아! 문을 열어라!"

이윽고 덜커덕덜커덕 요란한 소리와 함께 동굴 문짝이 열리기 시작했다.

황하 수백은 문이 열리는 것을 보자, 백옥으로 만든 주발을 동굴 안쪽으로 기울였다. 황하의 강물 절반이 담긴 주발에서는 콸콸콸 소리를 내며 엄청난 홍수가 쏟아져 내리더니 삽시간에 동굴 쪽으로 밀어닥치기 시작했다. 요괴는 느닷없이 홍수가 밀려드는 것을 보고 급히 장창을 내던지면서 둥근 고리 테를 꺼내 동굴 문 앞을 가로막았다. 그러자 홍수는 동굴 쪽으로 밀려들지 못하고 오히려 쏴아아! 하는 소리를 내면서 바깥으로만 넘쳐흐르는 것이 아닌가!

이 엉뚱한 결과에 손행자는 기절초풍하다시피 놀란 나머지 황급히 근두운을 날려 수백과 함께 까마득히 높은 산봉우리로 솟구쳐 올라 피신했다. 이천왕과 다른 신령들도 구름을 타고 높은 산봉우리 앞에 멈춰선 채, 혀를 빼물고 때 아닌 홍수의 장관을 구경하는 것이 고작이었다.

물살은 걷잡을 수 없이 불어나고 파도의 기세는 갈수록 미쳐 날뛰기만 하는데, 과연 굉장한 홍수가 아닐 수 없었다.

한 주걱 퍼낸 물이 이다지도 많다니, 과연 황하 수백의 신통력은 헤아릴 길이 없구나.

이 모두가 오로지 신공의 조화려니, 만물을 이롭게 하고 온갖 하천의 흐름을 불어나게 하여 넘치게 할 수도 있는 것이다.

들리는 것이라곤 그저 계곡을 뒤흔드는 우렁찬 물소리요, 보이는 것이라곤 오로지 하늘을 뒤덮을 듯 도도하게 내리쏟는 물 흐름의 기세뿐이다.

무시무시한 위력이 번갯불 달음박질치듯 소리소리 지르고, 사나운 기세로 용솟음쳐 오르는 물결이 마치 눈보라가 휘감기고 몰아치고 거꾸로 처박히는 듯하다.

천 길 높은 너울이 길바닥을 질탕하니 잠기게 하고도 꾸역꾸역 불어나고, 만경창파는 산등성이 바윗돌을 들이치고 뒤엎다 못해 둥실둥실 떠오르게 만든다.

싸늘하기는 옥돌을 갈고닦듯 매끄럽고, 굽이쳐 흐르는 물살의 소리는 현악기의 줄을 울리는 듯하다.

돌쩌귀에 부딪힐 때마다 써늘하고 시원스럽기는 부스러진 옥을 뿜어내는 듯하고, 급한 여울목 감돌아 내리쏟으니, 질펀하게 흐르는 물살이 뱅글뱅글 돌아가며 도래샘을 이룬다.

낮고 깊숙한 지대를 따라 제멋대로 흐르고 퍼져서, 온갖 골짜기 냇물하며 평지의 개천 물과 합쳐져 온통 뒤범벅이 되었다.

황하의 봇둑이 무너져 내리듯 실로 엄청난 홍수, 손행자는 그 광경을 보자 겁이 더럭 나서 마음이 다급해졌다.

"아뿔싸, 큰일났구나! 물이 사방으로 퍼져서 백성들의 논밭을 잠겨버리기만 하고 저놈의 동굴 속으로는 한 방울도 들어가지 않으니, 도대체 이 노릇을 어쩌면 좋단 말인가?"

그는 급히 수백을 불러 홍수를 거두어들이라고 했다. 그러나 수백은 절레절레 도리질을 한다.

"소신(小神)은 그저 물을 쏟아내기만 할 줄 알지 물을 거둬들일 줄은 모릅니다. 속담에도 '한번 엎지른 물은 거둬들이기 어렵다(潑水難收)' 하지 않았습니까."

금두산은 워낙 높았다. 그래서 물은 삽시간에 모조리 사면팔방으로 흩어져 골짜기를 타고 낮은 지대로 흘러내려갔다.

홍수가 썰물지고 마른땅이 드러나자, 몇몇 졸개 요괴들이 동굴 바깥으로 뛰쳐나오더니, 왁자지껄 마구 떠들어대면서 소맷자락을 걷어붙인 주먹을 내지르는가 하면 몽둥이와 창칼을 휘둘러가며 약을 올리기 시작했다.

탁탑 이천왕이 그 꼴들을 보고 한숨을 내쉬었다.

"허허, 그것참……! 물이 동굴 속으로는 한 방울도 들어가지 않았군 그래. 공연히 한바탕 헛수고만 했네……!"

이 말을 듣자, 손행자는 분함을 이기지 못하고 두 주먹을 휘둘러가며 동굴 문턱으로 달려나가 호통을 쳤다.

"요놈들, 어딜 가려느냐? 꼼짝 말고 거기 서서 내 주먹 한 대 먹어 봐라!"

졸개 요괴들은 기절초풍하도록 놀라 몽둥이며 창칼을 내던지고 동굴 안으로 뛰어들더니 와들와들 떨면서 마왕에게 아뢰었다.

"대왕님, 큰일났습니다! 또 쳐들어옵니다."

마왕은 두말없이 장창을 번쩍 쳐들고 문밖으로 마주 달려나갔다.

"이 못된 원숭이 녀석, 정말 버릇없이 까부는구나! 벌써 몇 차례나 싸우고도 나를 당해내지 못하고 불과 물로도 어쩌지 못했으면 그만이지, 무엇 하러 또 나타나서 죽으려고 안달하는 거냐?"

"이놈의 자식아, 누가 할 소리를! 어디 내가 죽나 네놈이 죽나, 이

외할애비의 주먹맛을 한 대 먹어보면 알 테니까 이리 썩 나서거라!"

그 말을 듣고 요마가 껄껄껄 웃음보를 터뜨린다.

"이 원숭이 녀석이 참으로 끈덕지게 덤벼드는구나! 나는 창을 쓰는데 네놈은 맨주먹만 쓰겠다니, 그따위 밤톨만한 주먹 가지고 이 쇠몽치 같은 무쇠 주먹을 어떻게 당해낼 듯싶으냐? 됐다, 됐어! 나도 이 창을 던져놓고 너한테 주먹다짐 한번 보여주기로 하마!"

손행자는 한마디로 받아들였다.

"말 한번 잘했다! 그럼 어디 덤벼봐라!"

그러자 요마는 옷자락을 걷어붙이고 앞으로 썩 나서더니 창을 겨누려던 자세를 버리고 두 주먹을 번쩍 치켜드는데, 과연 그 말대로 기름칠을 먹여 번들거리는 대장간의 쇠망치보다 더 크고 다부져 보이는 주먹이었다. 제천대성 손오공도 두 다리를 쩍 벌리고 몸뚱이를 한쪽으로 뽑아 주먹다짐을 벌일 자세를 잡은 다음, 갖은 재주를 다 부려가며 동굴 문 앞에서 마왕과 맞붙어 싸우기 시작했다.

맨몸으로 겨루는 한판 싸움이야말로 과연 대단한 격전이었다.

    네 활개를 쩍 벌리고 대사평(大四平)의 자세를 잡아서, 두 발을 동시에 날려보내 힘껏 걷어차올리니 쌍비각(雙飛脚)이다.

    겨드랑이 밑을 도사린 채 앙가슴 들이치고, 심장을 후벼내는가 싶었더니 어느새 담낭(膽囊)을 따내려 들이친다.

    '선인지로(仙人指路)'의 권법으로 내지르니, '노자기학(老子騎鶴)'의 회피 신법으로 훌쩍 빠져나간다.

    굶주린 호랑이가 먹이를 덮쳐 덤벼드니 사람을 다치기 십상이요, 교룡(蛟龍)이 물장난하니 흉악스럽기가 이를 데 없다.

    마왕의 신법은 구렁이가 몸을 뒤채는 '망번신(蟒翻身)'으로 나오는데, 제천대성은 사슴 뿔을 휘두르는 '녹해각(鹿解角)'의 신법으로 응수한다.

발꿈치 번쩍 치켜들어 짓밟아드니 '쉬지룡(淬地龍)' 재간이요, 대접만큼이나 굵다란 팔뚝을 비틀어 꺾으니 '나천탁(拿天橐)' 솜씨가 분명하다.

청사자가 아가리를 딱 벌리고 덤벼드니, 잉어는 등줄기를 꺾어 펄쩍 뛰어 달아난다.

정수리에 꽃 뿌리는 '개정살화(蓋頂撒花)' 초식이 펼쳐지는가 하면, 허리를 휘감아 꿰뚫는 '요요관삭(繞腰貫索)' 솜씨가 다채롭다.

맞바람에 부채 돌려 부치는 '영풍첩선아(迎風貼扇兒)'를 쓰니, 느닷없는 소나기에 꽃잎 떨어지기를 재촉하는 '급우최화락(急雨催花落)'으로 대응한다.

요괴의 손바닥이 '관음장(觀音掌)'을 펼치니, 손행자의 두 다리는 '나한각(羅漢脚)'으로 내지른다.

길게 뻗는 장권(長拳)의 기세가 넓으니 저도 모르게 틈이 벌어져 성글 수밖에, 그것으로 어찌 야무지고 맵게 치는 단권(短拳)에 비길 수 있으랴?⁹

쌍방이 맞서 겨루기를 벌써 수십 차례, 이래저래 그 솜씨에 강약이 없다.

---

9 단권에 비길 수 있으랴: 손오공이 독각시대왕과 육박전을 벌이는 이 대목의 용어 '대사평(大四平)'이라든가 '쌍비각(雙飛脚)' '도협벽흉돈(韜脅劈胸墩)' '선인지로(仙人指路)' '노자기학(老子騎鶴)' '아호박식(餓虎撲食)' '교룡희수(蛟龍戲水)' '망번신(蟒翻身)' '녹해각(鹿解角)' '쉬지룡(淬地龍)' '나천탁(拿天橐)' '개정살화(蓋頂撒花)' '요요관삭(繞腰貫索)' '영풍첩선아(迎風貼扇兒)' '급우최화락(急雨催花落)' '관음장(觀音掌)' '나한각(羅漢脚)' '장권(長拳)' '단권(短拳)'에 이르기까지 모두 권법(拳法) 초식의 이름이다. 단초(單招)도 있고 쌍초(雙招)도 섞여 있어 그 변화가 매우 많으므로 일일이 풀어 쓸 수 없겠다.

그들 둘이서는 동굴 문 앞에서 치고받으며 맹렬히 싸웠다. 이편 높다란 산봉우리 위에서는 탁탑 이천왕이 큰 소리로 갈채를 퍼붓고, 화덕성군은 손뼉 쳐 찬탄을 아끼지 않았다. 두 뇌공과 나타 삼태자는 손대성의 싸움을 도와주느라 일제히 신병(神兵)들을 휘몰아 싸움터로 달려나갔다. 이것을 본 또 한편에서는 수많은 요괴들이 깃발을 휘두르고 북을 두드려 기세를 북돋우는가 하면, 창칼을 춤추듯 휘둘러가며 한꺼번에 달려나와 마왕을 엄호했다.

손행자는 일이 뜻대로 되지 않는 것을 보자, 솜털 한 움큼을 뽑아가지고 하늘에 던져올리면서 고함을 쳤다.

"변해라!"

솜털은 당장 4, 50마리의 새끼 원숭이들로 변하더니 우르르 앞으로 달려들어 사면팔방으로 요마에게 휘감겨 가지고 다리를 끌어안는 놈에 허리를 부여잡고 늘어지는 놈, 눈알을 후비려고 덤벼드는 놈, 털을 마구잡이로 쥐어뜯는 놈, 이렇듯 정신을 못 차리게 공격을 퍼부었다. 팔다리가 거치적거려 제 마음대로 부릴 수 없게 되니, 괴물은 당황한 나머지 급히 둥근 고리 테를 꺼내들었다.

손대성과 이천왕 일행은 괴물이 둥근 고리 테를 꺼내들고 농간을 부리려는 것을 보자 재빨리 구름을 되돌려 산봉우리 위로 도망쳐 올라갔다. 이윽고 요괴가 둥근 고리 테를 허공으로 훌쩍 던져올렸다.

"쏴아아!"

바람을 빨아들이는 소리와 함께 4, 50마리나 되는 새끼 원숭이들은 삽시간에 본래의 솜털로 돌아가 맥없이 고리 테에 달라붙고 말았다. 솜털을 거두어들인 요마는 승리를 기뻐하며 부하들을 수습해 거느리고 동굴로 돌아가 문짝을 닫아걸었다.

아무런 소득도 없이 쫓겨 돌아간 손대성을 나타태자가 칭찬 겸해서 위로했다.

"손대성은 역시 용감한 대장부였습니다그려! 싸움도 싸움이지만 그 주먹다짐은 참말 금상첨화 격이었소. 더구나 분신 술법을 쓰시는 품새라니! 그 놀라운 재간이야말로 우리 모든 사람 앞에 보기 드문 솜씨를 보여주셨소."

손행자는 겸연쩍게 웃었다.

"여러분은 여기서 멀찌감치 떨어져 바라보셨으니 잘 아시겠군요. 저 요괴의 솜씨가 이 손선생에 비교해 어떻습디까?"

탁탑 이천왕이 대답한다.

"그놈은 손발이 굼뜨고 느려터져서, 손대성의 야무지고 재빠른 솜씨에 견줄 바가 못 됩디다. 그놈은 우리가 응원차 달려나간 것을 보기 무섭게 당황하기 시작했고, 또 손대성이 분신 술법을 쓰자 쩔쩔매던 끝에 결국 그 둥근 고리 테를 꺼내들고 농간을 부린 거요."

손행자는 씁쓰레하니 입맛을 다셨다.

"마왕 하나쯤은 다루기가 쉬운데, 그놈의 둥근 고리 테만큼은 어떻게 제압해볼 도리가 없으니, 그것참……!"

화덕성군과 황하 수백이 한마디 거들었다.

"승리를 거두려면 어떻게 해서든지 그놈의 보배를 빼앗아야겠습니다. 그렇지 않고서는 도무지 그놈을 잡아 꿇릴 방법이 없겠습니다."

"그 빌어먹을 놈의 보배를 무슨 재주로 빼앗는단 말이오? 훔쳐 내온다면 혹 모르지만……."

손대성이 시무룩하게 대답하자, 등화와 장번 두 뇌공이 껄껄대고 웃음보를 터뜨렸다.

"훔쳐내기야말로 손대성만한 사람이 어디 또 있겠소이까? 생각해보시오, 천궁을 크게 뒤엎던 그해만 해도 손대성은 어주를 훔쳐 마시고 반도원의 복숭아를 몽땅 서리해 먹었을 뿐 아니라, 용간(龍肝), 봉수(鳳髓)에 태상노군의 구전금단마저 깡그리 훔쳐자셨으니, 그게 어디 보통 솜씨 가지고 될 일이겠소? 오늘이야말로 그 재간을 다시 한번 써먹을 데가 바로 여기외다."

옛날 일을 들춰가며 부추기니, 손행자는 쑥스러워 실쭉 웃어가며 대답했다.

"알았소, 알았으니까 웬만큼 해두시구려! 이왕에 그렇다면 이 손선생이 한번 가서 염탐해보고 올 테니까, 당신들은 여기 앉아 기다리고 계시오."

용감한 손행자는 그 즉시 산봉우리에서 훌쩍 뛰어내리더니, 살금살금 동굴 어귀에 이르러 몸을 한 번 꿈틀하고 흔들어 한 마리 파리로 둔갑했다. 날렵하고도 매끄러운 몸매가 볼 만한 모습이었다.

> 날개 얇기는 대나무 속껍질과 같고, 몸집 작기는 꽃술과 같다.
> 손발은 터럭보다 더 굵고, 별같이 반짝이는 눈자위가 초롱초롱 밝기 이를 데 없다.
> 천성이 냄새 잘 맡고 향기 쫓는 재주가 비상하며, 날아갈 때 바람을 타서 빠르기도 대단하다.
> 이를 두고 일컫기를 '강압정반성(剛壓定盤星)'이라 하니, 제법 쓸모 있어 사랑받을 만하다.

가볍게 동굴 문 위로 날아오른 손행자, 문틈 사이를 비집고 기어들어가보니, 크고작은 요괴들이 떼를 지어 좌우 양편에 갈라섰는데, 춤출 놈은 덩실덩실 춤추고 노래부르는 놈은 노래불러가며 승리를 자축하고 있었다. 좌대 위에 높다랗게 올라앉은 마왕 앞에는 뱀고기와 사슴 육포, 곰 발바닥과 낙타의 육봉(肉峯), 산채 요리와 과일 따위를 푸짐하게 늘어놓고, 양젖으로 빚은 술과 야자주가 담긴 청자 술병에서는 향기로운 술냄새가 물씬물씬 풍겨나오는데, 요괴들은 제멋대로 먹고 마시며 기분 좋게 술잔치를 즐기고 있었다.

　손행자는 부하 요괴들 틈에 살짝 내려앉은 다음, 또다시 너구리의 요정으로 탈바꿈해 가지고 슬금슬금 좌대 가까이 접근해가서 한참 동안 살펴보았으나, 보배는 어디다 감춰두었는지 전혀 보이지 않았다. 재빨리 몸을 뽑아 좌대 뒤쪽으로 돌아가보았더니, 뒤채에서는 화덕성군의 병기인 화룡과 화마가 높다랗게 매달린 채 구슬픈 소리로 비명을 지르고 있었다. 흘끗 머리를 쳐들고 바라보니 자신의 애용 병기 여의금고봉이 동쪽 벽에 비스듬히 기대어 놓여 있지 않은가! 손행자는 너무 반가운 마음에 자신이 너구리의 요정으로 둔갑하고 있다는 사실도 까맣게 잊은 채 단걸음에 달려가서 철봉부터 손에 잡았다. 그리고는 본래의 모습을 드러내기가 무섭게 있는 수단 없는 재주를 한껏 부려가며 철봉을 휘둘러 닥치는 대로 요괴떼를 후려치면서 바깥으로 돌진해나가기 시작했다. 느닷없는 기습에 혼비백산을 한 요괴들은 간담이 써늘해져 섣불리 맞아 싸울 엄두를 내지 못하고 전전긍긍, 마왕 역시 당황한 나머지 미처 손을 쓰지 못하고 넋이 빠진 채 어쩔 바를 몰랐다. 동굴 속의 요괴들은 손행자의 사나운 기세에 쫓겨 이리 고꾸라지고 저리 자빠지면서 제 한목숨 건지느라 정신없이 달아나고, 그 틈에 손행자는 한 가닥 돌파구를 열어 마침내 동굴 바깥으로 뛰쳐나가는 데 성공했다.

　이야말로 마귀 두목은 자만하여 방비가 없었기에, 철봉을 주인에게 되돌려준 격이 되고 말았던 것이다.

자, 과연 손행자의 앞길에 길흉이 어떨 것인지, 다음 회에서 풀어보기로 하자.

제52회 손오공은 금두동에 들어가 한바탕 뒤집어엎고, 석가여래는 마왕의 주인을 넌지시 일러주다

목숨만큼이나 아끼는 병기 여의금고봉을 되찾은 손행자는 동굴 문 바깥으로 뛰쳐나오자마자 곧장 일행들이 기다리는 높은 산봉우리에 뛰어올랐다. 그리고는 여러 신령들 앞에 철봉을 내보이면서 기쁨을 감추지 못했다. 탁탑 이천왕이 궁금해서 물었다.

"이번에 갔던 일은 어떻게 되었소?"

손행자는 자랑 삼아 떠벌렸다.

"이 손선생이 변신 술법을 써서 동굴 안에 들어갔더니, 그놈의 괴물들은 노래부르고 춤추며 질탕하게 먹고 마시면서 승리를 자축하느라 정신이 없습디다. 그런데 아무리 살펴보아도 그놈의 보배가 어디 있는지 알아낼 도리가 없기에, 좌대 뒤쪽으로 살그머니 돌아가보았소. 그랬더니 거기에 말과 용이 신음하면서 울부짖는 소리가 들립디다. 그것이 화부의 물건이라는 걸 알아차릴 수 있었소. 게다가 동쪽 벽면에 내 금고봉이 세워져 있기에 나는 두 번 생각할 것도 없이 그것부터 손에 집어들고 닥치는 대로 요괴들을 때려눕히면서 난장판을 만들어놓고 이렇게 뛰쳐나온 거요."

이 말을 듣고 화덕성군과 뇌공들은 시무룩한 기색으로 투덜거렸다.

"당신 보배는 되찾아 기쁘겠지만, 우리 보배는 어느 때에야 찾을 수 있을는지 모르겠소."

손행자는 금고봉을 들어 보이면서 장담했다.

"그야 어려울 것 없소! 내게 이 철봉 한 자루가 있는 이상, 무슨 일이 있어도 그놈을 때려잡고 여러분의 보배를 도로 찾아드릴 수 있으니까 염려하지 마시구려!"

이러구러 얘기를 주고받고 있는데, 저편 산비탈 밑에서 징과 북 소리가 어지러이 울리면서 뒤따라 천지를 진동하는 함성이 들려왔다. 독각시대왕이 부하 요괴들을 이끌고 손행자의 뒤를 추격해온 것이다.

손행자는 그 광경을 보더니 큰 소리로 고함을 질렀다.

"잘됐구나, 잘됐어! 이야말로 내가 원하던 대로 뒤쫓아왔구나. 여러분은 여기 앉아서 기다리고 계시오. 이 손선생이 다시 나가서 저놈을 잡아올 테니 구경이나 하시오!"

그는 철봉을 번쩍 치켜든 채 정면으로 마주 달려나가며 고함을 질렀다.

"이 고약한 마귀 녀석아! 어딜 가는 거냐? 내 철봉 맛이나 봐라!"

괴물이 점강창을 들어 가로막으면서 꾸짖는다.

"이 못된 원숭이 도둑놈! 무례하기 짝이 없구나! 대명천지 밝은 대낮에 남의 물건을 훔쳐가다니, 아무리 도둑놈이라 해도 어찌 이럴 수가 있단 말이냐?"

"이런 죽는 것이 뭔지 사는 것이 뭔지도 모르고 날뛸 줄만 아는 못된 짐승 녀석 봤나! 네놈이야말로 대명천지 밝은 대낮에 둥근 고리 테로 농간을 부려 남의 물건을 빼앗아가지 않았더냐? 이 철봉이 어째서 네 물건이란 말이냐? 잔소리 집어치우고 이 어르신의 철봉이나 한 대 먹어봐라!"

무시무시한 철봉이 날아들자, 괴물 역시 창을 휘둘러 거뜬히 막아냈다. 이리하여 또 한판의 기막힌 싸움이 벌어졌다.

제천대성이 맹위를 떨치니, 요마도 제법 만만치 않다.

쌍방이 똑같이 용맹을 다투니, 어느 쪽이 쉽사리 그만두려 할 것이냐?

이편의 철봉은 용의 꼬리와 같고, 저편의 장창은 구렁이의 머리통과 흡사하다.

이편에서 들이치는 철봉이 한껏 솜씨를 뽐내니 바람 소리가 저절로 일고, 저편에서 찔러드는 창날이 웅장한 위력을 떨치니 물 흐르듯 매끄럽기 짝이 없다.

오색찬란한 안개가 몽롱하게 산마루 감돌아 어둠 속에 잠기고, 상서로운 구름 자욱이 덮여 나무숲은 수심에 가득 차 있을 뿐.

하늘에 가득 날던 새들은 모두 활갯짓을 그치고, 사면팔방 들판에 맹수들조차 겁에 질려 목을 움츠린다.

저편 진영에서는 졸개 요괴들이 목청 터져라 함성을 지르고, 이편에서는 손행자 한 사람이 기고만장하게 위세를 떨친다.

한 자루 철봉 앞에 대적할 자 없으니, 서방 만리 천하를 두루 휘젓고 제멋대로 놀아난다.

저편의 한 자루 장창이야말로 참된 적수가 될 만하니, 금두산 금두동을 영원히 차지하여 으뜸가는 어른이라 일컫는다.

이 한판 싸움에 서로 만났으니 좋은 낯으로 헤어지기 어렵고, 승부 고하를 가리기 전에는 맹세코 그치려 하지 않는다.

마왕과 손대성은 벌써 세 시진(여섯 시간)이나 싸우고도 승부를 가리지 못했다. 날은 이미 어둑어둑 저물기 시작했다. 이윽고 요마는 긴 창대로 버텨 서더니 손행자에게 제의를 했다.

"손오공, 그만 멈추거라. 천지가 캄캄해졌으니 싸움을 계속할 때가 아니다. 피차간에 한숨 돌려 푹 쉬고, 내일 아침에 날이 밝거든 다시 겨뤄보기로 하자꾸나."

그 말에 손행자는 호통을 쳐서 꾸짖었다.

"이 못된 짐승 놈아, 주둥이 닥쳐라! 이 손선생은 이제 신바람이 나기 시작하는데 날이 어둡고 자시고가 무슨 상관이냐? 내 오늘은 기어코 네놈과 승부를 가려야만 되겠다!"

"에잇, 괘씸한 놈!"

괴물은 고함을 버럭 지르더니, 창을 한번 허세로 찔러 상대방을 위협한 다음, 목숨을 건져 가지고 병기를 걷어들인 부하 요괴들을 휘몰아 동굴 속으로 퇴각했다. 그리고는 문짝을 단단히 걸어 닫아버렸다.

싸울 상대가 없어졌으니 손대성도 발길을 돌릴밖에 더 있으랴. 맥풀린 그는 철봉 자루를 질질 끌면서 어슬렁어슬렁 산봉우리로 돌아갔다. 천신들은 기쁜 마음으로 축하를 해주면서 모두들 손대성에게 한마디씩 건넸다.

"과연 능력이 대단하신 제천대성이시오! 재간이 정말 무궁무진하게 나오는데 놀라지 않을 수 없소이다!"

손행자는 싱긋 웃으면서 겸사했다.

"과찬의 말씀이외다."

탁탑 이천왕이 가까이 다가왔다.

"이건 결코 허투루 하는 칭찬이 아니오. 정말 굉장한 대장부라 아니할 수 없소이다. 이번 싸움은 저 옛날 손대성이 천라지망을 얕잡아보던 그때와 비교해서도 전혀 손색이 없는 멋진 대결이었소!"

"쓸데없는 소리는 그만둡시다. 저 요마는 이번에 이 손선생과 한바탕 싸우고 난 끝이라 반드시 지쳐 있을 거요. 하지만 나는 무슨 대단한 고생을 했다고 말할 것이 못 되어 피곤한 줄도 모르겠소. 그러니 여러분은 계속 여기 앉아서 기다리고 계시오. 내 다시 한번 동굴 안으로 들어가서 그놈의 둥근 고리 테를 찾아보리다. 무슨 일이 있더라도 기필코 그놈의 보배를 훔쳐내고야 말 테니까, 그때에는 그놈의 괴물도 잡아 없애고 여러분의 병기도 빠짐없이 찾아내다가 돌려드려 무사히 하늘로 귀환하시도록 해드리리다."

나타태자가 한마디 건넨다.

"오늘은 이미 날이 저물었으니, 하룻밤 편안히 주무시고 내일 아침에 출동하시는 것이 차라리 낫겠습니다."

이 말을 듣고 손행자는 기가 차다는 듯 껄껄껄 웃었다.

"젊으신 도련님이라 세상일에 철이 덜 드셨군! 도둑질하는 놈이 밝은 대낮에 손 대는 것을 어디서 보셨소? 도둑질은 캄캄한 밤중에 아무도 모르게 살그머니 해치워야만 수지가 맞는 법이오."

곁에서 화덕성군과 뇌공들이 나타태자를 보고 말했다.

"삼태자는 아무 말씀도 마십쇼. 이런 일에 대해서는 우리야 아주 먹통 아닙니까. 손대성은 도둑질에 능숙한 전문가이시니, 이 틈을 타서 해치우도록 보내드립시다. 마귀란 놈도 지금쯤 지쳐서 곤드라져 있을 테고 또 캄캄한 밤중이라 아무런 경계도 없을 것이니, 손대성께서는 어서 빨리 가보시는 게 좋겠습니다. 자아, 어서 떠나시죠!"

앙큼스런 손행자는 낄낄낄 웃어가며 철봉을 몸에 감추고 높은 봉우리에서 훌쩍 뛰어내리더니, 또다시 동굴 어귀에 이르자 슬쩍 몸뚱이를 흔들어 이번에는 귀뚜라미로 둔갑했다.

주둥이는 야무지게 단단하고 수염은 길게 뻗쳤으며 겉껍질은 새까맣고, 부리부리한 눈망울에 발톱과 다리는 여러 갈래 졌다.
청풍명월 깊은 밤에 담 밑에서 우짖으니, 고요한 밤 정겨운 사람끼리 얘기를 주고받는 듯하다.

　　이슬방울 뚝뚝 듣는 울음소리 처량한 정경을 노래하는 듯, 끊어졌다 이어지는 그 목소리 구성지니 뽐낼 만하다.

　　주막집 창문틀에 기대어 선 나그네 고향 생각 나게 할까 두려워, 텅 빈 침상 밑에 숨어서 홀로 운다.

　　두 다리로 팔짝팔짝 서너 차례 뛰어 문틈으로 쑤시고 들어가 벽 밑에 웅크려 앉은 채, 안쪽에서 마주 비쳐오는 등잔 불빛 아래 자세히 살펴보았더니, 크고작은 요괴들이 흥청망청 게걸스레 짐승 고기를 뜯어먹고 씹어 삼키느라 여념이 없다. 손행자는 '찌르르, 찌르르!' 귀뚜라미 울음소리를 내면서 한참 동안 기미를 살폈다. 이윽고 얼마 안 되어 요괴들은 음식 그릇을 걷어치운 다음, 제각기 이부자리를 펼쳐놓고 털썩털썩 눕더니 이내 잠에 곯아떨어졌다. 일경쯤 되었을 무렵, 손행자는 그제야 움직이기 시작했다. 동굴 안쪽 뒷방으로 들어가보니, 늙은 마귀가 여러 군데 문을 지키는 부하 요괴들에게 당부하는 소리가 들려왔다.

　　"얘들아, 손오공이란 놈이 또 무엇으로 둔갑해서 살며시 들어와 도둑질을 할지도 모르니, 문지기들은 잠들지 말고 깨어 있도록 해라!"

　　때를 같이해서, 당번을 맡은 야경꾼 몇 녀석이 딱따기를 두들기는 소리가 여기저기서 요란하게 들려왔다. 손행자는 일하기가 더욱 수월해졌다. 방문 안으로 슬쩍 뚫고 들어가보니, 돌침대 하나가 놓여 있는데, 그 앞뒤 좌우에는 분 바르고 연지 찍은 산속의 정령과 나무 귀신들 몇몇이 줄지어 늘어서서 늙은 마귀의 잠자리 시중을 들어주고 있는데, 이부자리를 깔아놓으랴, 신발을 벗겨주랴, 옷을 풀어주랴, 바쁜 손길로 움직이고 있었다.

　　이윽고 마왕이 옷을 풀어헤쳤다. 왼쪽 팔뚝에는 과연 둥근 고리 테가 허연 광채를 번쩍거리면서 끼워져 있는데, 자세히 살펴보니 그것은 구슬을 잇대어 꿴 팔찌처럼 만든 고리 테였다. 한데 마왕은 그것을 뽑아놓지 않고 도리어 팔꿈치 위로 두어 차례 밀어올려서 더욱 단단히 끼워놓고서야 잠드는 것이 아닌가! 손행자는 다시 한번 변신 술법을 써서 이번에는 한 마리의 노란 벼룩으로 둔갑해 가지고 돌침대 위로 뛰어오른 다음, 이불 속에 파고 들어가서 마왕의 팔뚝 위로 살금살금 기어올라가더니 고리 테가 낀 살갗을 한차례 야무지게 꽉 깨물었다.

"앗, 따가워!"

괴물이 몸뚱이를 뒤채면서 욕을 퍼부었다.

"이런 배라먹을 것들 같으니! 이불도 털지 않고 침상도 쓸어내지 않았구나. 그러니 뭔지는 몰라도 이렇게 물어뜯는 놈이 생겼지 않나!"

마왕은 다시 둥근 고리 테를 팔뚝 위로 두어 번 치켜올려 단단히 조인 다음, 여전히 쿨쿨 잠들기 시작했다. 손행자는 고리 테 위로 기어올라가 다시 한차례 깨물었다. 잠을 이루지 못한 괴물은 또 몸뚱이를 뒤치락거리면서 투덜거렸다.

"이것 참말 가려워서 죽겠구먼!"

괴물이 막무가내로 방비를 단단히하고 좀처럼 보배를 신변에서 뽑아놓지 않으려 하자, 손대성은 도저히 훔쳐낼 수 없음을 깨닫고 침상 아래로 뛰어내렸다. 그리고 또다시 귀뚜라미로 둔갑하여 침실 문을 나선 다음 뒤채로 팔짝팔짝 뛰어갔다. 뒤채에 당도하고 보니, 또 화룡이 신음하는 소리, 화마가 울부짖는 소리가 들려왔다. 그 안에 화부의 용과 말을 매달아놓고 문을 자물쇠로 단단히 잠가놓은 것이다. 손행자는 본신을 드러내고 문 앞으로 가까이 다가섰다. 그리고 '해쇄법'을 부려 중얼중얼 주문을 외우면서 손으로 자물쇠를 슬쩍 문지르니, 양쪽으로 지른 용수철 두 개가 '철꺼덕' 하는 소리와 함께 맥없이 풀려 땅바닥에 떨어졌다. 문을 밀치고 안으로 뛰어들어가 보았더니, 여러 가지 화기들이 이글거리는 빛을 쏟아내어 대낮같이 환하게 밝히고 있었다. 동쪽과 서쪽에는 또 다른 병기들이 비스듬히 기대어져 있는데, 모두가 나타 삼태자의 감요검·참요도, 화덕성군의 화궁·화전과 같은 물건들이었다. 불빛에 비춰서 주변을 한바탕 둘러보니 문 뒤편 돌탁자 위에 대껍질로 만든 쟁반이 하나 놓였는데, 그 속에 원숭이의 솜털 한 움큼이 담겨 있는 것을 발견했다. 손행자는 얼씨구나 싶어 냉큼 자기 터럭을 집어들고 뜨거운 입김을 두어 번 쐬어주면서 외마디 호통을 쳤다.

"변해라!"

솜털은 삽시간에 4, 50마리나 되는 새끼 원숭이떼로 둔갑했다. 그는 원숭이들을 시켜 나타태자의 감요검·참요도·항마저·박요삭·수구·화륜아와 화덕성군의 화궁·화전·불수레·불호리병·불까마귀·불쥐·화마 등, 빼앗겼던 물건들을 모조리 거두게 한 다음, 원숭이떼를 휘몰아 함께 화룡의 등에 올라탔다. 결박이 풀린 화룡은 당장 불기운을 일으켜 동굴 안쪽으로부터 바깥쪽으로 무섭게 불태워나가기 시작했다. 불길이 우지끈 뚝딱, 활활 타면서 솟구치는 소리가 마치 벼락 때리듯 연주포(連珠炮)를 터뜨리듯 요란하게 울려 퍼지고, 난데없는 대화재에 기절초풍한 요괴들은 엉겁결에 이부자리를 껴안고 뒹구는가 하면 머리통을 감싸쥐는 놈, 고래고래 악을 쓰는 놈에 목을 놓아 울부짖는 놈 할 것 없이 모두가 도망칠 곳을 찾아 헤맸으나, 빠져나갈 길이 없어 삽시간에 절반 남짓이나 불에 타 죽고 말았다.

이렇듯 원숭이 임금 미후왕이 대승을 거두고 돌아왔을 때는 겨우 삼경 무렵이 되었을 뿐이었다.

한편 산꼭대기에서는 탁탑 이천왕을 비롯하여 뭇 신령들이 기다리고 있었는데, 동굴 쪽에서 별안간 화광이 충천하는 것을 발견하고 무슨 영문인가 싶어 앞으로 우르르 몰려나갔다. 이때 손행자가 용을 타고 고래고래 악을 쓰면서 새끼 원숭이떼를 휘몰아 산봉우리 위에 들이닥쳤다.

"병기를 받으시오! 여러분, 이리들 와서 병기를 받으시오!"

화덕성군과 나타태자가 응답 소리 한마디에 얼른 달려나와 자기네 병기를 받아 챙겼다. 손행자는 몸을 한 번 흔들어 솜털을 다시 거두어들였다. 이리하여 나타태자는 여섯 가지 애용 병기를 다시 손아귀에 넣을 수 있게 되었고, 화덕성군 역시 화부 소속 신령들과 함께 화룡을 비롯한 화기들을 되찾았다. 일행이 싱글벙글 웃어가며 손행자를 칭찬하고 사례한 것은 더 말할 나위도 없다.

한편 금두동 안에서는 불꽃이 여기저기 무섭게 활활 타올라 독각시대왕의 혼백이 몸에 붙어 있지 못하게 만들어놓았다. 그는 자리를 박차고 황급히 일어나 침실 문을 열어붙이더니 두 손으로 둥근 고리 테를 부여잡은 채 동에 번쩍 서에 번쩍, 사면팔방으로 뛰어다니면서 불길을 잡느라 정신이 하나도 없었다. 동굴 속에 가득 찬 연기를 무릅쓰고 불길과 맞닥뜨리면서 보배를 손에 잡은 채 갈팡질팡 뛰어다니다 보니, 어느새 불꽃 연기는 모조리 꺼져버렸다. 불길을 잡고 나서 그는 부하 요괴들을 불러모았으나, 이미 전체의 태반이 불에 타 죽고 살아남은 것은 남녀 합쳐서 고작 1백여 명, 그 밖에는 찾아낼 길이 없었다. 다시 노획한 병기를 감추어둔 곳을 조사해보니, 한 가지도 남은 것 없이 모조리 사라진 뒤였다. 부랴부랴 깊숙한 뒤꼍으로 들어가본즉, 다행히도 저팔계와 사화상, 그리고 삼장 법사는 아직도 그 자리에 결박이 풀리지 않은 채 남아 있었고, 백룡마도 마구간에 그대로 매여 있었다. 짐보따리 역시 누가 건드리지 않은 채 한구석에 그대로 처박혀 있었다.

마왕은 분노가 치밀어 펄펄 뛰면서 부하 요괴들을 꾸짖었다.

"어떤 녀석이 조심하지 않고 불을 내 이 지경으로 만들었느냐!"

곁에서 측근 심복이 송구스럽게 아뢰었다.

"대왕님, 이 불은 저희 집안 식구들의 실수로 일어난 것이 아닙니다. 십중팔구 우리 동굴에 도둑질을 하러 쳐들어온 놈이 화부의 도구들을 모조리 풀어놓고 신령들의 병기를 훔쳐가는 바람에 불이 난 것이 아닌가 싶습니다."

늙은 마귀는 그제야 퍼뜩 짚이는 바가 있었다.

"옳거니! 다른 놈이 아니라, 손오공 그 도둑놈의 짓이 분명하다. 어쩐지 내가 잠들 때 편치 못하더라니! 보나마나 그 도둑 원숭이가 둔갑술을 써가지고 남몰래 숨어들어와 내 팔뚝을 따끔따끔하게 물어뜯은 것이 틀림없어. 흐흠! 내 보배를 훔쳐내려 했지만 내가 단단히 조여서 끼워두는 것을 보고 섣불리 손을 대지 못했던 거야. 그래서 그놈은 내 보배 대신 병기를 훔쳐내고 화룡을 풀어놓아 나를 불태워 죽일 악독한 심보를 먹은 것이다. 이 도둑놈의 원숭이야! 네놈이 아무리 섣부른 꾀를 부려봐도 헛수고, 내 재간을 알지는 못했을 것이다! 나는 이 보배만 몸에 지니고 있으면 망망대해에 뛰어들어도 빠져 죽지 않고 불바다 속에 들어가도 타 죽지 않는단 말이다! 이번에 그놈의 도둑 원숭이를 잡기만 한다면 산 채로 묶어서 기름을 끼얹어놓고 불을 질러 인간 횃불[1]을 만들어놓고야 말 테다. 그래야만 내 분이 풀릴 것이다!"

이렇듯 악을 고래고래 써가며 한참 동안이나 분을 삭이고 있으려니, 어느덧 새벽닭이 홰를 치고 날이 밝아왔다.

---

[1] 인간 횃불: 원문은 '점타(點磔)'. 긁어낸 고깃덩어리를 한군데 모은 것을 '타(磔)'라고 하는데, 이는 곧 중국 사람들이 설날 밤에 긴 장대 끄트머리에 등을 높이 매달아 귀신을 쫓는 '점천등(點天燈)'이란 풍습에서 비롯된 것으로, 죄수나 전쟁 포로를 잡았을 때 '점타'의 관습에 따라 산 채로 매달아 태워 죽이던 잔혹한 형벌의 한 가지인데, 여기서는 이해하기 쉽게 '인간 횃불'로 풀이하였다.

한편, 산꼭대기에서는 여섯 가지 병기를 되찾은 나타태자가 손행자를 재촉하고 있었다.

"손대성님, 날이 벌써 밝았습니다. 지체할 것 없이 저 요마의 예기가 꺾인 틈을 타서 우리 다시 한번 쳐들어갑시다. 화부의 신령들이 대성님을 도와드릴 것이니, 또 한차례 힘써 싸워보시죠. 아마 이번에는 그놈을 꼭 잡을 수 있을 겁니다."

손행자가 웃어가며 고개를 주억거렸다.

"그럴듯한 말이로군! 좋소, 우리 모두 마음 단단히 다져먹고 힘을 합쳐 또 한바탕 놀아보기로 합시다!"

이리하여 두 사람은 하나같이 위풍당당하게 무예를 뽐내면서 동굴어귀로 쳐들어갔다.

"이 발칙한 마귀 놈아! 이리 썩 기어나오지 못하겠느냐? 이 손선생하고 다시 한번 싸워보자!"

기세 좋게 고함질러 도전하는 손행자, 동굴 문짝을 바라보니 뜨거운 불기운을 이기지 못하고 이미 잿더미가 되어버린 지 오래다. 문 안에는 졸개 요괴 몇 마리가 빗자루로 땅바닥을 쓸어내고 잿더미를 치우느라 한창 바쁘다. 요괴들은 손대성이 여러 신령들과 함께 쳐들어온 것을 발견하고 기겁해서 빗자루를 내동댕이치고 쓰레받기에 받아놓았던 잿더미마저 도로 흩어놓은 채, 허둥지둥 동굴 안으로 달려들어가 마왕에게 또 급보를 알렸다.

"손오공이 여러 천신들을 거느리고 문밖에 쳐들어와서 욕설을 퍼부으며 도전하고 있습니다."

외뿔 달린 괴물은 보고를 받고 크게 놀라기는 했으나, 겨우 가라앉혔던 마음속의 울분이 다시 치밀어올라 강철 같은 어금니를 뿌드득 갈아붙이면서 고리눈을 부릅뜨고 벌떡 일어섰다. 그리고는 장창을 꼬나들고 보배를 손에 잡은 채 동굴 문 바깥으로 뚜벅뚜벅 걸어나가더니 댓바람에 욕설부터 퍼부었다.

"너 이놈! 남의 재물을 함부로 훔쳐가는 것도 모자라 불까지 지르는 도둑놈아! 네놈의 수단이 얼마나 대단하기에 감히 나를 이다지도 업신여긴단 말이냐!"

손행자도 얼굴 가득 얄미운 웃음기를 띤 채 맞대거리를 한다.

"이 못된 괴물아! 내 수단이 알고 싶거든 이리 썩 나서라! 내가 차근차근 말해줄 테니 들어보려무나."

내가 태어난 이래 어려서부터 수단이 굉장했으니, 건곤 만리에 이름을 드날리고 있었다.

그 당시에 크게 깨달은 바 있어 신선의 도를 닦고, 오랜 옛날부터 불로장생의 술법을 전해 받았다.

뜻을 세워 스승 찾아 온 땅을 두루 방문하고, 경건한 마음으로 성인의 고장을 찾아가뵈었다.

변화가 무궁무진한 술법을 배워 이룩했으니, 우주 천지의 장공(長空)을 내 멋대로 유람하였다.

한가로울 때는 산 앞의 호랑이를 때려누이고, 마음에 거슬릴 때면 바다 속에 들어가 해룡을 항복시켰다.

조상 적부터 화과산에 거처하여 임금의 자리를 차지하였으며, 수렴동 안에서 억센 힘을 마음대로 뽐내기도 했다.

몇 번이나 천계를 도모하고 싶은 뜻이 있어, 여러 차례 우격다짐으로 웃어른의 자리를 빼앗으려 했다.

옥황상제는 겁이 나서 내게 제천대성이란 직함을 내리시고, 칙명으로 미후왕에 책봉하셨다.

그러나 반도원에 베푸는 잔치 자리에, 이 몸을 초청하는 청첩장이 없었기에 나는 성미가 치밀어 심통을 부렸다.

남몰래 요지에 침입하여 옥액을 훔쳐 마셨고, 보각에 잠입하여 경장을 훔쳐 마셨다. 용의 간, 봉황의 골수도 훔쳐먹었고, 온갖 진수성찬도 내가 훔쳐 맛보았다.

천 년의 세월 따라 익는 반도원의 복숭아도 내 몫이 되었으며, 만 년을 걸려 구웠다는 태상노군의 단약으로 내 배를 채웠다.

그러고도 모자라 천궁의 신기한 보물을 골고루 가져보았고, 성부(聖府)의 진귀한 물건도 모조리 옮겨다가 내 집을 꾸몄다.

옥황상제는 내게 수단이 있음을 알아차리시고, 즉각 천병을 풀어 싸움판을 벌여놓으셨다.

구요성관(九曜星官) 사나운 아홉 별이 나와 맞닥뜨려 참패당하고, 오방(五方)의 흉악한 별자리들조차 내게 상처를 입었다.

하늘의 모든 신장들도 모두 내 적수가 될 자 없었고, 십만 웅사(十萬雄師)가 섣불리 나를 당해내지 못했다.

내 위력은 옥황상제로 하여금 칙명을 내려, 관강구의 소성 이랑진군을 불러내게 만들었다.

나는 그와 일흔두 가지 변화 술법으로 맞섰으나, 쌍방이 제각기 정신을 쓰는 품새가 똑같이 강했다.

남해의 관음보살이 오셔서 싸움을 도우셨으니, 정병(淨瓶)과 수양버들 가지도 서로 협조하였다.

태상노군이 또다시 금강투(金剛套)를 던져서, 나를 붙잡아 상계로 잡아 올렸다.

꽁꽁 묶인 죄수의 신분으로 옥황장대제(玉皇張大帝)를 알현하였더니, 조정의 관원들이 죄목을 따져 사형에 처하게 되었다.

그 즉시 대력신을 시켜 큰 칼로 내 목을 치게 하였으나, 칼날 닿은 머리 가죽에서는 불꽃만 번쩍 튈 뿐.

천방 백계 온갖 수단을 다 써보아도 죽일 수 없게 되니, 태상노군의 부중으로 나를 압송해버렸다.

육정 육갑 신장에게 명하여 나를 팔괘로에 던져넣고 단련하게 하였으나, 내 몸은 도리어 강철만큼이나 단단하게 여물어졌다.

칠칠은 사십구, 날짜가 다 차서 솥뚜껑을 열어보았을 때, 이 몸은 다시 뛰쳐나와 또 한차례 분탕질을 치기 시작했다.

여러 신장들은 내 앞을 막아낼 길이 없어 문을 닫아걸고 들어앉으니, 뭇 성신(聖神)들이 상의한 끝에 부처님을 모셔다가 간청을 드렸다.

과연 석가여래의 법력은 광대하고, 그 지혜의 넓기가 무한량이셨다.

손바닥 하나 펼쳐놓고 내기를 걸었는데, 이 사람은 그만 내기에 져서 붙잡히는 신세가 되고 말았으니, 산더미로 찍어눌러 나를 꼼짝 못하게 만드셨다.

옥황상제는 그때서야 '안천대회(安天大會)'를 베푸시고, 서역 땅은 비로소 극락의 터전이라 일컫게 되었다.

이 손선생은 산더미에 찍어눌린 채 괴롭힘을 당한 지 무려 오백 년, 찻물 한 모금 밥 한 술 맛본 적이 없었다.

때마침 금선장로가 속세에 임하시니, 동녘 땅에서는 그분을 파견하여 부처님의 고장을 찾아뵙게 하였다.

이제 진경을 얻어 가지고 상국(上國)에 돌아올 것을 기약하니, 대 당나라 제왕이 먼저 죽은 망령들을 천도하기 위함이다.

관세음보살은 앞서 나를 선한 길에 귀의하도록 권유하셨으니, 부처님의 가르침을 받들고 불도를 신봉하여 방종하게 날뛰지 않도록 하셨다.

높은 산자락 밑에서 해탈하기 어려웠으나, 이제는 서천으로 경장(經章)을 가지러 가게 되었다.

이 못된 마귀야, 노루 여우 같은 잔꾀를 부리지 말고, 우리 당나라 스님을 돌려보내어 법왕을 찾아뵙게 하여라!

이 말을 듣고 마왕은 손행자에게 삿대질하면서 냅다 호통을 쳤다.

"이제 봤더니, 네놈은 하늘나라를 훔치려던 대도적이었구나! 달아나지 말고 거기 서서 내 창이나 한 대 먹어봐라!"

이편의 손대성도 끓리지 않고 철봉으로 마주쳐나갔다. 쌍방이 막상막하로 대결하고 있으려니, 한편에서 지켜보고 있던 나타태자와 화덕성군이 불끈 성을 내며 마왕을 겨냥해 여섯 가지 신통한 무기와 화부의 모든 병기를 한꺼번에 내던졌다. 응원군이 가세하자 손대성의 기세도 더욱 왕성해졌다. 그 뒤를 이어 등화와 장번 두 뇌공이 벼락을 때리고 탁탑 이천왕 역시 큰 칼을 높이 치켜들고 싸움판에 뛰어들었다. 상대방에 응원군들이 한꺼번에 들이닥치자, 마왕은 쓴웃음을 지으면서 소매춤에 감추어두었던 보배를 슬그머니 꺼내들더니 손길을 홱 뿌리치듯 허공 높이 던져올렸다.

"달라붙어라!"

뒤미처 '쏴아아!' 하는 바람 소리, 나타태자의 여섯 가지 신통한 병기와 불지르는 화부의 도구, 뇌공들의 벼락, 이천왕의 큰 칼, 손행자의 철봉 할 것 없이 순식간에 모조리 둥근 고리 테에 빨려들어가고 말았다. 단 한 번에 완승을 거둔 마왕은 전리품을 거두어 가지고 의기양양하게 동굴 속으로 들어가버리고 말았다.

"애들아! 바윗돌을 옮기다가 부서진 문을 막아놓고, 흙더미를 져다가 불타버린 건물을 고쳐놓아라. 일이 다 끝나거든 당나라 화상 세 녀석을 잡아서 토지신에게 고수레를 드린 다음, 우리 모두 다 같이 제물을 나누어 먹도록 하자꾸나!"

부하 요괴들이 마왕의 분부대로 일을 해나가게 된 것은 두말할 나위도 없다.

한편, 탁탑 이천왕은 또다시 적수공권에 빈털터리가 되어버린 동료 우군들을 이끌고 산봉우리 진영으로 돌아왔다. 가까스로 되찾은 병기를 또 잃어버린 화덕성군은 성미 급하게 뛰어든 나타 삼태자의 처사를 원망하고, 뇌공 두 사람은 이천왕이 자기 마음대로 행동한 것을 탓하기 시작했다. 곁에서 입을 꾹 다물고 있는 것은 황하 수백 한 사람뿐이었다. 동료들끼리 네 탓 내 탓을 따지며 초조해하는 광경을 지켜보면서, 손행자 역시 안타까운 생각이 꽉 차 있었으나, 사세가 이 지경에 이르러 어쩔 도리가 없는 터라, 원망을 억누른 채 일부러 억지웃음을 떠어가며 동료들을 달래주었다.

"여러분, 너무 걱정하실 것 없소이다. 옛말에도 '이기고 지는 경우는 싸움터에서 늘 있는 일(勝敗兵家之常事)'[2]이라고 하지 않았소. 무예 수준을 놓고 따져본다면 내가 그놈보다 나은 것이 사실이오만, 단지 그놈에게 보배 한 가지가 더 있어서 문제요. 그러기에 우리가 번번이 골탕을 먹고 병기를 빼앗기곤 하지 않았소? 하지만 안심하고 계시오. 이 손

---

2 이기고 지는 경우는 싸움터에서 늘 있는 일: 이 속담은 『구당서(舊唐書)』「배도전(裴度傳)」에서 '한 번 이기고 한 번 지는 일은 전쟁을 하는 사람에게 늘 있는 법(一勝一負, 兵家常勢)'이란 기록에서 처음 쓰였으며, 이후 '승부는 병가지상사(勝負兵家之常事)'란 속담이 유행하였다.

선생이 다시 한번 가서 그놈의 정체가 무엇이며 또 농간을 부리는 그 보배의 내력이 어떻게 된 것인지 낱낱이 조사를 해가지고 돌아오다."

나타태자가 뜨악한 표정으로 묻는다.

"앞서 옥황상제께 아뢰어 천상의 모든 세계를 온통 조사해보셨어도 아무런 종적을 못 찾으셨는데, 이제 또 어디로 가서 조사해보시겠다는 말씀입니까?"

손행자는 미리 생각해두었던 바를 털어놓았다.

"우리 부처님의 법력이 한량없이 크시다는 것을 생각했소. 그래서 나는 이 길로 서천에 올라가 우리 여래부처님께 여쭈어보고, 그분의 혜안으로 이 너르디너른 사대 부주를 두루 살펴보셔서 이 괴물이 어느 곳에서 태어나 자랐으며 고향은 어디고 살던 곳은 어딘지, 또 그 둥근 고리 테는 어떤 보배인지 알아내시도록 하겠소. 무슨 일이 있어도 내 반드시 그놈을 잡아 여러분의 분풀이를 해드리고, 기쁜 마음으로 개선하여 하늘나라로 돌아가시도록 해드리고야 말겠소."

여러 신들이 이구동성으로 말했다.

"대성의 뜻이 그러시다면, 지체하지 말고 어서 가보십쇼!"

"그럼 다녀오리다!"

용감한 손행자, 간다는 말 한마디 떨어지기가 무섭게 근두운을 일으켜 타고 단숨에 영취산으로 날아갔다. 상광을 낮추고 사면팔방을 둘러보니, 과연 서천의 극락세계라 기막힌 절경을 이루고 있다.

영기 감도는 산봉우리 울뚝불뚝 솟구치고, 첩첩 두른 장벽이 맑고도 아름다우며, 선악정상(仙岳頂上)은 창공에 맞닿았구나.
서천의 거진(巨鎭)을 우러러보니, 그 형세가 중화를 압도한다.
원기가 두루 통하여 천지는 아득히 멀고, 위풍을 드날리니 누대에는 온통 꽃송이 흩뿌린다.

이따금씩 종소리, 풍경 소리 길게 들려오고, 경문을 읊조리는 소리 또한 낭랑하게 들려온다.

저 푸른 소나무 그늘 아래 우바이(優婆夷) 강론하는 모습 흘끗 보이고, 짙푸른 잣나무 사이 나한(羅漢)의 수행하는 모습 보인다.

흰 두루미 정겹게 취령(鷲嶺)에 날아들고, 청란(青鸞)은 제 뜻대로 한가로운 정자에 서성거린다.

검정 원숭이는 짝지어 선과(仙果)를 받들어 올리고, 목숨 긴 사슴은 쌍쌍이 자영(紫英)을 바친다.

그윽한 곳을 나는 새들의 지저귐이 무엇인가 빈번하게 하소연하고, 기이한 꽃떨기 그 빛깔 찬란한데 이름조차 알 수 없다.

얼기설기 돌아드는 산봉우리 겹겹이 되돌아보게 만들고, 굽이굽이 감도는 옛길 또한 가는 곳마다 평탄하다.

이야말로 청허(淸虛) 영수(靈秀)의 땅이니, 장엄 대각(莊嚴大覺) 불가(佛家)의 풍격(風格)이다.

손행자가 정신 놓고 여기저기 산천 경개를 둘러보고 있으려니, 홀연 누군가 부르는 소리가 들려온다.

"손오공, 어디서 오는가? 어디로 가는 길인가?"

흘끗 고개를 돌려 바라보니, 비구니 존자(比丘尼尊者)[3]다. 그는 문안 인사를 올리면서 대답했다.

---

3 우바이·비구니 존자: 모두 불교 용어로, 우바이(優婆夷)는 upāsikā 또는 uvāi(kā)의 음역. 청신녀(淸信女)·근선녀(近善女)라는 뜻으로, 통상 여신도·여성 세속 신자를 가리킨다. 비구니(比丘尼)는 bhikkhunī의 음역. 필추니(苾芻尼)라고도 쓴다. 출가하여 교단의 일원으로서 계(戒)를 받은 여자, 구족계(具足戒)를 가진 여자, 출가한 여자라는 뜻인데, 여기에 '존귀하다, 뛰어난 수도자'라는 뜻의 존칭을 붙인 것이다.

"여쭈어볼 일이 있어 여래님을 뵙고자 왔습니다."

비구니 존자가 핀잔을 준다.

"이런 개구쟁이 친구 봤나! 여래님을 뵙겠다면서 보찰에는 오르지 않고 왜 여기서 한가롭게 경치나 구경하고 있단 말인가?"

"귀한 곳에 처음 왔기에 마음 내키는 대로 구경 좀 했습니다."

"어서 날 따라오게."

손행자가 비구니 존자를 바짝 뒤따라 뇌음사 산문 아래 이르니, 저 무시무시한 팔대 금강(八大金剛)[4]이 위풍당당하게 양쪽에서 앞길을 가로막는다. 비구니 존자가 일렀다.

"오공, 잠깐만 여기서 기다리게. 자네가 찾아왔다고 위에 여쭙고 오겠네."

손행자는 어쩔 수 없이 산문 밖에서 기다렸다. 비구니 존자는 그 길로 부처님 앞에 나아가 합장하고 아뢰었다.

"손오공이 일이 있어 여래님을 뵈러 왔나이다."

석가여래가 들여보내라는 전지를 내리자, 팔대 금강은 비로소 길을 비켜 들어가게 해주었다.

손행자가 머리 숙이고 참배의 예를 마치니, 여래부처가 물었다.

"오공아, 전에 듣자니 관음 존자가 네 육신을 해탈시켜 석교(釋敎)에 귀의하게 하고 당승을 보호하여 이곳으로 경을 구하러 오게 하였다던데, 무슨 일로 너 혼자서 이곳에 왔느냐? 무슨 사고라도 났느냐?"

---

[4] 팔대 금강: 팔대 명왕(八大明王)과 같은 말. 여덟 방위를 수호하는 명왕들로서, 팔대 보살이 변신하여 나타나는 것. 즉 마두명왕(馬頭明王)은 관세음보살, 대륜명왕(大輪明王)은 미륵보살, 군다리명왕(軍茶利明王)은 허공장보살(虛空藏菩薩), 보척명왕(步擲明王)은 보현보살, 항삼세명왕(降三世明王)은 금강수보살(金剛手菩薩), 대위덕명왕(大威德明王)은 문수보살, 부동명왕(不動明王)은 제개장보살(除蓋障菩薩), 무능승명왕(無能勝明王)은 지장보살이다.

손행자는 머리를 조아려 말씀드렸다.

"우리 부처님께 아룁니다. 제자가 가르침을 받들고 당나라 사부와 함께 서천으로 오는 길에 금두산 금두동이란 곳에 이르렀사온데, 한 마리 사악한 마귀 두목을 만났습니다. 그놈은 이름을 독각시대왕이라 하오며 신통력이 굉장하여 제 스승과 사제들을 동굴로 납치해갔습니다. 제자는 그놈에게 돌려보내줄 것을 요구하였으나 좋은 뜻으로 대하지 않기에 서로 맞부딪쳐 싸우게 되었습니다. 하온데 그놈은 하얀 둥그러미 테 한 개를 가지고 제 애용 병기인 철봉을 빼앗아가고 말았습니다.

저는 그놈이 혹시 하늘의 신장이 속세를 그리워하여 하계에 내려온 자가 아닐까 하여 급히 하늘나라에 올라가 조사해보았으나 알아낼 도리가 없었습니다. 옥황상제께서는 이천왕 부자를 보내시어 도와주셨으나, 역시 그놈에게 나타태자의 여섯 가지 병기를 빼앗겼습니다. 화덕성군을 청하여 불을 질러 태워 죽이려 했으나, 그 역시 불 놓는 도구를 그놈에게 송두리째 빼앗겼습니다. 그래서 또다시 수덕성군에게 부탁하여 황하의 물로 홍수를 일으켰으나, 물에 빠뜨려 죽이기는커녕 털끝 하나 적시지 못하였습니다. 제자가 혼신의 기력을 다 써서 이 철봉과 다른 신장들의 병기를 훔쳐내 가지고 다시 한번 도전하였습니다만, 여전히 그놈의 보배에 병기들을 또 모조리 빼앗기고 말았습니다.

결국 제자는 그놈을 항복시킬 아무런 방법이 없사와 이렇듯 우리 부처님께 여쭈오니, 바라옵건대 부디 이 제자에게 자비를 베푸시어 그 괴물의 출신 내력이 무엇인지 알려주소서. 그리하면 제가 그놈의 본거지로 찾아가서 일가친척들과 이웃들을 볼모로 잡아놓고, 그 마귀 두목을 협박하여 잡아 꿇리고 저희 스승을 구해낼 수 있사오며, 이 일이 성공하여야만 저희 모두 합심 협력하여 경건하고도 정성된 마음으로 부처님을 참배하고 정과를 구할 수 있겠나이다."

손행자가 아뢰는 하소연을 듣고 나서, 여래는 혜안으로 까마득히 머나먼 곳을 바라보더니, 대뜸 그 사연의 내력을 알아차렸다. 그는 손행자를 굽어보고 이렇게 말했다.

"그 괴물의 정체는 이미 알아냈다만, 네게 말해줄 수는 없구나. 너처럼 입이 헤픈 원숭이 녀석은 당장 그 소문을 퍼뜨릴 테고, 그래서 내가 일러준 말이 그 괴물의 귀에 들어가기라도 하는 날이면, 그놈은 너와 싸우기는커녕 오히려 당장 이 영취산으로 쳐들어와서 야료를 부릴 텐데, 그때에는 너를 도와준다는 것이 도리어 내가 화를 입게 되지 않겠느냐. 그럴 것이 아니라 내가 여기서 법력을 써가지고 네가 그놈을 잡도록 도와주마."

손행자는 재배를 올려 사례하고 여쭈었다.

"감사합니다, 여래님, 무슨 법력으로 저를 도와주시겠습니까?"

여래는 즉석에서 십팔 나한(十八羅漢)[5]을 불러들여 보고(寶庫)를 열게 하고 '금단사(金丹砂)' 열여덟 알을 꺼내어 손행자를 도와주라는 명령을 내렸다.

손행자가 미심쩍은 기색으로 물었다.

"금단사를 가지고 어떻게 저를 도와주시겠습니까?"

"너는 동굴 밖에 가서 그 요마더러 다시 한번 겨루어보자고 유인해라. 그놈을 바깥으로 끌어낸 다음에는 십팔 나한을 시켜 금단사를 뿌리게 할 것이다. 그놈이 모래 속에 빠져들어 두 발을 뽑아내지 못하도록 움쭉달싹 못 하게 만들고 나서 네가 재주껏 때려잡으면 될 게 아니냐."

---

5 십팔 나한: 나한은 아라한(阿羅漢)의 준말. 응공(應供)이란 뜻으로, 공양을 받기에 적합한 사람, 존경할 만한 사람, 수행을 완성한 사람을 뜻한다. 나한의 숫자는 여러 형태로 나오는데, 가장 많이 쓰이는 것이 십팔 나한과 오백 나한이다. 제8회 본문과 주 **10** '아라한' 참조.

손행자는 낄낄대고 웃으면서 탄성을 질렀다.

"그것참 묘책이십니다! 묘책이에요! 자, 그럼 어서 빨리 떠나도록 해주십쇼!"

여래의 분부가 떨어졌으니 십팔 나한도 감히 지체할 수가 없다. 그들은 보고에서 금단사를 꺼내 가지고 산문 밖으로 나섰다. 손행자가 여래에게 다시 한번 사례하고 돌아오는 길에 조사해보니, 약속과는 달리 '십팔 나한'이 아니라 단지 열여섯 분의 나한들만 뒤따르고 있을 뿐이다. 두 분이 어디론가 새어버린 것이다. 손행자는 펄쩍 뛰면서 고래고래 악을 썼다.

"세상에 이런 법이 어디 있소? 인심은 써놓고 사람을 은근슬쩍 빼돌리다니!"

나한들이 어리둥절하여 묻는다.

"인심 써놓고 사람을 빼돌리다니, 누가 그랬단 말인가?"

"여래님은 분명히 열여덟 사람을 보내주시겠다고 했는데, 보시오! 당신들 열여섯 분밖에 없지 않소?"

손행자가 말끝을 맺기도 전에 절간 안에서 항룡(降龍), 복호(伏虎) 두 나한이 걸어나오더니 그 앞으로 다가서서 사정을 이야기했다.

"오공, 어쩌자고 이렇듯 방자하게 구는가! 우리 두 사람은 뒤미처 여래님의 분부를 듣고 나오는 길일세."

"그것참, 인심 한번 더럽게 쓰시는군! 내가 좀더 늦게 악을 썼더라면 당신들은 아직까지도 나오지 않았을 거요!"

손행자가 억지 떼를 쓰고 나오니, 나한들은 기가 막혀 껄껄대고 웃으면서 상운에 올라탔다.

그들은 얼마 안 되어 금두산 경계에 도달했다. 일행을 발견한 탁탑 이천왕이 여러 신장들을 거느리고 맞아들이면서 그동안의 경과를 얘기하려 들자, 십팔 나한은 그것을 제지하고 용건부터 끄집어냈다.

"번거로운 얘기는 할 것 없이, 어서 속히 가서 그놈을 끌어내기나 하시오."

"알았소!"

손행자가 두 주먹을 불끈 쥐고 동굴 어귀로 다가서더니, 냅다 고함쳐 싸움을 건다.

"이 비계 덩어리 못된 괴물아! 냉큼 나와서 네놈의 외할애비와 승부 고하를 가려보자!"

졸개 요괴가 또 한차례 날 듯이 뛰어들어가 급보를 전했다.

손행자가 또 쳐들어왔다는 보고에, 마왕은 부아가 치밀어 욕설이 절로 나왔다.

"이 도둑놈의 원숭이가 또 어떤 녀석을 불러다 놓고 발광을 떠는지 모르겠군! 그래, 누가 따라붙었더냐?"

마왕이 묻자, 졸개 요괴는 본 대로 아뢰었다.

"다른 장수는 없고, 혼자뿐입니다."

"허허! 그것참…… 철봉은 내게 빼앗겼는데, 그놈이 어째서 또 혼자 왔을꼬? 설마하니 또 한번 주먹다짐으로 해보시겠다는 건가?"

이윽고 마왕은 보배를 몸에 지닌 채 점강창 긴 자루를 거머잡고 졸개들을 시켜 문짝 대신에 틀어막았던 바윗돌을 치우게 한 다음 동굴 바깥으로 뛰쳐나왔다.

"이 지겨운 도둑 원숭이 놈아! 내 손에 밑지는 장사를 하고 도망친 게 벌써 몇 번째냐? 그만하면 멀찌감치 피해 달아나야 할 것이지, 어쩌자고 또 기어와서 시끄럽게 떠드는 거냐?"

"요놈의 철딱서니 없는 마귀 녀석아! 뭐가 좋고 나쁜지 모르고 설쳐대기만 하는구나. 이 외할애비가 찾아오시지 않게 하려거든, 일찌감치 항복하고 예의를 갖추어서 우리 사부님과 아우들을 곱게 돌려보내라! 그래야만 내가 네놈을 용서해줄 테다!"

괴물이 응수한다.

"네놈의 사부인지 아우인지 하는 그 세 녀석은 내가 벌써 말끔히 씻어놓고 이제 머지않아 잡아먹을 참이다. 그런 줄 모르고 있었다니, 참으로 멍청한 놈이로구나. 잔소리 집어치우고 냉큼 물러가거라!"

손행자는 '스승을 잡아먹는다'는 말만 들어도 이가 갈리고 울화통이 치밀어 올라 견딜 수가 없다. 성난 두 볼따구니가 불끈 내밀어지고 딱 부릅뜬 고리눈이 불길을 활활 내뿜는 가운데, 몸을 내던지듯 공격 자세를 취하면서 두 주먹을 휘두르더니 비스듬히 걸음을 옮겨 떼기가 무섭게 요마의 면상을 겨누고 냅다 한주먹 날려보냈다. 괴물은 창대로 선뜻 그 주먹질을 막아낸 다음 뒤미처 정면으로 공격해오기 시작했다. 손행자는 좌우 양편으로 껑충껑충 뛰면서 요마를 유인해냈다. 마왕은 그것이 속임수인 줄도 모른 채 동굴 입구를 벗어나 그가 꾀어내는 대로 남쪽으로 뒤쫓아왔다.

계략이 맞아떨어지자, 손행자는 그 즉시 고함쳐 십팔 나한에게 신호를 보냈다.

"금단사를 뿌리시오! 어서 빨리!"

이윽고 십팔 나한이 요마를 겨냥하여 일제히 금단사를 던져 보냈다. 금단사! 그것은 정말 기묘한 신통력을 나타내는 불가의 보배였다.

안개인 듯 연기인 듯 아스라한 기운이 처음에는 이리저리 흩어지더니, 향기로운 꽃가루처럼 분분히 하늘 끝까지 퍼져나간다.

온 천지는 흰빛으로 망망하고, 퍼져나가는 곳마다 사람의 눈을 어지럽힌다.

어두운 빛이 자욱하게 뒤덮이는데, 휘날릴 때에는 갈 길조차 잘못 찾게 만든다.

땔감 찍던 나무꾼은 제 짝 잃어 헤매고, 약초 캐던 동자는 돌아갈 집을 찾지 못한다.

이슬비처럼 보드랍고 가볍게 나부낄 때에는 밀가루인 듯싶고, 엎치락뒤치락 거칠게 튈 때에는 깨를 볶는 듯하다.

온 세상이 몽롱하여 산꼭대기마저 어두워지고, 까마득히 높은 장공(長空)에 태양빛조차 가리어 숨바꼭질한다.

치닫는 준마의 네 발굽 뒤따르는 흙먼지도 이에 견줄 바 아니요, 아리따운 여인의 마차에서 풍겨나는 향기도 이보다 더 여리고 가벼울 수 없다.

이 모래는 본디 무정한 물건이니, 대지를 뒤덮고 하늘을 가려 괴물을 잡는다.

오로지 요사스런 마귀가 정도(正道)를 침범하였기에, 십팔 아라한이 법을 받들어 호탕한 기세를 한껏 뽐낸다.

손아귀에는 바로 귀중한 구슬이 밝게 드러나 있으니, 삽시간에 두 눈에 불티가 번쩍 튀게 어지럽힌다.

요마는 정신없이 흩날리는 모래가 눈앞을 어지럽히자, 엉겁결에 고개를 숙였다. 고개를 숙이고 아래를 굽어보았더니, 웬걸! 두 발 밑은 어느 틈에 3척 남짓이나 모래에 깊숙이 빠져들어 있었다. 깜짝 놀란 그가 황급히 몸을 솟구쳐 모래 위로 뛰어올랐더니 두 다리가 온전하게 땅을 딛지 못하여 흔들렸다. 도로 땅바닥을 내딛는 사이에 두 발은 벌써 한자 깊이나 빠져들었다. 괴물은 다급한 나머지 발을 뽑아내면서 부리나케 둥근 고리 테를 꺼내 허공 위로 던져올렸다.

"에잇, 빨아들여라!"

뒤미처 '쏴아아!' 하는 바람 소리, 열여덟 알의 금단사는 눈 깜짝할 사이에 모조리 바람결에 휘말려 고리 테에 달라붙고 말았다. 괴물은 발길을 돌려 어슬렁어슬렁 제 동굴 속으로 들어가고 말았다.

빈털터리가 되어버린 십팔 나한은 두 손 털고 구름을 멈추어 섰다. 손행자는 영문을 모른 채 그들 앞으로 달려가면서 호통을 쳤다.

"나한 여러분! 어째서 모래를 뿌리지 않는 거요?"

십팔 나한이 입맛을 쩝쩝 다시면서 대답했다.

"그것참 이상한 노릇일세. 방금 무슨 소리가 '쏴아아!' 하고 들리는가 싶더니, 금단사가 없어지고 말았네그려."

손행자는 어처구니가 없어 껄껄 웃고 말았다.

"또 그놈의 고리 테가 빼앗아갔군!"

사세가 이렇게 되니, 이천왕과 여러 신장들은 걱정이 태산이다.

"이렇게 제압하기 힘드니, 무슨 수로 그놈을 잡아 없앨 수 있겠소? 또 우리는 어느 날에야 천상으로 돌아갈 것이며, 설령 돌아간다 하더라도 무슨 낯으로 옥황상제를 뵐 수 있겠소?"

이때, 곁에서 항룡과 복호 두 나한이 손행자를 돌아보고 이렇게 말했다.

"오공, 우리가 왜 뒤늦게 나왔는지 자네 아는가?"

손행자는 이게 또 무슨 소린가 싶어 되물었다.

"이 손선생은 그저 당신들이 피하려는 줄만 알고 괘씸하게 생각했을 뿐이오. 무슨 얘기가 있었는지 그야 내 어찌 알 수 있겠소?"

"여래님께서 우리 두 사람에게 분부하시기를, '그 요마는 신통력이 굉장하니, 만약 금단사마저 잃어버리게 되거든 손오공더러 이한천 두솔궁으로 태상노군을 찾아가라고 해라. 거기서 그놈의 종적을 찾아보면 아마 쉽사리 붙잡을 수 있을 것이다'라고 하셨네."

손행자가 이 말을 듣더니 가슴을 친다.

"아이고, 분하고 원통해라! 여래님조차 이 손선생을 따돌리시다니! 애당초 내게 그런 말씀을 귀띔해주셨더라면, 여러분이 이렇게 먼 곳까지 오지 않으셔도 될 게 아닌가?"

곁에서 이천왕이 좋은 말로 재촉한다.

"지금 와서 그걸 탓해봐야 뭘 하겠나? 어찌 되었든 여래께서 분명히 가르쳐주셨으니, 대성도 빨리 서두르는 게 좋겠네. 어서 떠나기나 하게!"

"좋소이다! 내 빨리 다녀오리다."

간다면 가는 손행자, 말끝이 떨어지기가 무섭게 근두운에 올라타더니 곧바로 솟구쳐 올라 남천문 안으로 들이닥쳤다. 때마침 문을 지키고 있던 사대 원수(四大元帥)가 두 손 높이 들어 맞잡고 흔들면서 아는 체했다.

"괴물을 잡던 일은 어찌 되셨습니까?"

손행자는 걸음을 멈추지 않고 바삐 대답했다.

"아직 멀었네, 멀었어! 이제 그놈의 종적을 캐보러 한군데 가는 길일세."

네 장수는 섣불리 그 앞을 막아서지 못하고 남천문 안으로 들어가게 내버려두었다. 손행자는 영소보전에도 들르지 않고 두우궁마저 지나치더니, 곧바로 삼십삼천 밖에 자리잡은 이한천 두솔궁 앞에 이르렀다. 궁궐 문 앞에는 선동 두 녀석이 시립하고 있다가, 손행자가 통성명도 하지 않은 채 다짜고짜 걸어들어가는 것을 보고 황급히 부여잡으면서 물었다.

"당신은 누구시오? 어딜 들어가는 거요?"

손행자는 귀찮다는 듯이 입을 열었다.

"나는 제천대성이다. 이로군을 찾아왔으니까, 저리들 비켜라!"

"아니, 이런 무지막지한 사람이 다 있나! 여기가 어디라고 함부로 들어가는 거요? 잠깐 여기서 기다리시오. 우리가 통보해드릴 테니까."

손행자가 그따위 소리를 들어먹을 턱이 어디 있으랴. 이것저것 따져볼 것도 없이 호통 소리 한마디 던져놓고 그대로 불쑥 안으로 달려들어갔다. 무작정 뛰어들다 보니, 때마침 안에서 나오던 태상노군과 정면으로 부닥치고 말았다.

"어이쿠……!"

태상노군이 실성을 터뜨리는 동안, 손행자는 얼른 허리 굽혀 인사를 건넸다.

"노군 영감님, 한동안 뵙지 못했습니다. 안녕하십니까?"

태상노군은 기가 막혀 웃음이 절로 나왔다.

"이놈의 원숭이 녀석, 경은 얻으러 가지 않고 무엇 하러 날 또 찾아왔느냐?"

"제발 경을 얻으러 간다, 경을 얻으러 간다는 말씀은 그만 하십쇼! 그 빌어먹을 놈의 경 때문에 밤이고 낮이고 쉴새없이 뛰느라 죽을 지경입니다. 사실은 조금 시끄러운 일이 생겨 여기까지 오는 길입니다."

"서천 가는 길이 막혔기로서니 그게 나하고 무슨 아랑곳이냐? 나는 아무 상관도 없다!"

"서천 가는 길, 서천 가는 길, 정말 지겨워 죽겠습니다. 제발 덕분에 그 말씀 좀 그만 하십쇼. 그리고 아무 상관도 없으시다니? 여기서 한 가지 증거라도 찾게 되는 날이면 내 가만있지 않을 테니까, 그때에는 아마 노군 영감님께서도 시끄러운 꼴을 당하실 줄 아십쇼!"

"내가 거처하는 이곳은 무상 선궁(無上仙宮)인데, 여기서 무슨 놈의 증거를 찾아낸단 말이냐?"

그 말에는 대꾸도 않고 손행자는 휘적휘적 안으로 들어서더니 이곳저곳 좌우를 두리번거리면서 무엇인가 찾기 시작했다. 몇 군데 지붕 얹은 복도를 감돌아 뒤곁으로 나가보니, 외양간 울타리 밑에 동자 한 녀석이 꾸벅꾸벅 졸고 앉았는데, 외양간 안에는 태상노군이 늘 타시던 푸른 소가 보이지 않는다.

손행자는 퍼뜩 짚이는 것이 있어 냅다 소리쳐 알렸다.

"영감님, 소가 달아났습니다! 소가 달아났어요!"

그 말에 태상노군이 펄쩍 뛰었다.

"이크, 저런……! 이놈의 짐승이 언제 빠져나갔단 말이냐?"

주인과 불청객이 왁자지껄 떠드는 소리에, 졸고 있던 동자 녀석이 화들짝 잠이 깨어 스승 앞에 무릎 꿇었다.

"어르신! 용서해주십쇼! 제자가 깜빡 잠이 들고 말았습니다."

"청우(靑牛)는 어디 있느냐? 언제 도망친 거냐?"

"제자가 잠이 들어서, 언제 달아났는지 모르겠습니다."

"예끼, 이 못된 녀석! 짐승은 돌보지도 않고 어째서 졸고만 있었느냐?"

불호령이 떨어지니 동자 녀석은 찔끔해서 이마를 조아렸다.

"제자가 단방(丹房)에 환약 한 알이 떨어져 있기에 냉큼 주워 먹었사온데, 여기 와서 이렇게 잠이 들고 말았습니다."

태상노군이 그 말을 듣고 한숨을 내리쉰다.

"허어……! 그것은 아마 그저께 구워낸 '칠반화단(七返火丹)'인 모양이로구나. 한 알을 떨어뜨렸더니 그만 네 녀석이 주워 먹었단 말이지? 그 단약은 한 알만 먹으면 이레 동안 잠을 자야 깨어날 수 있단다. 네가 잠든 사이에 그 못된 짐승이 지키는 사람이 없는 틈을 타서 아래 세상으로 달아났구나. 그러니까 도망친 지 이레가 지났을 것이다."

태상노군은 당장 무슨 보배를 훔쳐갔는지 살펴보기 시작했다. 이때 손행자가 한마디 귀띔을 해주었다.

"그놈에게 별로 보배 될 것은 없습니다만, 그저 둥근 고리 테 한 개를 가지고 있을 뿐인데, 그게 아주 지독스럽게 무서운 물건이더군요."

태상노군이 계속 찾아보았더니, 다른 것은 다 있는데 '금강탁(金鋼琢)' 하나만 보이지 않았다.

"이크! 저놈의 짐승이 내 '금강탁'을 훔쳐갔구나!"

손행자도 퍼뜩 생각나는 것이 있어 고개를 주억거렸다.

"이제 봤더니 바로 그것이었군! 어쩐지 눈에 익더라니…… 지난날 영감님께서 이 손선생에게 내던져 거꾸러뜨린 것이 바로 그 빌어먹을 보배 아닙니까. 그 못된 짐승이 하계에서 그 보배 하나만 가지고 행패를 부려 지금까지 우리 병기를 얼마나 많이 빼앗아갔는지 모릅니다."

"그 짐승이 지금 어디 있느냐?"

"지금 금두산 금두동에 살고 있습니다. 그놈은 우리 당나라 스님을 납치해갔을 뿐만 아니라, 제 금고봉마저 빼앗아갔습니다. 천병에게 도움을 청해서 데려갔더니, 나타 삼태자는 여섯 가지 신병이기를 모조리 빼앗기고, 화덕성군을 불러왔으나 그 역시 화구를 송두리째 빼앗겼습니다. 겨우 한 사람, 황하 수백이 비록 그놈을 물속에 빠뜨려 죽이지 못했으나, 도구만큼은 빼앗기지 않았을 뿐입니다. 생각다 못해 여래님께 간청하여 십팔 나한을 데려다가 '금단사' 모래를 뿌렸지만, 금단사 역시 그놈의 보배에 빨려들고 말았습니다. 자아, 영감님, 어떻게 하실 겁니까? 이렇게 괴물을 제멋대로 날뛰게 내버려두셔서 남의 물건을 빼앗게 만들고 사람의 목숨을 다치게 하셨으니, 무슨 죄를 받아야 마땅할 것입니까?"

"그놈이 훔쳐간 '금강탁'은 내가 저 옛날 함곡관(函谷關)을 지날 당시 호족(胡族)들을 감화시키던 도구로서, 어릴 적부터 단련해 만든 보배였다. 이 세상에 어떤 병기, 어떤 물, 어떤 불이라 할지라도 그것을 당해내지 못한다. 만약 그놈이 내 파초선(芭蕉扇)까지 훔쳐갔더라면, 나도 그놈을 어쩌지 못할 뻔했다."

해결의 실마리가 보이니, 손행자는 너무나 기뻐 입이 딱 벌어진 채 태상노군의 뒤를 따라나섰다. 태상노군은 파초선을 손에 잡고 상운을 일으켜 손행자와 함께 길을 서둘렀다. 선경 두솔궁을 떠난 이들은 남천문 바깥에서 곧바로 구름을 낮추어 마침내 금두산 경내에 다다랐다. 태상노군은 십팔 나한과 뇌공 두 사람, 황하 수백, 화덕성군, 그리고 이천왕 부자를 만나보고 그동안 벌어졌던 경위를 한바탕 들어야 했다. 얘기가 끝나자, 태상노군은 손행자를 돌아보고 분부를 내렸다.

"손오공, 우선 네가 다시 가서 그놈을 유인해내거라. 그래야 내가 수습하기 좋겠다."

이리하여 손행자는 또 한번 높은 산봉우리 밑으로 뛰어내려 동굴 앞에서 큰 소리로 호통쳐 괴물을 불러냈다.

"이 뚱뚱보 못된 짐승아! 냉큼 기어나와서 죽음을 받지 못하겠느냐!"

졸개 요괴가 다시 들어가 보고했더니, 늙은 마왕은 고개를 절레절레 내두르면서 투덜거렸다.

"이 도둑놈의 원숭이가 또 어디서 누굴 청해 왔는지 모르겠구나! 에잇, 성가신 놈! 정말 귀찮아 못 살겠구나!"

부랴부랴 점강창을 꼬나쥐고 동굴 문 바깥으로 뛰쳐나가는 독각시대왕, 이제나저제나 잔뜩 기다리고 있던 손행자는 요마의 모습을 보기가 무섭게 욕설부터 퍼붓는다.

"너 이놈, 못된 마귀야! 이번에는 꼼짝없이 죽은 몸이다! 달아날 생각은 말고 내 손바닥 매운 맛이나 한 대 먹어봐라!"

훌쩍 몸을 솟구쳐 앞가슴으로 들이닥친 손행자, 날쌘 솜씨로 괴물의 면상에 따귀 한 대 올려붙이고 돌아서서 냅다 도망치기 시작했다.

얼떨결에 따귀를 한 대 얻어맞은 시대왕은 약이 바짝 올라 창대를 수레바퀴 돌리듯 마구 휘둘러가며 씨근벌떡 무시무시한 기세로 그 뒤를 쫓는다.

이때, 높은 산꼭대기 위에서 호통치는 소리가 귀청을 때렸다.

"청우! 이 못된 짐승아! 아직도 집에 돌아갈 생각을 않으니, 언제까지 그러고 있을 작정이냐?"

마왕이 후딱 고개를 쳐들고 보았더니, 아뿔싸! 도덕천존 태상노군이다. 주인 어르신을 보는 순간, 그는 살점이 푸들푸들 떨리고 뼈마디에 맥이 풀려 전전긍긍, 어찌할 바를 모르고 허둥거렸다.

"저 도둑놈의 원숭이가 정말 못 찾아다니는 구석이 없구나! 어쩌자고 천방지축 다 쏘다니다 못해 거기서 내 주인님을 끌어내다 여기까지 데려왔단 말이냐?"

태상노군이야 듣는 척 마는 척, 중얼중얼 몇 마디 주문을 외우고 파초선으로 부채질을 했다. 괴물은 굴복하지 않고 둥근 고리 테를 획 내던졌다. 태상노군은 그것을 선뜻 받아들더니 다시 한번 부채질을 했다. 그제야 괴물은 기운이 쭉 빠지고 전신에 맥이 다 풀려 흐물흐물 늘어지더니 마침내 본래의 모습을 드러내고 말았다. 그것은 과연 글자 그대로 푸른 황소, 청우였다.

태상노군은 금강탁에 숨 한 모금을 훅 불어넣어 괴물의 콧구멍을 꿰뚫은 다음, 도포에 둘렀던 허리띠를 끌러 가지고 금강탁에 단단히 묶었다. 그리고 손으로 잡아끄니 고삐가 되었다. 지금도 쇠코뚜레를 만들어 쓰는 풍습이 남아 있어 '빈랑(賓郎)'이라는 명칭으로 부르는데, 이때부터 생겨난 관습이라고 한다.

아무러나, 태상노군은 여러 신장들과 작별 인사를 나누고 나서 푸른 소의 등에 올라앉더니, 상운을 날려 곧바로 두솔궁으로 돌아갔다. 요괴를 결박하여 이끌고 저 높은 하늘 이한천으로 올라간 것이다.

손대성은 그제야 탁탑 이천왕 일행과 함께 동굴 속으로 쳐들어가서 1백여 마리나 되던 졸개 요괴들을 모조리 때려죽인 다음, 하늘의 신장들에게 저마다 잃어버린 병기를 찾아 돌려주고 감사했다. 이리하여 탁탑 이천왕 부자는 천궁으로, 뇌공 두 사람은 뇌정궁의 부중으로, 화덕성군은 동화궁으로, 수백은 황하로, 그리고 십팔 나한은 서방 세계로 각각 돌아갔다.

뒷수습을 마친 그는 비로소 동굴 뒤꼍에 갇혀 있던 당나라 스님과 저팔계, 사화상을 풀어주고 잃어버린 철봉마저 되찾았다. 이들 세 사람은 손행자의 노고에 거듭 사례한 다음, 마필과 행장을 수습했다. 이윽고 마왕의 소굴을 벗어난 스승과 제자 일행은 큰길을 찾아내어 서천으로 통하는 노상에 올랐다.

이들이 큰길에 접어들었을 때였다. 문득 길 곁에서 누군가 부르는 소리가 들려왔다.

"거룩하신 당나라 스님, 진지 한 끼 들고 떠나십쇼!"

난데없이 자기를 부르는 소리에, 삼장 법사는 가슴이 철렁 내려앉았다.

과연 누가 이렇듯이 삼장 법사를 불러세웠는지, 다음 회에서 풀어 보기로 하자.

제53회 삼장은 자모하 강물을 잘못 마셔 잉태하고, 사화상은 낙태천의 샘물 떠다가 태기를 풀다

덕행을 닦자면 팔백 년이 걸려야 하고, 음공을 쌓자면 삼천 년이 걸린다.
내 모든 사물에는 친함과 원한이 고루 있으니, 그래야 서천의 본원(本願)과 합치된다네.
외뿔 달린 마귀는 병기를 겁내지 않으니, 물과 불로 공격해도 헛수고뿐이로다.
태상노군 요마를 항복시켜 하늘로 향했으니, 웃으면서 청우 끌고 돌아갔다네.

대로변에서 삼장 일행을 불러세운 자는 누구였을까? 바로 금두산의 토지신과 산신령이다. 그들은 자금(紫金) 바리때를 떠받들고 이렇게 외쳤다.

"성승님! 이 바리때에 담긴 잿밥은 손대성께서 좋은 댁에서 동냥해 오신 것입니다. 여러분이 올바른 말을 듣지 않으셨기 때문에 요사스런 마귀의 수중에 빠졌고, 대성님에게 온갖 고생을 시키고 오늘에야 겨우 구함을 받게 된 것입니다. 우선 이 진지나 잡숫고 나서 떠나십시오. 모처럼 애써 이 잿밥을 얻어오신 손대성님의 공경심과 효성을 저버리셔서야 되겠습니까."

삼장은 부끄러움을 감추지 못하고 손행자에게 사과했다.

"제자야, 정말 네 신세를 크게 졌구나! 어떻게 고맙다는 말을 해야 좋을지 모르겠다. 네가 그려놓은 동그라미 바깥으로 나가지 말아야 한다는 것을 진작에 깨달았다면, 내 이렇게 죽을 고생은 하지 않았을 걸 그랬다."

손행자도 마음에 있는 말을 기탄없이 꺼냈다.

"사부님, 저도 솔직히 말씀드리겠습니다. 사부님께서 제가 땅바닥에 그려놓은 동그라미를 믿지 않으셨기 때문에, 도리어 남의 올가미에 걸려드신 겁니다. 그 결과 이토록 숱한 고초를 겪게 되시다니, 이 얼마나 통탄할 노릇입니까? 참으로 통탄할 노릇입니다!"

곁에서 저팔계가 찔끔해서 묻는다.

"아니, 올가미라니, 어디 또 그 동그라미를 그려놓으셨소?"

손행자는 미련퉁이 쪽을 돌아보고 호되게 나무랐다.

"이 모든 게 다 너 같은 바보 멍청이가 주둥아리를 잘못 놀려 일어난 거야! 그놈의 혓바닥으로 충동질하는 바람에 사부님이 그처럼 터무니없는 재난을 당하신 게 아닌가! 덕분에 이 손선생도 천방지축 들쑤시고 돌아다니면서 야단법석을 떨었고, 하늘의 신병과 물의 신, 불의 신을 다 동원하다 못해 나중에는 불조님의 금단사까지 빌려다가 썼어도, 그놈의 둥근 고리 테에 깡그리 빼앗겼단 말일세. 다행히도 여래님께서 항룡, 복호 두 나한에게 귀띔을 해주시고 이 손선생에게 그 요사스런 마귀의 근본 내력을 가르쳐주셨기에 태상노군을 모셔와서야 겨우 그놈을 굴복시킬 수 있었던 걸세. 잡아 꿇려놓고 보았더니 태상노군이 타시던 청우가 괴물 노릇을 하고 있었으니, 기가 막힐 노릇이지!"

삼장이 그 말을 듣고서 고마움을 이기지 못했다.

"고생했구나, 제자야. 이번에 그런 일을 겪었으니, 다음부터는 꼭 네 말대로 따르마."

이리하여 네 사람은 잿밥을 나누어 먹기 시작했다. 밥그릇에서 더운 김이 모락모락 피어오르는 것을 보고, 손행자가 고개를 갸우뚱했다.

"이 밥을 얻어온 지 꽤 오래되었는데, 어째서 아직도 뜨뜻한지 모르겠군!"

토지신이 꿇어앉으면서 대답했다.

"대성께서 일을 끝내신 줄 알고, 소신이 미리 밥을 데워 가지고 기다렸다가 올린 것입니다."

일행은 잠깐 사이에 식사를 마치고 바리때를 챙겨넣었다. 토지신과 산신령에게 작별을 고한 다음, 삼장은 비로소 마상에 올라, 제자들을 거느리고 높은 산을 넘어갔다. 이야말로 생각과 마음을 깨끗이 씻어 정각(正覺)의 길로 접어드는 격이요, 풍찬노숙을 마다 않고 일심전력 서방 세계로 지향하는 길이라 할 것이다.

이렇듯 때를 가리지 않고 한참을 가다 보니, 또다시 이른 봄철이 돌아왔다.

　　　물 찬 제비는 지지배배, 노란 꾀꼬리는 초롱초롱.
　　　물 찬 제비 향기로운 주둥이는 지저귀느라 고단하고, 꾀꼬리는 초롱초롱한 눈동자에 얄미운 목청으로 쉴새없이 우짖는다.
　　　땅에는 온통 붉은 꽃잎 떨어져 비단을 펼친 듯하고, 산마다 골고루 푸른 기운 퍼졌으니 마치 사철쑥을 쌓아놓은 듯하다.
　　　영마루 고개 위 청매(靑梅)는 콩알만큼 열고, 산등성이 언덕 앞 해묵은 잣나무에 구름이 멈춰 섰다.
　　　윤택한 들판에는 아직도 옅은 아지랑이 빛 잔잔한데, 한낮 포근하던 눈부신 햇볕이 어둑어둑 저무는구나.
　　　몇 군데 동산 숲 망울 트인 꽃떨기 수술을 토해내고, 양기가 대지에 돌아오니 버드나무 싹이 새롭다.

그날도 하염없이 길 재촉을 하며 가고 있는데, 불현듯 한줄기 작은 강물이 앞을 가로막았다. 봄물은 속이 들여다보일 정도로 맑디맑고, 차가운 물결이 바람결에 찰랑찰랑 밀려오고 있었다.

당나라 스님이 말을 멈추고 멀리 내다보니, 강 건너 저편 언덕으로 버드나무가 그늘을 짓고 파랗게 늘어졌는데, 초가집 몇 채가 가물가물 드러나 보인다.

손행자는 그쪽을 가리키면서 스승에게 말했다.

"저기 있는 인가가 뱃사공의 집인 모양이군요."

"내 생각도 그렇다만, 배가 한 척도 보이지 않아 말하지 않았다."

이때 저팔계가 짐보따리를 내려놓고 강 건너편을 향해 큰 목소리로 고함을 질렀다.

"어이, 뱃사공! 배를 이리 좀 대시오!"

몇 차례나 연거푸 악을 썼더니, 버드나무 그늘 밑에서 삐거덕삐거덕 노를 젓는 소리와 함께 나룻배 한 척이 저어 나오더니 잠깐 사이에 이편 강기슭 가까이 다가온다. 스승과 제자 일행은 이마에 손을 얹고 유심히 바라보았다.

짧은 노가 파도를 가르고, 가벼운 삿대질에 물결이 넘친다.

감람유(橄欖油) 칠이 빛 바랬으나, 갑판에는 손님 앉힐 평상이 꽉 차 있다.

뱃머리에는 쇠 닻줄이 친친 감겨 똬리 틀고, 그 뒤편 고물에는 키잡이의 디딤판이 밝게 돋아났다.

비록 한 조각 갈대 잎만큼 작은 배일망정, 호수에 뜨고 바다에 띄우기에 손색이 없다.

비단 밧줄도 상아 돛대도 없지만, 소나무랑 참죽나무, 계수나무로 선체를 엮어 실팍지게 만들었다.

하기야 만리 바닷길 떠가는 신주(神舟)만은 못 하지만, 강물 한 줄기 거리쯤은 건널 만하다.

오로지 양편 강기슭만 오락가락 떠다니면서, 들고나기 옛 나루터를 떠나지 않는다.

잠깐 사이에 나룻배는 강변에 닿았다. 뱃사공이 소리쳐 손님을 부른다.

"강 건너실 분은 이리로 오세요!"

삼장이 말을 몰아 가까이 다가갔더니, 뱃사공의 모습이나 차림새가 유별나다.

머리에 검정 비단 수건 질끈 동이고, 두 발에는 검정빛 실로 짠 헝겊신을 신었다.

몸에는 낡아빠진 솜저고리 걸치고, 허리 밑에는 누덕누덕 기운 치마를 둘렀다.

손등과 팔뚝 거친 살갗에는 심줄이 불끈 돋아나고, 정기 없는 두 눈망울하며 주름살 잡힌 이마에 얼굴 모습은 초췌하다.

목소리는 그나마 꾀꼬리 우짖듯 가냘프고 간드러졌으나, 가까이 보면 한세월 다 지낸 늙은 아낙네 탯거리가 여전하다.

손행자가 뱃머리 쪽으로 다가서서 물었다.

"당신이 나룻배를 젓소?"

"그래요."

"사공 영감은 어째 안 보이고 아낙네가 배를 부리는 거요?"

뱃사공 아낙은 그 말에 대꾸는 않고 빙그레하니 미소만 지은 채, 두 손으로 디딤 널빤지를 뭍에 밀어놓는다. 이윽고 사화상이 짐보따리를 떠메고 갑판에 올랐다. 손행자는 스승을 부축하여 조심스레 널빤지를 딛고 올라섰다. 그러고 나서 짐승이 걸어 오를 수 있게 뱃전을 바싹 다가놓았다. 저팔계는 백마를 끌어올린 다음 널빤지를 도로 걷어들였다.

뱃사공 아낙이 배를 띄우고 노를 젓기 시작하더니, 삽시간에 강을 건너 서쪽 기슭에 갖다 대었다. 뭍에 오른 삼장은 사화상을 시켜 보따리를 풀게 하고 엽전 몇 닢을 꺼내 뱃삯으로 주었다. 사공 아낙은 많다 적다 말도 없이 돈을 받아 쥐더니, 강변 말뚝에 밧줄을 묶어두고 나서 무엇이 그리도 좋은지 생글생글 웃어가며 집 안으로 사라졌다.

맑디맑은 강물을 보니, 삼장 법사는 갑자기 목이 말라 저팔계를 돌아보고 분부했다.

"주발을 꺼내서 물 한 그릇 떠다오. 내가 좀 마셔야겠다."

저팔계도 때마침 갈증이 나던 참이라, 선뜻 대답하고 일어섰다.

"그러지요. 저도 물 한 모금 마실까 하던 참이었습니다."

바리때를 꺼내들고 강물 한 주발 듬뿍 떠서 스승에게 올렸더니, 삼장은 절반 조금 못 마시고 나머지를 남겼다. 미련퉁이는 그것을 받아들고 단숨에 들이켜 비웠다. 그리고는 다시 스승을 부축하여 안장에 올려 태웠다.

스승과 제자 네 사람이 길을 찾아들어 서쪽으로 가는 도중이었다. 출발한 지 반 시진도 못 되어 삼장이 말 위에서 신음 소리를 내기 시작했다.

"아이고 배야!"

뒤미처 저팔계도 우거지상을 짓는다.

"저도 배가 살살 아픈데요."

사화상이 한마디 건넸다.

"아까 냉수를 마셔서 그런 거 아닙니까?"

그 말이 끝나기도 전에, 삼장은 비명을 질렀다.

"아이고, 배가 아파 죽겠다!"

저팔계 역시 오만상을 찌푸리면서 버럭버럭 고함을 지른다.

"아이고, 이거 복통이 지독한걸! 아파서 도무지 견딜 수가 없네!"

이윽고 두 사람은 아픔을 참지 못하고 쩔쩔매기 시작했다. 아랫배를 쓸다 보니 배가 점점 불러오는데, 이상하게도 문지르는 손끝에 무엇인가 핏덩어리 같은 게 잡히면서 쉴새없이 꼼지락거리는 것이 아닌가! 마상에서 복통을 참느라 이리저리 몸을 비틀다 보니, 삼장의 눈길에 저편 길 곁으로 시골집 한 채가 내다보인다. 나뭇가지 끝에 싸리 빗자루 두 개가 내다 걸린 것으로 보아 주막이 분명했다.

손행자도 그 집을 보았는지 스승에게 말씀드렸다.

"사부님, 마침 잘됐습니다. 저기 저 집이 술 파는 주막인 모양인데, 저희들이 가서 더운물을 좀 얻어다가 마시도록 해드리겠습니다. 또 내친김에 약을 파는 게 없나 알아보고, 아픈 데 붙일 만한 약을 얻어서 사부님의 복통을 가라앉게 해드리지요."

삼장은 그 말을 듣고서야 마음이 놓여 그대로 백마를 몰았다. 얼마 안 있어 그들은 시골집 문 앞에 당도했다. 삼장이 말에서 내리고 보니, 문밖에는 늙수그레한 노파 하나가 짚방석에 단정히 앉아 길쌈을 하고 있다.

손행자가 한 발 다가서서 물었다.

"할머니, 소승은 동녘 땅 대 당나라에서 왔습니다. 우리 사부님은 당나라 황제 폐하의 아우 되시는 분인데, 강을 건너다가 물을 잘못 드시고 복통이 나셨습니다."

그러자 노파는 깔깔대고 웃으면서 되물었다.

"아니, 물을 마시고 복통이 났다니, 도대체 어디서 무슨 물을 잡수셨소?"

"저기 저 동편에 있는 깨끗한 강물을 마셨습니다."

그러자 노파는 무엇이 그리도 재미있는지 연신 낄낄대면서 손짓을 했다.

"저런! 그것참 안되셨소. 어쨌든 모두들 이리 들어오시구려. 내가 얘기해드릴 터이니."

이리하여 손행자는 당나라 스님을 부축해 모시고, 사화상은 저팔계를 거들어 집 안으로 들어갔다. 때 아니게 병자가 된 두 사람은 그칠 새 없이 끙끙 앓는 소리를 내면서 불룩해진 배를 부여안은 채, 얼마나 고통스러운지 얼굴빛이 누렇게 들뜨고 이마에 주름살이 가득 잡혔다.

마음 다급한 손행자는 연신 악을 써가며 독촉했다.

"할머니, 물 좀 끓여서 우리 사부님에게 먹여주시오! 사례는 잊지 않고 해드릴 테니까. 어서 빨리 물 좀 끓여주시오!"

하지만 노파는 물 끓일 생각은 않고 여전히 싱글벙글 웃으면서 뒤꼍으로 달려가더니 버럭 고함을 지른다.

"얘들아, 이리 나와서 구경들 해라! 어서 나와보라니까!"

안에서 엎치락뒤치락 어수선한 발소리가 들리더니, 또 늙지도 젊지도 않은 중년 아낙 두세 명이 걸어나와 당나라 스님을 바라보고 깔깔대며 웃음보를 터뜨리기 시작한다.

놀림감이 되었다고 생각한 손행자가 버럭 화를 내면서 호통 소리 한마디에 송곳니를 허옇게 드러냈다. 그 험상궂은 표정에 온 집안 식구들이 혼비백산을 하도록 놀라 고꾸라지고 엎어지면서 허둥지둥 안채로 달아나버렸다.

손행자는 뒤처진 노파의 덜미를 덥석 부여잡고 엄포를 놓았다.

"냉큼 부엌에 들어가 물을 끓이지 못하겠소? 어서 물을 끓이시오! 그래야만 용서해드릴 거요!"

덜미 잡힌 노파가 부들부들 떨면서 통사정을 한다.

"나으리, 이 늙은이가 물을 끓여봤자 아무 소용도 없소. 더운물을 드셔도 저 두 분의 복통은 멎지 않을 테니까요. 제발 이것 좀 놓아주시오. 내가 다 말씀드리리다."

손행자가 붙잡았던 손을 풀어주니, 그 노파는 매무새를 가다듬고 나서 기막힌 얘기를 털어놓기 시작했다.

"우리네가 사는 이곳은 바로 서량여국(西梁女國)[1]이랍니다. 이 나라

---

1 서량여국: 그리스 신화의 아마조네스처럼, 중국 고대 신화에도 여자들만 사는 나라에 대한 기록이 여러 군데 전해온다. 『산해경(山海經)』「해외서경」과 『삼국지·위지(三國志·魏志)』「동이전(東夷傳)」에 각각 "무함산(無咸山) 북쪽에 여자국이 있다"는 기록과 "바다 속에도 한 나라가 있는데, 남자는 없고 순전히 여자만 있다"는 기록, 그리고 『양서(梁書)』「동이전」에도 "부상(扶桑) 동쪽 1천여 리에 여자국이 있는데, 용모가 단정하고 그 피부가 매우 하얗고 깨끗하며 몸에 털이 났는데, 긴 머리털이 땅바닥에 닿는다"고 하였으며, 『북사(北史)』「서역전(西域傳)」에는 "여인의 나라가 총령(葱嶺, 파미르 고원 일대) 남쪽에 있는데, 그 나라는 대대로 여자를 임금으로 삼는다" 하였다. 이는 모두 원시 사회 모계(母系) 씨족 부락 사회 개념의 잔재(殘滓)라는 학설이 지배적이다. 『대당삼장법사전(大唐三藏法師傳)』에도 현장 법사가 천축국에 있을 때 들은 소문이란 전제로 다음과 같은 기록을 남겼다. "남인도 여빙린국(女聘隣國)의 사자왕(獅子王)이 여인을 납치, 깊은 산중 사자림(獅子林)으로 들어가 아들딸을 낳았는데, 그 아들이 어미와 누이동생을 데리고 인간 세상으로 탈출하였다. 분노한 사자왕이 백성들에게 해악을 끼치자, 그 나라 임금은 용사를 모집하여 사자왕을 잡아죽이려 하였다. 사자왕의 아들이 응모하여 소매춤에 칼을 숨기고 산중으로 들어가, 사자왕이 아들을 알아보고 기뻐하는 틈에 사자왕을 찔러 죽이고 돌아왔다. 그러나 여빙린국의 임금은 아들이 아비를 죽인 처사를 미워하여 사자왕의 아들과 딸을 각각 큰 배에 태워 바다로 쫓아냈다. 아들이 탄 배는 보물섬에 당도하여 승가라국(僧伽羅國)이란 사자국을 세우고 임금이 되었으며, 딸이 탄 배는 파라사서(波羅斯西)에 표류하여 상륙한 후, 신귀(神鬼)에게 홀려 여러 딸을 낳고 서대여국(西大

에는 모두 여자들뿐이고 남정네라곤 하나도 없지요. 그래서 여러분을 보자 반색했던 거라오. 당신네 사부님이 그 강물을 떠마신 것은 아주 잘못된 일이었어요. 그 강은 자모하(子母河)²라고 부른답니다. 우리 국왕님이 사시는 성문 밖에는 영양관(迎陽館)이란 역사(驛舍)가 있고, 그 아문 밖에 조태천(照胎泉)이란 샘이 하나 있소이다. 우리 고장 사람들은 나이 스무 살을 넘기면 비로소 자모하 강변에 나가서 물을 마시는데, 그 강물을 마신 다음에는 이내 복통을 일으켜 잉태한 것을 알게 되지요. 사흘이 지난 뒤에 영양관으로 나아가 조태천 샘물에 몸을 비쳐보는 관례가 있어서, 만약 수면에 비친 그림자가 한 쌍으로 보이면 곧 어린 아기를 낳게 된답니다. 당신네 사부님도 자모하의 강물을 마셨다니, 그 때문에 복통을 일으키셨다면 아마도 태기가 있으신 모양이고, 이제 며칠 안 있어 어린아이를 낳게 되실 겁니다. 형편이 이렇게 되셨는데, 더운물 한두 모금 마신다고 산고(産苦)가 멎겠습니까?"

이야말로 마른하늘에 날벼락이 떨어져도 유분수지, 사내가 아이를 낳는다니! 삼장 법사는 깜짝 놀라 얼굴빛이 하얗게 질려버리고 말았다.

女國)을 세웠다……." 이 고사는 『서유기』가 형성되는 과정에서 두 가지로 갈라져, 사자림(獅子林)의 사자왕은 사타국(獅駝國)의 사타왕으로, 서대여국은 송(宋)나라 때(1023~1162) 『대당삼장취경시화(大唐三藏取經詩話)』에서 현장 법사의 믿음을 시험해보기 위하여 문수보살과 보현보살이 환상으로 세운 여인지국(女人之國)으로, 그리고 다시 원(元)나라 때 『서유기잡극(西遊記雜劇)』에서는 "평생 남자의 모습을 보지 못한 여자들만 사는 인간 세계 여인국(女人國)"으로 변화, 발전하여왔다.

2 자모하: 여인이 물속에 들어가면 잉태한다는 전설의 최초 기록은 『산해경』 「해외서경」 곽박(郭璞)의 주(注)에 "황지(黃池)란 곳이 있는데, 부인이 물속에 들어가 목욕하고 나오면 곧 임신한다. 사내를 낳으면 3세가 되어서 곧 죽인다"는 기록과 『양서』 「동이전」에 "……여인국에서는 해마다 2, 3월에 이르러 물속에 들어가면 임신을 하고 6, 7월에 자식을 낳는다"는 기록, 그리고 『신이기(神異記)』의 "동녀국(東女國)"과 『양사공기(梁四公記)』의 "육녀국(六女國)"에 "……발률산(勃律山) 서쪽 1백 리 되는 곳에 대외수(臺洩水)란 강물이 흘러나오는데, 여자가 그 강물에 들어가 목욕하면 잉태한다. 그 여자국은 온 나라를 통틀어 남편이 없다"는 기록을 인용하여 발전시킨 것이다.

"아이고……! 제자야! 이 일을 어쩌면 좋으냐?"

저팔계는 허리를 비비 꼬면서 두 넓적다리를 활짝 벌린 채 끙끙 신음 소리 섞어 넋두리를 늘어놓는다.

"하느님 맙소사! 날더러 어린 아기를 낳으라니 어째야 좋을꼬? 우리는 사내들인데 해산 구멍이 어디 뚫렸으며, 아이는 또 어떻게 빠져나온단 말이냐?"

손행자는 다급한 중에도 웃음보가 터져나왔다.

"여보게 걱정 말게. 옛사람 말씀이, '참외가 익으면 저절로 떨어진다'고 했네. 해산 때가 되면 반드시 겨드랑이 밑에 구멍이 뚫리고 아기가 그리로 빠져나오게 될 걸세."

미련퉁이는 그 말을 듣더니 전전긍긍, 모진 아픔을 참지 못하고 꽥꽥 비명을 질러댄다.

"망조가 들었구나! 망조가 들었어! 난 죽었다, 죽었어!"

이번에는 사화상마저 웃음을 참지 못하고 저팔계를 놀려주었다.

"둘째 형님, 그렇게 몸을 비비 꼬지 마시오. 어린것이 자리를 잘못 잡아서 낳기도 전에 탈이 나면 큰일 아니겠소?"

이 말에 더욱 당황한 저팔계, 눈물까지 글썽글썽 맺히며 손행자를 부여잡고 늘어진다.

"형님, 저 할망구한테 좀 물어봐주시구려! 어디 솜씨 좋은 산파가 있거든 우선 몇 사람 불러다가 산바라지할 채비 좀 해달라고 그래요. 어이쿠, 어이쿠! 이거 점점 더 지독하게 꼼지락거리는 것이, 아무래도 진통이 시작되는 모양이오! 형님, 어서 빨리 부탁해줘요!"

사화상이 또 우스갯소리를 던진다.

"둘째 형님, 진통이 일어나는 줄 알면서 자꾸 몸뚱이를 비비 꼬면 되겠소? 꿈쩍 말고 가만계시오. 자칫 잘못해서 태막(胎膜)에 양수(羊水)

가 터지거나 탯줄이 엉키다 끊어지면 그거 보통 큰일이 아니라오!"

한곁에서 삼장 법사도 끙끙 신음 소리를 그치지 않으면서 할멈에게 애걸한다.

"할머님! 이 근처에 의원 댁이 없습니까? 내 제자를 시켜서 낙태약을 한 첩 지어다 먹고 제발 이 태아를 떨어뜨리게 가르쳐주시오."

그러나 노파의 대꾸는 매정하기 짝이 없다.

"약이 있어도 아무 소용이 없다오. 하지만 여기서 곧장 남쪽으로 가면 해양산(解陽山)이 나오는데, 그 산 속에 파아동(破兒洞)이란 동굴이 있고 그 동굴 안에는 '낙태천(落胎泉)'이란 샘이 있소이다. 그 샘물을 한 모금 얻어 마셔야만 태기가 풀어지게 되지요. 하지만 요즈음은 그 샘물을 구할 수가 없소이다. 몇 해 전에 어디서 왔는지 여의진선(如意眞仙)이란 도사 하나가 나타나서 그 파아동의 이름을 취선암(聚仙庵)이라 고치고 낙태천 샘물을 독차지해버렸지 뭡니까. 그리고는 다른 이한테 절대로 샘물을 나눠주지 않아요. 물을 얻고 싶은 사람은 돈을 많이 들여 예의를 보이고 양고기하며 술이며 과일 같은 것을 두루 갖추어서 정성을 바쳐야만 겨우 그 샘물을 한 잔 얻을 수 있단 말입니다. 한데 가만 보아하니, 당신네들은 평생 뜬구름처럼 이곳저곳 떠돌아다니면서 동냥질이나 하는 행각승이 분명한데, 그만한 돈과 재물이 어디 있어서 예물을 사다 바치고 샘물을 얻겠소? 내 생각에는 그대로 참고 계시다가 산달이 차거든 아기를 낳으시는 것이 차라리 낫겠소이다."

손행자는 그 말을 듣고 반색하면서 다시 물었다.

"할머니, 여기서 그 해양산까지 가는 길이 얼마나 멉니까?"

노파는 한마디로 대답했다.

"삼천 리 길이나 된다오."

손행자는 흡족한 미소를 지으면서 스승을 돌아보았다.

"됐습니다, 됐어요! 사부님, 마음 푹 놓고 계십쇼! 이 손선생이 샘물을 얻어다가 잡수시도록 해드리겠습니다."

자신만만하게 큰소리를 친 손행자, 막내아우 사화상을 돌아보고 부탁의 말을 건넸다.

"자네는 사부님을 조심해서 모시고 있게. 만약 이 집 사람들이 무례한 짓을 저지르거나 사부님께 집적거려 성가시게 굴거든, 자네 그 옛 솜씨를 한번 부려서 혼뜨검을 내주게. 나는 이 길로 샘물을 얻으러 갔다 오겠네."

"알겠습니다! 저한테 맡겨놓으시고 다녀오기나 하십쇼."

사화상은 맏형의 분부에 복종했다.

이때 노파가 큼지막한 뚝배기를 하나 들고 나오더니 떠날 사람에게 건네주면서 이렇게 부탁했다.

"이 뚝배기를 가지고 가서서 좀 넉넉히 구해오시지요. 우리도 남겨두었다가 급한 일이 생겼을 때 썼으면 좋겠습니다."

손행자는 뚝배기를 받아들고 초가집 바깥으로 나오더니, 구름을 일으켜 타고 하늘로 올라갔다.

이것을 보고 깜짝 놀란 노파는 그제야 허공을 우러러 절하면서 탄성을 금치 못했다.

"아이고 하느님 맙소사! 저 스님이 구름을 타고 다니시는 분이었구나!"

그리고 집 안으로 들어가더니 아까 나와 웃던 아낙네들을 모두 불러내다가 삼장 법사 앞에 무릎 꿇고 머리 조아려 참배시키고 '나한 보살님!'으로 떠받들게 했다. 이어서 국을 끓이고 밥을 지어올려 삼장 일행을 융숭하게 대접한 얘기는 그만두기로 한다.

한편, 근두운을 타고 날아간 손행자는 얼마 안 되어 구름장을 가릴 만큼 높다란 산봉우리를 하나 발견하고, 즉시 운광(雲光)을 멈추고 두 눈을 부릅뜬 채 사면을 둘러보기 시작했다. 그곳은 과연 명승 경지에 견줄 만한 좋은 산이었다.

　그윽하게 핀 꽃들은 비단폭을 펼쳐놓고, 온 벌판의 수풀은 쪽빛으로 깔렸다.
　계곡에 흐르는 냇물이 여기저기서 합류하여 떨어지는가 하면, 시냇가 구름은 언제나 그렇듯이 한가롭기만 하다.
　중첩한 골짜기 벼랑에는 등나무 덩굴 빽빽하게 우거지고, 아련히 먼 산봉우리에는 나무숲이 울창하다.
　산새 지저귀고 기러기떼 하염없이 날아가는데, 물가의 사슴은 목을 축이고 원숭이는 끝없이 오르느라 바쁘다.
　비취 빛깔 산악이 병풍처럼 장벽 이루고, 짙푸른 언덕은 총각머리 상투처럼 들쭉날쭉 돋았다.
　속세의 티끌 먼지 휘몰아쳐와도 이곳에 이르기 어렵고, 바위틈에 솟는 샘물 맑고도 잔잔하여 아무리 보아도 싫증나지 않는다.
　어디서나 약초 캐러 가는 동자를 만나볼 수 있고, 장작 지고 돌아오는 나무꾼과 언제나 마주칠 수 있다.
　과연 천태산(天台山) 경관에 견주어도 손색없으며, 서악 화산(西岳華山)의 세 봉우리를 능가하는 듯하구나.

한참 동안이나 경치를 둘러보던 손행자는 산등성이 깊숙한 곳에 규모가 제법 큰 집 한 채를 발견하고 개 짖는 소리를 따라서 산 밑으로 내려왔다.

집 근처 가까이 이르러서 보니 수도자가 거처하기에 꼭 알맞은 처소였다.

아담한 다리 밑에 맑은 냇물 흐르고, 초가집은 청산에 기대어 섰다.
동네 개 컹컹 짖다가 울타리 밑에 도사리니, 은둔자는 뜰에서 서성거린다.

어느덧 사립문 앞에 이르러보니, 나이 지긋한 도사 하나가 푸른 잔디밭에 가부좌를 틀고 앉아 있다.

손행자는 뚝배기를 내려놓고 문 앞으로 선뜻 나서며 인사를 건넸다. 늙은 도사 역시 몸을 굽혀 답례하면서 묻는다.

"어디서 오는 분이시오? 우리 암자에는 무슨 일로 오셨소?"

"소승은 동녘 땅 대 당나라 황제 폐하의 칙명을 받고 서천으로 경을 구하러 가는 사람입니다. 저희 사부님께서 자모하 강물을 잘못 잡수셔서 지금 복통을 일으키고 배가 부어올라 견딜 수 없는 고통에 시달리고 계십니다. 이 고장 사람에게 물어보았더니, 태기가 생겨 고칠 도리가 없다고 합니다. 그런데 이 해양산 파아동에는 낙태천이란 샘이 있어서 그 샘물로 태기를 풀어버릴 수 있다 하기에, 여의진선을 찾아뵙고 샘물을 좀 얻어 저희 사부님을 구해드리고자 해서 이렇게 찾아온 것입니다. 번거로우시겠지만, 도사님께서 그분께 말씀을 잘 드려주신다면 고맙겠습니다."

손행자가 정성껏 간청하자, 도사는 껄껄껄 너털웃음을 터뜨린다.

"이곳이 파아동이기는 한데 지금은 취선암이라 이름을 고쳤소. 나는 다른 사람이 아니라 바로 여의진선 어른의 수제자요. 한데 그대 이름은 무엇이라 하오? 누군지 알아야 전갈해드릴 수 있지 않겠소?"

도사의 묻는 말에, 손행자도 솔직히 신분을 밝혔다.

"나는 당나라 삼장 법사의 수제자로 이름을 손오공이라 합니다."

"그런 일로 왔다면, 사례금이나 술과 같은 진상품을 가져왔을 텐데, 그것은 어디 있소?"

"우리는 길 가며 동냥하는 탁발승이라, 돈이나 예물 같은 것을 마련해오지 못했습니다."

"허허, 이 사람, 이제 봤더니 아주 먹통이로군 그래! 우리 사부님께서는 이 산의 샘물을 지키고 계시면서 남한테 공짜로 주어보신 적이 한 번도 없네. 샘물을 얻고 싶거든 당장 돌아가서 예물을 마련해 가지고 오게! 그럼 내가 말씀드려줄 테니까. 그런 것이 없거든 샘물 얻을 생각일랑 꿈에도 하지 말고 일찌감치 발길 돌리게!"

"도사님, 인정을 베푸는 공덕은 임금님의 성지(聖旨)보다도 크다고 했습니다. 이제 들어가셔서 스승께 이 손오공의 이름 석 자만 여쭈어드리면, 그분께서는 반드시 인정을 베풀어주실 것입니다. 혹시 누가 압니까. 그 샘물을 송두리째 내주실지도 모르는 일이지요."

늙은 도사는 이 말을 듣고 그대로 들어가서 아뢸 수밖에 없었다. 그러나 여의진선은 때마침 거문고를 타고 있었으므로 한 곡이 다 끝날 때까지 기다려서야 전갈해 올렸다.

"사부님, 바깥에 웬 화상이 하나 찾아왔습니다. 자기 말로는 당나라에서 온 삼장 법사의 수제자 손오공이라고 하는데, 낙태천의 샘물을 얻어서 자기네 스승을 구하겠다고 합니다."

그 말을 듣자, 어인 까닭인지 여의진선의 두 눈에 갑작스레 쌍심지가 돋았다. '손오공'이란 이름 석 자를 듣지 않았으면 혹 모르되, 그 이름자를 듣는 순간 가슴속에서 분노의 불길이 치밀어 올라 도무지 견딜 수가 없는 것이다. 여의진선은 아무 말 없이 거문고를 내려놓고 벌떡 일어서더니 하얀 소복을 훌훌 벗어던지고 도복으로 갈아입은 다음, 손아귀에 여의구(如意鉤)라는 쇠갈고리를 한 자루 집어들고 암자 바깥으로 뛰쳐나갔다.

"손오공은 어디 있느냐?"

벼락같이 외치는 호통 소리에, 손행자가 흘끗 고개 돌려 바라보니, 옷차림새와 생김새가 실로 가관이다.

머리에 쓴 성관(星冠)의 별 무늬는 오색찬란한 빛을 흩날리고, 몸에 두른 법의(法衣)는 새빨간 비단폭에 금줄 장식이 섬세하다.

두 발에는 비단 바탕에 수놓은 운혜(雲鞋) 신었고, 허리에 찬 보대(寶帶)에는 영롱한 구슬이 눈부시게 박혀 있다.

한 켤레 비단 버선 '능파말(凌波襪)'에는 물결 무늬가 출렁대고, 절반쯤 드러낸 치맛자락에는 수놓은 융단폭이 번쩍거린다.

손에 잡은 여의금구, 쇠갈고리 끝은 날카롭게 구부러져 서슬 퍼렇고 자루 긴 손잡이에는 구렁이 한 마리를 새겼다.

딱 부릅뜬 봉의 눈망울에 번갯불이 번뜩이고, 쌍심지 돋은 두 눈썹은 연밥처럼 곤두섰으며,

강철 같은 이빨은 송곳보다 더 예리하고, 딱 벌어진 아가리는 핏물을 머금은 듯 시뻘겋다.

턱밑에 드리운 수염이 타는 불길처럼 나부끼고, 귀밑머리 붉은 털은 짧고도 텁수룩하다.

생김새 흉악스럽기가 온원수(溫元帥)[3]보다 더 사나우니 어찌

---

[3] 온원수: 도교에서 일컫는 천계의 호법신(護法神). 구지(九地)·십천(十天)·수부(水府)를 관장하는 영관(靈官)들의 대표가 곧 오현령관(五顯靈官)이며, 이들에게는 영관대성화광 오대원수(靈官大聖華光五大元帥)의 직함이 주어졌는데, 이들 중 가장 유명

랴, 점잖은 옷차림새와 생판 어울리지 않는구나.

그 모습을 찬찬히 뜯어보던 손행자가 공손히 합장하고 대답한다.

"소승이 바로 손오공이외다."

여의진선은 교활한 미소를 띠면서 다시 한번 떠본다.

"네가 진짜 손오공이란 말이냐? 혹시 남의 이름을 빌려 쓰는 가짜는 아니렷다?"

"이 선생 말씀하시는 것 좀 보게나! 속담에도 '군자는 앉으나 서나 이름 석 자를 바꾸지 않는다(君子行不更名, 坐不改姓)' 하지 않았소. 내가 틀림없는 손오공인데, 가짜로 행세할 이유가 어디 있겠소이까?"

이 말을 듣고 여의진선은 빈정대는 말투로 다시 물었다.

"내가 누군지 알아보겠느냐?"

손행자는 아무리 보아도 낯선 얼굴이라 곧이곧대로 대답했다.

"나는 석문(釋門)에 귀의하여 성심껏 부처님의 가르침을 받들게 된 이래 오늘날까지 산길을 오르고 물길을 건너다니느라, 내 어렸을 적 친구들조차 만날 기회가 뜸해져서 알아보지 못하는 형편이외다. 그런데 선생 같은 초면을 어떻게 알아볼 수 있단 말입니까? 아까 자모하 서쪽 마을 사람들에게 물어보았더니 선생께서 여의진선이라 하기에, 나도 그

한 영관이 왕선(王善, 제7회 본문과 주 **6** '왕령관' 참조)이며, 그 다음이 마영요(馬靈耀)·조공명(趙公明), 그리고 이 대목에 나타나는 온원수, 즉 온경(溫瓊)인데, 이들 네 원수를 합쳐 호법 사성(護法四聖)이라고도 일컫는다. 온경은 당나라 때 명장 곽자의(郭子儀)를 따라 안록산-사사명의 반란을 토벌하고 위구르족과 투르판족을 위력으로 제압하는 등 여러 차례 전공을 세운 맹장으로, 붉은 머리에 푸른 얼굴빛을 띤 무서운 신장의 모습을 갖추고 태어날 때부터 화덕성군(火德星君)이 현몽하는 형상을 받아 도교에 심취하였으며, 죽은 후에 위열충정왕(威烈忠靖王)의 시호를 받은 데 이어, 승천하여서는 옥황상제로부터 원금대신(元金大神)에 책봉되고 동악태보(東岳太保)의 반열에 올라 죄인을 추적, 체포, 압송하는 임무를 맡았으므로, 세상 사람들에게 경외(敬畏)의 대상이 되었다고 한다.

리 알고 있을 뿐이외다."

"너는 승려요 나는 도사라, 너는 너 갈 데로 가고 나는 내 도를 닦으면 그만일 텐데, 길이 다른 나를 찾아와서 어쩌겠단 말이냐?"

"우리 사부님께서 자모하의 강물을 잘못 드셔서 복통을 일으키고 태기가 생겼기에, 특히 진선의 부중을 찾아뵙고 낙태천 샘물을 한잔 얻어 사부님의 재난을 풀어드리고자 해서 이렇게 왔소이다."

여의진선이 고리눈을 딱 부릅뜨고 내처 묻는다.

"네 사부라면 당나라 삼장을 두고 하는 말이냐?"

"예, 그렇소이다."

말이 여기까지 이르자, 여의진선은 원한에 사무쳐 이를 뿌드득 갈아붙이면서 다시 물었다.

"네놈들은 성영대왕이란 사람을 만나본 적이 있었지?"

"그렇소이다. 그것은 호산 고송간 화운동에 살던 요괴 홍해아의 별명인데, 진선께서는 왜 그걸 물으시오?"

"그 아이는 바로 내 조카요, 나는 우마왕의 아우다! 지난번에 형님이 내게 편지를 보내셨는데, 당나라 삼장의 맏제자 손오공이란 못된 놈이 그 아이를 해쳤다고 하셨다. 그 편지를 받은 뒤로 내가 네놈을 찾아서 조카 녀석의 원수를 갚아주려고 벼르고 있던 참인데, 도리어 네놈이 제 발로 기어들어오다니 마침 잘 만났구나! 한데 가소롭게도 무슨 샘물까지 달라고?"

손행자는 이 말을 듣고 기가 막혔으나 샘물을 얻어가는 것이 급한 터라, 억지웃음을 띠어가며 좋은 말로 해명했다.

"그건 선생이 잘못 아셨소이다. 선생의 형님께서도 일찍이 나와 교분을 맺고 친구로 지낸 분이셨소. 그 당시 우리는 모두 일곱 친구가 의형제를 맺고 사귀었는데, 선생께서는 어디 계시는지 몰라서 찾아뵙지 못한 것이오. 이제 그 조카님은 좋은 곳으로 가서 관세음보살을 따라 선재동자 노릇을 하고 있으니 결국 우리보다 훨씬 더 잘된 셈인데, 어째서 도리어 내게 원망을 품고 있단 말이오?"

말끝이 다 떨어지기도 전에 여의진선이 호통을 쳤다.

"닥쳐라! 이 못된 원숭이 놈아, 그래도 뭘 잘했다고 고놈의 얄미운 주둥아리를 나불나불 놀리는 거냐? 그래, 내 조카 녀석이 제 마음대로 편안하게 임금 노릇을 하는 게 좋으냐, 아니면 남의 밑에서 종살이를 하는 게 좋으냐? 잔소리 말고 내 갈고리나 한 대 먹어봐라!"

얘기가 이쯤 되니, 손행자는 샘물을 곱게 얻어가기가 틀렸다는 사실을 깨달았다. 그는 철봉으로 상대방의 공격을 철꺼덕 가로막으면서 마지막으로 다시 한번 다짐을 두었다.

"어허! 사람 다치겠군! 때린다는 말씀은 하지 마시고 샘물이나 좀 주시면 돌아가리다!"

"이 발칙한 원숭이 놈아! 죽을 때가 언제고 살 때가 언제인 줄도 모르고 계속 나불대다니! 오냐, 좋다! 만약 네놈이 내 갈고리 공격을 세 합만 받아낼 수 있다면 샘물을 주어서 보내겠다만, 막아내지 못할 때에는 네놈의 몸뚱이를 갈기갈기 저며서 고기 떡을 만들어 내 조카 녀석의 원수를 갚아주고 말 테다!"

인내심이 한도를 넘어선 이 조급한 원숭이의 입에서도 마침내 욕설이 터져나오고 말았다.

"제 분수도 모르고 날뛰기만 하는 이 얼뜨기 도사 녀석! 아무리 먹통이라 해도 사리 분별조차 못하느냐? 오냐, 좋다! 싸움을 하겠다면 나도 양보하지 않으마. 이리 썩 나와서 이 철봉이나 한 대 받아봐라!"

여의진선도 물러서지 않고 여의구 쇠갈고리로 마주 후려 찍으면서 대들었다.

이리하여 파아동 취선암 문전에서 또 한바탕 격전이 벌어졌다.

　　성승이 잉태하는 물을 잘못 마신 탓으로, 손행자는 여의진선을 찾아왔다.
　　그러나 어찌 알았으랴, 여의진선의 본신이 요괴로서, 낙태천 샘물을 강제로 차지하고 지키며 살고 있을 줄이야.
　　서로 얼굴 맞대고 보니 원수지간임을 따져 묻게 되고, 쌍방이 맞서 싸우니 호락호락 굴복시킬 상대가 아니다.
　　거친 말을 오락가락 건네다 보니 성미를 북돋우게 되고, 악의를 품고 감정이 격해지니 기어코 앙갚음을 하려 든다.
　　이편은 스승의 목숨이 위태로워 샘물을 구하러 왔다면, 저편은 망신당한 조카의 신세 탓하여 샘물을 주려 하지 않는다.
　　여의구 쇠갈고리는 강하기가 전갈 꼬리의 독과 같고, 금고 철봉의 매섭기는 용틀임보다 더 사납다.
　　철봉은 앞가슴을 마구 찔러들어 위엄과 용맹 떨치고, 갈고리는 상대방의 다리 걸어 옆으로 잡아끄니 절묘한 재간을 펼쳐낸다.
　　음험한 솜씨로 철봉을 휘두르니 맞았다가는 중상을 면치 못하고, 어깨 너머 갈고리 날아드니 정수리에 채찍질 떨어지기나 다를 바 없다.
　　신진철(神珍鐵) 곤봉으로 허리를 한 번 들이치니 송골매가 참새 덮치듯 날쌔기 그지없고, 금빛 쇠갈고리 세 번 내리찍어누르니 버마재비 앞발이 매미를 움켜잡듯 인정사정 없다.
　　치고받으며 일진일퇴 승패를 다투고, 엎치락뒤치락 진퇴를 거듭하며 쌍방이 돌고돈다.
　　쇠갈고리는 찍어 잡아당기고 철봉은 앞뒤 가릴 것 없이 들이치는데, 어느 편이 이기고 질 것인지 알아볼 길이 없다.

여의진선은 손대성과 10여 합을 맞아 싸웠으나, 결국은 이 매서운 역전 노장을 당해낼 수가 없었다. 싸우면 싸울수록 손행자의 철봉은 더욱 맹렬한 기세를 떨쳐, 마치 밤하늘에 떨어지는 유성우(流星雨)처럼 상대방의 정수리를 겨누고 눈코 뜰 새 없이 마구잡이로 후려갈겼다. 여의진선은 막아내다 못해 기진맥진하여 마침내 여의구 자루를 거꾸로 질질 끌고 허둥지둥 산 위로 도망치고 말았다.

손대성은 그 뒤를 쫓지 않고 암자 안으로 샘물을 찾아 나섰다. 그러나 대문짝은 벌써 늙은 도사가 단단히 잠가버린 뒤였다. 손대성은 뚝배기를 집어들고 대문 앞으로 달려가더니 있는 힘껏 문짝을 걷어차버렸다. 발길질 한번에 문짝은 맥없이 부서지고 말았다. 안으로 뛰어들고 보니, 늙은 도사는 우물 난간에 기댄 채 엎드려 있었다.

"저리 비키지 못할까! 때려죽일 테다!"

손대성의 호통 한마디에 도사는 번쩍 치켜들린 철봉을 피하여 꽁무니가 빠지게 도망쳐 뒤꼍으로 사라졌다. 손대성은 그제야 마음놓고 두레박을 찾아내어 물을 길으려 했다. 그러나 산 위로 달아났던 여의진선이 어느 틈에 되돌아왔는지 앞쪽으로 다시 쫓아와 여의구 쇠갈고리로 샘물 도둑의 발목을 냅다 걸어 자빠뜨리는 것이 아닌가! 손대성은 그만 엉덩방아를 찧고 볼썽사납게 나가떨어졌다. 엉금엉금 기어 일어나 철봉으로 후려 때리자, 여의진선은 한곁으로 슬쩍 피하면서 갈고리 자루를 고쳐 잡고 빈정거렸다.

"어디 내 물을 떠갈 수 있나 보자!"

손행자는 약이 올라 악을 썼다.

"어서 덤벼봐라! 어서 덤비라니까! 내 이 못된 요물을 단매에 때려죽이고야 말 테다!"

 그러나 여의진선은 차마 덤벼들 엄두는 내지 못하고 멀찌감치 가로막고 서서 손대성이 물을 길어올리지 못하도록 견제하는 데에만 주력하는 것이었다. 손대성은 그가 요지부동, 좀처럼 물러설 기미가 없는 것을 보고, 왼손으로 철봉을 휘둘러가며 오른손으로 두레박을 잡고 밧줄을 드리워 우물 속에 내리기 시작했다. 두레박 줄이 우물 속으로 슬금슬금 내려가자, 여의진선이 또다시 번개 벼락 치듯 달려들어 갈고리질을 마구 퍼부었다. 손대성은 한 손만 가지고 어떻게 막아낼 도리가 없는 터라, 또 한번 갈고리 걸이에 걸려 휘청 하고 발목이 흔들리더니 또 한차례 엉덩방아를 찧으면서 나자빠졌다. 그 바람에 두레박과 밧줄을 송두리째 우물 속에 빠뜨리고 말았다.

 "이 못된 놈의 자식, 정말 버릇없기 짝이 없구나!"

 두 번씩이나 엉덩방아를 찧고 약이 오를 대로 오른 손대성, 물을 긷겠다는 생각을 던져버린 채 엉금엉금 기어 일어나기가 무섭게 두 손아귀로 철봉을 부여잡고 수레바퀴 돌아가듯 휘둘러가며 머리통이고 얼굴이고 가릴 것 없이 마구잡이로 후려갈겼다. 여의진선은 요리조리 피해 빠져나가기만 할 뿐, 섣불리 다가서서 맞설 엄두를 내지 못하였다. 그러나 멀찌감치 피해 선 채 여전히 공격할 기회만 노리고 있었다.

 손대성은 다시 물을 길으려 했으나, 우물 속에 두레박을 빠뜨린 뒤라 어떻게 해볼 도리가 없으려니와, 또 설령 두레박이 있다손 치더라도 언제 어느 때 갈고리가 들이닥쳐 발목을 걸어 당길지 모르는 일이라, 좀처럼 마음의 결단을 내리지 못하고 망설였다. 한참 동안 곰곰이 생각하던 끝에, 그는 물긷기를 단념하고 일단 철수하기로 결심했다.

 "안 되겠구나. 거들어줄 사람을 하나 불러와야겠다."

 한번 결단을 내리면 두 번 생각하지 않는 손대성, 미련 없이 구름을 되돌려 곧바로 노파의 집까지 날아갔다.

"여보게, 사화상!"

집 안에서는 삼장 법사가 저팔계와 함께 고통을 참느라 끙끙대며 신음하고 있던 차에 손대성이 부르는 소리를 듣고 반색하면서 뛰쳐나왔다.

"사화상아, 오공이 돌아왔구나!"

사화상이 부리나케 문밖으로 마중 나가면서 다급하게 묻는다.

"큰형님, 물은 얻어 가지고 오셨소?"

손대성은 문턱을 넘어서서 집 안으로 들어가 여태까지 벌어졌던 사연을 다 털어놓았다. 이 말을 듣고 삼장 법사는 낙심천만, 저도 모르게 눈물을 뚝뚝 흘리기 시작했다.

"제자야, 그럼 이 일을 어찌하면 좋단 말이냐?"

"저는 사화상을 데리고 같이 가려고 돌아왔습니다."

"사화상을 데려가서 어쩌려고?"

손대성은 이 물음에 대꾸하는 대신 사화상을 돌아다보고 이렇게 말했다.

"자네는 암자 근처에 숨어 있다가, 이 손선생께서 그놈과 한창 신바람 나게 싸우거든 그 틈을 노려 우물로 가서 물을 훔쳐내오게. 그럼 사부님을 구해드릴 수 있을 걸세."

그래도 스승은 마음이 놓이지 않아 또 한마디 궁상을 떤다.

"몸 성한 너희 둘이 모두 가버리면 여기는 병자 둘만 남게 될 텐데, 누가 우리 시중을 들어준단 말이냐?"

이때 곁에서 듣고 있던 노파가 앞으로 나섰다.

"나한 어르신께서는 안심하세요. 제자 분들이 계시지 않더라도 저희 집안 식구들이 잘 모셔드릴 테니까요. 사실 여러분이 처음 오셨을 때만 하더라도 저희들은 엉뚱하게 남자 생각을 했었지요. 하지만 아까 이 제자 분이 구름을 타고 오락가락하시는 것을 보면서, 그제야 나한 보살님이 오셨구나 하고 깨달았습니다. 저희 집 식구들은 절대로 여러분을 해롭게 하지 않을 겁니다."

여기에 손행자가 또 혀를 차면서 으름장을 놓았다.

"쩟! 아낙네 주제에 감히 누굴 해치겠어?"

노파는 무슨 생각을 했는지 빙글빙글 웃어가며 또 한마디 했다.

"나으리, 저희 집에 오신 걸 천만다행으로 아셔야 합니다. 만약 둘째 집에 가셨더라면 이렇게 아무 탈 없이 앉아 계시지 못했을 겁니다. 그것들이 여러분을 멀쩡하게 내버려두지 않았을 테니까요."

이번에는 저팔계가 끙끙 앓다 말고 코웃음을 쳤다.

"멀쩡하게 내버려두지 않는다면 어떻게 하겠다는 거요?"

"저희 집안 네댓 식구들은 모두 나이도 먹을 만큼 먹어서 남녀 관계에는 이미 산전수전 다 겪어보아 모르는 것이 없답니다. 또 그러기에 남녀간의 풍류에 대해서 이미 마음이 떠난 지 오래되었습지요. 그래서 여러분을 다치려 들지 않았던 겁니다. 하지만 둘째 집에는 늙은 것 젊은 것 할 것 없이 여인네들이 우글우글 들끓고, 더군다나 한창 젊은 것들이 많아서 여러분을 그냥 놓아두지 않을 겁니다. 색정이 발동하는데 관계를 맺자고 덤벼들지 않고 여러분을 가만 놓아둘 리 있겠습니까. 만약 여러분이 하자는 대로 응하지 않고 거절해보세요. 아마도 여러분의 목숨을 빼앗고 몸뚱이의 살점을 낱낱이 발라내어 향주머니를 만들어 차고 다녀야만 직성이 풀릴 겁니다."

이 말을 듣고 저팔계는 한숨을 푹 내쉰다.

"그런 일이라면, 나는 절대로 안전하겠군. 다른 사람의 몸에선 향기로운 체취가 몰씬몰씬 나니까 향주머니를 만들기에 좋겠지만, 나는 냄새 지독한 돼지라 살점을 저며내더라도 구역질 나는 냄새밖에 더 나겠나? 그러니까 나는 끄떡없단 말씀이야!"

손행자가 웃음보를 터뜨리면서 핀잔을 주었다.

"자네 그놈의 주둥아리 좀 작작 놀리게. 얼마 안 있으면 몸을 풀어야 할 텐데, 기운 쓰지 말고 아껴두어야 어린애 낳기 좋을 게 아닌가."

형제간에 농담이 나오자, 노파가 재촉한다.

"이러쿵저러쿵 하실 것 없이 어서 물이나 얻으러 가십쇼."

손행자는 비로소 생각난 듯, 노파에게 물었다.

"혹시 집 안에 두레박이 있거든 빌려주시오. 내가 잠시 써야겠소이다."

노파는 두말없이 뒤꼍으로 돌아가더니, 두레박 한 개와 밧줄 한 타래를 들고 나와서 사화상에게 넘겨주었다. 천성이 세심한 사화상은 다시 요구 사항을 보탰다.

"두레박 줄을 한 두어 벌 가져가야겠소. 우물이 깊어서 더 쓰게 될지도 모르니까 말이오."

이윽고 사화상은 두레박과 밧줄을 원하는 만큼 받아들었다. 그리고 손대성을 따라 마을 바깥으로 나서더니 함께 구름을 일으켜 타고 떠나갔다.

반 시진도 못 되어 두 사람은 해양산 경내에 이르러 구름을 낮추고 암자 밖에 내려섰다. 손대성이 막내아우에게 분부를 내렸다.

"자네는 두레박과 밧줄을 가지고 저 한구석에 숨어 있게. 이 손선생이 싸움을 걸고 우리 둘이서 한바탕 신바람 나게 싸우거든, 자네는 그 틈에 슬쩍 들어가서 샘물을 길어 가지고 곧바로 떠나도록 하게."

"알겠소, 큰형님."

사화상의 응답을 뒤로 한 채, 손대성은 철봉 자루를 꼬나쥐고 암자 문 앞으로 다가서서 큰 소리로 호통을 쳤다.

"문 열어라! 문 열어!"

문을 지키던 도사가 이내 그를 발견하고 허둥지둥 암자 안으로 뛰어들었다.

"사부님, 그 손오공이란 자가 또 왔습니다."

지겨운 원수가 또 나타났다는 말에, 여의진선은 속에서 울화통이 부글부글 끓어올랐다.

"그놈의 못된 원숭이가 정말 버릇없이 날뛰는구나! 그놈에게 솜씨가 제법 있다는 소문은 들어봤지만, 오늘에야 그걸 알게 되었다. 그놈이 철봉을 그토록 잘 쓰니 어디 당해낼 수가 있어야지!"

늙은 제자 도사가 아첨을 떤다.

"사부님, 그자의 솜씨가 뛰어나다고는 하지만, 사부님도 그자에 비해 손색이 없으시니 이야말로 호적수가 아닙니까?"

그 말에 여의진선은 절레절레 도리질을 했다.

"앞서 두 차례 모두 내가 지지 않았더냐?"

"그자가 앞서 두 차례는 이겼다 해도, 한때 불끈하는 성미에 이겼을 뿐이지요. 나중에는 샘물을 길어올리려고 할 때마다 사부님이 갈고리로 걸어 당겨 두 번씩이나 자빠뜨리지 않았습니까. 그때는 분명 사부님의 솜씨가 그자와는 견줄 바가 아닐 만큼 한 수 위이셨습니다. 아까는 어쩔 도리가 없어 돌아가더니, 이제 또 나타난 것을 보면, 아마도 삼장이 잉태한 몸이 무거워져서 빈손 털고 쫓겨온 맏제자를 크게 꾸짖었던 게 분명합니다. 그러니까 손오공도 다시 오기는 했으나 제 스승한테 꾸중을 들은 끝이라 앙심을 품고 사부님과 싸울 생각 역시 옅어졌을 것입니다. 그러니까 이번 싸움에서는 사부님께서 이기실 것이 틀림없습니다."

여의진선이 가만히 듣고 보니 과연 그럴듯한 말씀이라, 얼굴에는 당장 봄바람이 일었다. 그는 히죽벌쭉 웃어가며 한바탕 위세를 뽐내더니, 여의구 쇠갈고리를 번쩍 치켜든 채 암자 바깥으로 뚜벅뚜벅 걸어나갔다.

"못된 원숭이 녀석! 무얼 찾아 먹으려고 또 왔느냐?"

"나야 샘물 좀 얻으러 왔지!"

"샘물은 우리집 우물에 있다. 제왕이든 정승이든 누구나 반드시 예의를 표하고 양고기와 술을 가지고 와서 공손히 부탁해야만 겨우 조금씩 주게 되어 있다. 그런데 네놈은 우리 가문의 원수인데다, 그것도 빈손 들고 찾아와서 네 멋대로 샘물을 달라니, 내가 순순히 내어줄 듯싶으냐?"

"호오! 절대로 주지 못하겠다, 그 말인가?"

"못 주는 게 아니라, 안 주겠다! 안 줘!"

"이 고약한 요물이, 안 주겠다? 오냐, 좋다! 정 안 주겠다면 내 철봉이나 한 대 맞아봐라!"

손대성은 두말 않고 앞으로 내달으면서 정수리를 겨냥하여 냅다 후려갈겼다. 여의진선도 그럴 줄 알았다는 듯이 맵시 좋게 옆으로 슬쩍 피하더니 갈고리를 휘둘러 재빠르게 반격해 나왔다. 이래서 또 한판 격전이 벌어졌는데, 이번에는 앞서보다 그 기세가 더욱 사나웠다.

금고봉과 여의구, 둘이서 분노하여 저마다 원한을 품고 있다.
모래를 흩날리고 바윗돌 구르니 건곤이 어두워지고, 흙이 뿌려지고 먼지가 허공에 날아오르니 일월조차 수심에 잠긴다.
제천대성은 스승을 구하고자 샘물 가지러 왔으나, 요망한 여의진선은 조카의 원수를 갚느라 그 뜻을 받아들이지 않는다.

쌍방이 다 같이 힘을 쓰니, 제각기 어느 한구석 만만하고 편한 틈을 노린다.

어금니를 악물고 승부 다투며, 이를 갈아붙여 강약을 판가름하려 든다.

기회를 엿볼수록 정신이 번쩍 들며, 구름을 뿜어내고 안개 자욱하게 퍼뜨리니 귀신조차 눈살을 찌푸린다.

후다닥 뚝딱! 쨍그렁 쨍쨍! 쇠갈고리와 철봉이 맞부딪쳐 쇳소리 울리고, 으르렁대는 함성과 포효 소리가 산과 언덕을 뒤흔든다.

미치광이 바람 휘몰아쳐 나무숲을 짓부수고, 살기(殺氣)가 쉴 새없이 두우궁(斗牛宮) 별자리를 넘나든다.

제천대성은 싸울수록 신바람이 나는데, 여의진선은 들이칠수록 엉겨붙어 떨어질 줄 모른다.

마음이 있고 뜻하는 바 있어 서로 싸우니, 생사 결판을 내기 전에는 결단코 그칠 턱이 없다.

그들 두 사람이 암자 문 밖에서 맞부딪쳐 이리 뛰고 저리 뛰고 춤을 추어가며 싸우기에도 판이 비좁아, 마침내는 산비탈 아래까지 밀고 당기면서 내려오기에 이르렀다. 미움과 고통이 엇갈려 서로 싸우는 거야 두말할 나위도 없다.

한편 사화상은 두레박을 든 채 암자 문짝을 박차고 뛰어들었다. 우물을 발견하고 달려갔더니, 늙은 도사가 우물가에서 가로막으며 호통쳐 꾸짖는다.

"어떤 놈이 감히 물을 훔치러 왔느냐!"

사화상은 조용히 두레박을 내려놓고 항요보장을 꺼내들었다. 그리고는 아무 대꾸도 없이 다짜고짜 늙은 도사를 후려갈겼다. 불문곡직하고 후려 때리는 몽둥이질에, 도사는 미처 피할 틈도 없이 왼쪽 팔뚝을 얻어맞고 땅바닥에 거꾸러졌다. 그나마 사화상이 인정을 베풀어 팔뚝뼈만 부러졌을 뿐이었으나, 도사는 쓰러진 채 당장이라도 죽을 것처럼 버둥거리며 애처로운 비명을 질러댔다.

사화상이 도사를 굽어보고 으름장을 놓았다.

"너 같은 요물은 때려죽여야 마땅할 것이로되, 네놈 역시 사람의 탈을 썼으니 어쩌랴. 내 너를 불쌍히 여겨 한목숨 살려주마. 그 대신 내가 샘물이나 길어 가지고 가도록 비키거라!"

늙은 도사는 하늘이 무너지고 땅이 꺼지도록 비명을 질러가며 엉금엉금 기어서 일어나더니 두 다리야 날 살려라 하고 뒤곁으로 돌아 뺑소니치고 말았다.

그제야 사화상은 두레박을 우물 속에 풍덩 집어넣더니, 낙태천의 신비한 샘물 한 통을 듬뿍 길어 가지고 암자 문 바깥으로 걸어나왔다. 그리고는 구름을 일으켜 타고 허공으로 솟구쳐 오른 다음, 손행자를 향해 큰 소리로 외쳐 불렀다.

"큰형님, 됐소! 나는 샘물을 길었으니 가지고 먼저 가겠소! 그놈일랑 이제 용서해서 놓아주시구려!"

손행자는 그 소리를 듣자, 비로소 철봉으로 쇠갈고리를 가로막아 눌러놓고 엄하게 꾸짖었다.

"내가 애당초 네놈을 깨끗이 죽여 없앨 생각이었으되, 네놈이 무슨 국법을 어긴 것도 아니요 또 네 형님인 우마왕과의 정리를 생각하니 어쩔 수 없구나, 용서해줄밖에. 앞서 두 번은 네놈의 갈고리질에 걸려 샘물을 길어가지 못하였으나, 이번에는 '조호이산지계(調虎離山之計)'로 네놈을 샘물 가에서 멀찌감치 끌어내어 싸움을 걸어놓고 그 틈에 내 아우를 시켜 샘물을 길어가게 했다. 만약 이 손선생이 온갖 수단을 다 부렸더라면, 너 같은 여의진선 한 놈은 그만두고 몇 녀석이 더 있다 해도 깡그리 때려죽이고 남음이 있었을 것이다만, 생령의 목숨을 빼앗는 것이 살려주느니보다 못 하다기에 네놈을 몇 해쯤 더 살도록 용서해주는 것이니, 그런 줄이나 알거라. 이후에 또 샘물을 얻으러 오는 사람이 있거든, 절대로 돈이나 예물 같은 것을 우려내어서는 안 된다. 알아듣겠느냐?"

그러나 이 요망한 도사는 들은 척 마는 척, 주책없이 다시 덤벼들더니 또 한번 갈고리로 손행자의 발목을 걸어 당기려고 했다. 손행자는 날쌘 동작으로 갈고리를 피하고 그 앞으로 선뜻 달려들면서 외마디 호통을 쳤다.

"어딜 가려고? 꼼짝 말고 게 섰거랏!"

요망한 도사는 속수무책, 상대방이 와락 밀어붙이는 대로 네 활개를 펼치면서 벌렁 나자빠지고 말았다. 손행자는 쇠갈고리를 빼앗아 가지고 두 토막으로 딱 부러뜨린 다음 그것을 합쳐들고 다시 한번 네 동강으로 꺾어서 땅바닥에 내동댕이치고 말았다.

"이 못된 짐승 같으니, 이래도 또 발악을 할 테냐?"

손행자의 무서운 뚝심에 기가 질릴 대로 질려버린 여의진선, 입 한번 제대로 벌리지 못한 채 굴욕을 뱃속에 삼키고 전전긍긍 떨고만 있을 따름이다.

손대성은 껄껄대고 웃으며 구름을 일으켜 타고 허공으로 솟구쳐 올랐다.

한바탕 벌어진 소동을 두고 이를 증명하는 시구가 있다.

진연(眞鉛)을 단련하려면 모름지기 진수(眞水)가 있어야 하고,

서유기 제6권　115

진수로 조화하면 진홍(眞汞)은 마른다.

진홍과 진연에 모태의 기운이 없으면 영사(靈砂)와 영약은 선단(仙丹)이 되지 못하는 법.

영아(嬰兒, 삼장 법사)는 헛되이 태아의 형상을 맺고, 토모(土母, 저팔계)는 공덕을 베푸는 데 어렵게 힘을 쓰지 않을 것이다.

좌도 방문을 타도하고 정교를 바로 세워 드높이니, 심군(心君, 손오공)은 뜻을 얻어 웃는 낯으로 돌아온다.

손대성은 상광을 휘몰아 단숨에 사화상을 따라잡았다. 신비한 샘물 진수를 얻은 두 형제는 기뻐 어쩔 줄을 모르며 의기양양하게 본래 있던 곳으로 돌아왔다.

구름을 낮추고 노파의 집에 내려섰더니, 저팔계란 녀석이 불룩 나온 배를 안고 문설주에 기대어 서서 끙끙 앓는 소리를 내고 있다. 손행자가 살금살금 다가서서 한마디 건넸다.

"여보게 바보 친구! 언제 해산하실 건가?"

미련퉁이는 당황해서 투덜거리며 묻는다.

"형님, 놀리지 마시구려. 한데 샘물은 얻어 가지고 오셨소?"

손행자는 한번 더 놀려줄까 하는데, 우직한 사화상이 뒤따라 나서더니 싱글벙글 웃으며 소리쳤다.

"물 가져왔소! 물 가져왔다니까!"

삼장은 아픔까지 참아가면서 두 제자 앞에 허리를 굽혔다.

"제자야, 정말 수고들 했다!"

노파도 기뻐하고 집안 식구들도 모조리 나와서 절하고 맞아들였다.

"보살님들! 참말 어려운 일을 하셨습니다. 이 귀중한 것을 얻어오시느라 고생 많으셨습니다!"

입으로 연신 주절주절 찬사를 늘어놓으면서 노파는 알록달록한 도자기 찻잔을 꺼내오더니 샘물 반 잔을 떠서 삼장 법사에게 올렸다.

"스님, 찬찬히 드십시오. 한 모금만 마시면 태기가 이내 풀어질 겁니다."

욕심꾸러기 저팔계가 옆에서 한마디 던진다.

"나는 찻잔 같은 거 필요 없소. 두레박째로 마실 거요."

노파가 펄쩍 뛴다.

"어이구, 나으리! 사람 놀라 죽게 하지 마세요. 만약 이 물을 통째로 마셨다가는 오장 육부는 말할 것도 없고 뱃가죽마저 몽땅 녹아버릴 겁니다!"

그 말에 저팔계는 찔끔 놀라 더 이상 주책을 부리지는 못하고 노파가 떠주는 대로 반 잔을 마셨다.

밥 한 끼 먹을 시간이 지나자, 두 사람은 아랫배가 쥐어짜듯이 아프더니, 뱃속에서 꾸르륵꾸르륵 창자 뒤틀리는 소리가 서너 차례 잇달아 났다. 소리가 난 다음에 저팔계는 뒤를 참지 못하고 대소변을 그대로 질펀하게 싸질러놓았다. 점잖으신 삼장 법사도 견디다 못해 어디 조용히 뒤를 볼 데가 없나 하고 일어섰다.

손행자가 스승을 만류해서 도로 앉혔다.

"사부님, 바깥바람을 쐬어서는 절대 안 됩니다. 갑자기 찬 바람을 쐬었다가 산후풍(産後風)이라도 일으킬까 겁납니다."

눈치 빠른 노파가 요강 두 개를 꺼내다 두 사람이 방 안에서 용변을 보게 해주었다. 두 사람은 연거푸 몇 차례나 뒤를 보고 나서야 겨우 복통이 멎고 불룩해졌던 아랫배도 차츰 가라앉았다. 태중의 핏덩어리가 녹아내린 것이다. 노파네 집안 식구들은 흰쌀로 죽을 쑤어 허해진 속을 보태도록 해주었다.

먹보 저팔계는 희멀건 죽그릇을 내려다보더니 고개를 절레절레 내둘렀다.

"이봐요, 할머니, 내 몸은 튼튼하니까 보신할 것까지는 없소. 물이나 좀 뜨끈뜨끈하게 데워주시면 목욕을 하고 나서 죽이라도 먹겠소이다."

사화상이 아는 척하고 한마디 던지며 말렸다.

"둘째 형님, 큰일날 소리 마시오! 산모가 목욕하는 법이 어디 있소? 해산을 치르고 나서 물에 들어갔다가는 병이 난단 말이오."

저팔계가 이 말을 듣고 투덜거린다.

"제기랄! 내가 무슨 놈의 애를 낳은 것도 아니고 기껏해야 대단치 않은 유산 정도밖에 안 했는데 무슨 상관이 있다는 거야? 병이 나든 말든, 누가 뭐래도 난 몸을 깨끗이 씻어야겠네!"

이래서 노파는 목욕물을 데워 가지고 나왔다. 덕분에 두 사람은 손발까지 말끔히 씻어낼 수 있었다. 목욕을 마치고 나자, 삼장은 비로소 흰쌀죽을 두어 그릇 마셨다. 저팔계란 녀석은 열 대접을 먹고도 모자라 더 달라고 아우성쳤다.

손행자는 어처구니가 없어 실소를 터뜨리면서 핀잔을 주었다.

"이런 못생긴 얼간이 녀석 봤나! 자그마치 먹어두라니까! 배불뚝이가 되어 가지고 뒤룩뒤룩 걸어다니면 그 꼬락서니 한번 보기 좋겠다."

그래도 먹을거리를 본 이 미련퉁이는 막무가내다.

"상관없소, 상관없다니까! 내가 암퇘지도 아닌데, 살찐다고 겁낼 일이 어디 있겠소?"

이윽고 이 댁 식구들이 식사를 준비하러 안으로 들어갔다. 그 틈에 노파는 은근한 말씨로 삼장에게 물었다.

"노사부님, 저 나머지 샘물은 우리에게 주실 수 없나요?"

곁에서 손행자가 저팔계를 돌아보고 묻는다.

"여보게 먹보, 자네 이 물을 더 마시지 않겠나?"

미련퉁이는 시침 뚝 떼고 절레절레 도리질을 한다.

"배가 아프지 않은 걸 보니 태기도 다 풀어진 모양이오. 멀쩡하니 아무렇지도 않은데 그 물은 더 마셔서 뭘 하겠소?"

손행자가 이번에는 노파를 돌아보고 이렇게 말했다.

"사부님과 이 친구, 두 분 병이 다 나았으니, 나머지 물은 할머니 댁에 드리죠."

노파는 손행자에게 감사의 예를 올리고 나서 남은 샘물을 오지 항아리에 담아서 집 뒤꼍 땅속 깊숙이 파묻어놓고 여러 식구들에게 자랑했다.

"이 항아리의 물은 내가 죽을 때 관재(棺材) 밑천이 되고도 남겠다!"

집안 식구들은 이 말을 듣고 늙은이 젊은이 할 것 없이 모두들 기뻐하지 않는 이가 없었다. 그들은 밥을 지어 내오랴, 식탁과 걸상을 준비하랴 한바탕 부산을 떨었다. 당나라 스님 일행은 식사를 마치고 나서 조용히 하룻밤을 지냈다.

이튿날 아침, 날이 밝아오자, 스승과 제자들은 노파 댁 사람들에게 감사의 인사를 하고 그 집을 떠났다.

당나라 삼장 법사는 마상에 오르고, 사화상은 짐보따리를 짊어지고, 손행자는 호기 있게 앞장서서 길 안내를 맡았다. 저팔계는 말고삐를 끌고 나섰다.

이야말로, '더러운 입을 깨끗이 씻으니 업보로 무겁던 몸이 홀가분해지고, 범태 육골을 녹여버리니 육신 또한 스스럼없어졌다'는 격이다.

과연 이들이 국경 지대에 이르러 또 무슨 일을 당하게 될 것인지, 다음 회에서 풀어보기로 하자.

제54회 서쪽으로 들어선 삼장 법사는 여인국에 봉착하고, 심원은 계략을 세워 여난에서 벗어나다

노파의 마을을 떠난 삼장과 제자 일행은 다시 길 따라 서쪽으로 나아갔다. 그리고 3, 40리를 못 가서 마침내 서량국 경계에 다다랐다.

삼장이 마상에서 앞쪽을 가리키며 손행자를 불러세웠다.

"오공아, 저 앞에 성지가 가깝구나. 장터에 사람들이 저렇게 북적대는 것을 보니, 아마도 서량여국인 모양이다. 너희들, 정신 바짝 차리고 몸가짐을 단정히 가져서 방탕한 행동을 삼가고, 우리 법문의 교지를 어지럽혀서는 안 된다."

스승의 엄한 당부 말씀을, 제자 세 사람은 삼가 받들었다.

당부 말을 다 마치기도 전에, 일행은 동쪽 관문 한길 거리에 이르렀다. 이곳 사람들은 과연 여인의 나라답게 모두들 긴 치마, 소매 짧은 저고리에 분 바르고 기름 바른 유두분면(油頭粉面), 늙은이나 젊은이나 가릴 것 없이 모조리 여인들이었다.

이들이 장터에 들어서자, 길거리 양편에서 장사하고 있던 여인들이 그들을 발견하고 일제히 손뼉 치면서 깔깔대고 웃기 시작했다. 어느새 너나 할 것 없이 웃음 띤 얼굴에 알랑거리는 교태가 철철 흘러넘치고 사내에게 잘 보이느라 몸 매무새를 가다듬는 손길이 바쁘게 움직이고 있었다.

"사람의 씨가 온다! 사람의 씨가 온다!"

깜짝 놀란 삼장 법사, 당혹스런 기색을 감추지 못하고 말고삐를 잡아당겨 멈춰 섰다. 하기야 앞으로 나가고 싶어도 몰려드는 인파 때문에 전진할 도리가 없었다. 장터 길거리는 삽시간에 인파로 꽉 들어차고, 들리는 소리라곤 환호하는 웃음소리와 생전 처음 보는 사내를 부르는 아우성뿐이었다.

어지간한 저팔계도 이 놀라운 소동에 기가 질렸는지 버럭버럭 악을 썼다.

"저리들 가! 저리들 가라니까! 나는 못생긴 돼지야, 냄새나는 돼지란 말이다!"

손행자가 곁에서 면박을 준다.

"이런 바보 녀석 봤나! 허튼소리 하지 말고 생겨먹은 대로 그 낯짝이나 드러내라니까. 오히려 그렇게 하는 게 악을 쓰기보다 더 효과가 있을 걸세!"

말을 듣고 보니 과연 그럴싸하다. 저팔계는 그 커다란 머리통을 한두어 번 흔들어붙이더니 부챗살만한 두 귀를 쫑긋 일으켜 세우고 연밥이 늘어진 것 같은 주둥이를 비죽 내밀어 큰 소리로 고함을 질러대기 시작했다. 그러자 여인들은 기절초풍하도록 놀란 나머지, 엎어지고 자빠지며 길바닥 좌우로 뿔뿔이 흩어져 달아났다.

이래서 앞길은 저절로 트였는데, 저팔계의 공로를 두고 읊은 시가 이렇다.

성승이 부처님을 뵈러 서량국에 다다르니, 나라 안에는 여자들만 넘치고 사내라곤 세상에 눈 씻고 둘러보아도 찾을 길 없다.

학문 높은 선비, 농사꾼, 장인바치, 장사꾼이 모두들 아낙네들뿐이요, 고기 잡고 나무하고 밭 갈고 짐승 놓아먹이는 사람도 하나같이 분 바른 여인네들뿐이다.

아리따운 여자들이 한길 바닥 메우고 '사람의 씨'를 외쳐 부르는가 하면, 한창 젊은 부녀들은 길거리에 넘쳐나와 사내를 집적거린다.

저오능이 추접스런 상판을 드러내지 않았더라면, 연화(煙花)의 무리에 둘러싸여 곤욕을 감당치 못했으리라.

이렇게 해서 모든 사람들이 겁을 집어먹고 멀찌감치 물러선 채 섣불리 그들 앞으로 나서려는 이가 없었으나, 그래도 하나같이 안타까운 마음에 손바닥을 비벼가며 발을 동동 굴러대랴, 허리를 비비 꼬아가며 간들간들 고갯짓을 하랴, 손가락만 입에 물고 전전긍긍하랴, 저마다 당나라 스님에게 눈길을 던져놓고 넋 빠지게 바라보는 인파가 한길가를 그득 메우고 있었다.

손행자도 일부러 사나운 표정을 꾸며 앞길을 트고, 사화상 역시 무섭게 송곳니를 빼문 채 구경꾼들을 위협했다. 저팔계는 말고삐를 끌고 가면서도 계속 주둥이를 씰룩거리고 그 큼직한 귀를 너풀너풀 위세를 떨쳐 보였다.

시가지에는 가옥들이 반듯반듯하게 늘어서고, 점포들도 질서정연하게 자리잡고 있었다. 소금 파는 집에 쌀가게하며, 술집·찻집도 있었다. 종고루(鐘鼓樓)와 누각, 정자가 즐비한 가운데 거래하는 물건이 산처럼 쌓였고, 손님을 부르는 간판 깃발이 돌아보는 곳마다 나붙어 펄럭펄럭 나부끼며 활기를 돋보이는가 하면 창문에는 어디나 발을 길게 드리웠다.

스승과 제자 일행이 거리 모퉁이로 접어들 때였다. 별안간 여자 관원 하나가 길거리에 서서 큰 소리로 나그네들을 불러세웠다.

"멀리서 오신 손님들! 함부로 성문에 들어가시면 안 됩니다. 역관에 드셔서 먼저 성명을 등록하시면, 소관이 그 명단을 주상 전하께 아뢰어 조사를 받고 윤허가 내리셔야만 보내드립니다."

삼장 법사는 그 말을 듣고 말에서 내렸다. 고개를 쳐들고 올려다보니, 관아에 현판이 하나 걸렸는데 그 편액에는 '영양역(迎陽驛)'이란 세 글자가 씌어 있다.

그는 고개를 주억거리면서 맏제자를 불렀다.

"오공아, 그 시골집 할머니가 전하던 말이 참말이었구나. 저것 좀 보려무나, 영양역이 있지 않느냐?"

이때 사화상이 무슨 생각이 났는지 키득키득 웃어가며 저팔계를 돌아보았다.

"둘째 형님, 조태천 샘터에 가서 형님 그림자가 어디 한 쌍으로 보이나 안 보이나 한번 비춰보시구려."

그 말에 저팔계가 펄쩍 뛰었다.

"예끼 이 사람! 놀리지 말게. 낙태천 샘물 한잔 마시고 태기를 다 쏟아버렸는데, 그림자는 비춰보아서 뭘 하겠나?"

삼장이 흘끗 저팔계를 돌아보고 나무란다.

"오능아, 말을 삼가거라! 입조심을 해야지!"

이윽고 그는 여자 관원 앞으로 걸어나가 인사를 나누었다. 여자 관원은 길을 안내하여 일행을 역사 안으로 인도하더니, 대청에 앉힌 다음 즉석에서 시중꾼을 불러 차를 내오라고 분부했다. 시중드는 사람들을 보니 그들 역시 머리를 빗질해서 세 갈래로 곱게 땋아 늘어뜨리고 치마저고리를 걸친 아리따운 여인들이었다. 찻잔을 받쳐들고 나오는 시중꾼도 생글생글 웃음 띤 얼굴로 이 희한한 남자 손님들을 접대했다.

잠시 후 차 대접이 끝나자, 여자 관원은 허리 굽혀 공손히 물었다.

"손님들께서는 어디서 오셨습니까?"

삼장 대신에 손행자가 그 질문을 받았다.

"우리는 동녘 땅 대 당나라 황제 폐하께서 파견하시어, 서천으로 부처님을 찾아뵙고 경을 가지러 가는 사람들입니다. 저희 사부님은 당나라 황제 폐하의 아우님 되시는 분으로서, 법호를 당삼장이라 합니다. 나는 이분의 수제자 손오공이요, 여기 이 두 사람은 내 사제 저오능과 사오정입니다. 일행은 말까지 합쳐서 다섯 식구가 됩니다. 여기 통관 문첩을 지니고 왔으니, 조사해보시고 떠나보내주시기 바랍니다."

여자 관원은 붓을 잡고 손행자가 이르는 대로 낱낱이 받아 적은 다음, 자리에서 내려서더니 새삼스레 머리를 조아렸다.

"어르신, 용서해주십시오. 소관은 이 영양역을 관장하는 역승입니다. 상국의 어르신께서 왕림하신 것을 미리 알았던들 멀리 영접해드렸을 것인데, 이렇게 몰라뵈었습니다."

사과의 절이 끝나고 몸을 일으킨 그녀는 시중꾼들에게 음식을 장만하라 분부해놓고, 다시 삼장 일행에게 공손히 여쭈었다.

"어르신들께서는 편히 앉아 쉬고 계십시오. 소관이 도성에 들어가 저희 임금님께 아뢰고 통관 문첩을 교부받아, 여러분이 무사히 서쪽으로 떠나게 해드리겠습니다."

삼장이 흐뭇한 마음으로 자리에 앉아 기다리게 된 것은 말할 나위도 없다.

한편 역승은 의관을 반듯하게 갖추고 나서 도성 안으로 들어가 오봉루 앞에 당도하더니, 궁궐 문을 지키는 황문관에게 용건을 밝혔다.

"나는 영양관 역승입니다. 아뢸 일이 있어 주상 폐하를 뵙고자 하니 말씀드려주십시오."

황문관이 들어가 아뢰니, 역승더러 금란전으로 들라는 국왕의 전지가 내렸다.

"역승은 아뢸 일이란 게 무엇인가?"

여왕의 물음에, 역승은 공손히 아뢰었다.

"소신은 역관에서 동녘 땅 대 당나라 임금님의 어제가 되시는 당삼장을 맞아들였나이다. 제자 세 사람이 있사온데, 이름은 손오공, 저오능, 사오정이라 하오며, 타고 가는 말 한 필까지 합쳐 다섯 일행이 되나이다. 서천으로 부처님을 찾아뵙고 경을 받으러 간다 하기에 이제 주상 폐하께 삼가 아뢰오니, 통관 문첩을 교부해주시어 떠나보냄이 어떠하시온지요?"

역승이 아뢰는 말을 듣고 여왕은 크게 기뻐하더니 문무백관들을 돌아보면서 이렇게 말했다.

"과인이 어젯밤에 꿈을 꾸었는데, 꿈속에서 황금 병풍에 오색찬란한 광채가 일어나고, 백옥 거울에 광명이 퍼져나가는 것을 보았소. 이제 보니 그것이 오늘의 이 희소식을 알려주는 조짐이었구려."

여자 문무백관들이 붉은 칠을 한 섬돌 앞으로 몰려들어 절하며 여쭈었다.

"주상 폐하께서는 어찌하여 그 꿈을 오늘의 기쁜 조짐이라 하시나이까?"

"동녘 땅에서 온 그 남자는 바로 당나라 황제의 어제가 되는 사람이오. 우리나라는 혼돈이 갈라지고 천지가 개벽한 이래로 역대 제왕들이 남자가 이 나라에 오는 것을 본 적이 없었소. 그런데 다행히도 오늘 당나라 황제가 아우님을 보내오셨으니, 이는 필시 하늘이 내리시는 은총이라 할 것이오. 이제 과인은 일국의 부귀영화로써 그분을 초빙하여 임금으로 받들어 모시고 과인은 황후가 되어 음양 교합을 이루어 자손을 낳아 이 나라의 제업(帝業)을 만대에 길이 전해 내릴 수 있게 되었으니, 이 어찌 오늘의 기쁜 조짐이라 하지 않을 수 있겠소?"

여왕의 말을 듣고, 신하들은 일제히 춤추고 절하며 기뻐하지 않는 자가 없었다.

역승이 다시 아뢰었다.

"주상 폐하의 말씀은 곧 만대에 길이 전할 지당한 일이오나, 어제의 세 제자들은 모두가 흉악하게 생겨서 그 몰골은 차마 눈뜨고 보기 어렵나이다."

여왕이 묻는다.

"경은 어제의 외모가 어떠한지 보았는가? 또 그분의 제자들은 어떻게 흉악하고 누추하게 생겼단 말인가?"

"어제의 얼굴 모습은 당당하고 아리따우며 풍채 또한 준수하고 영걸스러워 실로 천조 상국(天朝上國)의 남아요 남섬 중화(南瞻中華)의 인물이라 하겠나이다. 그러나 다른 제자 세 사람은 생김새가 영악스럽고 얼굴 모습이 한마디로 요마와 같사옵니다."

이 말에 여왕은 간단하게 대답했다.

"그렇다면 제자들에게 통관 문첩을 교부해주어 서천으로 떠나보내고, 어제 되시는 분만 머물게 하면 안 될 것이 어디 있겠는가?"

여러 신하들이 절하고 아뢰었다.

"주상 폐하, 지당하신 말씀이옵니다. 신들도 삼가 어명대로 따르겠나이다. 하오나 배필을 정하는 일에는 중매가 없어선 안 될 줄로 아뢰나이다. 예로부터 '인연의 배합은 단풍잎에 따르고, 월하노인은 지아비와 지어미를 붉은 실로 맺어준다(因緣配合憑紅葉, 月下夫妻繫赤繩)'[1] 하였나

---

[1] 인연의 배합은 단풍잎에 따르고…… 붉은 실로 맺어준다: '인연의 배합은 단풍잎에 따른다'는 말은 당나라 때 우우(于祐)란 선비가 궁성 둘레에 흐르는 강물에서 붉은 단풍잎을 줍게 된 것이 인연이 되어 궁중 미녀 한씨(韓氏)와 결혼하였다는 고사를 인용한 것. '월하노인이 지아비와 지어미를 붉은 실로 맺어준다'는 고사에 대해서는 제30회 주 **3** '월하노인의 붉은 실' 참조.

이다."

신하들의 아뢰는 말을 듣고, 여왕은 즉석에서 어명을 내렸다.

"경들이 아뢴 바에 따라, 당가 태사(當駕太師)를 중매로 세울 것이며, 영양 역승을 혼인 주례로 삼을 것이니, 그대들은 먼저 역사에 계신 어제를 찾아뵙고 청혼하도록 하라. 그분의 승낙이 있거든, 과인은 그때에 비로소 궁성 밖으로 나아가 영접할 것이다."

당가 태사와 역승은 어명을 받들고 조정에서 물러나왔다.

한편, 삼장 법사 일행은 역관에 느긋이 앉아 한창 식사를 즐기고 있는데, 갑자기 바깥에서 누군가 들어와 통보를 해주었다.

"당가 태사와 저희 관아의 노모(老姆, 역승의 존칭)께서 납시었습니다."

삼장은 이게 무슨 소린가 싶어 되물었다.

"당가 태사가 오시다니, 이게 웬일이오?"

곁에서 저팔계가 주책없이 아는 체한다.

"아마 여왕님이 우리를 잔치에 초대하려고 보내셨을 겝니다."

그러나 손행자는 무엇인가 짚이는 바 있어 절레절레 고갯짓을 내둘렀다.

"아닐세. 잔치 초대가 아니라, 청혼을 하러 오는 것일세."

삼장은 가슴이 덜컥 내려앉아 손행자에게 물었다.

"오공아! 만약 저 사람들이 우리를 붙들어놓고 혼사를 강요한다면, 이 노릇을 어찌해야 좋으냐?"

"사부님, 괜찮으니까 저들이 하자는 대로 승낙하십쇼. 이 손선생에게 따로 생각이 있으니까요."

말도 다 끝내기도 전에 두 여관이 들어서더니 삼장 법사에게 정중하게 큰절부터 올린다. 삼장도 일일이 답례를 건네고 나서 조심스레 물었다.

"소승은 출가한 사람이라 아무런 덕망도 능력도 없는 사람인데, 대감께서는 어찌하여 이토록 큰절을 하십니까?"

당가 태사는 삼장의 생김새가 준수한 것을 보자, 알아채지 못하게 속으로 기뻐하면서 생각했다.

'우리나라에 실로 큰 복이 굴러들어왔구나! 이만한 남자 분이라면 우리 임금의 지아비가 되시기에 손색이 없겠다.'

이윽고 두 여관이 절을 마치고 일어나더니 좌우 양곁에 갈라섰다.

"어제 전하, 지극히 경사스런 소식을 가져왔습니다."

삼장은 뜨악한 기색으로 다시 물었다.

"우리 같은 출가승에게 경사가 있어봐야 무슨 경사로운 일이 있겠습니까?"

당가 태사는 다시 한번 공손히 허리 굽히고 여쭈었다.

"이곳은 바로 서량여국으로서, 자고 이래 저희 나라에는 남자가 한 사람도 있어본 적이 없었습니다. 이제 천만다행히도 어제 전하께서 강림하셨으니, 소신은 우리 여왕 폐하의 칙명을 받들고 이렇게 청혼하러 왔습니다."

이 말을 듣고 삼장은 그 자리에서 펄쩍 뛰었다.

"무슨 말씀을! 천만의 말씀을 다하십니다! 소승은 혈혈단신으로 귀국 땅에 도착하였고, 슬하에 아들딸 하나 없이 미흡한 제자 세 사람만 거느리고 왔을 따름인데, 대감께서는 도대체 누구와의 혼사를 말씀하시는 것입니까?"

그제야 영양 역승이 나섰다.

"소관이 방금 조정에 들어가 아뢰었더니, 저희 여왕께서 매우 기뻐하시면서 간밤에 길몽을 얻으셨다 말씀하셨습니다. 꿈에 보니, 황금 병풍에 오색찬란한 광채가 일고 백옥 거울에 광명이 퍼져나왔다고 하셨습니다. 어제 전하께서 중화 상국의 남아 대장부임을 아시고, 저희 여왕 폐하께서는 일국의 부귀영화로 어제 나으리를 지아비로 맞아들이시어 '남면칭고(南面稱孤)'[2]하는 군주의 자리에 등극하게 하시고, 저희 여왕님은 황후가 되시기를 원한다 하셨습니다. 그래서 칙지를 내리시어, 태사 대감을 중매로 내세우시고 소관을 혼인 주례자로 임명하셨기에, 이렇듯 예를 갖추어 청혼하고자 오는 길입니다."

이 말을 듣고 삼장은 기가 막혀 고개만 수그린 채 아무런 대꾸도 하지 못했다.

태사가 다시 좋은 말로 권유한다.

"옛말에, '남아 대장부가 때를 만나면 놓쳐서는 안 된다(大丈夫遇時, 不可錯過)' 하였습니다. 이처럼 청혼하는 일은 비록 이 세상에 많기야 하지만, 일국의 부귀영화를 송두리째 떠맡긴다는 것은 실로 세상에 드문 일이라 하겠습니다. 어제 전하께서는 속히 허락하시어 저희들이 돌아가서 아뢰도록 해주십시오."

삼장은 갈수록 태산이라, 꿀 먹은 벙어리가 된 채 넋 빠진 기색으로 두 눈만 멀뚱멀뚱 뜨고 있을 따름이다.

이때 저팔계가 곁에서 주책없이 기다란 주둥이를 놀려 큰 소리로 악을 쓴다.

"여보, 태사 대감! 돌아가서 여왕님한테 이렇게 대답해주시오. 우

---

[2] 남면칭고: 고대 군주가 앉는 옥좌(玉座)는 항상 남쪽을 향하게 놓였으며, 신하들은 어느 곳에 가서도 망궐례(望闕禮)를 행할 때에는 '북향재배(北向再拜)'하는 것이 관례다. '고(孤)'란 말은 임금이 자신을 지상(至上)의 일인자로 보아 '외롭다'는 겸칭(謙稱)으로 쓰는 용어. 따라서 '남면칭고(南面稱孤)'는 곧 왕위에 등극한다는 뜻이다.

리 사부님은 오랜 세월 수행하시고 득도하신 나한이시라, 그런 일국의 부귀영화도 즐겨 받지 않으시고 나라를 기울일 만한 미모도 좋아하지 않으시니, 어서 속히 통관 문첩이나 교부해주어 서천으로 떠나보내라고 하시오. 그리고 내가 여기 남아서 청혼을 받아들일까 하는데, 태사 대감의 생각은 어떻소?"

멧돼지보다 더 우락부락한 생김새에 떡 줄기 따는 목소리를 듣고 있으려니, 태사 대감은 간담이 써늘해져서 대꾸할 혓바닥마저 얼어붙고 말았다. 그래도 역승은 두번째로 저팔계의 꼬락서니를 눈에 익힌 터라, 겁내지 않고 태사를 대신하여 좋은 말로 거절했다.

"장로께서도 비록 남자이기는 하오만, 그 모습이 추접스러워 우리 임금님의 마음에 들지 않으실 거외다."

이 말에 저팔계는 껄껄대고 웃었다.

"당신, 아주 벽창호로군! 이런 속담도 못 들어봤소? '굵다란 버들가지로는 키를 엮어 쓰고, 가느다란 버들가지로는 열 되들이 됫박을 엮어 쓰니, 도구의 쓰임새는 저마다 달라도 똑같은 버드나무요, 이 세상에 제아무리 추접스레 생겼어도 사내는 사내(粗柳簸箕細柳斗, 世上誰見男兒醜)'라고 했소이다."

손행자가 듣다 못해 야단을 쳤다.

"이 바보 천치 녀석! 허튼소리 작작 지껄이지 못하겠나? 이건 사부님이 결심하실 일이지, 자네가 함부로 끼어들 일이 아닐세. 사부님께서 하실 만하면 하시는 것이고, 못 하실 일이라면 안 하시면 그만 아닌가? 공연히 중매일을 더디게 만들지 말라니까!"

삼장이 손행자를 붙잡고 늘어진다.

"오공아, 네 생각에는 어떻게 대답하면 좋겠느냐?"

"제 생각을 말씀드리죠. 사부님은 여기 머물러 계시는 것도 괜찮을 겁니다. 옛말에, '천리 밖에 떨어진 연분도 한 가닥 실마리가 끌어당기는 데 달렸다(千里因緣似線牽)' 하지 않았습니까. 이렇게 어울리는 자리가 어디 또 있겠습니까?"

"애야, 우리가 여기서 부귀영화를 탐내어 주저앉으면, 누가 서천 땅으로 경을 가지러 간단 말이냐? 그렇게 된다면 우리 대 당나라 임금님께서 기다리시는 보람이 어디 있겠느냐?"

태사 대감이 정신을 가다듬고 다시 입을 열었다.

"어제 전하께서 위에 계시니, 소신은 숨김없이 여쭙겠습니다. 저희 여왕님의 뜻을 말씀드리자면, 오로지 어제 전하께만 청혼하라고 하셨습니다. 세 분 제자님들은 혼인 잔치에나 참석하셨다가 통관 문첩을 교부해드리면, 서천으로 경을 가지러 떠나시라는 분부가 계셨습니다."

손행자가 딱 부러지게 결말을 내었다.

"태사 대감의 말씀이 그럴듯하오. 우리 역시 일을 난처하게 만들 생각이 없고, 사부님이 여기 남아 계셔서 여왕님의 지아비가 되시기를 원하는 바요. 일이 이렇게 된 바에야 어서 빨리 통관 문첩을 교부해주어 우리가 서천으로 떠나도록 해주시면 고맙겠소. 경을 받아 가지고 돌아오는 길에 여기 들러서 사부님과 사모님을 찾아뵙고 노잣돈이나 두둑하게 타가지고 대 당나라로 돌아가도록 하리다."

혼담이 예상 밖으로 시원스레 풀리자, 태사 대감과 역승은 마음이 한결 놓여 손행자에게 새삼 감사의 예를 올렸다.

"고맙습니다! 장로님께서 일이 원만하게 이루어지도록 주선해주셨으니, 그 은덕에 감사드립니다."

저팔계가 빠짐없이 한마디 다짐을 둔다.

"태사 대감, 먹을 것 없는 말잔치 따윈 그만둡시다! 어차피 우리 형제가 혼인을 승낙한 바에야, 당신네 주인 측에서도 먼저 잔치 한자리 푸짐하게 차려내다가 우리한테 축하의 잔을 들게 하는 것이 어떻겠소?"

"아무렴요! 잔치라면 준비가 다 되어 있습니다."

이렇게 해서 그 어려운 임무를 마친 당가 태사와 역승이 너무나 기뻐 춤을 덩실덩실 추어가며 궁궐로 돌아가 그대로 아뢴 것은 더 얘기하지 않기로 한다.

두 여관이 떠난 뒤, 삼장 법사는 손행자를 와락 움켜잡고 호되게 꾸짖었다.

"이 못된 원숭이 놈아! 날 죽일 작정이냐! 어쩌자고 그따위 소리를 지껄일 수 있단 말이냐? 나를 이 나라 여왕에게 장가들게 만들어놓고 네놈들만 서천으로 부처님을 뵈러 가다니, 난 죽으면 죽었지 그런 일은 절대로 못 한다!"

손행자는 좋은 말로 스승의 역정을 차근차근 풀어준다.

"사부님, 안심하십쇼. 이 손선생이 어디 사부님의 성미를 모르겠습니까? 하지만 이런 곳에 와서 저런 사람들과 맞닥뜨린 이상 적당히 꾀를 써야만 하는 겁니다. 옛날 제갈공명도 '장계취계(將計就計)' 수법으로 그때그때 상황을 보아가며 저편 계략을 역이용해서 번번이 이기지 않았습니까?"

"장계취계라? 그럼 어디 그 계책이란 것이 뭔지 말해봐라."

"만약 사부님께서 끝내 고집을 부리시고 청혼을 받아들이지 않으실 경우, 저쪽에서는 통관 문첩도 교부해주지 않을 것이고 또한 우리 일행을 놓아보내지 않을 겁니다. 또 악독한 마음을 품고 사람들을 시켜 사부님의 살점을 조각조각 저며서 향주머니인가 뭔가 하는 것을 만드느니 마느니 소동을 부린다면, 우리나 저들한테 이로울 것이 뭐 있겠습니까? 그때에는 우리 형제들도 가만있을 수가 없지요. 결국 마귀를 항복시키고 괴물을 소탕하는 데나 쓰던 신통력을 발휘할 수밖에 없지요. 사부님도 저희들의 손발이 사납고 병기도 어지간히 무섭다는 것을 잘 알고 계실 겁니다. 이런 저희가 일단 손찌검을 했다 하는 날이면, 온 나라 사람들을 깡그리 때려죽이고도 남을 것입니다. 저들이 우리를 떠나지 못하게 가로막기는 하지만, 요괴나 마귀가 아니라 역시 일개 평범한 사람들입니다. 그런 사람들이 성가시게 군다고 해서 함부로 때려죽일 수야 없는 노릇 아닙니까. 또 사부님께서는 평소 자비심 베풀기를 좋아하시는 분이라, 여기까지 오는 도중에도 한낱 보잘것없는 미물의 영혼일망정 다치려 들지 않으셨는데, 저런 평범한 사람들을, 그것도 무수하게 때려죽이게 된다면 사부님의 마음으로 어찌 차마 두고 보기만 하실 것이며 또 그 결과가 얼마나 나쁘게 될 것인지 잘 알고 계시지 않습니까?"

삼장이 가만 듣고 보니 지당한 말씀이다. 하지만 그렇다고 걱정이 풀린 것은 아니었다.

"네 얘기가 지극히 옳기는 하다. 그러나 여왕이 곧 나를 불러들여 부부의 예를 행하자고 덤벼들 텐데, 그때에는 어쩌란 말이냐? 내 원양(元陽)을 상실하여 불가의 덕행을 망치고 진정(眞精)을 쏟아낸다면, 나는 부처님의 가르침을 받드는 몸을 타락시키게 될 것 아니냐? 난 죽는 한이 있더라도 그런 짓은 할 수 없다!"

손행자가 차분히 계략을 털어놓기 시작했다.

"오늘 혼담이 성사되었으니 여왕은 반드시 황제의 예를 갖추어서 의장 행렬을 이끌고 친히 성 밖으로 나와 사부님을 영접할 것입니다. 그때에 사부님은 사양치 마시고 여왕이 권하는 대로 봉련 용거에 올라타십쇼. 궁궐에 도착하면 보위에 오르셔서 남쪽을 향하고 앉게 되실 겁니다. 그렇게 되거든 여왕에게 어보 인신(御寶印信)을 가져오게 하시고 저희 형제들을 궁중으로 불러들여놓고 통관 문첩에 옥새를 찍으신 다음,

여왕에게 손수 친필로 서명하게 하셔서 저희들에게 내려주십쇼. 그리고 한편으로는 잔치를 베풀도록 분부하셔서 여왕과 함께 결혼 축하 겸 저희들과의 송별연을 치르도록 하신 뒤 잔치가 원만하게 끝나거든 곧바로 저희들을 떠나보내도록 하십시오.

저희 형제가 출발할 때, 사부님은 다시 용거를 준비시켜놓으시고 여왕에게 '저희 세 형제를 성 밖까지 전송하고 돌아와서 여왕과 잠자리에 들어 부부 관계를 맺겠노라'고 말씀하십쇼. 이렇듯 여왕과 신하들의 마음을 속여서 기쁘게 해놓으면, 저들도 사부님의 뜻을 가로막을 생각이 없을 것이고 악독한 마음 또한 품지 않을 것입니다. 일단 도성 바깥으로 전송을 나오신 다음에는 봉련 용거에서 내리십쇼. 그때에는 사화상이 측근에서 시중을 들어 사부님을 백마에 올려 태우게 될 겁니다. 그 순간에 이 손선생은 정신법(定身法)을 써서 저들 임금과 신하들을 모조리 움쭉달싹도 못 하게 만들어놓을 것이고, 우리 일행은 큰길을 따라 서쪽으로 떠나기만 하면 그만입니다. 하룻밤 길을 가고 나서, 저는 다시 주문을 외워 군신들을 묶어놓았던 술법을 풀어주고 저들이 정신을 차려 도성으로 돌아가게 만들 것입니다.

이렇게 한다면 저들의 목숨을 다치는 일도 없을 테고 사부님의 원신(元神)에 손상이 가는 일도 없게 될 것이니, 그야말로 혼사를 빙자하여 그물에서 벗어난다는 '가친탈망(假親脫網)'의 절묘한 계교요, 일거양득의 좋은 수가 아니고 무엇이겠습니까?"

삼장은 이 말을 듣고서야 마치 술기운에서 깨어난 듯, 꿈에서 방금 깨어난 듯, 한꺼번에 정신이 번쩍 들었다. 그는 얼마나 기쁘던지 근심 걱정을 삽시간에 말끔히 날려보내고 스승의 체통마저 깡그리 잃어버린 채, 원숭이 제자 앞에 허리 굽혀 치하해 마지않았다.

"참으로 현명한 제자일세! 제자의 고견에 깊이 감사하이!"

스승과 제자, 네 사람이 마음과 뜻을 합쳐 이 궁리 저 궁리 상의한 것은 말할 나위도 없다.

한편, 마음이 급한 태사 대감과 역승은 입궐해도 좋다는 여왕의 허락을 기다릴 새도 없이 곧바로 궁궐 안으로 들어가더니 백옥 섬돌 앞에 꿇어 엎드려 기쁜 소식을 아뢰었다.

"기뻐하소서! 주상 폐하의 아름다우신 꿈이 딱 들어맞아, 어수지환(魚水之歡, 남녀간의 합환, 곧 혼담)이 성사되었나이다!"

태사가 아뢰는 말을 듣자, 여왕은 주렴을 걷어올리고 용상 아래 내려서더니, 앵두 같은 입술을 벌리고 순은처럼 하얀 이를 가지런히 드러내면서 함박웃음을 띤 채 애교가 뚝뚝 듣는 목소리로 물었다.

"경들은 어제 전하를 보았는가? 뭐라고 하시던가?"

"소신들은 역관에 당도하여 어제 전하를 뵙고 나서 즉시 청혼의 말씀을 여쭈었나이다. 어제 전하께서 처음에는 사양하시는 기미를 보이셨으나, 큰 제자 되시는 분이 용단을 내려 승낙하시도록 권유하고, 아울러 '스승께서 여왕님의 지아비가 되시어 남쪽으로 향하여 앉으시고 제왕이라 일컬으시기를 바란다' 하였나이다. 요구 조건은, 우선 통관 문첩을 교부하여 그들 제자 세 사람이 서천으로 떠나게 해주시면, 경을 받아 가지고 돌아오는 길에 이 나라에 다시 들러 사부님과 사모님을 찾아뵙고, 노잣돈이나 두둑이 타가지고 대 당나라로 돌아가겠다는 말씀이었나이다."

여왕이 웃으면서 내처 묻는다.

"어제 전하께서는 또 무어라 하시던가?"

"어제께서는 아무런 말씀이 없으셨으나, 주상 폐하와의 혼사를 바라고 계심이 분명하오며, 단지 그분 밑에 둘째 제자 되시는 분이 먼저 혼인 잔치에 축배를 들기 바란다고 하였나이다."

여왕은 이 말을 듣더니 즉석에서 광록시(光祿寺)에 전지를 내려 잔치 자리를 마련하게 하는 한편, 대가(大駕)를 준비시켜 도성 바깥으로 부군을 영접하러 나가기로 하였다.

여러 관원들이 임금의 명을 받들어 즉시 궁전을 말끔히 소제하고 정자와 누대를 꾸미는 일에 착수했다. 잔치 준비를 맡은 패거리는 연회석을 차리느라 시각을 다투고, 임금의 행차를 맡은 패거리는 대가를 준비하느라 두 눈에서 불이 나도록 바쁘게 뛰어다녔다.

이윽고 궁궐 앞에는 여왕의 행차가 대령했다. 서량국이 비록 여인의 나라이기는 해도 난여(鸞輿)의 규모와 으리으리한 꾸밈새는 중화 대국에 견주어보아도 전혀 손색이 없을 정도였다.

여섯 마리 용이 오채(五彩)를 뿜으며, 봉황 한 쌍이 상서로운 기운을 쏟아낸다.
여섯 마리 용은 오채를 뿜어내며 수레를 떠받들어 나오고, 봉황 한 쌍은 상서로운 기운을 쏟아내며 난가를 끌고 온다.
이채로운 향기가 자욱이 퍼져 탐스럽게 감돌며, 뭉게뭉게 떠오른 서기가 허공에 흩어진다.
금어(金魚)와 옥패(玉佩) 두른 여러 신하들이 옹위하고, 보석으로 꾸민 상투와 구름 장식머리 얹은 궁녀들이 줄지어 늘어섰다.
원앙장(鴛鴦掌) 부채는 난여를 가리고, 비취 주렴에는 봉황 비녀의 그림자를 드리웠다.
생황 부는 노랫가락 간드러지게 울리고, 현악기 관악기 어우러지는 소리가 조화롭게 들린다.
한 조각 환희의 정은 짙푸른 하늘을 찌를 듯이 드높고, 끝없이 기쁜 분위기는 영대(靈臺)에 흘러넘쳐 나온다.

세 갈래 진 처마 장식 나개(羅蓋)는 온 하늘을 뒤덮고, 오색 깃발은 임금 딛는 섬돌에 비친다.

이 땅에 자고 이래로 합환주(合歡酒) 나누는 혼사 없었으나, 여왕은 오늘에야 사내와 짝을 맺게 되었다.

얼마 안 있어 거둥 행렬은 도성을 벗어나 잠깐 사이에 영양역 역관에 이르렀다. 문지기가 부리나케 안으로 들어가 삼장 일행에게 알렸다.

"어가(御駕)가 도착했습니다."

통보를 받은 삼장은 그 즉시 제자 세 사람과 함께 옷매무새를 가다듬고 대청에서 내려와 여왕의 행렬을 맞아들였다.

이윽고 여왕이 주렴을 걷어올리더니 봉련에서 내려서면서 묻는다.

"어느 분이 당나라 어제 전하이시냐?"

당가 태사가 손끝으로 삼장을 가리키며 아뢰었다.

"바로 저기, 역관 문 밖 향로 앞에 난의(襴衣)를 입고 서 계신 분이옵니다."

순간, 여왕의 봉안(鳳眼)이 반짝 빛나며 고운 눈썹을 꿈틀하더니, 물기가 초롱초롱 듣는 눈초리로 삼장을 지그시 살펴본다. 과연 헌걸차고도 비범하기 이를 데 없는 풍채였다.

뛰어나고 늠름한 자태, 드높은 기개를 돋보이며 위풍당당한 생김새.

치아는 희기가 은을 깎아 박은 듯하고, 입술은 붉디붉고 입매는 네모 반듯하다.

펑퍼짐한 정수리에 이마가 넓어 천창(天倉)을 가득 채우고, 이

목은 청수하며 지각(地閣)³이 길다.

두 귀는 둥글둥글하니 참된 호걸의 기상 있고, 일신(一身)에 속된 기운 없으니 재사 낭군이라 할 만하다.

한창 좋은 시절 묘령이요 총명하고 준수한 풍류 남아라, 서량국의 요조숙녀와 짝짓기에 어울리고말고!

여왕은 첫눈에 홀딱 빠져 자기도 모르는 사이에 욕정이 급급하게 치밀어 오르고 애욕의 불길이 걷잡을 수 없게 솟구쳐 도무지 달랠 길이 없었다. 한참 만에야 겨우 마음을 가다듬고 앵두같이 작은 입술을 열어 이렇게 물었다.

"대 당나라 어제님, 이래도 저와 점봉승란(佔鳳乘鸞)⁴을 하지 않으시렵니까?"

'점봉승란'이라! 묘령의 여인에게서 이렇듯 당돌하고도 노골적인 언사를 난생처음 들어보는 삼장 법사, 부끄러움에 얼굴빛이 새빨갛다 못해 귀뿌리까지 벌게진 채 고개를 들지 못하고 엉거주춤 땅바닥만 내려다볼 뿐이다.

하지만 스승 곁의 저팔계란 녀석은 염치없게도 주둥이를 쑥 내밀고 게슴츠레한 눈길로 홀금홀금 여왕을 훔쳐보다가, 저도 모르게 두 눈이 휘둥그레지고 말았다. 서량여국의 여왕, 그 날씬하고도 간드러진 자태와 미모야말로 과연 세상에 둘도 없는 절색이었던 것이다.

---

3 천창·지각: 모두 관상술에 쓰는 용어. **천창**(天倉)은 얼굴 부위 양미간의 모서리. 지각(地閣)은 아래턱 부위를 말한다.
4 점봉승란: "봉황을 차지하고 난새를 탄다(佔鳳乘鸞)"는 말. 이것은 곧 남녀가 교접하여 부부가 된다는 노골적인 애정의 표현.『서상기(西廂記)』에도 이와 비슷한 '과봉승란(跨鳳乘鸞)'이라는 용어가 쓰였다.

두 눈썹은 비취 깃이요, 살결은 양지옥(羊脂玉)이 따로 없다.

얼굴에는 도화색이 피어오르고, 귀밑머리에는 금봉사(金鳳絲)를 얹어 꾸몄다.

가을 물결처럼 일렁이는 눈망울에 요염한 물기가 초롱초롱 맺히고, 봄철 돋은 죽순처럼 가냘픈 몸매에 애교가 뚝뚝 듣는다.

비스듬히 늘어뜨린 비단 옷자락에 붉은 광채 나부끼고, 높이 틀어올린 머리타래에 꽂은 비녀와 비취 구슬은 번쩍번쩍 광채를 띠고 있다.

한나라 왕소군(王昭君)[5]의 미모를 말해 무엇 하랴, 월나라 서시(西施)[6]와 견주어도 손색이 없을 지경이다.

수양버들처럼 가는 허리 하느작거릴 때마다 금패(金佩) 울리고, 연꽃 같은 걸음 사뿐사뿐 옮길 때마다 옥지(玉肢)가 흔들린다.

월궁의 항아님도 이 경지에 이르기 어려운데, 구천의 선녀인들 어찌 이만하랴?

궁중 장식의 교묘한 꾸밈새가 범류(凡類) 아니니, 진실로 서왕

---

[5] 왕소군: 서한(西漢) 때의 미녀. 이름은 왕장(王嬙), 자(字)가 소군(昭君). 기원전 33년, 원제(元帝) 때 명비(明妃, 후궁의 하나)가 되었으나, 서북방의 강대한 기마 민족 국가인 흉노 왕(匈奴王) 호한야 선우(呼韓射單于)가 화친을 청하면서 그 조건으로 왕비감을 요구하자, 그녀는 자청하여 흉노 왕에게 시집을 가 오랑캐의 풍속을 따랐으며, 평생토록 북지(北地) 땅에 살면서 한나라 조정과 흉노족 사이에 우호 관계를 유지시키는 데 큰 역할을 하였다. 비운으로 평생을 보낸 그녀의 고사는 '가인박명(佳人薄命)'의 상징으로 후세에 노래와 시, 희곡·소설의 주제로 널리 애용되었다.

[6] 서시: 춘추 시대 말엽 월(越)나라의 미녀. 일명 선시(先施). 기원전 494년, 월왕 구천(勾踐)이 숙적 오(吳)나라와의 전쟁에서 패하자, 그녀를 오왕 부차(夫差)에게 바치고 유폐 3년 만에 겨우 귀국할 수 있었는데, 그후 구천은 쓸개를 맛보면서 복수를 다짐한 끝에 기원전 473년 마침내 오나라를 멸망시키고 서시를 되찾아왔다. 그러나 전설에 따르면, 20년간 구천을 섬기며 월나라 부흥에 진력했던 상장군 범려(范蠡)가 구천의 앞날에 희망이 없음을 내다보고, 월나라를 떠나면서 그녀를 데리고 오호(五湖)에 들어가 은둔하며 일생을 보냈다 한다.

모가 요지에 강림한 듯하구나.

여왕의 아리따운 모습을 바라보느라 넋이 빠진 저팔계 녀석, 어느덧 꿈틀꿈틀 솟구쳐 오르는 음탕한 욕심을 참지 못하고 저도 모르는 사이에 침을 질질 흘리기 시작했다. 가슴의 고동은 뚝딱뚝딱 두 방망이질 치고, 온몸의 뼈마디는 녹신녹신 물러터지고 맥이 탁 풀린 것이, 마치 눈사람이 모닥불을 쬔 것처럼 순식간에 녹아내리는 것이다.

이런 줄도 모르고 여왕은 앞으로 가까이 나서더니 삼장의 옷자락을 덥석 부여잡고 애교가 똑똑 떨어지는 목소리로 나지막이 속삭였다.

"어제 오라버니, 어서 용거에 오르시지요. 저와 함께 금란보전에 즉위하시고 부부로서 짝을 맺으러 가십시다."

듣기만 해도 정신 아찔한 소리에, 삼장은 가슴살이 떨리고 두 다리에 맥이 풀려 대꾸 한마디 못 하고 마치 술 취한 사람처럼 제대로 서 있지 못한 채 흔들흔들, 넋 빠진 기색으로 멍청하니 땅바닥만 내려다보고 있다.

손행자가 옆에서 스승을 일깨웠다.

"사부님, 너무 염려하실 것 없습니다. 사양하지 마시고 어서 여왕님과 함께 용거에 오르십쇼. 한시 바삐 통관 문첩을 교부해주셔야 저희들이 경을 가지러 떠날 게 아니겠습니까?"

그래도 삼장은 대꾸를 못 하고 손행자를 두어 차례 어루만지더니 끝내 쏟아지는 눈물을 가누지 못하고 주르르 흘리는 것이었다.

손행자가 다시 한번 좋은 말로 권유했다.

"사부님, 걱정하지 마시라니까요. 이런 부귀영화를 받아들이지 않으시고 우물쭈물하실 필요가 어디 있습니까?"

삼장도 어쩔 도리가 없는 터라, 손행자가 권하는 대로 눈물을 씻고 억지로 웃는 낯을 지었다. 그리고 앞으로 나서더니 마침내 여왕의 손을 잡고 수레에 올랐다.

      섬섬옥수 마주 잡고 봉련 용거에 나란히 올라탄다.
      저편의 여왕은 기쁨에 겨워 어쩔 줄 모르니, 부부의 짝을 이루려 함이요,
      이편의 장로님은 울적한 심사에 당혹스러울 뿐이니, 오로지 부처님을 뵈러 갈 생각만 한다.
      하나는 동방화촉 원앙의 짝을 이루려 하고, 하나는 서우 영산(西宇靈山)의 세존을 뵈려 한다.
      여왕의 뜻은 진정이요, 성승의 뜻은 거짓이다.
      여왕의 뜻은 진정이니, 더불어 백년해로하기를 바라고, 성승의 뜻은 거짓이니, 굳이 감정을 숨기고 원신(元神)을 기르려 한다.
      하나는 사내의 몸을 접하게 되니 기뻐서, 밝은 대낮에라도 베갯머리 마주 대고 즐기지 못함이 한스럽고, 하나는 여색을 만나게 되니 두려워, 한시 바삐 그물을 벗어나 뇌음사로 떠날 생각뿐이다.
      두 사람이 타협하고 다정하게 보련에 오르기는 하였으되, 당나라 스님에게 딴마음이 있을 줄은 어찌 짐작이나 했으랴!

조정의 문무백관들은 주상 폐하가 삼장 법사와 봉련에 올라 어깨도 나란히 자리잡고 앉는 것을 보자, 하나같이 싱글벙글 눈웃음을 지어가며 의장 행렬을 되돌려 도성 안으로 들어갔다. 손대성은 그제야 사화상을 시켜 짐보따리를 짊어지게 하고 주인 없는 백마의 고삐를 잡혀 어가의 뒤를 천천히 따라나섰다. 저팔계란 녀석이 주책없이 행차 앞쪽으로 뛰어나가더니, 한발 앞서 오봉루 앞에 이르기 무섭게 고래고래 악을 쓰

기 시작했다.

"잘들 논다, 잘들 놀아! 일이 다 잘된 줄 아는 모양이로군. 이거 안 되지, 안 돼! 잔치 국수 먹이고 축하 술 한잔 마시게 해주어야 할 게 아닌가! 그래야만 혼사가 제대로 이루어지는 줄 알아야지!"

한바탕 떠들썩하게 난장을 부리니, 엄숙하게 의장 행렬을 이끌고 가던 여관들이 기겁하도록 놀라, 행렬을 멈춰 세우고 너도나도 어가 앞으로 달려가서 아뢰었다.

"주상 폐하! 저기 저 주둥이 길고 귀가 큰 스님이 오봉루 앞에서 혼인 잔치 축하주를 마시게 해달라고 소동을 부리고 있나이다."

여왕은 이 말을 듣더니 야들야들한 어깨를 삼장에게 살포시 기대고 도화색 어린 뺨까지 살짝 대면서 소곤소곤 물었다.

"어제 오라버니, 저 주둥이 길고 귀 큰 분은 몇 째 제자이신가요?"

"둘째 제자입니다. 이 세상에 태어나면서부터 식탐이 많아 평생을 두고 먹을거리 타령만 늘어놓는답니다. 아무래도 먼저 술과 음식을 적당히 마련해서 먹여놓고 일을 치르는 것이 나을 듯싶군요."

여왕이 신하들에게 급히 묻는다.

"광록시에 잔치 준비는 다 되었느냐?"

연회석을 맡은 여관이 아뢴다.

"이미 마련되어 있나이다. 육식과 소찬 두 가지로 준비하여 동각(東閣)에 차려놓았사옵니다."

"어째서 두 가지를 준비했느냐?"

"소신은 당나라 어제 전하와 제자 되시는 분들이 평소 소찬을 들지 않으셨는가 생각되기에 육식과 채식 두 가지를 마련하였나이다."

이 말을 듣고 여왕은 흐뭇한 미소를 지으면서 삼장의 볼에 뺨을 살짝 대고 물었다.

"어제 오라버니께서는 육식을 하시나요, 아니면 채식을 하시나요?"

삼장이 거북살스레 대답한다.

"소승 일행은 모두 채식을 합니다. 그러나 술은 아직 끊지 못하였으니, 소주(素酒) 몇 잔쯤은 둘째 제자에게 마시도록 해주시지요."

이 말이 채 끝나기도 전에, 의장 행렬은 오봉루 앞에 이르렀다.

태사 대감이 아뢰었다.

"폐하, 어서 동각 축하연에 드소서. 오늘은 길일 양진(吉日良辰)이오니 어제 전하와 백년가약을 맺으시고, 내일 또한 황도 길일(黃道吉日)이오니 어제 전하께옵서는 금란보전에 오르시어 남면칭제(南面稱帝)하시고, 연호(年號)를 새롭게 고쳐 즉위하소서!"

여왕은 크게 기뻐하면서 삼장 법사의 손을 마주 잡고 용거에서 내리더니, 어깨 나란히 단문(端門) 안으로 들어섰다. 실로 으리으리한 광경에, 삼장 일행은 갑작스레 눈앞이 탁 트이는 느낌이 들었다.

바람결에 선악(仙樂)이 나부껴 누대 아래 흘러내리고, 여합(閭闔) 한가운데 취련(翠輦)이 들어온다.

봉궐(鳳闕)이 활짝 열리니 그 광채 아련하고, 황궁(皇宮)을 닫지 않으니 비단 장막이 주욱 깔렸다.

기린전(麒麟殿) 안에는 향로의 연기가 모락모락 피어오르고, 공작 병풍(孔雀屛風) 언저리에는 동방화촉의 그림자 서성거리고 있다.

정자 누각이 높고 으리으리하기는 상국(上國)에 견줄 만하니, 옥당(玉堂)의 금마(金馬)는 더욱 진기하구나!

동각 아래 이르니, 생황 부는 노랫가락 여운도 간드러지고, 홍분(紅粉)의 미녀들이 저마다 애교 띤 자태를 뽐내며 두 줄로 늘어섰다.

대청 한가운데 두 종류의 연회석이 성대하게 마련되어 있는데, 왼편 윗자리는 소찬으로 차린 연석이요, 오른편 윗자리에는 육식이 차려져 있었다. 그 아래 또 좌우로 갈라서 마련된 것은 모두가 혼자 앉는 단석(單席)이다.

여왕이 예포(禮袍) 소맷자락을 걷어올리고 가느다란 열 손가락으로 옥배(玉杯)를 받들더니 자리를 찾아 편안히 앉았다. 손행자는 여왕 앞으로 가까이 나서며 이렇게 여쭈었다.

"우리 사부님과 제자들은 모두 채식을 합니다. 먼저 사부님을 왼편 소채 연석에 앉으시도록 해주시고, 다시 그 아래 세 자리를 따로 떼어 저희 형제 세 사람이 좌우로 갈라 앉게 해주시면 좋겠습니다."

태사가 그 뜻을 알아차리고 기뻐하면서 여왕에게 아뢰었다.

"지당하신 말씀, 옳으신 말씀입니다. 사제지간은 부자(父子)와 같다 했으니, 제자 되시는 분이 예의상 스승님과 어깨를 나란히하여 자리잡고 앉으실 수는 없을 것입니다."

이 말에 여관들이 급히 자리를 다시 안배했다. 여왕은 차례차례 술잔을 돌리며 형제 세 사람을 자리잡아 앉혔다. 손행자는 곧 당나라 스님에게 눈짓을 보내 사부님도 잔을 돌려 답례하도록 암시했다. 삼장은 자리에서 내려와 옥배를 높이 들어 여왕에게 건네며 자리에 앉기를 권했다.

문무백관들은 상석을 우러러 황은에 사례한 다음, 제각기 품계에 따라 좌우 양편으로 갈라 앉았다. 그제야 풍악이 그치고 술을 권하는 차례가 되었다.

먹성 좋은 저팔계는 체통이고 염치고 따질 겨를이 없다. 그저 허리

띠를 다 풀어놓고 버텨 앉기가 무섭게 닥치는 대로 먹어치우기 시작하는데, 옥같이 하얀 쌀밥이건 찐 떡이건, 꿀떡부터 시작해서 표고버섯·마고버섯 요리하며 죽순 요리, 목이버섯 요리에 황화채(黃花菜)·석화채(石花菜)·김·순무·토란·무·산약(山藥, 참마)·황정(黃精, 죽대뿌리) 할 것 없이 단숨에 집어삼켜 빈 그릇을 만들더니, 술도 대여섯 잔이나 들이켜다가 무엇이 모자라는지 고래고래 악을 쓰는 것이다.

"술잔을 바꿔오너라! 좀더 큰 잔을 가져오란 말이다! 대폿잔으로 몇 잔 더 들고 나서야 제각기 볼일을 보러 가지 않겠나?"

점잖은 사화상이 물끄러미 올려다보고 묻는다.

"아니, 둘째 형님. 이렇게 푸짐한 잔치 자리에서 먹지는 않고 무슨 볼일을 보러 간다는 거요?"

미련퉁이 바보 저팔계가 넉살 좋게 껄껄대고 웃어가며 받아넘긴다.

"여보게, 옛말에 뭐랬나? '활 만드는 사람은 활을 만들고, 화살 만드는 사람은 화살이나 만들라' 했네. 그러니까 우리도 장가들 사람은 장가들고, 시집갈 사람은 시집가고, 경을 가지러 갈 사람은 경을 가지러 가고, 길 떠날 사람은 역시 길 떠나야 옳은 일이지, 마냥 눌러붙어 앉아서 술잔만 탐내다가 볼일을 그르쳐서는 안 된다, 그 말일세! 자, 여왕 폐하! 어서 빨리 통관 문첩이나 교부해주시구려. 이야말로 '장군은 말에서 내리지 않고, 저마다 가야 할 앞길을 치닫는다(將軍不下馬, 各自奔前程)'는 격이 아닌가?"

여왕이 듣고 보니 귀가 솔깃해진다. 그녀는 즉석에서 큰 술잔을 가져오라고 명령했다. 이윽고 측근 시종이 술잔 몇 개를 내오는데, 앵무배(鸚鵡杯)·노자표(鸕鷀杓)·금파라(金叵羅)·은착락(銀鑿落)·유리잔(琉璃盞)·수정분(水晶盆)·봉래완(蓬萊碗)·호박종(琥珀鍾), 이렇게 해서 어지간한 술잔부터 큼지막한 술대접에 이르기까지 모조리 들고 나왔다.

여왕은 이 술잔에 하나하나씩 옥액 경장을 찰찰 넘치도록 잇따라 부어 제자들에게 권하였다.

술잔이 여러 사람들에게 골고루 한 바퀴 돌고 나자, 삼장은 몸을 일으키더니 여왕에게 두 손 모아 합장하고 이렇게 말했다.

"폐하, 성대한 주연을 베풀어주신 덕분에 모두들 배불리 먹고 잘 마셨습니다. 이제 보전에 오르시어 통관 문첩을 교부해주시고, 해가 지기 전에 제자 세 사람을 성 밖으로 떠나보낼까 합니다."

여왕은 그 말대로 삼장의 손을 잡고 일어서더니 잔치를 파하라는 분부를 내렸다. 그리고 삼장을 이끌어 금란보전에 올려 세우고 즉위식을 거행하도록 권하였다.

삼장은 펄쩍 뛰었다.

"안 됩니다! 안 됩니다! 아까 태사 대감이 말한 바와 같이 내일은 황도 길일이니, 소승은 내일이 되어야 즉위하여 제왕이라 일컬음 받을까 합니다. 오늘은 아직 해가 남았으니 통관 문첩에 옥새를 찍어 제자들이나 떠나보내게 하여주십시오."

여왕은 별 생각 없이 삼장의 뜻을 받아들였다. 그리하여 그대로 용상에 앉아 황금 교자(交子) 한 개를 왼편에 가져다 놓게 한 다음 삼장을 앉히더니, 제자들을 불러 통관 문첩을 가져오라고 명했다.

손대성은 사화상을 시켜 보따리를 풀게 하고 통관 문첩을 꺼내 두 손으로 받들어 올렸다. 여왕이 문서를 받아들고 한차례 자세히 훑어보니, 그 문서에는 대 당나라 황제의 보인이 아홉 개, 그 밑에는 다시 보상국(寶象國)·오계국(烏鷄國)·차지국(車遲國) 임금의 옥새가 차례차례 찍혀 있었다. 여왕은 다 보고 나서 애교가 뚝뚝 듣게 웃으면서 삼장에게 물었다.

"어제 오라버니께서는 성이 진씨이오니까?"

삼장은 솔직히 대답했다.

"속가의 성이 진씨이옵고 법명은 현장입니다. 우리 당나라 황제께서 성은을 내리시어 소승을 어제로 삼으시고 국호를 따서 당씨 성을 하사하셨습니다."

"통관 문첩에 어찌하여 제자 분들의 성함은 없나이까?"

"제자 세 사람은 당나라 사람이 아니옵니다."

"당나라 사람이 아니라 하오면, 어찌하여 어제 오라버니를 따르게 되셨나이까?"

"수제자는 동승신주 오래국 태생이고, 둘째는 서우하주 우쓰장 출신이며, 셋째는 유사하 태생으로, 세 사람 모두 천조(天條)를 범한 까닭에 귀양살이를 하고 있었습니다. 남해 관세음보살께서 이들의 고난을 해탈시켜주시고 부처님의 가르침에 귀의하게 하여, 공덕을 쌓아 지은 죄를 씻도록 해주셨기에, 저들이 자청하여 소승을 보호하고 서천으로 경을 구하러 가게 된 것입니다. 이렇듯이 셋 모두 도중에서 얻은 제자들인지라, 아직 법명을 통관 문첩에 올리지 못했습니다."

삼장의 말을 듣고 여왕은 이렇게 제안했다.

"과인이 저들의 법명을 문서에 덧붙여 써드리면 어떠하리까?"

삼장도 그 제의를 선선히 받아들였다.

"폐하의 뜻대로 하소서."

여왕은 곧 필묵을 가져오게 하더니, 먹을 진하게 갈아서 향호(香毫) 붓끝에 듬뿍 적신 다음, 통관 문첩 끄트머리에 손오공, 저오능, 사오정의 이름 석 자씩을 적어넣고, 그제야 어인(御印)을 꺼내 단정히 찍고 다시 친필로 화압(花押)을 그려서 내려주었다. 손행자는 그것을 받아 가지고 사화상에게 넘겨 짐보따리에 소중히 간직하게 했다.

통관 절차가 끝나자, 여왕은 다시 금은 부스러기를 한 쟁반 내놓게 하고 용상에서 내려와 손행자에게 주면서 당부의 말을 곁들였다.

"제자님들 세 분은 이것으로 노자를 삼으시고 속히 서천으로 떠나십시오. 여러분이 경을 얻어 가지고 돌아오시거든, 그때에 과인이 다시 후히 사례할까 하오."

손행자는 정중히 사절했다.

"저희들 출가인은 금이나 은붙이를 받지 않습니다. 가는 도중에 동냥해서 연명할 곳은 많습니다."

여왕은 손행자가 받지 않는 것을 보자, 이번에는 비단 열 필을 꺼내 놓았다.

"여러분이 총총히 떠나시게 되어 의복을 말라서 지어드릴 겨를이 없군요. 가시는 도중에라도 이 옷감으로 한 벌 지어 입으셔서 추위나 막도록 하시지요."

그러나 이번에도 손행자는 도리질을 했다.

"출가한 사람은 몸에 비단옷을 걸쳐서는 안 됩니다. 저희들도 추위를 막을 만한 무명옷쯤은 지니고 다닙니다."

여왕은 옷감마저 거절당하자, 할 수 없이 어미(御米) 석 되를 내오라 하여 올렸다.

"그럼 과인이 식사할 때 밥 짓는 쌀 석 되나 받으셔서 도중에 진지 한 끼라도 지어드시지요."

그러자 먹보 저팔계 녀석이 밥이란 소리를 듣더니 냉큼 받아서 보따리 속에 챙겨넣는다.

손행자가 이맛살을 찌푸리고 나무랐다.

"이 사람아, 지금도 짐보따리가 무거운데 힘들여 쌀까지 떠메고 가서 뭘 하려나?"

저팔계는 껄껄대고 웃었다.

"형님이 뭘 아신다고 그러시오? 쌀이 좋은 것은 날마다 없어지는 물건이기 때문이라오. 한 끼 밥을 지어먹기만 해도 바닥나고 말 것이 아니겠소?"

이런 말로 대거리를 하더니 여왕 앞에 넉살 좋게 합장하고 사례를 한다.

이때 삼장이 어렵사리 부탁의 말을 꺼냈다.

"폐하께 감히 번거로움을 끼쳐드리는 일이오나, 소승과 더불어 도성 밖까지 함께 나가셔서 불초한 제자들을 전송해주신다면, 소승이 저들에게 몇 마디 당부 말을 내려주어 서천으로 떠나도록 하오리다. 배웅이 끝난 다음 폐하를 모시고 돌아와 길이 부귀영화를 누릴까 하오며, 그로써 아무런 거리낌 없이 부부의 인연도 맺을 수 있을까 하나이다."

여왕은 그것이 계략인 줄 까맣게 모른 채, 즉시 어가를 대령시키고 삼장과 나란히 봉련에 올라 도성 서대문을 나섰다.

성문으로 향하는 동안, 온 성내 길거리에는 소문을 듣고 나온 사람들이 깨끗한 물을 잔에 담아 떠받들고, 향로에 진향(眞香)를 피워 가지고 늘어서서 축원을 드렸다. 여왕의 행차에 배례도 올릴 겸 어제 전하라는 사내 구경을 하기 위해, 늙은이 젊은이 할 것 없이 모조리 분 바른 얼굴에 귀밑 털을 파랗게 장식하고 머리타래를 쪽 찌어올린 여인네들이 구름처럼 몰려나온 것이다.

얼마 안 있어 여왕의 행차는 나그네들의 뒤를 따라서 도성 문을 벗어나 서쪽 관문 밖에 당도했다.

때가 되자, 손행자와 저팔계, 사화상 세 형제는 일심동체가 되어 옷차림새를 단단히 고쳐 매고 난여 앞으로 곧장 다가서더니, 목청을 드높여 이렇게 외쳤다.

"여왕님, 이렇게 멀리까지 배웅 나오실 것은 없습니다. 저희들은 여기서 작별을 고하고 떠나겠습니다."

이 말이 신호가 되었는지, 삼장 법사는 천천히 봉련 용거에서 내려섰다. 그리고 여왕 앞에 두 손 모아 합장의 예를 올렸다.

"폐하, 어서 환궁하소서. 소승도 제자들과 함께 경을 가지러 떠날까 하나이다."

여왕은 뜻밖의 소리를 듣고 그만 대경실색, 얼굴빛이 하얗게 질린 채 삼장 법사를 부여잡고 매달렸다.

"어제 오라버니! 그게 무슨 말씀이오니까? 소첩은 일국의 부귀영화를 기꺼이 어제님께 바쳐가며 지아비로 모시기로 했고, 내일이면 보위에 높이 오르시어 군주라 일컬으며, 소첩은 그대의 황후가 되기를 바랐삽고, 혼인을 경축하는 연회까지 끝낸 이 마당에, 어찌하여 이렇듯 갑자기 마음이 바뀌셨나이까?"

여왕의 애처로운 푸념을 저팔계가 듣더니, 갑작스레 발광한 멧돼지처럼 날뛰면서 그 기다란 주둥이를 마구 휘둘러대고 부챗살같이 커다란 두 귀를 무섭게 펄떡거려가며 용거 앞으로 달려들었다.

"우리네 승려들이 당신처럼 분 바른 해골바가지하고 무슨 빌어먹을 놈의 부부 노릇을 한단 말인가! 잔소리 말고 우리 사부님이나 놓아주어라!"

가뜩이나 험상궂은 상판에 미치광이처럼 날뛰는 꼬락서니를 보자, 여왕은 그만 혼비백산하도록 놀란 나머지 할 말도 제대로 다 못 하고 맥없이 수레 안에 쓰러지고 말았다. 그 틈을 타서 사화상은 재빨리 인파를 헤치고 들어가 삼장을 가로채듯 모셔내다가 말 위에 올려 태웠다.

바로 이때였다. 길 한곁에서 웬 여자 하나가 번개 벼락 치듯 나타나더니 삼장 법사에게 달려들면서 고함을 질렀다.

"당나라 어제님, 어딜 가시나요! 저하고 재미있게 놀아보시죠!"

찔끔 놀란 사화상이 냅다 호통쳐 꾸짖으며 불문곡직하고 항요보장부터 내리쳤다. 그러나 여인은 한바탕 돌개바람을 일으켜 눈 깜짝할 사이에 삼장 법사를 가로챘다. 그 다음 순간 '씽!' 하는 바람 소리와 함께 눈앞이 캄캄해졌다. 그야말로 전광석화처럼 날쌘 동작, 세 형제가 정신을 차리고 둘러보았을 때, 삼장을 낚아챈 여인은 벌써 그림자도 종적도 없이 어디론가 사라져버린 뒤였다.

실로 어처구니없는 사태가 벌어졌다. 가까스로 연화(煙花)의 올가미를 벗어나는구나 했더니, 이번에는 풍류귀(風流鬼)와 맞닥뜨린 격이 되고 만 셈이다.

과연 그 여인은 사람일까 요괴일까, 노사부님의 목숨은 붙어 있을 것인지 죽임을 당할 것인지, 다음 회에서 풀어보기로 하자.

제55회 색마는 음탕한 수단으로 당나라 삼장 법사를 농락하고, 삼장은 성정을 지켜 원양을 깨뜨리지 않다

그것은 손행자와 저팔계가 정신법을 써서 여인국 부녀들을 꼼짝달싹 못 하게 만들려던 순간에 벌어진 일이었다. 두 사람은 느닷없이 몰아닥친 바람 소리만 들었을 뿐인데, 사화상이 호통치는 소리가 떠들썩하게 울리고 뒤미처 급히 고개를 돌렸을 때에는 이미 당나라 스님이 보이지 않았던 것이다.

당황한 손행자가 외쳐 물었다.

"어떤 자가 사부님을 가로채갔는가?"

사화상은 고개를 가로저었다.

"웬 여자였소. 난데없이 나타나 돌개바람을 일으키더니, 앗 하는 순간에 벌써 사부님을 낚아채 가지고 어디론가 사라지고 말았소."

손행자는 그 말을 듣기가 무섭게 휘익! 하고 구름 위로 솟구쳐 오르더니, 손바닥을 이마에 얹고 사면팔방 휘둘러보았다. 사화상의 말은 역시 옳았다. 과연 잿빛 먼지 꼬리를 뽀얗게 이끌고 한바탕 돌개바람이 서북쪽으로 휘몰아쳐가는 광경이 눈길에 잡힌 것이다.

그는 황급히 형제들을 돌아보며 버럭 고함쳤다.

"여보게들, 어서 빨리 구름을 일으켜 타고 나와 함께 사부님을 뒤쫓아가세!"

저팔계와 사화상이 짐보따리를 말안장에 비끄러매자마자, 쉬익! 하니 바람 찢는 소리 한번에 벌써 반공중으로 뛰어올랐다.

그 바람에 놀라 자빠진 것은 서량여국 임금과 신하들이다. 그들은 당황한 나머지 너나 할 것 없이 흙먼지 구덩이에 무릎 꿇고 엎드렸다.

문무백관들이 여왕에게 아뢰었다.

"폐하, 저분들은 이런 대명천지 밝은 대낮에도 하늘을 날아오르시는 나한들이십니다. 우리 여왕 폐하께서는 놀라움을 거두시고 당혹스러워하지 마소서. 당나라 어제 전하는 득도하신 선승(禪僧)이온데, 우리가 눈은 있으나 눈동자가 없어 두 눈 뜨고도 중화 남자를 알아보지 못한 채 헛되이 마음을 썼나이다. 여왕께옵서는 모든 것을 단념하시고 어서 보련에 오르시어 환궁하옵소서."

여왕 역시 부끄러움을 이기지 못하고 문무백관들과 함께 일제히 어가를 되돌려 궁중으로 돌아간 것은 말할 나위가 없다.

한편, 손대성을 비롯하여 그들 형제 세 사람은 공중으로 날아오르자 안개구름을 딛고 눈앞에 까마득히 사라져가는 돌개바람을 곧바로 뒤쫓기 시작했다.

한참을 정신없이 쫓아가다 보니, 앞쪽에 높은 산이 다가들면서 돌개바람이 걷히고 흙먼지가 말끔히 잦아들었다. 바람을 휘몰고 달아나던 요괴가 어느새 온데간데없이 사라져버린 것이다. 세 형제는 안개구름을 낮추고 지상에 내려서서 길을 찾아 나섰다.

이때 맞은편에 무엇인가 번쩍거리는 것이 눈에 뜨여 가까이 다가가 보았더니, 그것은 산허리를 병풍처럼 에워싸고 돌아가는 푸른 바위 절벽이었다. 세 형제는 말고삐를 이끌고 좀더 그 앞으로 다가섰다. 돌 병풍 뒤편에는 역시 돌로 만든 문짝 두 개가 달혀 있는데, 문짝 위에는 큼지막한 글씨로 여섯 자가 씌어 있었다.

독적산 비파동(毒敵山 琵琶洞)

무지막지한 저팔계 녀석이 앞으로 썩 나서더니 쇠스랑을 번쩍 들고 문짝부터 내리찍는다. 손행자는 얼른 그 손길부터 말렸다.

"이 사람아! 덤벙대지 말게. 우리가 돌개바람을 뒤쫓아 여기까지 왔고 또 여기서 이런 돌 문짝을 찾아내기는 했지만, 저 속 깊이가 얼마나 되며 무엇이 들어 있는지 모르고 있지 않나? 만약 저 문으로 들어간 것이 요괴가 아니라면 도리어 문제를 일으키게 될지 누가 알겠나? 자네 둘은 우선 말을 끌고 다시 돌 병풍 앞으로 돌아나가서 잠깐만 기다리고 있게. 이 손선생이 일단 들어가서 무엇이 있는지 형편을 알아보고 나올 테니까, 그때에는 일하기가 한결 손쉬워질 것일세."

사화상이 먼저 크게 기뻐하면서 찬동하고 나섰다.

"좋소, 좋아요! 이거야말로 '성미 거친 사람일수록 세심한 구석을 찾고, 갈 길이 급할수록 돌아서 간다(粗中有細, 急處從寬)'는 얘기가 아니겠소?"

이래서 두 사람은 말머리를 돌려 끌고 갔다.

손대성은 아우들을 떠나보낸 그 자리에서 신통력을 부렸다. 인결을 맺고 중얼중얼 주문을 외우면서 몸을 한 번 꿈틀하더니 어느새 작은 꿀벌 한 마리로 둔갑했다. 가벼운 날갯짓, 날씬한 몸매, 실로 절묘하기 짝이 없는 변신 술법이었다.

날개는 얇아서 바람결 따라 하느작거리고, 날씬한 허리에 햇볕이 섬세하게 비친다.

주둥이는 달콤하여 일찍이 꽃술 찾아 헤매지만, 꼬리의 침은 날카로워 두꺼비를 곧잘 쏘아 잡는다.

꿀을 빚는 공력이 어찌 얕으리오마는, 열을 지어 제 집 찾아 여왕님 찾아뵐 때면 스스로 겸손해할 줄 안다.

이제는 교묘한 재간 부려서, 돌 문짝 처마 틈서리로 춤추듯이 날아든다.

꿀벌로 변한 손행자가 문틈으로 뚫고 들어가 두번째 겹문 안으로 들어서니, 동굴 한가운데 꽃무늬 아로새긴 정자 위에 낯선 여괴 한 마리가 단아한 자태로 앉아 있고, 좌우 양편으로는 색동옷 차림에 머리를 두 갈래로 땋아올린 몸종 몇몇이 늘어서서 시중을 들고 있는데, 무엇이 그리도 기쁜지 연신 깔깔대며 무슨 얘긴가를 주고받고 있다. 손행자는 가벼운 날갯짓으로 살짝 날아서 정자 창살에 내려앉아, 저들의 얘기를 귀담아 엿듣기 시작했다.

이때 또 다른 몸종 두 사람이 나타났다. 이들은 총각머리를 더부룩이 풀어헤친 차림새로 김이 무럭무럭 나는 따끈따끈한 만두를 저마다 한 쟁반씩 떠받들고 정자로 올라섰다.

"마님, 만두를 가져왔습니다. 한 쟁반은 사람 고기로 소를 넣은 육식 만두이고, 또 한 쟁반은 팥으로 소를 넣은 소식 만두입니다."

'마님'이라 불린 여괴가 방글방글 웃으면서 분부를 내렸다.

"얘들아, 당나라 어제 스님을 모셔내라."

명령이 떨어지자, 비단 색동옷을 입은 몸종 몇이서 뒷방으로 들어가더니 이내 삼장 법사를 부축하고 나왔다. 누르퉁퉁하게 부어오른 얼굴, 종잇장처럼 새하얗게 질린 입술, 벌겋게 핏발 선 두 눈에서 눈물이 뚝뚝 떨어지고 있는 몰골을 보노라니, 손행자는 찔끔 놀랐다. 입에서는 저도 모르게 한숨이 새어나왔다.

'아뿔싸! 사부님이 중독되셨구나······.'

여괴가 정자 아래로 걸어 내려오더니 봄날 파줄기보다 더 가냘픈 열 손가락을 드러내고 삼장을 부여잡는다.

"어제님, 마음 푹 놓으시고 걱정 마세요. 내가 사는 이곳이 비록 서량여국의 궁전처럼 사치스럽고 호화로운 곳은 못 되지만, 실상 알고 보면 오히려 그런 곳보다 깔끔하고 조용해서 염불하시고 경을 읽기에는 꼭 알맞은 곳이랍니다. 그러니까 저하고 여기서 짝을 맺어 백년해로하며 한세상 재미있게 사세요."

삼장은 말이 없다.

여괴가 다시 말을 잇는다.

"고민하실 것 없어요. 저는 당신이 서량여국에서 혼인 잔치가 열렸을 때 아무것도 잡숫지 않으셨다는 것을 잘 알아요. 그래서 여기 이렇게 육식과 소식 두 가지 만두를 마련해놓았죠. 어느 것이든 입맛에 맞으시는 대로 좀 잡숫고 놀란 속을 가라앉히세요."

그래도 삼장은 묵묵부답, 속으로 깊은 생각에 빠져 있을 따름이다.

'내가 말도 않고 음식도 먹지 않는다면 어떻게 될까? 이 괴물은 서량국 여왕과는 성품이 다르다. 여왕은 그래도 사람의 몸이기 때문에 예의 바른 행동으로 나를 대해주었으나, 이 괴물은 요망한 귀신의 몸이니 수틀리면 내 목숨을 해치려 들지도 모르는 일이다. 자아, 이 노릇을 어쩌면 좋으냐……? 제자 세 녀석은 내가 이렇듯 곤경에 빠져 있을 줄은 모르고 있을 테니, 만약 이 요괴가 날 해치기라도 하는 날이면 억울하게 개죽음을 당하고 말 것이 아닌가……?'

마음속으로만 자문자답, 아무리 생각해보아도 빠져나갈 계책이 없는 터라, 그저 정신만 바짝 차리고 마침내 입을 열었다.

"육식 만두란 무엇이고, 소식 만두는 또 무엇으로 만든 것이오?"

삼장이 입을 열자, 괴물은 반색을 하면서 대답해주었다.

"육식이란 사람의 고기로 소를 넣은 만두요, 소식은 팥으로 소를 넣은 만두랍니다."

"그렇다면 나는 소식 만두를 들겠소."

괴물이 까르르 웃더니 곁에 있는 몸종을 부른다.

"얘들아, 따끈한 차를 가져다가 우리집 어른께서 소식 만두를 잡수시도록 해드려라."

몸종 하나가 냉큼 향기로운 차 한 잔을 받들고 나와서 삼장의 면전에 조심스럽게 내려놓았다. 괴물은 소식 만두를 한 개 집어들더니 두 조각으로 터뜨려서 삼장에게 내밀었다. 삼장은 사람의 고기로 소를 넣었다는 육식 만두를 하나 집어 통짜로 괴물에게 건네주었다.

여괴가 웃으면서 묻는다.

"어제님은 어째서 만두를 터뜨리지 않고 통짜로 주시는 거예요?"

삼장은 두 손 모아 합장하고 대답했다.

"나는 출가승인지라, 비린 고기 음식을 쪼갤 수 없소."

"출가하신 분이라 고기 만두를 쪼개지도 못하신다면, 며칠 전에는 왜 자모하 강변에서 아이 배는 물떡을 잡수셨으며, 오늘은 어째서 또 이렇게 팥으로 소를 넣은 만두만 잡수시겠다는 거죠?"

"물이 불어나면¹ 배 떠나기가 급해지고, 모래 바닥이 깊으면 말발굽이 빠져서 더디게 간다(水高船去急, 沙陷馬行遲) 하였소."

창틀 위에서 가만히 엿듣고 있던 손행자, 두 사람의 대화가 주거니

---

1 물떡…… 물이 불어나면……: 독적산 비파동의 여괴가 "왜 자모하의 물떡은 잡수시고 오늘은 만두만 잡수시겠다는 거냐?" 하고 물었을 때, 삼장 법사는 "물이 불어나면 배가 뜨기 급하다……"는 말로 엉뚱하게 대답했는데, 여기서 '물떡'의 원어 수고(水糕)와 '물이 불어난다'는 뜻의 원어 수고(水高)의 발음이 똑같은 '수이 까오 shui-gao'이므로, 중독을 당한 삼장 법사가 이 해음쌍관어(諧音雙關語)를 잘못 알아듣고 풍류 시로 대꾸한 것이다.

받거니 어우러지는 것을 보자, 혹시나 스승의 참된 성정을 어지럽히는 일이라도 생기면 어쩌나 싶어 겁이 더럭 났다. 그래서 더 이상 참지 못하고 본상을 드러내기가 무섭게 철봉을 뽑아들고 냅다 호통쳐 요괴를 꾸짖었다.

"이 못된 짐승아, 내 사부님께 무례하게 굴지 말아라!"

요괴는 손행자가 나타나는 것을 보더니, 입으로 한줄기 연광(煙光)을 내뿜어 꽃무늬 아로새긴 정자를 뒤덮어 가리고 부하들에게 고함쳐 분부했다.

"얘들아, 어제님을 모셔들여라!"

뒤미처 요괴는 어느 틈에 뽑아들있는지 세 갈래 진 강철 작살(三股鋼叉) 한 자루를 휘두르면서 정자 문 바깥으로 뛰어나왔다.

"이 염치도 없는 원숭이 놈아! 이곳이 어디라고 괘씸하게 함부로 기어들어와서 내 얼굴을 훔쳐본단 말이냐! 꼼짝 말고 내 작살이나 한 대 먹어라!"

손행자는 철봉으로 작살 공격을 차근차근 받아내면서 한 걸음씩 주춤주춤 뒤로 물러나갔다. 상대방이 눈치 못 채게 뒷걸음질쳐 동굴 바깥으로 끌어내고 있었던 것이다.

이윽고 둘이서는 마침내 동굴 문 밖까지 싸우면서 나왔다.

한편 돌 병풍 앞에서 기다리고 있던 저팔계와 사화상은 동굴 문 바깥으로 나선 그들이 막상막하로 어우러진 채 승부를 가리지 못하는 것을 보자, 우선 저팔계가 부리나케 백마의 고삐를 동료에게 넘겨주면서 말했다.

"사화상, 자네는 여기서 짐보따리하고 마필이나 돌보고 있게. 이 저선생이 나가서 싸움판을 좀 거들어야겠네."

겁도 없는 미련퉁이가 두 손으로 쇠스랑 자루를 거머쥐고 싸움터 앞으로 달려나왔다.

"형님, 뒤를 맡아주시오! 내가 이 못된 요괴를 때려잡겠소!"

괴물은 저팔계가 달려드는 것을 보더니 또 한차례 수단을 부리는데, '푸웃!' 하고 숨을 내쉬자 콧구멍에서는 불길이 활활 쏟아져 나오고 입으로는 연기를 뭉게뭉게 토해내기 시작했다. 화염과 연기가 자욱하게 깔리는 동안, 괴물은 몸뚱이를 한 번 꿈틀하더니 세 갈래 진 작살을 춤추어가며 마주 돌격해왔다. 뿐만 아니라 이 여괴는 도대체 손발이 몇 개나 달렸는지 모르게 밑도 끝도 없이 마구잡이로 덤벼들면서 두 사람을 한꺼번에 정신없이 몰아치는 것이다. 손행자와 저팔계는 좌우 양편으로 나뉘어 괴물의 공세를 착실하게 한수 한수씩 막아냈다.

여괴가 버럭 고함을 지른다.

"손오공! 네놈은 나아갈 자리도 물러설 자리도 분간 못 하는 놈이로구나! 네놈이야 내가 누군지 모를 테지만, 나는 네놈을 잘 알고 있다. 너희들이 하늘처럼 떠받드는 저 뇌음사 여래부처도 나한테 한 수 접고 꺼리는 판인데, 너희들같이 형편없는 졸개 잡놈들의 재주로 그곳에 무사히 갈 수 있을 듯싶으냐! 한 놈씩은 말고 한꺼번에 다 덤벼들어라. 내 이 작살로 하나하나씩 낱낱이 찔러 죽일 테니 잘 봐두기나 해라!"

이리하여 비파동 앞마당에서는 한바탕 격렬한 싸움이 벌어졌다.

여괴는 위풍이 당당하고, 원숭이 임금은 기개가 뻗쳐난다.
천봉원수는 공적 다투어, 쇠스랑을 마구잡이로 휘둘러 친다.
저편은 손이 많고 작살 솜씨 다부지니, 연기 광채가 촉박하게 휘감아 돌고,
이편은 두 사람 모두 성미 급하고 병기 또한 막강하니, 안개 기운이 무럭무럭 퍼져오른다.

여괴는 오로지 배우자를 구하고 싶은 마음뿐이나, 스님이야 남자 된 몸이지만 어찌 원정(元精)을 쏟아놓으려 들겠는가?

음양이 짝을 이루지 못하여 서로 맞서 싸우니, 저마다 영웅호걸의 재간을 남김없이 펼쳐내면서도 악전고투가 원망스럽다.

음기는 제 몸 아껴 고요히 도사릴수록 허망한 그리움만 불같이 용솟음치고, 양기는 숨 돌리고 성정을 지켜 사랑하는 뜻 하나만 맑고 지극하다.

이리하여 쌍방이 화목할 구석이 없게 되었으니, 작살과 쇠스랑, 철봉은 저마다 목숨 걸고 한판 승부를 노린다.

이편의 철봉은 힘이 세고 쇠스랑은 더구나 억세기 짝이 없으니, 여괴의 강철 작살 또한 이리 막고 저리 찌르며 거침없이 맞아 싸운다.

독적산 앞머리에 셋은 어느 하나 양보할 줄 모르고, 비파동 밖에서 쌍방 또한 인정사정 돌볼 줄 모른다.

저편은 당나라 스님과 백년해로하면 더없이 기쁘겠으나, 이편의 두 사람은 기필코 장로님 따라서 진경을 구하러 갈 생각뿐이다.

하늘이 놀라고 대지가 흔들리도록 맞서 싸우니, 해와 달도 빛을 잃고 별자리마저 숨어버릴 판이다.

셋이서 꽤 오랫동안 싸웠으나 좀처럼 승부는 판가름나지 않았다. 얼마쯤 지났을까, 갑자기 여괴가 몸뚱이를 훌쩍 솟구쳐 올리더니 '도마독장(倒馬毒樁)'이란 꼬챙이로 손행자의 머리 껍질을 겨누고 한차례 호되게 쑤셔넣었다.

"어이쿠!"

손행자가 머리통을 감싸안으며 비명을 질러댔다. 얼마나 고통스러운지 도저히 견뎌낼 길이 없어, 그는 상처를 입은 채 패하여 달아났다.

저팔계 역시 가만 보니 사세가 틀려먹은 게 뻔하다. 그래서 쇠스랑 자루를 질질 끌고 싸움터 바깥으로 물러나와 뒤도 안 돌아보고 뺑소니를 쳤다. 단 일격에 승리를 얻은 여괴는 작살을 거두어들이고 의기양양하게 동굴 속으로 돌아갔다.

손행자는 머리통을 움켜쥐고 우거지상이 다 된 채, 쉴새없이 고통을 하소연했다.

"어이구, 아파라! 이거 정말 지독하게 아픈걸!"

뒤따라온 저팔계가 씨근벌떡 따져 묻는다.

"형님, 어떻게 된 일이오? 한창 신바람 나게 싸우는 판국에 어째 비명을 지르고 도망치는 거요?"

그러나 손행자는 여전히 머리통을 감싸쥐고 연신 비명만 질러댄다.

"아이고 아파라! 아파 죽겠다!"

물정 모르는 사화상이 한마디 던진다.

"형님, 혹시 편두통이라도 난 게 아니오?"

"아닐세, 아냐! 그게 아니라니까!"

손행자는 펄쩍펄쩍 뛰면서 냅다 소리지른다.

"형님, 어디 다치는 걸 본 적도 없는데, 머리통이 아프다니 이게 어떻게 된 영문이오?"

저팔계가 미심쩍게 묻는 말에, 손행자는 끙끙 앓는 소리로 대답을 한다.

"이거야말로 지독해! 정말 지독한걸! 내가 그년과 한창 싸우고 있으려니까, 그년은 작살로 내 철봉을 당해내지 못할 것을 알아차렸는지 갑자기 몸을 한번 솟구쳐 올리더니, 무슨 병기인지 알 수는 없으나 내 머리통을 냅다 찔러대지 않겠나. 그것에 한 대 찔리자마자 머리가 쑤시고 아파서 도무지 배겨낼 도리가 있어야 말이지. 그래서 이렇게 그만 패하고 뺑소니를 치고 말았지 뭔가."

이 말을 듣고 저팔계란 녀석은 낄낄대면서 이죽이죽 놀려댄다.

"형님, 그게 무슨 소리요? 형님의 그 머리통은 무쇠 덩어리로 단련되어 끄떡없을 거라고 자랑만 잘도 늘어놓더니, 요괴한테 겨우 한 대 얻어맞고 맥을 못 쓰시는 거요?"

"그러게 말일세. 내 이 머리통은 진짜 보통으로 단련된 것이 아니라네. 자네도 알다시피 내가 도를 닦고 성진(成眞)을 한 뒤에도 반도원의 복숭아와 선주(仙酒)를 훔쳐 마시고 태상노군 영감의 금단마저 도둑질해 먹지 않았던가? 그래서 천궁을 뒤엎고 일대 소란을 부렸을 때, 옥황상제는 대력귀왕과 이십팔수를 시켜 나를 두우궁 밖에 끌어내다 참수형에 처하게 했는데, 여러 신장들이 칼로 베고 도끼로 찍고 철퇴로 후려치고 장검으로 찌르기도 하고, 하다못해 벼락을 때리고 불로 태워 죽이려고까지 했네. 그것도 안 되니까 나중에는 태상노군이 이 몸을 팔괘로에 던져넣고 사십구 일 동안 단련했으나, 내 몸뚱이는 물론이요 머리 털 끝 하나 끄떡없었단 말일세. 그런데 저 요괴 년은 도대체 어떤 병기를 썼기에 이 손선생의 무쇠 머리통을 이토록 아프게 만들었는지 모르겠네."

사화상이 가까이 다가왔다.

"그 손 좀 내려놓으시구려. 어디가 어떻게 터졌는지 좀 봅시다."

그래도 손행자는 여전히 머리통을 감싸쥔 채 절레절레 도리질한다.

"터진 게 아닐세! 머리통이 터지지는 않았단 말이야!"

이 말을 듣고 저팔계가 할 수 없다는 듯이 툭툭 털고 일어섰다.

"잠깐 동안만 참고 계시구려. 내가 서량여국에 가서 고약을 좀 얻어다가 붙여드리리다."

"붓지도 않고 터진 데도 없는데, 고약 따위는 붙여서 무엇 한다는 건가?"

손행자가 퉁명스레 핀잔을 주었더니, 저팔계는 그럴 줄 알았다는 듯이 껄껄껄 웃으면서 이죽거렸다.

"형님, 나는 태기가 들어서기 전이나 산후(産後)에 아무런 병도 없었는데, 형님은 난데없이 이마빼기에 종기를 하나 만들어 붙이지 않으셨소?"

저팔계 녀석이 이렇듯 손행자를 놀려대자, 사화상이 그 말을 가로막았다.

"둘째 형님, 우스갯소리 좀 작작 하시오! 지금이 어디 농담이나 하실 때요? 날은 벌써 이렇게 저물었는데, 큰형님은 머리에 상처를 입고 사부님은 돌아가셨는지 살아 계신지 생사조차 알 길이 없으니, 도대체 이 노릇을 어쩌면 좋소?"

막내가 걱정스러운 기색으로 이렇게 말하니, 손행자는 여전히 끙끙 앓는 소리로 대답했다.

"사부님은 아무 일도 없을 테니 너무 걱정 말게. 내가 꿀벌로 둔갑해서 동굴 안에 들어가보았더니, 때마침 그 계집 요괴는 꽃무늬를 아로새긴 정자에 앉아 있고, 조금 있다가 몸종 둘이서 만두를 두 쟁반 떠받들고 나오는데, 한 쟁반은 사람의 고기로 소를 넣은 육식 만두요, 다른 한 쟁반은 팥으로 소를 넣은 소식 만두라는 거야. 그리고 그 계집 요괴는 다시 몸종 둘을 시켜 사부님을 모셔오게 하더니, 만두 한 개 잡숫고 놀란 속을 가라앉힌 다음, 사부님더러 자기와 짝짓기인가 뭔가를 하자고 요구하는 걸세. 사부님은 애당초 대꾸조차 하지 않으시고 만두도 잡숫지 않겠다고 하셨는데, 나중에 가서는 그 계집이 달콤한 말을 자꾸 하니까, 어찌 된 노릇인지 입을 여시고 소식 만두를 잡수시겠다 말씀하질 않겠나. 그랬더니 그 계집이 소식 만두를 한 개 터뜨려서 사부님한테 건네주고, 사부님은 고기가 든 만두를 통짜로 그 계집한테 주시는 게 아니겠나.

그 계집의 말이, '어째서 만두를 쪼개지 않느냐'고 하니까, 사부님은 '출가승이라 비린 고기 음식을 쪼갤 수 없다'고 말씀하셨네. 그 계집이 또 '고기 만두를 쪼개지 못하신다면서 며칠 전에는 왜 자모하 강변에서 아이 배는 물떡을 잡수셨느냐?' 하고 묻지 않겠나. 사부님은 그 말뜻을 알아채지 못하시고 두어 마디 대꾸하시는 말씀이, '물이 불으면 배 떠나기 급하고, 모래 바닥이 깊으면 말발굽이 빠져 갈 길이 더디다' 하시는 걸세.

나는 창틀 위에서 엿듣고 있다가, 사부님의 성정을 어지럽히는 일이라도 생기면 어쩌나 싶어 겁이 나기에, 본상을 드러내고 철봉을 들어 그 못된 계집을 냅다 후려갈겼네. 그랬더니 요괴도 신통력으로 연무를 뿜어내어 정자를 뒤덮어버리고는 몸종들에게 '어제님을 빼돌려라!' 하고 악을 쓰면서 강철 작살을 뽑아들고 이 손선생한테 덤벼드는 것이 아닌가. 그래서 나는 그 계집과 싸워가며 슬금슬금 뒷걸음질쳐 동굴 바깥으로 끌어냈던 것일세. 그 다음 얘기는 자네들이 다 보아서 알고 있을 거야."

사화상은 이 말을 듣고 손가락을 입에 문 채 고개를 갸우뚱거렸다.

"허어, 그것참……! 도대체 그 못된 요물이 어디서부터 우리 뒤를 밟아왔기에 지나간 일까지 그처럼 속속들이 알고 있단 말인가."

저팔계도 갑자기 마음이 다급했는지 허둥지둥 설쳐대기 시작했다.

"그렇다면 우리가 여기서 편히 잠만 자고 있을 수야 없는 노릇 아니겠소? 저녁때고 한밤중이고 상관할 것 없이 다시 한번 그년의 집 문앞에 쳐들어가서 싸움 걸고 야단법석 시끄럽게 떠들어 가지고, 그년이 밤새껏 잠을 못 자게 만들기로 하세. 그래야 우리 사부님을 집적대지 못할 게 아닌가?"

그러자 손행자는 넌덜머리를 내면서 고개를 내둘렀다.

"난 머리통이 아파서 못 가겠네!"

하지만 사화상은 역시 침착했다.

"싸움을 걸러 갈 것은 없소. 큰형님이 두통을 앓고 계시기도 하려니와, 우리 사부님은 누가 뭐래도 참된 스님이시니까 결코 여색 때문에 당신의 본성을 어지럽힐 분은 아니라고 믿소. 싸우러 가는 대신에 이 산언덕 비탈 아래 바람이나 막힌 곳을 찾아서 하룻밤 지새고 힘을 길러두었다가, 내일 아침에 말짱한 정신으로 다시 손을 써보기로 합시다."

이리하여 세 형제가 바람을 등진 산기슭으로 내려가 백마를 단단히 비끄러매어놓고 짐보따리를 지키면서 그대로 하룻밤을 편히 쉬게 된 것은 더 얘기하지 않기로 하겠다.

한편, 첫 싸움에 승리를 거둔 여괴는 흉악한 마음을 누그러뜨리고 다시 얼굴에 기쁜 빛을 가득 띠면서 부하들을 소리쳐 불렀다.

"얘들아, 앞문 뒷문 할 것 없이 모조리 닫아걸어라! 손행자가 또 기어들지 모르니까, 야경 도는 아이들은 파수를 단단히 서서 문소리가 나기만 하면 즉시 통보해라."

그리고는 또 몸종들에게 분부를 내렸다.

"너희들은 내 침실을 말끔히 정돈해놓고 촛불과 향을 피워놓아라. 그리고 당나라 어제님을 모셔다가 합환의 즐거움을 나누어야겠다."

이윽고 삼장이 부축을 받으며 뒷방에서 끌려나왔다. 여괴는 애교가 철철 흘러넘치는 맷거리로 삼장을 부여잡았다.

"속담에 이런 말이 있죠? '황금은 귀할 것이 없고, 편안한 즐거움이 더욱 값지다(黃金未爲貴, 安樂値錢多)'라고 했어요. 이제 당신하고 부부가 되어서 놀아보러 가십시다."

삼장은 어금니를 악물고 말 한마디 입 밖에 내지 않았다. 그러면서도 따라나서지 않았다가는 목숨을 해치려 들지 모른다는 두려움에 전전긍긍하면서 요괴의 뒤를 따라 향기로운 침실로 들어갔다.

침실에 들어선 이후에도 그저 바보처럼 벙어리처럼 넋이 빠진 채 엉거주춤 서 있기만 할 뿐, 감히 눈을 들어 바라볼 엄두조차 내지 못한다. 그러니 방 안 침대 위에 무슨 이부자리가 깔렸으며 휘장이 어떻게 쳐 있는지조차 알아볼 길 없고, 옷 궤짝하며 장롱, 화장대가 어떻게 놓였는지 알 수가 없다.

마침내 여괴가 온갖 속삭임으로 운우지정(雲雨之情)을 토로하기 시작했으나, 삼장은 여전히 막막한 기색으로 듣는 둥 마는 둥, 귓결에 흘려보내기만 할 뿐이다.

과연 훌륭한 고승이었다.

눈으로는 흉악한 여색을 보지 않으며, 귀로는 음탕한 소리를 듣지 않는다.

삼장은 비단결보다 더 아리따운 얼굴을 분토(糞土)와 같이 여기며, 금구슬 옥구슬과 같은 미모 또한 티끌 잿더미처럼 여긴다.

한평생 오로지 참선만을 아끼고 사랑할 뿐, 한 걸음도 부처의 땅에서 벗어나지 않는다.

옥이나 향보다 더 곱고 부드러운 여색을 어찌 아끼고 좋아하랴, 아는 것이라곤 오로지 참된 도를 닦고 성정을 기르는 일뿐이다.

저 여괴는 육욕의 불길이 활활 타오르고 춘정이 무럭무럭 솟구쳐 오르나,

이 스님의 마음은 죽은 송장처럼 뻣뻣하게 굳어진 채 오로지 선기(禪機)에만 몸 둘 따름이다.

하나는 온옥(溫玉)처럼 보드랍고 따스한 향기와 같은데, 하나는 죽어서 말라비틀어진 고사목(枯死木)과 같다.

저편에서는 원앙금 펼쳐놓고 음탕한 욕심을 억누르지 못하는데, 이편에서는 편삼 자락 졸라매고 한 조각 붉은 마음으로 절개를 지킨다.

저편은 가슴을 마주 비벼대고 넓적다리 포개 얹으며 난봉(鸞鳳)처럼 놀아보자 하는데, 이편은 면벽 수도하는 달마 스님 찾아 산으로 돌아갈 생각뿐이다.

여괴는 옷섶 풀어헤치고 매끄러운 살결, 보드라운 체취로 유혹하려 들지만, 당나라 스님은 옷깃 단단히 여미고 거친 살갗에 소름 돋은 닭살마저 감추고 보이지 않는다.

여괴가 묻는다.

"제 이부자리하며 베개가 이렇듯 넓고 시원하게 비어 있는데, 어찌하여 주무시지 않는가요?"

삼장이 대꾸했다.

"머리 벗겨지고 옷차림새 다른 내가 어찌 여인과 잠자리를 같이하겠소!"

저편에서 말한다.

"저는 옛날 한나라 때 유취취(柳翠翠)가 되고 싶어요."

이편에서 응수한다.

"소승은 월도려(月闍黎)[2]가 아니외다."

---

2 유취취·월도려: 여기에 인용된 내용은 중국 화본(話本) 삼언 소설 『유세명언(喩世明言)』 제29권, 「월명 화상이 유취를 구제하여 도를 이루게 하다(月明和尙度柳翠)」에서

여괴가 말한다.

"제 아름다움은 월나라 서시보다 더 나긋나긋하고 간드러지답니다."

당나라 스님이 대꾸한다.

"그 월왕(越王)은 그 미색 때문에 길이 송장으로 파묻혀 있게 되었소."

여괴가 또 말한다.

"어제님은 '차라리 꽃 아래 죽을지언정, 풍류 귀신 되는 것이 어떠하리오(寧敎花下死, 做鬼也風流)'라는 말도 못 들어보셨나요?"

당나라 스님이 대꾸한다.

"나의 진양(眞陽)은 지극한 보배요. 내 어찌 경솔하게 그대처럼 분 바른 해골바가지에게 넘겨주리오?"

....

둘이서 옥신각신 그 밤이 이슥하도록 입씨름을 벌이면서 다투었으나, 당나라 스님은 막무가내로 버티기만 할 뿐, 여괴의 미색 따위에는 전혀 마음이 흔들리지 않았다. 여괴는 잡아당기고 부여안고 엉겨붙은 채 온갖 아양과 교태를 부려가며 유혹하고 놓아주지 않았다. 그래도 이 사부님께서는 벽창호가 되어 말을 듣지 않았다. 이렇듯 야반 삼경이 지나도록 승강이를 벌인 끝에, 요괴는 약이 오르다 못해 마침내 분통을 터뜨리고 말았다.

"애들아, 밧줄을 가져오너라!"

가련하게도 사랑하는 사람을 마치 원숭이 잡아 묶듯 사지 팔다리를

따온 것으로, 월도려(月闍黎)는 곧 아름다운 기녀 유취에게 유혹당하던 월명 화상을 가리킨다.

꽁꽁 결박지어 복도 바깥으로 끌어내게 한 다음, 여괴는 은촛대 불을 훅 불어 꺼버리고 홀로 침상에 올라 잠들었다. 초저녁부터 밤늦도록 한바탕 소동을 벌이던 부하들과 몸종들도 제각기 잠자리로 돌아가고, 비파동 소굴은 그 밤이 지새도록 아무 소리도 들리지 않았다.

어느덧 새벽닭이 세 차례나 홰를 쳤다.

산비탈 둔덕 아래에서는 손행자가 먼저 기지개를 켜고 일어나며 혼잣말로 중얼거린다.

"이것 봐라? 내 머리통이 그토록 쑤시고 아프더니, 이제는 근질근질 가렵기만 할 뿐 시큰거리지도 않는걸!"

뒤따라 몸을 일으킨 저팔계가 피식 하고 웃는다.

"근질거리기만 하다니, 그럼 어디 그 계집한테 가서 또 한번 쑤셔 달라고 하시는 게 어떻겠소?"

이 말에 손행자가 펄쩍 뛰었다.

"아서라, 질색이다! 딱 질색이야!"

저팔계는 아예 껄껄대고 너털웃음을 터뜨렸다.

"질색 팔색 하실 것도 많소! 사부님은 어젯밤에 엎치락뒤치락 농탕질치며 재미 많이 보셨겠는데?"

사화상이 덩달아 일어나면서 두 사형의 입씨름을 딱 끊는다.

"당치도 않은 소리 집어치우시오. 날이 밝았으니 어서 빨리 그 못된 요괴 년이나 잡으러 갑시다!"

손행자가 사화상을 돌아보고 분부를 내렸다.

"여보게 막내, 자네는 꼼짝 말고 여기 남아서 말과 짐보따리나 잘 지키고 있게. 그리고 팔계는 나를 따라서 같이 가세."

미련퉁이는 정신을 바싹 차리고 시커먼 승복 자락을 거뜬하게 동여맨 다음, 손행자를 따라나섰다. 두 사람은 저마다 병기를 지니고 산비탈 언덕 위로 훌쩍 뛰어오르더니 단숨에 돌 병풍 밑에 이르렀다.

손행자가 지시를 내렸다.

"자네는 여기 좀 서 있게. 이 괴물이 밤새 사부님을 어떻게 해쳤는지도 모르니까, 우선 내가 들어가서 알아보기로 하겠네. 만약 사부님이 그년의 농간에 넘어가 원양(元陽, 동정)을 잃고 덕행을 망쳐버리셨다면, 우리도 뿔뿔이 흩어져 제각기 갈 데로 헤어지는 거고, 성정을 흐트러뜨리지 않고 마음이 흔들리지 않으셨다면, 그때에는 우리가 서로 돕고 의지하여 그년의 요물을 때려죽이고 사부님을 구출하여 서쪽으로 길 떠나기로 하세."

이 말을 듣고 저팔계는 미덥지 않아 또 한마디 투덜거렸다.

"원, 형님도! 어째 그리 바보 같은 소리를 하시오? 속담에 이런 말도 못 들어보셨소? '건어물 가게 주인이 생선을 고양이한테 주어서 베개 삼고 자도록 할 수 있느냐(乾魚可好與猫兒作枕頭)'라고 말이오. 사부님의 원양이 지금까지 성하게 남아났을 턱이 없소! 절대로 그럴 리 없을 테니 두고 보시구려!"

"함부로 이러쿵저러쿵 떠들지 말게. 어디 내가 한번 들어가보면 알 테니까."

손행자는 돌 병풍을 돌아서 저팔계 녀석과 헤어졌다. 비파동 앞에 다다르자, 그는 다시 한번 몸을 흔들어 꿀벌로 둔갑하여 문짝 틈으로 날아들어갔다. 동굴 문 안쪽에는 밤새껏 야경을 돌다 지친 여동 둘이 딱따기와 방울을 베개 삼아 베고 혼곤히 잠들어 있었다. 그는 또다시 꽃무늬 아로새긴 정자 쪽으로 날아갔다. 요정들도 한밤중이 지나도록 난리법석을 떨고 난 뒤끝이라, 날이 밝은 줄도 모른 채 하나같이 고단한 몸뚱이를 여기저기 뉘고 잠들어 있었다.

뒤꼍 행랑채로 들어가보니, 끙끙 앓는 스승의 신음 소리가 들려왔다. 흘끗 머리를 쳐들고 바라보았더니, 삼장은 그 방 복도 한 귀퉁이에 두 팔과 두 다리를 꽁꽁 묶여 나둥그러져 있는 것이 아닌가!

손행자는 스승의 머리 위에 살그머니 내려앉았다.

"사부님!"

삼장이 그 목소리를 알아듣고 두 눈을 번쩍 떴다.

"오공아, 네가 왔구나! 어서 내 목숨을 좀 살려다오!"

손행자는 짐짓 딴청을 부리며 물었다.

"밤사이에 재미 보던 일은 어찌 되셨습니까?"

이 말에 스승은 어금니를 악물고 대답했다.

"내가 죽을지언정 그런 짓을 했겠느냐!"

"어제 제가 뵈었을 때만 하더라도 그 계집이 사부님을 무척이나 아끼고 사랑하는 체하더니, 오늘은 어째서 요 모양 요 꼴로 곤욕을 치르고 계십니까?"

"그 요물이 야반 삼경이 지나도록 내게 엉겨붙어 못 살게 굴었다만, 나는 허리띠도 풀지 않고 침상에 오르지도 않았다. 내가 끝까지 말을 듣지 않으니까, 나를 이렇게 꽁꽁 묶어서 여기에 끌어다 놓은 것이다. 오공아, 제발 부탁이다! 날 좀 구해서 경을 가지러 가게 해다오!"

스승과 제자가 이렇듯 주거니 받거니 얘기를 나누고 있을 때, 잠귀 밝은 요괴가 그 소리에 놀라서 번쩍 깨어났다. 그녀는 비록 악독한 마음을 먹고 있었으나, 아직도 미련을 버리지 못한 채 망설이고 있던 참이었다. 여괴는 복도 끝에서 '경을 가지러 간다……'는 소리가 들려오자, 침상에서 굴러떨어지듯이 내려서서 앙칼진 목소리로 악을 썼다.

"흥! 부부 노릇도 않고 재미도 볼 줄 모르면서, 무슨 놈의 경을 가지러 간다는 거야?"

손행자는 당황한 나머지 스승을 떨쳐버리고 급히 날개 펼쳐 동굴 바깥으로 빠져나왔다. 그리고 본상을 드러내면서 미련퉁이를 찾았다.

"여보게, 팔계!"

미련퉁이 저팔계가 돌 병풍 앞쪽에서 돌아나오기 무섭게 그것부터 묻는다.

"어떻소, 형님. 내 말이 맞기는 맞았지?"

"천만의 말씀을! 그런 일은 없었네, 없었다니까. 사부님이 말을 듣지 않으니까, 그 계집은 약이 올라서 사부님을 꽁꽁 묶어 가지고 뒤꼍 복도 한구석에 처박아두었지 뭔가. 나하고 간밤의 얘기를 하고 있는데, 공교롭게도 그 계집이 놀라서 잠을 깨기에, 나도 부랴부랴 도망쳐 나오고 말았네."

"그래, 사부님은 뭐라고 하십디까?"

"사부님 말씀이, 허리띠도 풀지 않고 침상에 올라가지도 않았다, 그러시데."

그제야 저팔계도 마음이 놓였는지 히죽벌쭉 웃는다.

"됐소, 됐어! 역시 진짜 화상이셨군! 자아, 그럼 우리 사부님을 구해드리러 갑시다."

미련퉁이는 생김새 그대로 천성이 우악스럽고 행동거지 또한 거칠기 짝이 없다. 그는 다짜고짜로 쇠스랑을 번쩍 치켜들더니 돌 문짝을 겨냥하고 있는 힘껏 내리찍었다. '와르르!' 하는 소리 한 번에 청석을 깎아 만든 바위 문짝이 네댓 조각으로 부서져 내렸다. 돌 문짝이 무너져 내리는 요란한 소리에, 딱따기와 방울을 베고 잠자던 몸종들이 기절초풍을 하도록 놀라 허둥지둥 둘째 겹문 밖까지 단걸음에 뛰어 달아났다.

"문 열어요! 문 열어! 어제 처들어왔던 그 추악하게 생긴 두 사내 녀석들이 앞문을 때려부숴버렸어요!"

때마침 여괴가 이제 막 침실 문 밖으로 나오다가 몸종 몇몇이서 달려오며 보고하는 소리를 들었다.

"마님, 큰일났습니다! 어제 왔던 그 추악한 사내 둘이 또 쳐들어와서 앞문을 때려부쉈답니다."

여괴는 이 소리를 듣고 황급히 분부를 내렸다.

"애들아, 어서 물을 데워서 세수하고 머리 빗고 얼굴 단장들부터 해라!"

그리고 또 이렇게 분부했다.

"어제님을 밧줄로 묶은 채 떠메다가 뒤꼍 골방에 가두어라. 저 괘씸한 녀석들은 내가 나가서 때려잡고 말 것이다."

앙큼스런 요괴는 동굴 문 앞으로 걸어나오더니 세 갈래 진 강철 작살을 번쩍 들고 욕설부터 퍼부었다.

"이 못된 원숭이, 촌뜨기 멧돼지 녀석들아! 여기가 어디라고 주책없이 들어와서 날뛰는 거냐? 네놈들이 감히 내 집 문짝을 때려부쉈겠다?"

저팔계도 지지 않고 호통쳐서 꾸짖는다.

"이 음탕하고 너절한 화냥년아! 네년이 우리 사부님을 곤경에 빠뜨려놓고도 어디 감히 그따위 큰소리를 탕탕 치느냐? 네년이 우리 사부님을 귀찮게 집적대고 살살 꾀어서 네 남편을 삼으려고 했으렷다? 잔소리 말고 어서 빨리 그분이나 곱게 내보내드려라. 그래야만 네년을 용서해줄 것이지, 만약 '싫다'는 말의 반 마디라도 입 밖에 냈다가는 이 저선생의 쇠스랑으로 독적산 비파동은 물론이요 네년의 몸뚱이까지 송두리째 콱 찍어 걸레쪽을 만들어버리고 말 테다!"

여괴는 그런 엄포 따위쯤 아랑곳할 바 아니다. 어느새 몸뚱이를 한 번 후드득 떨치는 동안, 앞서와 같은 술법을 부려 콧구멍으로는 불길을,

쩍 벌린 입으로는 연기를 뭉게뭉게 토해내면서 강철 작살을 휘둘러 두 사람을 한꺼번에 찔러대기 시작했다.

저팔계가 옆으로 슬쩍 피해내더니 쇠스랑을 번쩍 들어 위아래 가릴 것 없이 마구잡이로 찍어내렸다. 손행자도 철봉을 써서 저팔계와 보조를 맞추어 공격을 퍼부었다. 두 형제가 서로 도와가며 요망한 여괴 한 마리를 협공하는 것이다.

이윽고 여괴는 다시 한차례 신통력을 발휘해서 몇 개인지도 모를 숱한 손들을 뻗쳐내더니 좌우 상하로 두 사람의 공격을 척척 막아내기 시작했다.

이렇듯 서로 격돌하기를 대여섯 차례, 셋이서 한참 정신없이 계속 맞붙어 싸우고 있을 때였다. 여괴는 또 정체를 알 수 없는 병기를 쭉 뽑아내더니 그것으로 저팔계의 주둥이 입술을 한 대 찔렀다.

"어이쿠, 아얏……!"

그야말로 도저히 참아낼 수 없는 아픔, 미련한 저팔계는 엉겁결에 한 손으로 입술을 움켜잡은 채 쇠스랑을 질질 끌고 허둥지둥 싸움터를 빠져나와 도망질을 치고 말았다.

어제 한차례 그 꼴을 당한 손행자도 이 정체 모를 병기를 어지간히 무서워하는 터라, 동료가 뺑소니치는 것을 보자 그 역시 허세로 철봉을 한차례 휘둘러 공격하는 척하다가 그대로 발을 빼어 도망쳐 나왔다.

요망한 여괴는 또 한번 승리를 얻고 돌아갔다. 그리고 부하 요괴들을 시켜 바윗돌을 옮겨다가 무너진 동굴 문 앞을 겹겹으로 쌓아올려 막아놓은 것은 더 말할 나위가 없다.

한편, 사화상은 비탈진 언덕 앞에 말을 놓아주고 풀을 뜯기고 있는데, 어디선가 멧돼지 멱따는 소리가 꽤액꽥 들려왔다. 흘끗 고개 돌려 바라보았더니, 저팔계가 주둥이를 부둥켜 쥐고 끙끙 앓는 소리를 내면서 헐레벌떡 뛰어오고 있다.

"아니, 둘째 형님! 이게 어찌 된 일이오?"

깜짝 놀라 묻는 말에, 미련한 저팔계는 여전히 끙끙 앓아가며 고통을 호소했다.

"어이구, 말도 말게! 이것 정말 지독한데, 지독해! 어이구, 아야! 아파서 죽겠네!"

뒤미처 손행자가 앞으로 쫓아나오며 낄낄대고 웃는다.

"이 바보 같은 친구야! 어제는 내 이마빼기에 종기가 났다고 놀려대더니, 오늘은 자네 주둥이에 종기가 났네그려!"

저팔계는 그저 끙끙 앓는 소리를 내면서 투덜거렸다.

"어이구, 아파 죽겠다! 도무지 참을 수가 없는걸! 지독하게 아픈걸, 정말 지독하게 아파! 어이구……"

세 형제가 어쩔 바를 모르고 걱정하고 있을 때였다. 남쪽 산길 위에서 웬 노파 한 사람이 왼손에 푸른 대나무 바구니를 하나 들고 내려오는데, 차림새를 보아하니 산나물을 캐러 갔다가 돌아오는 모양이었다.

사화상이 먼저 노파를 발견하고 맏형에게 말했다.

"큰형님, 저 노파가 가까이 오거든 어디 한번 물어봅시다. 그 여괴가 도대체 무슨 요정이며, 형님들을 쏜 무기는 또 어떤 것이기에 이토록 사람을 골탕 먹이는지 알아보면 어떻겠소?"

손행자가 그를 말리고 앞으로 나선다.

"자넨 가만있게. 이 손선생이 가서 물어보고 올 테니까."

동료들을 제쳐놓고 앞으로 나선 손행자가 두 눈 딱 부릅뜨고 자세히 살펴보니, 노파의 머리 위에 상서로운 구름이 내리덮이고 좌우 양편에서 향기로운 안개가 전신을 감싸고 있지 않은가! 그는 노파의 정체를 알아차리고 황급히 소리쳐 동료들에게 알렸다.

"여보게들! 어서 이리 와서 인사 올리지 않고 뭣들 하나? 저 할머니는 다름아닌 관세음보살께서 현신하신 것일세!"

저팔계는 당황한 나머지 아픈 것도 참고 냉큼 달려와서 참배의 예를 드렸다. 사화상 역시 말고삐를 잡은 채 허리 굽혀 인사하고, 손행자는 두 손 모아 합장한 자세로 엎드려 외쳤다.

"나무대자대비, 구고구난, 영감하오신 관세음보살!"

관음보살은 그들이 원광(元光)을 알아보자, 그 즉시 상운을 밟고 반공중에 솟구쳐 오르더니 마침내 진상(眞像)을 나타냈다. 그 형상은 과연 남해 어람관음의 법신이었다.

손행자가 급히 허공으로 뒤쫓아 올라가서 절을 올리고 아뢰었다.

"보살님, 제자가 영접해드리지 못한 죄를 용서해주십시오. 저희들은 스승을 구해내려고 애쓰다가 그만 보살님께서 강림하신 것도 알아뵙지 못했습니다. 이제 사악한 마귀와 맞닥뜨리게 되었으나, 이를 제압하기 지극히 어려운 지경에 처하였사오니, 보살님께서 부디 구해주시기를 천만으로 바라나이다."

어람관음보살이 입을 열었다.

"그 요정은 대단히 무섭다. 그가 병기로 쓰는 세 갈래 강철 작살은 몸뚱이에 저절로 생겨난 집게발 두 개요, 사람을 후려 찍어 아프게 만든 병기는 갈고리처럼 구부러진 꼬리 부위다. 그 꼬리 끝에는 '도마독(倒馬毒)'이란 독액이 담겨 있는데, 글자 그대로 말이라도 거꾸러뜨릴 만큼 지독한 물건이다. 그놈은 본래 전갈의 요정이다. 예전에 영취산 뇌음사에서 부처님의 담경(談經)을 듣기도 하였는데, 하루는 여래부처님이 보시고 그대로 놓아두셨으면 좋았을 것을 섣부르게 손끝으로 툭 건드리셨더니, 이 지독스런 놈은 당장 꼬리 끝 갈고리를 구부려 여래님의 왼쪽 엄지손가락을 쏘았다. 여래님도 너희들처럼 아픔을 참지 못하시고 그 즉시 금강역사(金剛力士)를 시켜 붙잡게 하셨는데, 그것이 어떻게 이리로 옮겨와서 살고 있는지 모르겠구나. 만약 너희들이 당나라 스님을 구출하려거든 다른 분에게 말씀드리는 것이 좋을 듯싶다. 나 역시 이놈에게는 섣불리 접근할 수 없으니 말이다."

손행자는 다시 한번 이마 조아려 사례하고 여쭈었다.

"다른 분에게 부탁하라 하시니, 어느 분을 찾아가서 여쭈어야 좋을지 보살님께서 가르쳐주시면, 제자가 곧 그분을 모시러 떠나겠습니다."

"동천문 안에 있는 광명궁(光明宮)으로 묘일성관(昴日星官)을 찾아가서 여쭙고 모셔와야 그놈을 항복시킬 수 있을 것이다."

말을 마치자, 관음보살은 한줄기 금빛 광채로 화하더니 남해 쪽으로 사라졌다.

손행자는 구름을 낮추고 내려서서 저팔계와 사화상에게 이 기쁜 소식을 알려주었다.

"자네들 안심하게. 사부님께 구원의 별이 나타나셨네."

사화상이 묻는다.

"구원의 별이라니, 그게 어디 있단 말씀이오?"

"방금 보살님이 가르쳐주셨다네. 날더러 묘일성관을 찾아가서 여쭙고 청해오라는 걸세. 자, 그럼 이 손선생이 다녀옴세!"

저팔계가 주둥이를 움켜잡고 끙끙 앓는 소리로 부탁을 한다.

"형님! 묘일성관에게 가시거든 이 아픈 것 좀 낫게 하는 약도 좀 얻어 가지고 오시오!"

손행자는 껄껄대고 웃었다.

"약은 소용없네. 어제 나처럼 하룻밤 아프고 나면 싹 나을 걸세."

곁에서 사화상의 독촉이 성화같다.

"시끄럽게 농담할 새가 어디 있소? 큰형님, 쓸데없는 소리 그만두시고 빨리 다녀오기나 하시오."

용감한 손행자가 부리나케 근두운을 일으켜 타더니, 순식간에 동천문 밖까지 솟구쳐 올랐다. 대궐 문 앞에 이르러보니, 증장천왕이 면전에 나와 문안 인사를 건넨다.

"손대성, 어딜 가시는 길입니까?"

"당나라 스님을 모시고 서천으로 경을 가지러 가는 도중에 요사스런 마귀와 맞닥뜨렸지 뭐요. 그래서 광명궁으로 묘일성관에게 구원을 청하러 가는 길이외다."

그리고 막 통과하려는 판에 또다시 도(陶)·장(張)·신(辛)·등(鄧)의 호법 사대 원수가 나타나더니, 어딜 가느냐고 묻는다.

손행자는 번거롭지만 또 같은 말로 대답할 수밖에 없다.

"묘일성관을 찾아뵙고 요마를 항복시켜 우리 사부님을 구하러 가는 길일세."

그러자 사대 원수가 저마다 고개를 갸우뚱한다.

"광명궁에는 안 계실 텐데요? 묘일성관은 오늘 아침에 옥황상제의 칙명을 받들고 관성대(觀星臺)로 순찰을 나가셨습니다."

"그게 정말인가?"

손행자가 아차 싶어 내처 물었더니, 신천군(辛天君)이 먼저 대답한다.

"소장들도 이제 막 그분과 함께 두우궁으로 내려오는 길인데, 어찌 거짓말을 하겠습니까?"

손행자가 낙담하는 기색을 보고, 도천군(陶天君)이 한 가지 방법을 일러준다.

"시간이 꽤 오래되었으니까, 지금쯤 돌아오셨을지 모릅니다. 손대성께서는 먼저 광명궁으로 가보시지요. 아직 돌아오시지 않았다면, 그때 다시 관성대로 가시면 될 겁니다."

제천대성이 기뻐하며 그들과 헤어져 광명궁 앞에 이르렀더니, 과연 아무도 없다. 발길을 다시 돌려 관성대 쪽으로 가려는데, 때마침 한 떼의 군사들이 한 줄로 늘어서서 걸어오고, 그 뒤에 묘일성관이 따라오고 있는 광경이 눈길에 잡혔다. 성관은 대천존 옥황상제의 어가를 모시고 다녀오는 길이라, 아직도 금관 조복(金冠朝服) 차림이다.

오악 관잠(五岳冠簪)에 금빛이 다채로우며, 홀(笏)[3]은 산하(山河)를 손에 잡은 듯 옥색이 구슬처럼 영롱하다.
도포 자락에는 북두칠성 걸려 구름이 뭉게뭉게 피어오르고, 허리에는 팔극(八極)을 둘러 보석이 밝게 휘감겼다.
쟁그랑, 쟁그랑 패옥(佩玉) 부딪는 소리가 마치 운(韻)을 두드리는 듯, 빠른 바람 소리 방울을 흔드는 듯하다.
취우선(翠羽扇) 활짝 펼치니 묘수(昴宿)가 오는 줄 알고, 천향(天香)이 나부끼니 온 뜰 안에 가득 스민다.

앞줄에 서서 오던 병사가 손행자를 발견하고 급히 뒤편으로 되돌아가 성관에게 아뢰었다.

"주공님, 손대성께서 이곳에 와 계십니다."

묘일성관은 곧바로 안개구름을 거두고 예복을 가다듬더니, 집사들

---

[3] 홀: 조정에서 군신(君臣)들이 회의를 할 때 그림 또는 물건을 가리키는 데 쓰던 폭이 좁고 기다란 막대. 나무판·옥(玉)·상아(象牙)·대나무 따위로 만든 것인데, 중세 이후에는 여덟 상서(尚書)들만 이 홀을 손에 잡고, 나머지 신하들은 '수관(手板)'이란 것을 썼다.

을 멈춰 세워 좌우로 갈라서 길을 틔운 다음 앞으로 나와 문안 인사를 건넸다.

"손대성, 안녕하시오? 이곳에는 어쩐 일로 오셨소?"

손행자도 답례를 하고 찾아온 용건을 밝혔다.

"번거로우시겠지만 우리 사부님을 재난에서 구해주셨으면 하고 성관께 부탁 좀 드리러 왔소이다."

"재난이라니, 무슨 재난에 봉착하셨단 말씀이오? 그래, 지금은 어디 계시오?"

"서량여국, 독적산 비파동에 갇혀 계시오."

"그 동굴에 무슨 요괴가 살고 있기에 이렇듯 소신(小神)을 부르러 오셨소?"

"관음보살께서 방금 나타나시어 전갈의 요정이라 말씀해주셨소. 다른 분은 안 되고 선생이라야 그 요정을 다스릴 수 있다 하시기에, 모처럼 이렇게 도움을 청하러 오는 길이오."

성관이 이렇게 말했다.

"본래는 옥황상제께 먼저 아뢰고 윤허를 받아야 옳겠으나, 손대성께서 일부러 여기까지 왕림하시고 또 관세음보살께서 특별히 소신을 천거해주셨다니 어쩌겠소. 지체하다가는 일을 그르칠 것 같으니 차 한잔 대접도 못 하고, 이 길로 곧장 손대성과 함께 떠나기로 하리다. 우선 그 요정을 항복시키고 나서 다시 돌아와 복명하겠소."

허락이 떨어지자, 손대성은 즉시 묘일성관을 데리고 동천문을 벗어나 곧바로 서량여국에 내려서더니, 눈앞에 가까이 바라보이는 독적산을 가리켰다.

"저 산이 바로 그곳이오."

묘일성관은 구름을 낮추고 손행자를 따라서 돌 병풍으로 둘러싸인

앞산 언덕 비탈 밑에 이르렀다.

그를 먼저 알아본 사화상이 저팔계의 어깨를 흔들었다.

"둘째 형님, 일어나시오. 큰형님이 묘일성관을 청해 오셨소."

미련퉁이는 아직까지도 주둥이를 감싸쥔 채 허둥거리면서 성관을 맞아들였다.

"아이고, 용서해주십쇼! 몸이 말씀 아니게 다쳐놔서 제대로 인사치레도 못 드리겠습니다."

묘일성관이 두 눈을 휘둥그레 뜨고 묻는다.

"그대는 수행한 사람이 아닌가? 도를 닦은 몸에 무슨 병이 났다고 말씀이 아니라는 건가?"

"앞서 그년의 요괴와 싸우다가 입술을 찔렸는데, 얼마나 아픈지 말도 못 하겠소이다. 아직도 푹푹 쑤셔대는걸!"

저팔계의 하소연을 들더니, 성관이 그를 손짓해 불렀다.

"이리 가까이 오게. 내가 고쳐줄 테니까."

저팔계는 그제야 손을 떼고 주둥이를 내밀면서 웅얼웅얼 엄살을 떨었다.

"제발 좀 고쳐주십시오. 다 낫거든 내 두둑이 사례하겠습니다."

묘일성관이 손으로 주둥이를 어루만지면서 숨 한 모금 훅 불었더니, 그 즉시 아픈 기운이 싹 가셨다. 정말 신기한 약손이었다. 미련퉁이 녀석은 너무나 기뻐 그 자리에 털썩 무릎 꿇고 큰절까지 해가며 고마워했다.

"정말 묘합니다, 묘해요! 어쩌면 이렇게나 신통할까 모르겠네!"

손행자도 싱글싱글 웃으면서 부탁을 한다.

"수고하신 김에 그 약손으로 내 머리도 한번 쓰다듬어주시지요."

묘일성관은 이건 또 웬일인가 싶어 물었다.

"그대는 독기에 쐰 것도 아닌데, 머리통을 쓰다듬어 뭘 하시겠소?"

"사실은 나도 어제 그년의 독기에 쐬었소. 하룻밤 지내고 났더니 아픔이 가시기는 했으나 아직도 근질근질 가려운 걸 보니, 날씨가 흐리면 도질까 봐 그게 걱정이오. 귀찮으시겠지만 이것마저 뿌리 뽑아주시구려."

고지식한 묘일성관은 정말로 손행자의 머리통을 슬쩍 어루만지면서 숨결을 훅 불어넣어 아직도 남아 있는 여독을 말끔히 풀어주었다. 이래서 손행자 역시 더 이상은 시큰거리지도 가렵지도 않게 되었다.

아픈 기운이 스러지자, 미련퉁이 저팔계 녀석은 새삼 원한이 복받치는지 펄펄 뛰어가며 재촉하기 시작했다.

"형님, 뭘 하시는 거요? 우리 당장 그 못된 화냥년을 때려잡으러 갑시다!"

묘일성관이 그 말을 받는다.

"옳은 말씀이오. 두 분이 가서 그 요정을 끌어내기만 하면, 내가 그 즉시 제압하리다."

이리하여 손행자와 저팔계는 언덕 비탈을 단숨에 뛰어올라 돌 병풍 뒤쪽으로 돌아갔다.

호된 꼴을 당하고 낭패를 겪은 끝이라, 저팔계란 놈은 분김에 욕설을 마구 퍼부어가며 쇠스랑을 휘둘러 동굴 안쪽에 겹겹이 쌓여 있던 바위 돌무더기를 단숨에 헤쳐버리더니, 둘째 문으로 달려들어 그것마저 산산조각으로 때려부수고 말았다.

문지기 졸개 요괴가 이것을 보고 혼비백산하도록 놀라 날 듯이 안으로 뛰어들어가 급보를 전했다.

"마님! 어제 왔던 그 추악한 사내 둘이서 또다시 나타나 둘째 겹문까지 때려부쉈습니다."

여괴는 때마침 삼장 법사를 풀어주고 차와 밥을 먹여주라는 분부를 내리고 있었는데, 둘째 문짝까지 부서졌다는 소리를 듣자 대뜸 정자 바깥으로 뛰어나오더니, 강철 작살을 바람개비 돌리듯 휘둘러가며 곧바로 저팔계를 겨누고 찔러들었다. 저팔계는 선뜻 쇠스랑을 들어 요괴의 공격에 마주쳐나갔다. 손행자도 곁에서 철봉으로 들이쳤다.

여괴는 두 사람과 몸뚱이가 닿을 정도로 접근하더니 또 한차례 독침을 쓰려고 했다. 그러나 손행자와 저팔계는 한 번씩 혼뜨검이 난 뒤라, 이내 눈치채고 재빨리 돌아서서 도망쳐 나오기 시작했다.

이윽고 여괴가 돌 병풍 앞까지 쫓아나왔다. 손행자는 옳다 됐구나 싶어 큰 소리로 외쳐 응원군을 불렀다.

"묘성, 어디 계시오!"

이윽고 묘일성관이 산비탈 언덕 위에 우뚝 서더니 마침내 본래의 모습을 드러냈다. 그것은 쌍볏을 지닌 커다란 수탉 한 마리였다. 머리를 번쩍 치켜든 키만 해도 6, 7척 높이에, 요괴를 마주 대하고 울어대는 목청이 우렁차기 이를 데 없었다.

요괴도 본상을 드러냈다. 관세음보살이 일러준 대로 그것은 비파만큼이나 커다란 독전갈의 요정이었다. 그러나 수탉으로 본모습을 드러낸 묘일성관이 산비탈 쪽에서 우렁차게 외마디 소리를 지르기가 무섭게, 전갈 요정은 그 기다란 몸뚱이가 흐늘흐늘해지더니 맥없이 언덕 비탈 아래 쓰러져 죽었다.

닭과 전갈은 천적이라더니, 과연 허망하기 짝이 없는 한판의 대결이었다. 이를 증명하는 시가 있다.

화관처럼 아름다운 볏 한 쌍 머리에 얹고 목덜미에 붉은 술을 둘렀으니 마치 수놓은 듯하고, 굳센 발톱 길게 뻗쳤으니 노염에 찬 두 눈망울을 딱 부릅떴다.

　용약하는 수컷의 위엄에 오덕을 두루 갖추고, 웅장한 기세로 떡 버텨 서서 세 차례 울어댄다.

　이 어찌 범상한 촌닭이 초가집 둥지에서 홰치는 소리와 같으랴, 본시 하늘의 별자리가 성스러운 이름을 드러내는 것인데.

　독전갈이 헛되이 인간의 도를 닦아 행세하더니, 이제는 옛 모습으로 돌아가서 본바탕 돌이켜 참된 형체를 드러냈구나.

　저팔계가 앞으로 썩 나서더니 한 발로 괴물의 가슴팍을 짓밟으며 호통쳤다.

　"이 못된 짐승아! 이제는 도마독을 못 쓰겠지!"

　전갈 요괴는 움쭉달싹도 못 한 채, 미련퉁이가 쇠스랑을 찍어대는 대로 짓이겨져, 마침내 물렁물렁한 곤죽이 되고 말았다.

　묘일성관은 금빛 광채를 다시 모아들인 다음, 구름을 타고 사라져 갔다. 손행자와 저팔계, 사화상은 하늘을 우러른 채 두 손 맞잡아 사례했다.

　"수고하셨습니다! 수고하셨습니다! 훗날 광명궁으로 다시 찾아뵙고 인사드리겠습니다."

　사례를 마친 그들 세 사람은 비로소 짐보따리와 마필을 수습해 가지고 함께 동굴 안으로 들어갔다.

　비파동 소굴에는 크고작은 여동들이 양편에 무릎 꿇고 엎드려 쉴새 없이 절을 하고 있었다.

　"어르신네! 저희들은 요사스런 마귀가 아니라, 모두 서량국의 여자들입니다. 얼마 전에 이 요마에게 붙잡혀와서 강제로 시중을 들고 있었을 뿐입니다. 어르신네의 사부님은 저 뒤꼍 침실에 앉아서 울고 계십니다."

 손행자가 이 말을 듣고 자세히 살펴보니, 과연 요사스런 기운이 한 점도 비치지 않는다. 그는 여동들을 그대로 둔 채 뒤꼍으로 돌아가 스승을 찾았다.

 "사부님!"

 삼장은 그토록 목이 빠지게 기다리던 제자들이 한꺼번에 몰려오는 것을 보자 너무 기뻐 어쩔 바를 몰랐다.

 "제자들아! 또 너희들에게 폐를 끼쳤구나. 그런데 그 여자는 어찌 되었느냐?"

 저팔계가 자랑스레 대답한다.

 "그년은 알고 봤더니 커다란 암컷 전갈이었습니다. 다행히도 관세음보살께서 일러주신 덕분에 형님이 천궁으로 올라가서 묘일성관을 모셔다가 그 못된 것을 제압했습니다. 그래서 이 저팔계가 쇠스랑질로 짓이겨 곤죽을 만들어버렸습죠. 그리고 지금에야 겨우 여기까지 깊숙이 들어와서 사부님을 뵙게 된 겁니다."

 당나라 스님이 제자들에게 감사한 것은 이루 말할 나위도 없다.

 일행은 쌀과 밀가루를 찾아내어 음식 한 끼 잘 지어먹고 나서, 붙잡혀왔던 여자들을 모조리 산 밑으로 데리고 가 집까지 가는 길을 가르쳐서 돌려보냈다. 그런 다음, 비파동 소굴에 불을 질러 건물 몇 채를 말끔히 태워 없앴다.

 마무리가 다 끝나자, 그들은 당나라 스님을 말에 올려 태우고 큰길을 찾아 다시 서쪽으로 떠나갔다.

 이야말로 '속진(俗塵)의 연분을 과감히 끊어버리고 색상(色相)에서 떠났으니, 황금의 바다를 송두리째 밀어보내고 선심(禪心)을 깨친다'는 격이다.

과연 이들이 몇 해나 되어야 성진(性眞)을 이룩하게 될 것인지, 다음 회에서 풀어보기로 하자.

제56회 손행자는 미쳐 날뛰어 산적떼를 때려죽이고, 삼장 법사는 미혹에 빠져 심원을 추방하다

이런 시가 있다.

  영대(靈臺)에 물건이 없으면 이를 맑다 하니, 적막한 가운데 일념이 생기는 일도 전혀 없다.
  원마(猿馬)를 굳게 단속하여 방탕하지 못하게 만들고, 정신을 삼가 신중하게 가져 뽐내거나 으쓱대지 말게 할 것을.
  육적(六賊)을 제거하고 삼승(三乘)[1]을 깨달으면, 만 가지 인연이 모두 끝남 또한 스스로 분명해지는 법.
  색(色)과 사(邪)를 길이 멸하여 참된 경계를 초탈하면, 앉은자리에서 서방의 극락세계를 누릴 것이니.

당나라 스님은 못을 깨물고 쇳덩어리를 짓씹다시피 필사적인 노력을 기울여 끝내 흐트러짐 없이 깨끗한 몸을 간직하고, 손행자를 비롯한 제자들이 전갈 요정을 때려죽인 덕분에 무사히 비파동 소굴에서 구출될

---

1 육적·삼승: 모두 불교 용어. 육적(六賊)은 '육진(六塵)'이라고도 하며, 번뇌를 생기게 만드는 여섯 가지 근원, 즉 형체(色)와 소리(聲), 향기 또는 냄새(香), 맛(味)과 촉감(觸), 인식(法=認識) 등 육근(六根)을 통하여 일체의 선법(善法)을 빼앗는 장애를 가리킨다. 삼승(三乘)은 깨달음에 이르는 세 가지 실천법. 곧 성문승(聲聞乘, 소승)·연각승(緣覺乘, 중승)·보살승(菩薩乘, 대승)을 말한다. 이들의 관계에 대하여는 제2회 주 **3** 및 제17회 주 **6** 참조.

수 있었다. 그후, 서쪽으로 향하는 도중에 별다른 일이 없어, 삼장 법사 일행은 한갓진 마음으로 여행을 계속했다.

어느덧 봄이 다하고 초여름 계절을 맞이하게 되었다. 신록으로 뒤덮인 산중의 경관은 언제 보아도 새로웠다.

훈풍은 때없이 들에 핀 난초 향기를 보내오고, 속세의 티끌을 씻어버릴 듯 퍼부어 내리던 비가 이제 막 그치니 갓 돋아난 죽순이 시원스럽다.

쑥잎이 온 산에 가득 차도 캐러 오는 사람 없고, 창포꽃은 산골짜기 냇가에서 저들끼리 짙은 향기 다툰다.

석류꽃 요염하게 아름다우니 꿀벌떼 기뻐 날고, 시냇가 버드나무 그늘 짙으니 참새떼가 미쳐 날뛴다.

먼 길 가는 나그네 찹쌀떡〔角黍〕을 어찌 싸서 가져가랴, 용주(龍舟)는 의당 멱라강(汨羅江)² 에 닻줄을 드리우네.

그들 스승과 제자 일행이 단오절 무렵 산천 경개를 덧없이 구경하다 보니, 그럭저럭 해가 중천에 걸렸는데, 홀연듯 높은 산이 나타나 일행의 앞길을 가로막았다.

삼장 법사는 말고삐를 당겨 멈추고 손행자를 돌아보았다.

"오공아, 저 앞에 산이 있구나. 혹시 요괴가 또 나타날지 모르니 정신들 바짝 차리고 방비해야겠다."

---

2 멱라강: 지금의 호남성(湖南省) 동북부 상음현(湘陰縣) – 평강현(平江縣) 지경을 거쳐 동정호(洞庭湖)에 흘러드는 지류. 전국 시대 초나라 시인 굴원(屈原, 기원전 340?~278)이 외우내환(外憂內患)으로 멸망 위기에 빠진 초나라의 앞날을 걱정하던 끝에, 울분을 견디지 못하여 멱라강에 몸을 던져 자살하였다고 한다.

손행자와 두 아우가 심드렁하게 여쭙는다.

"사부님, 아무 걱정 마십쇼. 저희들이 이처럼 목숨 걸고 성심껏 모시고 가는데, 요괴 따위 겁낼 게 어디 있겠습니까?"

제자들이 자신 있게 하는 말을 듣고서, 삼장도 무척 흐뭇한 생각이 들어 채찍질을 가했다. 이리하여 채찍질 한 번에 준마의 걸음을 재촉하고 고삐와 재갈을 늦춰주니 교룡(蛟龍)이 급히 치달아, 당나라 스님은 순식간에 비탈진 등성이에 올랐다. 산상에서 고개를 쳐들고 바라보니, 과연 뛰어난 경치가 한눈에 들어왔다.

산꼭대기 소나무 잣나무는 푸른 구름 끝에 잇닿았고, 바위투성이 절벽 가시덤불에는 등나무 덩굴이 걸렸다.

만 길 높은 산등성이 아찔하게 솟구치고, 천 길 깊은 벼랑은 끝닿는 줄 모른다.

만 길 높이 치솟은 봉우리와 고갯마루는 하나같이 험산준령이요, 천 길 깎아지른 벼랑은 그 깊이를 헤아릴 수 없다.

푸른 이끼는 그늘진 바윗돌에 깔리고, 해묵은 전나무, 키다리 느티나무는 서로 얽혀 큰 숲을 이루었다.

숲속 깊은 곳에 날짐승 우짖는 소리 그윽하게 들리니, 교묘한 울음소리에 흥겨운 날갯짓이 실로 음미할 만하다.

골짜기 사이에 흐르는 물은 마치 옥구슬 쏟아내리듯 한데, 오솔길 양곁에 들꽃 무더기는 황금이 쌓이듯 떨어진다.

산세가 험악하여 걸어나가기 어려우니, 열 발짝 내디뎌도 반걸음조차 용납할 평지가 전혀 없다.

여우, 너구리, 고라니, 노루 떼는 쌍쌍이 맞닥뜨리고, 흰 사슴, 검정 원숭이들도 좋은 짝 이루어 마주 덤빈다.

어디선가 호랑이 울부짖는 소리 들려 길손의 간담을 서늘하게 만들고, 두루미 울음소리 귓전을 흔들고 먼 하늘로 퍼져나간다.
누렇게 익은 매실과 붉은 살구 먹음직스러운데, 들풀과 향기로운 꽃들은 그 이름 알 길 없다.

산중에 들어선 일행 네 사람이 천천히 걸어서 산머리를 지나 서쪽 언덕 비탈길을 내려서자, 곧바로 평탄하고도 양지바른 벌판이 나왔다. 저팔계는 기운이 멀쩡하다는 것을 뽐내고 싶었는지, 사화상더러 짐보따리를 짊어지게 하고 두 손으로 쇠스랑을 높이 쳐든 채, 백마의 뒤를 쫓아 기운차게 앞으로 달려나가기 시작했다. 말의 발걸음을 더 빠르게 몰아보겠다는 심산이었다.

그러나 백마는 저팔계의 독촉 따위는 귓등으로 흘려보내고 급할 것 하나 없다는 듯이 여전히 떨꺼덕떨꺼덕 느릿느릿 걷고만 있다.

손행자가 뒤에서 소리쳤다.

"이 사람아! 왜 자꾸 말을 몰아대나? 천천히 가게 내버려두게."

"날은 저물어가는데, 하루 온종일 산길만 걸었더니 배가 고파 죽겠소. 모두들 걸음을 빨리 해야지, 인가를 찾아서 동냥 좀 해먹을 게 아니오?"

손행자는 이 말을 듣더니 앞으로 썩 나섰다.

"그렇다면 내가 한번 말을 몰아볼까?"

손행자가 금고봉을 번쩍 휘두르며 소리를 버럭 질렀더니, 과연 백마는 고삐를 풀어버린 채 평탄한 길 따라 쏜살같이 앞으로 치닫기 시작했다.

말이 저팔계의 엄포에는 겁내지 않고 손행자만 두려워하는 까닭이 무엇일까?

손행자로 말하자면, 5백 년 전 천궁에 올라 옥황상제에게서 대라천어마감이라는 직분을 내려받고 천마를 길러온 관록이 있다. 그래서 벼슬도 필마온이요, 이 직함이 오늘날까지 전해 내려오는 까닭에, 천궁에서나 속세에서나 모든 말들이 원숭이를 두려워하게 된 것이다.

느닷없이 네 발굽을 모아 치닫는 마상에서, 삼장 법사는 미처 고삐를 당기지 못하고 안장에만 몸을 찰싹 붙인 채 그저 달리는 대로 실려갈 따름이었다. 백마는 단숨에 20리 길이나 달리고 나서야 비로소 걸음을 늦추었다.

한참 길을 가고 있을 때였다. 갑자기 징소리가 천둥 치듯 요란하게 울리면서 길 양편으로부터 30여 명이나 되는 괴한들이 함성을 지르며 달려나오더니, 삼장의 앞길을 가로막았다. 손에는 하나같이 날카로운 창과 칼, 묵직한 곤봉으로 무장을 갖추었다.

"여어, 화상! 어딜 가려는 게야?"

쩌렁쩌렁 울리는 호통 소리에 삼장은 그만 간담이 써늘해져서 전전긍긍, 안장 위에 제대로 앉아 있지 못하고 와들와들 떨던 끝에 땅바닥으로 스르르 굴러떨어지더니 길 곁 풀더미 속에 털썩 주저앉고 말았다.

"대왕님! 제발 목숨만은 살려주십시오!"

우두머리인 듯한 두 사내가 서로 눈길을 주고받더니 다시 한번 호통친다.

"때리지는 않을 테니까, 돈 가진 게 있거든 몽땅 내놓아라!"

삼장은 그제야 괴한들이 떼강도라는 것을 알아차리고, 허리를 펴며 고개 들어 두 사람의 행색을 살펴보았다.

하나는 푸르뎅뎅한 얼굴에 사냥개의 송곳니가 비죽 나온 품새가 태세(太歲)를 얕잡아볼 만하고, 또 하나는 왕방울 고리눈이 불쑥 튀어나와 부라리는 품이 상문신(喪門神)과 견주어볼 만하다.

　귀밑에 붉은 머리터럭 불꽃처럼 나부끼고, 뺨따귀 아래 싯누런 수염은 바늘을 꽂은 듯이 억세다.

　두 사람 다 같이 얼룩무늬 호랑이 가죽을 뒤집어써서 머리통을 가리고, 허리에는 알록달록한 담비 가죽으로 만든 전투용 앞가리개를 질끈 동였다.

　하나는 손에 낭아봉(狼牙棒)을 잡았고, 또 하나는 어깨에 울퉁불퉁 구부러진 등나무 몽둥이를 둘러메었다.

　사납기는 과연 대파산(大巴山) 호랑이와 겨룬다 해도 손색없고, 바다 물결 헤치고 뛰어오르는 교룡이 따로 없을 지경이다.

삼장은 그 흉악한 몰골을 보고 두 사람 앞으로 엉금엉금 다가가서 두 손 모아 가슴팍에 대고 통사정을 했다.

"대왕님, 소승은 동녘 땅의 당나라 임금께서 파견하여 서천으로 경을 가지러 가는 사람입니다. 장안성을 떠난 지 벌써 여러 해가 지나, 얼마 안 되던 노잣돈도 다 써버렸습니다. 출가한 몸이라 그저 동냥해서 목숨을 이어가는 터인데, 돈이나 비단 같은 재물을 어디 지녔겠습니까. 제발 대왕님께서 잘 보아주셔서 소승이 이 길을 지나갈 수 있도록 그냥 놓아보내주십시오!"

　그러자 산적 우두머리 두 명은 패거리를 이끌고 삼장 앞으로 다가서면서 윽박질렀다.

"우리들로 말하자면 이 호랑이 소굴에서 길목을 가로막고 지나가는 나그네의 재물만 빼앗아 하루하루 먹고 사는 사람들인데, 봐주고 안 봐주고 할 건더기가 어디 있단 말이냐! 돈푼도 아무것도 가진 것이 없거든, 그 옷가지라도 벗어 놓고 저 백마도 함께 남겨두고 가거라. 그렇다면 통과시켜주마!"

"아미타불! 소승이 걸친 이 옷가지는 이집 저집 동냥해서 헝겊 한 조각 두 조각 비럭질해 얻고, 바늘 한 개 얻어서 꿰매고 조각포를 모으다시피 마련한 것인데, 이것마저 벗겨가신다면 절더러 죽으라는 거나 다를 바 없지 않습니까? 이런 짓을 하시면 대왕님은 이 세상에서 아무리 버젓한 영웅호걸 노릇을 하시더라도 죽어 저 세상에 가셔서는 축생(畜生)이 되는 법입니다!"

저 세상에 가서 짐승이 된다는 악담을 듣자, 산적 우두머리는 벌컥 성을 내더니 굵다란 몽둥이를 쳐들고 앞으로 다가섰다. 하는 꼴을 보아하니, 단매에 때려죽일 심산이다.

삼장은 그 몽둥이를 보고 차마 입 밖에 내지는 못했으나, 속으로는 이런 생각이 들었다.

'불쌍한 놈들이다. 네놈들이 그 몽둥이 큰 것만 알았지, 내 맏제자의 철봉 무서운 줄은 까맣게 모르고 있구나……'

생각이야 어찌 되었든, 산적 두목이 불문곡직하고 몽둥이를 번쩍 쳐들어 아무 데나 닥치는 대로 두들겨 패려고 덤벼드는데, 이건 정말 어떻게 막아낼 도리가 없다. 삼장은 한평생 거짓말이라곤 할 줄 모르는 사람이었으나, 이렇듯 절박한 위기에 몰리자 어쩔 수 없이 거짓말을 꾸며대고 말았다.

"대왕님들! 잠깐만 그 손을 멈추십쇼. 저에게 제자가 있는데 곧 뒤따라올 겁니다. 그 녀석이 은전 몇 냥을 지니고 있으니, 그것을 드리겠습니다."

이 말 한마디가 산적 두목의 몽둥이를 내려놓게 만들었다.

"하하, 그러면 그렇지! 이 중 녀석도 억울하게 맞아죽기는 싫다, 그 말이로구나. 오냐, 좋다! 애들아! 우선 이 중놈을 묶어놓아라!"

명령이 떨어지기가 무섭게 졸개들이 우르르 달려들더니 밧줄로 삼장을 꽁꽁 묶어 가지고 나무 꼭대기에 높다랗게 매달아놓는다.

이 무렵, 말썽꾸러기 세 형제는 스승이 달려간 곳을 바라고 헐레벌떡 뒤쫓아오고 있었다. 미련퉁이 저팔계는 심심하던 차에 아주 재미있는 경주라도 생겼다는 듯이 싱글벙글 웃어가며 뛰었다.

"우리 사부님, 정말 빠르기도 하시지. 도대체 어디까지 달려가신 거야? 어디서 우리를 기다리고 계신지 도무지 모르겠는데!"

그러다가 흘끗 머리를 쳐들고 두리번거리더니, 무엇을 보았는지 또 한바탕 껄껄댄다.

"여어, 사부님 좀 보게! 우리를 기다리면 그냥 기다리고 계실 것이지, 무엇 하러 나무 꼭대기에 기어올라가신 거야? 저것 좀 보라니까! 그네라도 타시려는지 나뭇가지를 붙잡고 흔들흔들 뛰고 계시잖아?"

손행자가 유심히 바라보더니 미련퉁이에게 핀잔을 주었다.

"이런 바보 천치 녀석! 함부로 떠들지 말게. 사부님은 그네를 타는 게 아니라, 저기 저 나무에 대롱대롱 매달려 계시지 않나! 자네들은 좀 천천히 따라오게. 내가 먼저 가서 볼 테니까."

약삭빠른 손행자, 그 즉시 높은 언덕 위로 뛰어오르더니 두 눈을 부릅뜨고 주변을 살펴보기 시작했다. 과연 길가 숲속에서 나뭇잎 가지가 흔들리는 것을 보건대, 강도들이 패거리로 우글거리고 있는 것을 한눈에 알아볼 수 있었다. 손행자는 속으로 은근히 기뻐했다.

"잘됐군, 잘됐어! 이거 흥정거리 하나 제대로 걸려들었네그려!"

그는 발걸음을 돌리면서 몸뚱이 한 번 꿈틀하더니, 아주 어리더어리게 생긴 상좌승으로 둔갑했다. 나이는 겨우 16, 7세, 깔끔한 모습에 먹물 들인 양가죽 옷을 걸치고 어깨에는 쪽빛 무명으로 만든 괴나리봇짐 하나 덜렁 메고 어슬렁어슬렁 삼장 법사가 매달린 나무 앞으로 걸어 나갔다.

"사부님, 이게 어찌 된 일입니까? 저 나무숲 속에 숨어 있는 패거리들은 무엇 하는 녀석들입니까?"

삼장이 나무 꼭대기에서 응답한다.

"얘야, 어서 나를 구해주지 않고 무얼 묻고 있는 거냐?"

"어쩌다 이 꼴이 되셨습니까?"

손행자가 시침 뚝 떼고 되짚어 묻자, 고지식한 스승은 사실대로 다 털어놓는다.

"저 많은 사람들이 길을 가로막고 나를 붙잡았지 뭐냐. 노잣돈을 가졌으면 다 내놓으라는 거다. 내 몸에 지닌 것이 아무것도 없다니까, 이렇게 꽁꽁 묶어서 나무 위에다 매달아놓았다. 네가 오는 대로 흥정을 하려는 모양인데, 얘기가 잘 안 되거든 저 백마라도 주어버리려무나."

손행자가 그 말을 듣더니 피식 웃는다.

"원, 사부님도 참말 딱하십니다. 천하에 스님들도 많지만 사부님같이 어수룩한 양반은 처음 봅니다. 당나라 태종 임금이 사부님에게 서천으로 부처님을 뵈러 가라고 보냈을 때, 이 용마를 남한테 주라고 누가 그러던가요?"

"얘야, 이렇게 매달아놓고 두들겨 패면 어쩔 도리가 없지 않느냐?"

"사부님은 저 녀석들에게 뭐라고 말씀하셨습니까?"

"다짜고짜로 때려죽이려 들기에, 어쩔 수 없이 급한 대로 네 얘기를 했다."

"사부님, 정말 주변머리도 없으십니다. 어쩌자고 절 끌어들이셨단 말입니까……? 그래서 뭐라고 하셨죠?"

"네가 노잣돈을 다소 지니고 있을 거라고 했다. 그래서 그 돈을 줄 테니까 때리지는 말아달라고 통사정을 했는데, 사실 그 말은 다급한 김에 임시방편으로 우선 곤경부터 모면해보자는 뜻에서 했을 뿐이다."

"됐습니다! 그거 말씀 한번 잘하셨습니다. 아무렴, 저를 추켜세우시려면 그 정도 말씀은 해주셔야죠. 한 달에 한 칠팔십 번만 그렇게 말씀해주시면, 이 손선생의 장사도 그만큼 잘되어나가겠습니다그려!"

이러구러 손행자가 스승과 얘기를 주고받는 사이에 산적 패거리들이 몰려와 그를 빙 둘러쌌다.

"요 꼬마 중 녀석아! 네 스승 말이, 노잣돈은 네가 지니고 있다고 했다. 딴 수작 부리지 말고 냉큼 그 돈이나 내놓아라. 그래야만 네놈들의 목숨을 살려줄 테다. 만약에 반 마디라도 '싫다'는 소리가 입 밖에 나올 때는, 네놈들의 여생은 오늘로 끝장날 줄 알아라!"

손행자는 이 말을 듣고 괴나리봇짐부터 내려놓았다.

"나으리들, 시끄럽게 떠들지 마시오. 노잣돈은 이 보따리에 들어 있소. 한데 별로 많지 않아서 마제금(馬蹄金) 스무 덩어리와 분면은(粉面銀) 서른 덩어리, 그리고 부스러기 푼돈은 얼마나 되는지 세어보지 못했소. 필요하거든 보따리째 몽땅 가져가시고 우리 사부님만은 때리지 마시오. 옛 책에 이르기를, '덕은 근본이요, 재물은 끄트머리(德者, 本也. 財者, 末也)'³라고 했으니, 사실 재물이란 대단치 않은 것이오. 우리 출가인들은 동냥해서 얻어먹을 데가 얼마든지 있고 또 보시를 잘해주시는 좋은 양반을 만나면 노잣돈도 생기고 옷도 생기지요. 그까짓 입고 쓴댓자 얼마나 되겠소? 우리 사부님만 놓아주신다면 무엇이든 달라시는 대로 몽땅 내드리리다."

두목 녀석이 가만 듣고 보니 이보다 더 큰 장땡이 없다. 생각해보

---

3 덕은 근본이요, 재물은 끄트머리: 이 격언은 『예기(禮記)』 「대학장(大學章)」에서 인용한 것이다.

자, 관가에서 말굽형으로 부어 만든 황금이 스무 덩어리에 분가루처럼 뽀얀 순은 덩어리가 서른 개나 된다니, 이야말로 횡재가 아니고 무엇이란 말인가? 그들은 너무나 기뻐서 입이 함박만하게 벌어졌다.

"하하! 이 늙다리 중 녀석은 노랑이에 벽창호인데, 요 어린 꼬마 화상은 통이 무던히도 크군 그래!"

그는 즉석에서 명령을 내렸다.

"얘들아, 풀어주어라!"

가까스로 목숨을 건진 삼장 법사, 말안장에 훌쩍 뛰어오르기가 무섭게 제자는 돌아다볼 겨를도 없이 말 궁둥이에 채찍질을 퍼붓더니, 오던 길로 되돌아 쏜살같이 달아나버린다. 뒤에서 손행자가 악을 썼다.

"사부님! 길을 잘못 가십니다!"

그러나 삼장은 뒤도 안 돌아보고 냅다 뛰기만 했다. 손행자도 괴나리봇짐을 집어들고 뒤쫓아가려고 하자, 산적들이 그 앞을 가로막으면서 호통쳐 꾸짖었다.

"이놈! 어딜 가려고? 맞아죽지 않으려거든 그 돈보따리를 놓고 가거라!"

손행자가 싱글싱글 웃으면서 돌아섰다.

"그럼 우리 솔직하게 탁 터놓고 얘기합시다. 노잣돈을 셋으로 나누어서 나도 한몫 주시오."

산적 두목이 눈을 휘둥그레 뜨고 손행자를 다시 본다.

"요 어린 녀석이 꽤나 앙큼스럽구먼! 제 스승의 눈까지 속이고 한몫 얻어먹겠다니, 요렇게 약아빠진 녀석은 처음 보겠네. 좋아, 돈을 다 꺼내라! 만약 네 말대로 금은보화가 두둑하게 있다면 네 녀석에게도 한몫 주어서 몰래 과일이라도 사 먹게 해주마!"

그런데 여기서 손행자가 딴죽을 걸고 나왔다.

"여보쇼, 형씨들! 내 말은 그런 게 아니오. 나한테 어디 그런 노잣돈이 있겠소? 당신네 두 분이 남의 금은보화를 적지 않게 털었을 테니까, 그걸 셋으로 나누어서 내게도 한몫 달란 말이오!"

이 무슨 뚱딴지 같은 수작인가? 어리디어린 까까중 녀석한테 속임수를 당했다고 생각하니 산적 두목은 노발대발, 천둥 벼락 치는 소리로 악을 썼다.

"아니, 이런 빌어먹을 놈의 새끼 중 녀석 봤나! 목숨 아까운 줄 모르고 그따위 사기를 치다니! 네놈의 것을 우리한테 내놓는 게 아니라, 도리어 우리 것을 나눠달라고? 예끼, 요런 발칙한 녀석, 어디 한번 맞아봐라!"

제일 먼저 나선 것은 우두머리 가운데 울퉁불퉁 구부러진 등나무 몽둥이를 떠메고 있던 녀석이다. 이윽고 등나무 몽둥이가 손행자의 반들반들한 머리통을 겨누고 한꺼번에 일고여덟 차례나 연거푸 내리쳤다.

그러나 손행자는 비명을 지르기커녕 눈썹 하나 까딱하지 않고 오히려 생글생글 웃기까지 한다.

"이것 봐요, 형씨! 그런 식으로 때렸다가는 내년 봄까지 두들겨 패도 아무 소용 없을 거요."

몽둥이찜질을 안기던 산적 두목이 아연실색, 얼굴빛이 하얗게 질리면서 입을 딱 벌렸다.

"요놈의 까까중 녀석 봐라? 대갈통이 어지간히도 단단하구나!"

손행자가 넉살 좋게 껄껄대고 웃으면서 그 말을 받는다.

"천만에! 과찬의 말씀을 다하시는군. 그저 그럭저럭 버틸 만할 뿐이외다."

흉악한 도둑놈들이 그따위쯤 아랑곳할 바 아니다. 이번에는 서너 놈이 한꺼번에 달려들더니 인정사정 두지 않고 닥치는 대로 두들겨 패기 시작했다.

한참 동안 정신없이 얻어맞던 손행자가 손을 번쩍 들고 소리쳤다.

"여러분, 잠깐만 노염을 풀고 고정하시구려. 내가 꺼낼 테니까, 손찌검일랑 그쯤 해두시오."

앙큼스런 손행자는 귓속을 슬슬 더듬더니 수놓는 바늘 한 개를 끄집어냈다.

"여러분, 나는 출가한 사람이라 정말 노잣돈 같은 것은 몸에 지닌 게 없소. 있는 것이라곤 이 바늘 한 개뿐이니, 이거라도 좋다면 여러분께 선사하리다."

산적 두목이 그걸 보고 땅바닥에 침을 탁 뱉는다.

"이런 젠장! 재수 옴 붙었군. 돈푼깨나 있어 뵈는 중 녀석은 놓쳐버리고 이따위 궁상 바가지 녀석을 붙잡다니! 그래, 네놈은 바느질을 할 줄 안다는 거냐? 우리한테 그런 바늘은 가져다 뭣에 쓰라는 거냐?"

손행자는 '쓸데없다'는 말을 듣자, 바늘을 손끝으로 집고 맞바람결에 한 번 휘젓더니 당장 대접만큼이나 굵다란 쇠몽둥이로 만들었다.

이것을 본 우두머리가 찔끔 놀라 겁먹은 소리로 중얼거렸다.

"이크, 조놈이 몸집은 작아도 술법을 부릴 줄 아는구나."

손행자는 쇠몽둥이를 땅바닥에 쾅 찍어 박아놓고 산적들을 빙 둘러보았다.

"여러분 가운데 이 몽둥이를 움직이는 분이 계시면, 내 곱게 선사하겠소."

이 말에 우두머리 두 녀석이 당장 그것을 뽑아치우려고 달려들었다. 그러나 이야말로 잠자리가 돌기둥을 움직여보겠다고 집적대는 격이라, 둘이서 아무리 붙잡고 흔들어붙여도 쇠몽둥이는 털끝만큼도 꿈쩍하지 않았다.

하긴 그렇다, 이 몽둥이가 무엇이냐? 두말할 것도 없이 여의금고봉, 그 무게를 잴 수 있는 저울이 이 세상에 있다면 달아서 무려 1만 3천 5백 근이나 되는 것인데, 범태 육골을 지닌 도적들이야 그것을 알 까닭이 어디 있겠는가.

손행자가 앞으로 썩 나서더니 문제의 쇠몽둥이를 선뜻 뽑아들고 마치 구렁이가 몸뚱이를 뒤채고 비비 꼬는 자세를 취하면서 도적들을 손가락질해 가리켰다.

"이것 봐! 자네들, 어지간히 운수가 나쁘군. 그러니까 이 손선생을 만나게 된 거 아니냐?"

도적떼가 또 한차례 우르르 달려들더니 무작정하고 5, 60대나 후려갈겼다. 손행자는 껄껄대고 웃으면서 뭇매질을 넘겨버렸다.

"그만! 그만! 이제 그만하면 손에 맥이 빠졌을 테니, 이번에는 이 손선생께서 한번 때리게 해주시지! 어지간히 아픈 맛을 보게 될 거야."

말끝이 떨어지기가 무섭게 철봉을 번쩍 치켜들고 바람결에 휙! 한번 휘둘렀더니, 그것은 당장 우물 난간만큼이나 굵다랗게 변하고 길이도 7, 80척이나 되게 늘어났다. 뒤미처 '쿵!' 하는 소리 한 번에 두목 한 녀석이 땅바닥에 거꾸러지더니 주둥이를 흙더미에 처박고 찍소리도 내지 못한다.

또 한 녀석이 그 꼴을 보고 냅다 욕설을 퍼부었다.

"이 대머리 중놈이 괘씸하기 짝이 없구나! 노잣돈도 내놓지 않고 되레 우리 동료를 다치게 하다니!"

손행자는 여전히 빙글빙글 웃어가며 대꾸했다.

"가만들 있거라, 떠들지 말고 가만있으라니까! 내가 한 놈씩 차례차례 저승으로 보내줄 테니 얌전히 기다리란 말이다!"

이어서 '따악!' 하는 소리, 단 한 대에 또 둘째 우두머리가 널브러졌다. 그것을 본 나머지 패거리들은 기절초풍해서 너도나도 흉기를 팽개치고 사년팔방으로 흩어져 날아났다.

한편 당나라 스님은 말을 타고 정신없이 동쪽으로만 치닫다가 마주 달려오던 저팔계와 사화상에게 가로막혔다.

"사부님, 어느 쪽으로 가시는 겁니까? 길을 잘못 드셨습니다."

삼장은 그제야 말을 멈춰 세웠다.

"얘들아, 빨리 가서 너희 사형더러 말 좀 해다오. 몽둥이질에 사정을 두어서 그 강도들을 때려죽이지는 말라고 해라."

저팔계가 넙죽 나섰다.

"사부님은 내려서 잠깐 쉬고 계십쇼. 제가 갔다 오겠습니다."

미련퉁이 바보 녀석은 두말 않고 냅다 뛰어가더니 손행자가 보이자, 큰 목소리로 악을 썼다.

"형님! 사부님께서 사람을 때려죽이지 말라고 하시오!"

손행자는 시침을 뚝 떼고 되물었다.

"여보게, 누가 사람을 때렸다고 그러나?"

"그 강도들은 다 어디로 갔소?"

미련퉁이가 주위를 두리번거리면서 다시 묻자, 그는 또 천연덕스레 대답했다.

"다른 녀석들은 모두 삼십육계 줄행랑을 놓고, 우두머리 노릇을 하는 두 놈만 여기 널브러져 낮잠을 자고 있다네."

눈치코치도 없는 저팔계가 히죽히죽 웃으면서 가슴을 쓸어내린다.

"이 염병할 녀석들, 팔자 한번 늘어졌구나. 길 가는 나그네 주머니 털어먹으려고 밤을 꼬박 새워가며 고생하더니, 딴 데도 못 가고 하필 여기서 퍼져 자고 있을 게 뭐냐."

미련퉁이는 땅바닥에 널브러진 두 녀석 주변으로 가까이 가서 살펴보더니, 또 한마디 한다.

"이것들 봐라? 잠자는 꼬락서니가 나하고 아주 비슷한걸! 입을 쩍 벌리지 않나, 침을 질질 흘리지 않나. 허허, 그것참……!"

손행자가 곁에서 한마디 더 보탠다.

"이 손선생께서 몽둥이찜질을 해서 두부를 짜놓았지."

"두부라니, 사람의 머리통에도 두부가 들어 있소?"

"골통을 깨뜨려서 두부를 쏟아내게 만들었단 말일세!"

저팔계란 녀석은 머리통을 깨뜨렸단 말을 듣자, 부리나케 오던 길로 달려가서 스승에게 보고했다.

"강도 놈들은 다 쫓아보냈습니다."

삼장은 물정도 모르고 기뻐했다.

"잘했구나, 잘했어! 그래, 어느 쪽으로 달아났느냐?"

"다리몽둥이를 분질러놓았는데 달아나기는 어딜 달아나겠습니까."

"아니, 방금 다 쫓아보냈다고 하지 않았느냐?"

스승이 묻자, 바보 녀석은 퉁명스럽게 받아친다.

"두들겨 패놓았으니 다 쫓아버린 거지 뭡니까?"

"어디를 어떻게 때렸다는 거냐?"

"머리통에 큰 구멍이 하나씩 두 개 뚫렸더군요."

머리가 터졌다는 말을 듣자, 스승은 이내 분부했다.

"얘야, 보따리를 끌러 용돈 몇 푼 꺼내다가 빨리 어디 가서 고약 두 장만 사다가 한 사람에 하나씩 붙여주어라."

저팔계는 피식 하고 스승을 비웃었다.

"원, 사부님도 주책없는 말씀을 다하십니다. 고약이란 것은 살아 있는 사람의 종기에나 붙이는 것이지, 죽어 널브러진 녀석의 대갈통에 구멍이 난 걸 붙여서 뭘 합니까?"

"정말 때려죽였단 말이냐?"

화가 불끈 치솟은 삼장 법사, 말머리를 되돌려 그쪽으로 가면서 입으로는 쉴새없이 투덜투덜, '못된 놈의 원숭이 녀석, 악착스런 원숭이 녀석!' 하고 맏제자의 경솔한 처사를 원망하며 달려갔다. 사화상과 저팔계를 데리고 현장에 당도해보니, 눈에 익은 산적 우두머리 두 녀석이 끔찍스레 선지피가 질펀하게 흐르는 산비탈 언덕 아래 널브러져 있다.

삼장은 차마 눈뜨고 볼 수가 없어 고개를 돌린 채 저팔계에게 분부를 내렸다.

"어서 빨리 쇠스랑으로 구덩이를 파고 묻어주어라. 내가 저 죽은 사람들을 위해 「도두경(倒頭經)」이라도 한 권 읽어주어야겠다."

힘든 일을 떠맡게 된 게으름뱅이가 주둥이를 한껏 뽑아 물고 툴툴거린다.

"사부님, 절더러 그런 일을 하라니, 사람을 잘못 부리시는 거 아닙니까? 형님이 이 녀석들을 때려죽였으니까, 형님더러 불태워버리든지 파묻어주든지 하라고 시켜야 옳은 일이지, 어째서 이 저팔계더러 무덤 파는 산역꾼 노릇을 하라는 겁니까?"

손행자는 스승에게 꾸지람을 듣고 약이 잔뜩 오르던 판에 이 말을 듣자, 미련퉁이에게 분통을 터뜨리고 말았다.

"이 바보 멍청이 같은 자식! 무슨 잔소리가 그렇게 많아? 어서 빨리 파묻지 못해? 어물어물했다가는 당장 이 철봉 한 대 맞을 줄 알아!"

저 무시무시한 철봉을 번쩍 치켜들자, 미련한 저팔계는 어마 뜨거라 싶어 훌쩍 산비탈 아래로 뛰어내리더니 쇠스랑으로 땅을 파기 시작했다. 그러나 땅 밑이 온통 돌뿌리투성이라 쇠스랑 이빨까지 무뎌질 지경이었다. 미련퉁이는 쇠스랑을 내동댕이치고 아예 주둥이로 만만한 곳을 후벼 파기 시작했다. 과연, 방법을 바꾼 효과는 대단했다. 주둥이질 한 번에 두 자 반이나 파헤쳐지고 주둥이질 두 번에 다섯 자가웃이나 후벼 파낸 다음, 시체 둘을 끌어다가 묻어주고 어엿하게 봉분까지 만들어 세웠다.

무덤이 다 되자, 스승은 맏제자를 불렀다.

"오공아, 향촉(香燭)을 좀 꺼내오너라. 그래야 내가 축문을 읽고 염불할 수 있겠다."

손행자가 입을 비죽거렸다.

"참말로 딱하신 말씀도 다하십니다그려. 향이나 초 같은 게 어디 있습니까! 이 산중에서 앞으로 나가도 마을이 없고 뒤돌아보아도 가게가 없는데, 어딜 가서 사오란 말씀입니까? 설령 돈이 있다손 치더라도 살 데가 없습니다!"

제자에게 핀잔을 듣자, 삼장은 원망에 사무친 눈초리로 손행자를 노려보면서 호통쳤다.

"저리 비켜라, 이 원숭이 녀석! 향촉이 없다면 흙을 움켜서라도 분향하고 기도할 테다."

삼장 법사는 안장을 떠나 산속 무덤 앞에 슬퍼하고, 성승은 염불하며 황량한 무덤을 위해 축원을 드린다.

이윽고 축문을 읊기 시작하는데, 그 내용이 기막히다.

호한(好漢)의 넋 앞에 절하노니, 축원을 올리는 까닭을 들을 것이라.

생각건대 불초한 이 제자는 동녘 땅 당나라 출신으로, 태종 황제의 칙명을 받들어 서방 세계로 경문을 구하고자 길에 올랐노라.

마침 이 땅에 이르러 그대들 여러 사람을 만나게 되었으니, 어느 주(州), 어느 부(府), 어느 현(縣), 어느 고을에 사는지 모르겠으되, 모두들 이 산중에 작당하여 무리를 이루고 있었노라.

나는 좋은 말로 은근하게 애원하고 호소하였으나, 그대들은 듣지 않고 오히려 성을 내다가, 손행자의 몽둥이 아래 몸을 다치게 되었도다.

시신과 해골이 산중에 아무렇게나 나뒹굴 것을 심히 걱정하여, 내가 흙을 덮어 무덤을 만들게 하였노라.

푸른 대나무 줄기 꺾어 향불과 촛불 삼으니, 비록 광채는 없으나 정성된 마음은 있으며, 굴러다니는 돌을 집어 제물 삼으니, 비록 맛은 없으나 성실하고 참된 마음은 있노라.

그대들이 삼라전(森羅殿) 아래 가서 고소하되, 나무를 쓰러뜨려 그 뿌리를 찾는 한이 있더라도 흑백과 시비는 분명히 밝힐 것이로다.

그대들을 해친 범인은 성이 손(孫)가요, 내 성은 진씨(陳氏)이니, 제각기 성씨의 근본이 다르도다.

원한을 갚는 데도 장본인이 있고, 빚을 갚는 데도 받을 주인이 따로 있는 법이니, 경을 가지러 가는 승려인 이 몸을 고소하지 말기를 간절히 바라노라.

저팔계가 이 소리를 듣더니 기가 막혀 허허 웃는다.

"사부님은 죄를 남에게만 뒤집어씌우는군요. 하지만 형님이 저것들을 때려죽였을 때, 우리 두 사람은 그 자리에 있지도 않았습니다."

그러자 고지식한 삼장은 다시 흙 한 줌을 움켜쥐고 축문에 한마디를 덧붙였다.

"호한이여! 고소를 하려거든 손행자 한 사람만 고소할 것이요, 저팔계와 사화상은 이 일과 아무 상관 없는 줄 알 것이니라."

손행자가 이 말을 듣고 싸느랗게 웃는다.

"사부님, 정말 인정도 의리도 없으십니다그려. 사부님이 경을 가지러 가시는 동안, 제가 그 일 때문에 얼마나 정성을 들이고 고생이 막심했는데 지금 저 못된 산적 두 놈을 때려죽였다고 해서 이 손선생을 고소하라고 밀어붙일 수 있단 말씀입니까? 제 손찌검이 매서워 저놈들을 때려죽인 것은 사실입니다만, 이 역시 사부님의 위급한 처지를 생각해서 저지른 짓이 아닙니까? 사부님이 서천으로 경을 구하러 가지 않으신다면 제가 사부님의 제자 노릇을 할 리도 없을 테고 또 이제 여기까지 와서 사람을 때려죽일 까닭이 어디 있겠습니까? 아무튼 좋습니다! 일이 이렇게 된 바에야 저도 축문을 한바탕 읊어주기로 하죠!"

그리고는 철봉을 번쩍 쳐들더니 무덤을 겨냥해서 절구질하듯 서너 차례 쿵쿵 짓찧어가며 축문이란 걸 읊어대기 시작했다.

"이 염병할 강도 놈들, 듣거라! 내가 네놈한테 먼저 일고여덟 대를 얻어맞고, 나중에 또 일고여덟 대를 얻어맞았으되 나는 아프지도 않았고 가렵지도 않았다. 하지만 내 성미를 건드려놓았기 때문에, 아차 하는 사이에 네놈들을 때려죽인 것이다. 네놈들이 어디 가서 고소를 하든 말든, 나는 조금도 겁날 게 없다. 하늘의 옥황상제가 나를 알아주고, 탁탑이천왕이 내 말 한마디면 들어주고, 이십팔수가 나를 두려워하고, 부와 현 고을에 있는 서낭당 토지신들이 내 앞에 무릎 꿇으며, 동악천제(東岳天齊)가 나를 겁내고, 저승 지옥의 십대 염왕들이 내 하인 노릇을 한 적이 있으며, 오로창신(五路猖神)[4]이 내 후배 노릇을 하고, 삼계 오사(三界

---

[4] 동악천제·오로창신: 도교에서 동악천제는 곧 '동악천제대제(東岳天齊大帝)', 오악(五岳)의 으뜸인 태산(泰山)의 신령이다. 오로창신(五路猖神)은 곧 전염병을 퍼뜨리는 역신(疫神) '오온사자(五瘟使者)'를 말한다. 『삼교수신대전(三敎搜神大全)』에 '독온

五司)는 물론이요, 시방 제재(十方諸宰)⁵까지 모두 나와 정분 깊고 낯익은 처지이니, 네놈들 밋대로 어딜 가서든지 고소할 테면 해봐라!"

손행자가 이렇듯 독이 나서 악담 저주를 마구 퍼붓는 것을 보자, 삼장은 속이 뜨끔해져서 얼굴빛을 바꾸고 좋은 말로 타일렀다.

"내가 축문을 읊은 뜻은 네가 호생지덕(好生之德)을 잘 깨우쳐 얻고 착한 사람이 되라고 한 것인데, 너는 왜 고지식하게 참말로 알아듣느냐?"

손행자는 한바탕 화풀이를 했으나 아직도 마음속에 앙금은 남아 있어 퉁명스럽게 쏘아붙였다.

"사부님 축원이나 제 축원이나, 모두가 장난으로 한 것은 아닙니다. 자, 이제 됐으니 그만 하시고 어서 잠자리나 찾으러 가십시다."

삼장은 할 수 없이 노염을 억누른 채 마상에 올랐다.

이리하여, 손대성에게는 이미 화목할 뜻이 없어졌고, 저팔계와 사화상의 가슴 속에는 어느덧 질투심이 싹트고 있었다. 스승과 제자 일행 네 사람은 이렇듯 서로 딴마음을 품고 있으면서도 얼굴에는 아무런 일도 없는 체하고 전혀 내색하지 않았다.

큰길을 따라 서쪽으로 한참 가다 보니, 홀연 길 북쪽 아래편 동네 어귀에 집 한 채가 나타났다. 삼장은 채찍 끝으로 그 집을 가리켰다.

(毒瘟)' 장원백(張元伯), '하온(夏瘟)' 유원달(劉元達), '추온(秋瘟)' 조공명(趙公明), '동온(冬瘟)' 종사귀(鍾仕貴), 그리고 '총관중온(摠管中瘟)' 사문업(史文業)을 오방 역사(五方力士)라 일컫는데, 천상에서는 오귀(五鬼), 지상에서는 오온(五瘟)이라 부른다고 하였다.

5 **삼계·시방**: 불교 용어로 **삼계**(三界)에 대해서는 제2회 주 **19** 참조. 도교의 **삼계**에 대해서는 제39회 주 **5** 참조. 그리고 도교의 **시방**(十方)은 곧 십방 법계(十方法界)로 우주 만방을 호호탕탕한 세계로 보고, 사방(四方)·사유(四維)와 상하(上下) 두 방위를 합쳐 '십방'이라 부르며, 십방의 각각 삼천 세계(三千世界)를 통틀어 대천세계(大千世界)라 하고, 각 방면을 주재(主宰)하는 신령을 통틀어 '**제재**(諸宰)'라 일컫는다.

"우리 저 집으로 가서 잠자리를 빌려보기로 하자."

누구보다 먼저 반색한 것은 역시 저팔계다.

"좋습니다!"

이윽고 그 집 문 앞에 이르자, 삼장은 말에서 내렸다.

주변을 둘러보니, 참으로 아늑하고도 조용한 분위기였다.

들꽃은 오솔길에 가득 차고, 잡목이 문짝을 가리었다.

언덕 기슭 멀리 산골짜기 냇물이 흘러내리고, 고른 밭두렁에는 보리와 해바라기를 심었다.

갈대밭은 이슬에 젖어 갈매기가 잠자고, 수양버들 가지 미풍에 한들거리니 고단한 새가 깃들인다.

짙푸른 잣나무 사이사이 소나무가 푸른빛을 다투고, 붉은 쑥 덤불 틈서리에 반짝거리는 여뀌가 풀냄새 향기로움을 다툰다.

동네 개는 컹컹 짖고 저녁 닭이 홰를 쳐 우니, 목동은 배불리 먹인 소와 양 떼 이끌고 집으로 돌아온다.

저녁밥 짓는 굴뚝 연기에 이슬 맺혀 수수가 누렇게 익어가니, 바야흐로 산촌의 집이 어둠 속에 묻힐 때다.

삼장이 문 앞으로 나서니, 때마침 그 시골집 안으로부터 노인 한 사람이 걸어나왔다. 길손과 주인은 서로 알아보고 인사를 나누었다.

주인이 먼저 묻는다.

"어디서 오시는 스님이시오?"

"소승은 동녘 땅 대 당나라에서 칙명으로 파견되어 경을 구하러 서천으로 가는 사람입니다. 이 댁 근처를 지나다가 마침 날이 저물었기에 하룻밤 쉬어갈까 해서 이렇게 찾아뵈었습니다."

삼장의 대답을 듣고 노인은 웃으며 다시 물었다.

"스님 사는 곳에서 이곳까지 오는 길이 아득하게 먼데, 이렇게 홀몸으로 그 숱한 물을 건너고 산을 넘어 여기까지 오셨단 말이오?"

"소승에게는 제자 셋이 있어 함께 왔습니다."

"그렇다면 제자 분들은 어디 계시오?"

이 물음에, 삼장은 손으로 길 쪽을 가리켰다.

"저 큰길가에 서 있는 것이 바로 제자들입니다."

노인이 흘끗 고개를 들고 바라보니, 제자라는 것들이 하나같이 추악하게 생겨먹어 도무지 사람 꼴이 아니다. 깜짝 놀란 노인은 황급히 몸을 돌려 집 안으로 도망치려다가 삼장에게 붙잡혔다.

"노시주님, 제발 자비심을 베푸셔서 하룻밤만 재워주십시오!"

노인은 두려움에 질려 와들와들, 입을 꼭 다문 채 절레절레 도리질하고 두 손을 홰홰 내젓기만 할 뿐, 말 한마디 제대로 하지 못한다.

"아니지, 아냐……! 저것들은 사람의 생김새가 아닌걸! 아무리 보아도 요괴나 도깨비야!"

주인의 말이 이러니, 나그네는 억지웃음이라도 띠어가며 해명할 길밖에 없다.

"노시주님, 두려워하실 것 없습니다. 소승의 제자들이 저런 꼴로 생기기는 했으나 도깨비 요괴는 아니올시다."

그래도 노인은 막무가내다.

"나으리, 거짓말하지 마시오. 하나는 야차, 또 하나는 말대가리 귀신, 또 하나는 뇌공이 아니고 뭐요?"

한나절 내내 비위가 뒤틀려 있던 손행자가 이 말을 듣고 버럭 호통을 쳤다.

"뇌공은 내 손자뻘이고, 야차는 내 증손자요, 말대가리 귀신은 내 손자에 손자뻘이 된단 말이야!"

느닷없이 호통치는 소리에 노인은 그만 혼비백산, 얼굴빛이 하얗게 질려 가지고 집 안으로 들어가려고만 한다. 삼장은 간신히 노인을 부여잡고 함께 초당으로 가서 웃는 낯으로 이렇게 해명했다.

"노시주님, 겁내지 마십쇼. 저 아이들은 성미가 하나같이 무뚝뚝하고 막돼먹어서 말을 제대로 할 줄 모릅니다."

이렇게 주인을 어르고 변명하고 있으려니, 뒤꼍에서 노파 하나가 대여섯 살쯤 들어 보이는 어린애를 하나 데리고 나왔다.

"아니, 영감. 대체 무슨 일이 생겼기에 그토록 놀라고 겁을 내시는 거예요?"

노인은 그제야 마음이 놓이는지 입을 열어 분부했다.

"여보 마누라, 차를 좀 내오구려."

노파는 어린애를 남겨둔 채 안으로 들어가더니, 차 두 잔을 들고 다시 나왔다.

차 대접이 끝난 다음, 삼장은 돌아서서 노파에게 꾸벅 절하고 사정을 말했다.

"소승은 동녘 땅 대 당나라에서 파견되어 서천으로 경을 구하러 가는 사람입니다. 방금 이 댁에 당도해서 하룻밤 쉬어가려고 어르신께 부탁을 드리고 있던 참이었습니다. 소승의 제자들이 험상궂게 생겼기 때문에 어르신 되는 노인장께서 그걸 보시고 놀라신 것입니다."

노파가 이 말을 듣고 영감에게 핀잔을 준다.

"원 영감도! 사람의 생김새가 아무리 추악하기로서니, 그걸 보시고 놀라셨다면 호랑이나 늑대를 만나셨을 때에는 어쩔 뻔하셨소?"

노인도 지지 않고 변명을 늘어놓는다.

"여보 마누라, 모르는 소리 말구려. 사람의 생김새가 험상궂은 거야 그렇다 치더라도, 말하는 한마디 한마디가 사람을 놀라 자빠지게 하니 이찌겠소. 내가 지 사람들디리 야차, 말대가리 귀신, 뇌공 같다고 했더니만, 저 사람 호통치는 소리가 '뇌공은 내 손자뻘이요, 야차는 증손자요, 말대가리 귀신은 내 손자에 손자뻘 된다'고 하지 않겠소? 그 목소리를 들으니 겁이 나서 간이 오그라들 지경이었지 뭐요."

당나라 스님이 해명을 하고 나섰다.

"그런 게 아닙니다. 저 뇌공처럼 생긴 것은 내 큰 제자 손오공이요, 말대가리 귀신처럼 생긴 것은 둘째 제자 저오능이고, 야차의 상판을 한 것은 셋째 제자 사오정입니다. 모두들 얼굴 생김새는 추접스럽지만, 불문의 가르침을 받들고 선과에 귀의하여 공덕을 쌓는 불제자들이라, 무슨 악마나 독괴(毒怪) 같은 것은 아니올시다. 그러니 두려워하지 마십시오."

노인과 노파 내외가 그들의 이름하며 불문에 귀의했다는 말을 듣더니, 그제야 마음이 가라앉아 놀란 가슴을 쓸어내렸다.

"그렇다면 됐소이다. 어서 들어오시오! 모두들 들어오시오!"

삼장은 문밖으로 다시 나와 제자들을 불렀다. 그리고 재차 신신당부했다.

"방금 너희들도 보았겠지만, 이 댁 주인장은 너희 생김새와 말투를 몹시 꺼려하고 계시다. 이제 안으로 들어가서 만나볼 때 절대로 뻣뻣하게 굴지 말고 예의를 차려서 이 댁 주인장의 뜻을 존중해야 한다. 모두들 알아듣겠느냐?"

저팔계가 입빠른 소리를 한다.

"염려 마십쇼, 사부님. 저는 미끈하게 생기고 점잖아서 형님처럼 막되게 굴지는 않습니다."

손행자는 한마디로 비웃었다.

"주둥이만 길지 않고 귀만 크지 않고, 추접스런 낯짝만 아니라면 그야말로 미남이겠지!"

이때 사화상이 두 사형의 입씨름을 뜯어말렸다.

"자아, 형님들! 공연히 말장난할 것 없소. 여기가 어디 험담이나 늘어놓고 옥신각신 따지기나 할 곳이오? 어서 들어갑시다. 들어가요!"

이렇게 해서 스승과 제자 일행은 짐보따리와 말을 끌어다가 초당에 들여놓았다. 그리고 주인과 나그네가 첫 대면 인사를 나눈 다음 자리잡고 앉았다.

인정 많은 노파가 눈치 빠르게 어린아이를 안채로 들여보내 식구들더러 저녁밥을 지으라고 분부했다. 이윽고 소식으로 차린 저녁상이 나오고, 스승과 제자들은 달게 먹었다.

날이 점점 어두워지자, 주인댁은 초당에 등잔불을 밝혀놓고 앉아서 손님들과 한담을 나누기 시작했다.

삼장이 그제야 물었다.

"노시주님의 성씨는 어찌 되시는지요?"

주인이 대답했다.

"양(楊)가외다."

또 나이를 물었더니, 노인은 '일흔네 살'이라고 대답했다.

"아드님은 몇 분이나 두셨습니까?"

"외아들이 하나 있을 뿐이오. 방금 마누라가 데리고 나왔던 아이가 내 손자요."

"아드님께 인사를 하고 싶은데 계시는지요?"

"그까짓 녀석, 인사 받을 처지도 못 됩니다. 이 늙은 것이 팔자가 사나워서 그놈을 올바로 키우지도 못했고, 또 지금은 집에도 없소."

"어디서 무슨 일을 해서 살아가시는지요?"

삼장이 끈덕지게 물었더니, 노인은 머리를 끄덕끄덕하면서 땅이 꺼져라 한숨을 푹푹 내쉬었다.

"서글픈 일이오, 서글픈 일이야……! 무슨 일이라도 해서 먹고 산다면 그보다 더 다행스러운 일이 어디 있겠소만, 그 못된 자식은 나쁜 생각만 먹고 제가 해야 할 일에 종사하지 않을 뿐 아니라, 그저 한다는 짓이 싸움질이나 하고 남의 가는 길 막고 재물이나 털어먹는 게 고작이요, 살인 방화에 강도 짓이나 저지르고 다닐뿐더러 사귄다는 놈들이 전부 여우나 들개 같은 불한당이지 뭐요! 집을 나간 지 벌써 닷새가 지났어도 지금까지 들어오지 않고 있소."

삼장은 이 말을 듣고 가슴이 철렁했다. 내색은 하지 않았으나 속이 켕겨오기 시작했다. 혹시 오공이 아까 때려죽인 강도 우두머리가 이 댁 아들이 아닐까 하는 우려 때문에 마음이 불안해져서 도무지 앉아 있을 수가 없었다. 그는 차마 이런 얘기를 입 밖에 내지는 못하고 엉거주춤 몸을 일으키며 탄식만 할 따름이었다.

"어쩌면 그럴 수가……! 그것참…… 이토록 어질고 착하신 부모님께 어쩌자고 그런 몹쓸 불효자가 태어났는지 모르겠군요."

이때 손행자가 노인 앞으로 썩 나섰다.

"노인장, 그처럼 불량하고 불초한 녀석, 그처럼 간악한 도둑놈에 음탕하기 짝이 없는 아들 녀석이라면 부모한테 누만 끼칠 뿐이지 아무 짝에도 소용없지 않습니까? 차라리 제가 그놈을 찾아내서 단매에 때려죽이고 말겠소이다!"

그래도 노인은 미련을 두고 이렇게 말했다.

"이 늙은 것 역시 그놈을 없애버리고 싶기야 하오만, 자식이라고는 그놈 하나밖에 없소. 비록 사람 구실은 못 한다 하더라도 이 늙은 것이 죽은 뒤에 흙 한 줌 덮어줄 놈이 그 녀석말고는 아무도 없으니 어쩌겠소?"

곁에서 사화상과 저팔계가 웃으면서 사형을 붙들어 앉힌다.

"형님, 공연히 남의 일에 참견 마시구려. 형님이나 우리나 관가의 벼슬아치도 아니고 또 남이 싫다는데 우리가 중뿔나게 나설 필요가 어디 있단 말이오? 그저 이 댁 시주님께 부탁해서 볏짚이나 한 단 얻어다가 자리를 깔아놓고 한잠 푹 자기로 합시다. 날이 밝는 대로 또 일찌감치 떠나야 할 게 아니오?"

노인은 이 말을 듣고 벌떡 일어나서 사화상을 데리고 뒤뜰로 가더니, 볏짚 두어 단을 내어다가 잔디밭에 깔고 편히 쉬도록 해주었다. 손행자는 말고삐를 끌고 저팔계는 짐보따리를 떠멘 다음, 스승과 함께 뒤뜰 잔디밭으로 건너갔다. 그리고 일행 네 사람이 자리잡고 편히 쉰 것은 말할 나위도 없다.

이야기는 달라져서, 그 산적 패거리들 중에는 과연 이 댁 양 노인의 아들 녀석도 끼여 있었다. 아침결에 산 앞쪽에서 우두머리 둘이 손행자에게 맞아죽었을 때, 그들은 사면팔방으로 뿔뿔이 흩어져 도망쳤으나, 사경(四更, 1시~3시) 무렵이 되자 다시 떼를 지어 가지고 이 댁 문 앞에 나타나 문을 두드렸다.

문 두드리는 소리가 나자, 양씨 노인은 옷을 주워 입고 나서면서 아내에게 말했다.

"여보 마누라, 저것들이 돌아왔구려."

노파는 그 말을 받아넘겼다.

"왔으면 나가서 문을 열어주세요. 들어오도록 해주어야지요."

노인이 문을 열어주었더니, 도둑들이 왁자지껄 떠들면서 한꺼번에 몰려들어왔다.

"배가 고프다, 배가 고파!"

양 노인의 아들은 급히 안채로 들어가 자기 아내를 불러 쌀 씻고 밥을 안치게 했다. 부엌에 땔나무가 없는 것을 본 그는 뒤뜰로 돌아가서 나무를 가지고 부엌으로 돌아오더니, 아내에게 물었다.

"뒷마당에 백마가 한 필 있는데, 그게 웬 거야?"

젊은 아낙은 곧이곧대로 일러주었다.

"동녘 땅에서 경을 가지러 가는 스님이 어젯밤 여기 와서 잠자리를 빌기에, 시아버님과 시어머님이 밥 한 끼 대접해주고 뒷마당 잔디밭에서 자도록 해주셨는데, 그 사람들이 타고 온 말이에요."

양 노인의 아들은 이 말을 듣더니 초당을 나와서 손뼉 치고 웃어가며 부리나케 동료들에게 달려갔다.

"여보게들, 조화일세! 조화야! 원수 놈들이 내 집에 와 있네."

패거리들이 물었다.

"원수라니, 누구 말인가?"

"우리 두목을 때려죽인 그놈들 말일세. 바로 그 원수들이 내 집에 찾아 들어와서 하룻밤 잠잘 데를 빌려 가지고 지금 뒷마당 잔디밭에서 퍼져 자고 있단 말이야."

"아이구, 그것 참말 잘됐네그려! 우리 이 길로 당장 그 대머리 벗겨진 땡추 녀석들을 붙잡아서 한놈 한놈씩 깡그리 살점을 발라내어 장조림을 만들어버리세. 그러면 짐보따리하고 백마는 우리 차지가 될 테고, 곁들여서 우리 두목의 원수도 갚아드릴 수 있지 않겠나?"

설쳐대는 동료들을 양 노인의 아들 녀석이 급히 말렸다.

"잠깐만! 서두를 게 뭐 있나? 자네들은 창칼이나 갈아놓고 있게. 밥이 다 되거든 우선 한 끼니 든든히 먹고 나서 우리 한꺼번에 손을 대기로 하세."

이래서 칼 찬 놈은 숫돌에 칼을 갈고, 창을 든 놈은 창날을 벼리기 시작했다.

한편, 양씨 노인은 이들의 대화를 엿듣고 깜짝 놀라, 살금살금 뒷마당 잔디밭으로 돌아가서 곤히 잠든 삼장 일행 네 사람을 흔들어 깨웠다.

"스님들, 이거 큰일났소! 내 아들놈이 동료 패거리를 이끌고 와서 스님 일행이 여기 묵고 있다는 것을 알고 해칠 음모를 꾸미고 있소. 여러분이 먼 데서 오신 것을 생각하니, 내 차마 그 꼴을 보기 어렵소. 어서 빨리 행장을 수습해 가지고 날 따라오시오. 내가 뒷문으로 내보내드릴 테니, 그리로 도망치시오."

삼장은 그 말을 듣자 벌벌 떨면서 양 노인에게 머리 조아려 사례한 다음, 그 즉시 저팔계를 불러 말을 끌어내게 하고 사화상에게는 짐보따리를 둘러메게 하고 손행자에게는 구환석장을 들려 가지고 부랴부랴 주인의 뒤를 따라나섰다.

양 노인은 뒷문을 열어 삼장 일행을 내보내준 뒤, 시침 뚝 떼고 안채로 돌아와 자리에 누웠다.

한편 산적 패거리들이 칼과 창을 시퍼렇게 갈아놓고 밥 한 끼 든든히 먹고 났을 때는 벌써 오경(五更, 3시~5시) 무렵이 되었다. 그들은 일제히 뒷마당 쪽으로 달려갔으나, 아무도 보이지 않았다. 급히 횃불을 밝혀들고 한참 동안이나 이리저리 살펴보았지만 도무지 사람은커녕 그림자도 보이지 않았다. 그런데 문득 보니 뒷문이 휑하니 열려 있는 것이 눈에 뜨였다.

"뒷문으로 달아났다!"

"뒷문으로 빠져나갔다! 놓치지 마라!"

산적 패거리들은 아우성치면서 그 뒤를 쫓기 시작했다. 한 놈 또 한 놈, 산중에서 거칠게 살아온 도적들이라 달리는 솜씨가 쏜살같았다. 동녘 하늘에 해가 훤히 떠오를 때까지 줄기차게 뒤쫓고 났더니 그제야 삼장 일행 네 사람의 뒷모습이 바라보였다.

"우와아, 저기 간다! 게 섰거라!"

느닷없는 함성에 삼장이 흘끗 뒤돌아보니, 무려 2, 30명이나 되는 도적떼가 창칼을 번뜩이면서 무더기로 달려들고 있다. 삼장은 엉겁결에 제자들을 불러세웠다.

"얘들아, 도적떼가 쫓아왔다! 이를 어쩌면 좋단 말이냐?"

손행자가 스승을 안심시켰다.

"사부님, 걱정 마십쇼. 이 손선생이 다 알아서 처치할 테니까, 안심하세요."

삼장은 말고삐를 당겨 멈추면서 또 한차례 신신당부를 했다.

"오공아, 절대로 사람을 다쳐서는 안 된다. 그저 위협해서 쫓아보내기만 해라."

그러나 손행자의 귀에 그런 말씀이 들어올 리가 없다. 그는 철봉을 번쩍 쳐들고 돌아서서 추격해오던 패거리들과 마주 섰다.

"여어, 여러분! 어딜 가시는 길이오?"

도적들이 마구 욕설을 퍼붓는다.

"이 괘씸한 대머리 땡추중 녀석! 우리 두목님의 목숨을 도로 살려내라!"

손행자를 빙 둘러싼 패거리가 칼과 창으로 닥치는 대로 찌르고 베고 난장판을 벌였다.

제천대성의 손아귀에서 여의금고봉이 번쩍 휘둘리더니, 대접만한 굵기로 늘어나기가 무섭게 수레바퀴처럼 돌아가며 도적떼를 후려치기 시작했다. 산적 패거리들은 별똥별 흐르듯, 구름장 흩어지듯 맥없이 사면팔방으로 튕겨나갔다. 그야말로 추풍낙엽, 무턱대고 덤벼들던 놈은 어느 겨를에 목숨이 날아가는지 모른 채 뻗어버리고, 부여잡고 매달리던 녀석은 뼈마디가 부러져나가고, 철봉이 슬쩍 스치기만 해도 어김없이 살가죽이 벗겨져나갔다. 그나마 약삭빠른 몇몇은 일찌감치 뺑소니를 쳤을 뿐, 어물어물하던 녀석들은 깡그리 염라대왕을 만나러 가는 신세가 되고 말았다.

말 위의 삼장 법사는 눈앞에서 그 숱한 사람들이 무참하게 얻어맞아 거꾸러지는 것을 보자, 혼비백산하다 못해 말고삐를 다 풀어놓고 정신없이 서쪽으로 치닫기 시작했다. 저팔계와 사화상 역시 좌우 등자 곁에 바싹 붙어선 채 그곳을 떠나 달음박질쳤다.

손행자는 부상자 한 녀석을 붙잡아놓고 물었다.

"양 노인의 아들놈은 어디 있지?"

상처입은 도적이 와들와들 떨면서 한쪽을 가리켰다.

"저기…… 저 누런 옷을 입은 녀석입니다."

손행자는 두말없이 그 앞으로 다가서더니, 칼을 빼앗아 들고 누런 옷을 입은 도적의 목을 단칼에 쳐버렸다. 그리고 선지피가 뚝뚝 떨어지는 머리통을 손에 들고 철봉을 거둬들인 다음, 재빠른 걸음걸이로 삼장이 타고 달리는 말머리 앞까지 단숨에 쫓아갔다.

"사부님, 보십쇼! 이게 양 노인의 불효 자식입니다. 하하! 이 손선생에게 목이 달아나고 말았죠!"

눈앞에 번쩍 들어 보이는 머리통, 끔찍스럽게도 피가 뚝뚝 듣는 사람의 머리통을 보자, 삼장은 대경실색을 하다 못해 기어이 안장 위에서 굴러떨어지고 말았다.

"이 몹쓸 놈의 원숭이 녀석아! 나를 놀라 죽게 만들 셈이냐. 어서 저리 치워라! 냉큼 치우지 못할까!"

땅바닥에 주저앉은 스승의 앞을 저팔계가 썩 나서서 가리었다. 그리고 그 머리통을 발길로 툭 걷어차 길 곁으로 굴려놓더니 쇠스랑으로 흙더미를 들쑤셔시 덮이비렸다.

"사부님, 일어나십쇼."

사화상이 짐을 내려놓고 스승을 부축해 일으키려 했다. 그러나 삼장은 땅바닥에 앉은 채로 정신을 가다듬고 중얼중얼 '긴고아주'를 외우기 시작했다.

"아이쿠……!"

손행자의 입에서 비명이 터져나왔다. 고통에 일그러진 얼굴이 시뻘겋다 못해 귀뿌리까지 새빨개지고 두 눈알은 당장이라도 빠질 것처럼 불쑥 튀어나온 채, 옥죄어드는 쇠고리 테의 압력에 머리통은 뼈개질 듯이 아프다. 손행자는 술 취한 사람처럼 어찔어찔 돌아가는 머리통을 부여안고 비틀거리다가, 마침내는 땅바닥에 쓰러져 데굴데굴 구르면서 몸부림치기 시작했다. 목청이 터져라 외쳐대는 소리는 한마디뿐이다.

"외우지 마십쇼! 외우지 말아요!"

삼장은 연거푸 10여 차례나 주문을 외우고도 입을 다물지 않았다. 고통을 견디다 못한 손행자가 엎치락뒤치락 곤두박질을 치고 흙바닥에서 헤엄이라도 치듯이 마구 뒹굴고 헤맸어도, 스승의 주문은 도무지 그칠 기미를 보이지 않았다.

"사부님, 용서해주세요! 말씀하실 게 있거든 말씀으로 하실 일이지, 그 주문만큼은 제발 외우지 마십쇼! 외우지 말라니까요!"

삼장이 그제야 '긴고아주'를 그치고 목소리를 가다듬어 한마디 던졌다.

"나는 너한테 할 말이 없다. 이제부터 나를 따라오지 말고 너 갈 데로 가거라!"

손행자는 아직도 지끈지끈 쑤셔대는 두통을 참아가며 그 자리에 무릎 꿇고 엎드려 이마를 조아렸다.

"사부님! 어쩌자고 또 저를 쫓아내려 하십니까?"

"이 몹쓸 놈의 원숭이야! 너처럼 흉악무도한 놈은 경을 구하러 갈 자격도 없다. 어제 저 산비탈 밑에서 산적 우두머리를 둘씩이나 때려죽였을 때만 해도 나는 네놈의 그 어질지 못한 행동을 마땅치 않게 여기고 용서할 수 없었는데, 한 끼 저녁밥을 대접해주고 잠재워주었을 뿐만 아니라 뒷문까지 열어서 도망치게 해준 양 노인의 신세를 갚지는 못할망정, 그 아들놈이 아무리 불초한 자식이라 하더라도 우리와 무슨 상관이 있기에 이렇듯 참혹하게 목을 베어 죽일 수가 있단 말이냐! 하물며 양 노인의 아들 한 사람뿐만 아니라 저 숱한 사람들을 죽이고 다치게 해놓았으니, 천지간의 화기(和氣)를 얼마나 상하게 만들었는지 알기나 하냐? 지금까지 여러 차례 입이 닳도록 훈계하고 권유했지만 털끝만큼도 착한 마음이 없으니, 너 같은 인간을 데려다가 뭣에 쓰겠느냐? 어서 가거라! 어서 빨리 내 눈앞에서 떠나거라! 안 간다면 내 당장 또 주어를 외울 테다!"

'긴고아주'를 또 외우겠다는 소리에, 손행자는 그만 겁이 더럭 났다. 그 지긋지긋한 형벌을 또다시 받아야 한다니, 어디 될 법이나 한 일인가?

"외우지 마십쇼! 당장 떠날 테니 외우지는 마십쇼!"

근두운을 일으켜 타기가 무섭게, 그는 그림자 흔적도 없이 어디론가 사라지고 말았다.

오호라! 이야말로 '마음에 흉악하고 미친 기운이 있으면 금단(金丹)은 이루어지지 못하고, 성정(性情)이 바른 자리를 찾지 못하면 도를 이루기 어렵다'는 격이다.

과연 제천대성이 어느 곳으로 떠났는지, 그것은 다음 회에서 풀어보기로 하자.

제57회 진짜 손행자는 낙가산의 관음보살에게 하소연하고, 가짜 원숭이 임금은 수렴동에서 또 가짜를 찍어내다

손대성은 고민에 고민을 거듭하며 한참 동안이나 공중에 머물러 있었다.

이 궁리 저 궁리 생각은 많았다. 처음에는 화과산 수렴동으로 돌아갈 생각도 해보았으나, 수렴동에 남아 있는 부하 요정들이 자기더러 변덕스럽게 왔다 갔다 들락거리기만 하니 대장부 될 만한 그릇이 못 된다고 웃음거리나 되지 않을까 그게 걱정되었다.

천궁에 투신하여 제천대성 노릇을 하자니, 옥황상제나 천신들이 오래 있어달라고 붙잡을 것 같지도 않았다. 해도(海島)에 한 몸을 떠맡겨 놀아볼 생각도 없지는 않았으나, 그곳 역시 삼도(三島)의 여러 신선들을 보기가 남부끄러울 게 분명하고, 용궁으로 달려가자니 그 역시 구차스럽게 사해 용왕들한테 몸을 굽히고 머리 숙여 청탁하기도 싫었다.

아무리 생각해도 의지할 만한 데라고는 정말 어디에도 없었다. 이 궁리 저 궁리, 오랫동안 망설이던 끝에 그의 생각은 제자리로 돌아오고 말았다.

'그만두자, 다 그만둬! 아무래도 사부님께 돌아가서 뵈어야겠다. 누가 뭐래도 정과는 얻어야 할 게 아닌가……?'

이렇듯 결단을 내린 그는 다시 구름을 낮추고 지상에 내려서서 삼장이 타고 있는 말머리 앞에 공손히 시립했다.

"사부님, 이 불초 제자를 이번 한 번만 용서해주십쇼! 오늘 이후로

두 번 다시 그런 끔찍한 행패는 부리지 않겠습니다. 그저 사부님의 가르침만을 받들어 무슨 일이 있더라도 끝까지 사부님을 모시고 서천으로 가겠습니다."

쫓아보낸 제자가 다시 눈앞에 나타나자, 당나라 스님은 아무 대꾸도 없이 말을 멈추어 서더니, 그 자리에서 '긴고아주'를 외우기 시작했다. 중얼중얼 앞으로 외우고 거꾸로 외우기를 연거푸 스무남은 차례, 그 동안에 손행자는 또다시 흙먼지 바닥에 쓰러진 채 떼굴떼굴 구르고, 머리에 들씌운 금테가 바싹 죄어들다 못해 살 속으로 한 치 남짓이나 깊숙이 파고 들어간 것을 보고 나서야 삼장은 비로소 입을 다물었다.

"너는 왜 떠나가지 않고 되돌아와서 또 나를 성가시게 구느냐?"

싸늘한 스승의 목소리에, 손행자는 고통스러운 눈물을 철철 흘리면서 애걸복걸 빌기만 할 따름이다.

"외우지 마십쇼! 제발 이렇게 싹싹 빌 테니 그걸 외우지는 말아주십쇼. 제가 돌아갈 만한 곳은 있습니다만, 제가 없어지면 사부님께서 서천에 가시지 못할까 해서 이렇게 다시 돌아왔을 뿐입니다."

이 말을 듣자 스승은 더욱 펄펄 뛰면서 호통쳤다.

"이 발칙한 원숭이 녀석이 이젠 못 하는 소리가 없구나! 네놈은 그 동안 무수한 인명을 살상했고 또 그 일로 나한테까지 얼마나 많은 누를 끼쳤느냐? 이제 너 같은 놈은 소용도 없거니와 신세질 일도 없다. 내가 서천으로 가든 못 가든 네놈이 상관할 일이 아니니까, 어서 가거라! 냉큼 가지 않을 테냐? 좋다! 네놈이 안 떠나고 꾸물댄다면 내 또 당장 진언을 외우겠다. 이번에는 아무리 통사정해도 그치지 않고, 네놈의 그 머리통이 바스러지고 골수가 터져나올 때까지 조여들도록 그치지 않을 테다!"

손행자는 그 저릿저릿한 고통에 배겨날 자신도 없으려니와 또 스승이 끝끝내 마음을 되돌리지 않으리라는 것을 깨달았다. 그는 낙심천만, 근두운을 일으켜 타고 다시 허공으로 솟구쳐 올라가서 될 수 있는 대로 빨리 스승의 눈앞에서 사라지는 길밖에 어쩔 도리가 없었다.

허망한 마음으로 공중에 솟구쳐 올랐을 때, 퍼뜩 한 가지 생각이 그를 사로잡았다. 그렇다, 이 스님은 끝끝내 내 마음을 받아들이지 않으니, 이제 갈 곳은 오직 하나뿐이다. 보타암 낙가애로 관세음보살을 찾아가서 이 원통한 사연을 하소연할밖에…….

생각이 이에 미치자, 결단이 빠른 제천대성은 그 즉시 근두운의 방향을 돌려 남쪽으로 날아갔다. 그리고 한 시진도 채 못 되어 벌써 남양 대해에 이르렀다.

상광을 멈추고 곧바로 낙가산 위에 내려서기가 무섭게 그는 자죽림 안으로 뚫고 들어갔다.

대나무 숲에 들어서니, 목차 행자 혜안이 마주 나오면서 인사를 건넨다.

"손대성, 어딜 가시오?"

손행자는 한마디로 대답했다.

"보살님을 뵈러 왔소."

목차 행자 혜안은 아무 소리도 않고 즉시 그를 조음동 입구까지 인도했다. 이때 또 선재동자가 불쑥 나타나더니 손행자를 보고 굽실 절하며 물었다.

"아니, 손대성 아니시오? 어떻게 오셨소?"

손행자는 심통맞게 툭 쏘아붙였다.

"보살님을 고소할 일이 있어 찾아왔네!"

선재동자는 '고소하러 왔다'는 말을 듣더니 깔깔대고 웃었다.

"그것참, 주둥이도 어지간히 나불대는 원숭이로군! 왕년에 내가 삼장 법사를 잡아먹으려 했을 때, 나를 못 살게 굴던 짓거리와 어쩌면 그리도 똑같을꼬? 우리 보살님은 대자대비(大慈大悲), 대원대승(大願大乘)하신 분이요, 구고구난(救苦救難)하시며 한량없이 어질고 착하신 분인데, 무슨 잘못된 점이 있기에 고소하겠다는 거요?"

손행자는 이때껏 가슴속에 분통이 부글부글 끓어올라 견딜 수 없던 차에 이런 소리를 듣고 보니, 그만 참고참았던 울화통이 한꺼번에 터져 나오고 말았다.

"예끼, 이 못된 놈!"

혀를 차고 터뜨리는 대갈일성에, 깜짝 놀란 선재동자가 주춤하고 물러났다. 어차피 분통을 터뜨린 손행자는 목청 높여 선재동자를 꾸짖기 시작했다.

"이런 배은망덕한 짐승 놈아! 뉘 앞에서 얄밉게도 그따위 소리를 지껄이는 거냐? 네놈이 그 시절에 요정이 되어서 괴물 노릇을 하고 있었을 때, 내가 보살님을 모셔다가 네놈을 거두어들이게 했고, 정도에 귀의하여 석가여래의 가르침을 받들게 한 결과, 오늘날에 이렇듯이 극락왕생을 누리고 자유자재로 노닐면서 하늘과 더불어 수명을 함께 누릴 수 있도록 만들어주었는데, 그렇다면 이 손선생에게 고맙다는 말 한마디는 하지 않고 도리어 나를 이렇게 모욕한단 말이냐! 나는 그럴 만한 사유가 있어서 보살님을 고소하겠다는데, 네놈은 뭐 날더러 '주둥이를 나불거려 보살님을 고소하느냐'고? 요런 발칙한 놈! 어디서 함부로 그따위 소리를 지껄이는 거냐?"

선재동자는 겸연쩍게 웃으면서 사과한다.

"역시 성미 급한 원숭이라 할 수 없군! 내가 우스갯소리를 좀 했기로서니 그렇게 낯을 붉힐 것까지는 없지 않소?"

이렇듯 옥신각신 입씨름을 벌이고 있으려니, 흰 앵무새가 활개를 치면서 오락가락 날아다닌다. 관음보살이 부르고 있다는 것을 알아차린 목차 행자와 선재동자는 마침내 앞길을 인도하여 손행자를 이끌고 보련대 아래 이르렀다.

손행자는 관음보살을 우러러보더니, 그 자리에 쓰러질 듯이 털썩 무릎 꿇고 엎드려 절하며 목을 놓아 대성통곡하기 시작했다. 억눌렀던 슬픔이 복받치니, 눈물은 샘솟듯 그칠 새 없이 쏟아져 나왔다.

관음보살이 목차 행자와 선재동자를 시켜 그를 부축해 일으켜놓고는 묻는다.

"오공아, 무슨 일이 있기에 그토록 슬퍼하느냐? 자아, 그렇게 울지만 말고 똑똑히 얘기해보려무나. 내가 너를 괴로움에서 건져주고 재앙을 없애주마."

손행자는 눈물을 뚝뚝 흘리면서 다시 한번 절했다.

"지난날 이 제자가 사람 노릇을 하게 된 이후부터 누구에게 이처럼 억울한 일을 당한 적이 있었습니까? 보살님께서 저를 하늘의 재앙에서 벗어나게 해주시고 사문(沙門)의 가르침을 받들어 당나라 스님을 모시고 서천으로 경을 구하러 가게 해주신 이래, 저는 이 한 몸 던지고 목숨을 바쳐가며, 그분의 앞길을 가로막는 저 숱한 요괴 마귀의 장애에서 구해내고 재난을 풀어드렸습니다. 마치 호랑이의 아가리에서 연한 뼈다귀를 빼앗고, 교룡의 등덜미에서 비늘을 벗겨내듯 아슬아슬한 위험을 무릎써가며 그분을 감싸주고 보호해왔습니다. 이는 오로지 참된 세상으로 돌아가 정과를 얻고자 하는 일념에서 한 일이었고, 제 몸에 쌓인 죄업을 깨끗이 씻어내고 사악한 마음을 없애버리기를 바라서였습니다. 그런데 뜻밖에도 저 스님은 배은망덕하게도 보잘것없는 선연(善緣)에 미혹되어 마음을 어지럽히고 시비 흑백의 괴로움을 살피지 못하실 줄이야 어찌 알았겠사옵니까!"

관음보살이 다시 묻는다.

"어디 그 시비 흑백의 괴로움이라는 것이 무슨 까닭으로 생겨났는지 말해보아라. 내가 들어보자꾸나."

손행자는 산중에서 강도 패거리들을 때려죽이게 된 경위를 처음부터 끝까지 낱낱이 설명했다. 그리고 당나라 스님이 자기더러 사람을 많이 때려죽였다고 해서 원한을 품고 시비 흑백을 가리지도 않은 채 '긴고아주'를 외우고 두 번씩이나 자기를 쫓아냈으니, 하늘로 올라가려 해도 올라갈 길이 없고 땅속으로 들어가려 해도 문이 없어, 할 수 없이 이렇듯 보살님을 찾아뵙고 하소연하는 것이라고 말씀드렸다.

사연을 다 듣고 나서 관음보살이 타일렀다.

"당나라 삼장은 칙명을 받들고 서쪽으로 가는 사람이요, 일심으로 착한 가르침을 받들어 승려의 몸이 된 사람이라, 절대로 경솔하게 인명을 해치지 않는다. 너처럼 무한량의 신통력을 지닌 자가 어째서 그토록 많은 강도들을 때려죽일 필요가 있었단 말이냐? 도적들이 비록 불량한 자들이라 하나, 결국은 인두껍을 쓴 사람의 몸인데 구태여 때려죽여서야 되겠느냐? 저 요사스런 짐승이나 괴물, 귀신과 도깨비, 정령, 마귀들과는 경우가 다르다. 그것들을 때려죽였다면 네 공적이라 하겠으나, 인간의 몸을 지닌 자를 때려죽인 것은 역시 네 어질지 못한 허물 탓이 되는 것이다. 이제 겁난(劫難)을 흩어버리고 물리치기만 하면, 네 스승은 자연 구할 수 있을 것이다. 내가 공정히 따져보건대, 역시 네 잘못이라 하겠다."

한바탕 조목조목 따져가며 훈계를 내리는 관음보살 앞에, 손행자는 눈물이 글썽글썽해서 이마를 조아렸다.

"설령 이 제자가 잘못했다 하더라도, 그동안에 세운 공덕으로 죄를 상쇄할 수도 있을 터이니, 저를 이렇게 쫓아버려서는 안 된다고 생각합니다. 보살님께 바라옵건대, 부디 대자대비하신 은덕을 베푸시와, '송고주(鬆箍咒)'를 외우셔서 이 머리통의 굴레를 벗겨 맡아두시고, 저를 자유롭게 놓아주시어, 옛날과 같이 수렴동으로 목숨이나 건져 가지고 돌아가서 남은 세상 살아가도록 해주십시오!"

관음보살이 빙그레하니 미소를 짓는다.

"'긴고아주'는 애당초 여래님께서 내게 물려주신 것이다. 당년에 나를 동녘 땅으로 보내시고 경을 가지러 갈 만한 사람을 찾아보라고 하셨을 때 나에게 세 가지 보배를 내려주셨는데, 그것이 바로 금란 가사와 구환석장, 그리고 '금고아(金箍兒)' '긴고아(緊箍兒)' '금고아(禁箍兒)', 이렇게 세 가지 굴레를 주셨다. 그러나 이 굴레를 씌우는 주어만 가르쳐 주셨을 뿐이지, 그것들을 풀 수 있는 '송고주' 따위는 가르쳐주지 않으셨다."

이 말을 듣고 손행자가 툭툭 털고 일어섰다.

"그러시다면 저는 보살님께 작별하고 떠나가겠습니다."

"나하고 작별해서 어디로 떠나가겠다는 거냐?"

"서천으로 가서 여래님을 찾아뵙고 '송고주'를 외워주십사 여쭙겠습니다."

관음보살이 당장 떠나려는 그를 붙들어 말렸다.

"잠깐만, 가만있거라. 내가 길흉을 알아보아주마."

손행자는 시무룩하게 대꾸했다.

"알아보실 것도 없습니다. 제가 이날 이때껏 겪어온 흉한 일만 해도 지긋지긋하니까요."

"네 길흉을 보겠다는 것이 아니라, 당나라 스님의 길흉을 알아보겠다는 말이다."

대자대비하신 관세음보살이 보련대 위에 단정히 앉아서 삼계(三界)

로 마음을 돌리고 혜안(慧眼)으로써 아득히 먼 곳을 내다보며 우주(宇宙)를 두루두루 살피더니, 곧 입을 열어 이렇게 말했다.

"오공아, 네 스승은 이제 곧 목숨이 위태로운 재앙에 부닥칠 것이다. 그리고 머지않아 너를 찾게 될 터이니, 너는 이곳에 머물러 있거라. 내가 당나라 스님에게 알아듣도록 말하여 다시 너를 데리고 경을 구하러 가서, 정과를 이루도록 해주마."

손행자는 오로지 순종할 뿐, 감히 딴청을 부리지 못하였다. 그리하여 관음보살을 모시고 보련대 아래 서 있게 된 것은 더 말하지 않기로 한다.

한편, 손행자를 쫓아보낸 삼장 법사는 저팔계에게 말고삐를 잡히고 사화상에게는 짐보따리를 떠메게 한 다음, 백마까지 합쳐서 네 식구가 서쪽으로 달렸으나 겨우 5, 60리 길도 채 못 가서 말을 멈춰 세우고 제자들을 불렀다.

"얘들아, 오경(五更, 3시~5시) 때 마을을 떠난데다, 오전 내내 저 필마온 녀석이 속을 썩이는 바람에 역정을 내고 났더니, 반나절 동안 목이 마르고 배가 몹시 고파 견딜 수가 없구나. 누가 어디 가서 동냥 좀 해다 먹여주지 않겠느냐?"

"사부님, 잠깐 말에서 내려 쉬고 계십쇼. 제가 어디 근처 마을에 동냥할 데가 있나 살펴보겠습니다."

저팔계가 나서자, 삼장은 그 말대로 말에서 내렸다.

미련퉁이는 구름을 일으켜 타고 허공에 올라 이리저리 둘러보기 시작했다. 그러나 사면팔방 어디를 둘러보아도 바라보이는 것은 온통 산마루 등성이요 고갯마루뿐, 사람 사는 집 같은 것은 눈길에 들어오지 않았다. 저팔계는 구름을 낮추고 내려서서 스승에게 도리질을 해 보였다.

"동냥하러 갈 만한 곳이 없는데요. 아무리 둘러보아도 마을이나 집이라곤 통 보이지 않습니다."

삼장이 안타까운 기색으로 다시 말한다.

"동냥할 곳이 없거든 물 좀 얻어다오. 갈증이라도 풀어야 살겠다."

"가만계십쇼. 제가 남쪽 산골짜기에 가서 물을 떠가지고 옵죠."

사화상은 눈치 빠르게 보퉁이에서 바리때를 꺼내 건네주었다. 그것을 받아든 저팔계가 다시 안개구름을 타고 휑하니 사라졌다.

삼장은 길가에 주저앉아 한참 동안 기다렸으나, 물을 뜨러 간 녀석은 좀처럼 돌아오는 기색이 없다. 가련하게도 이 스님은 입속이 바싹바싹 마르고 혓바닥이 타서 견딜 수가 없었다. 실로 처량하고도 따분하기 짝이 없는 광경, 이를 증명하는 시가 있다.

신기(神氣)를 보양함을 정(精)이라 하니, 성정(性情)은 본디 한 가지 품수(稟受)를 지닌 형체다.

마음에 혼란을 일으키고 정신이 흐려지면 온갖 병이 생기는 법, 형색이 쇠퇴하고 정기가 시들해지면 도(道)의 바탕 또한 기울어진다.

삼화취정(三花聚頂)[1]을 이루지 못하면 온갖 수고가 헛것이요, 사대 소조(四大蕭條)를 이루려 다투어보았자 공연히 애만 쓸 따름이다.

토목(土木, 저오능)은 공을 세우지 못하고 금수(金水, 손오공)의 소식 끊겼으니, 법신(法身)에 맥이 빠지고 게을러져 어느 때에야 공과를 이룩할 수 있으랴!

---

1 삼화취정: **삼화취정**(三花聚頂)에 관해서는 제19회 주 **6** '삼화취정 오기조원' 참조.

사화상이 곁에서 지켜보니, 스승은 기갈을 참지 못하는데 물을 뜨러 간 저팔계는 돌아올 기미가 전혀 없다. 그는 보다 못해 짐보따리를 한쪽에 간수해놓고 말고삐를 비끄러맨 다음, 스승에게 이렇게 여쭈었다.

"사부님, 여기 앉아 좀 쉬고 계십쇼. 제가 가서 물을 빨리 떠오도록 재촉하겠습니다."

삼장은 눈물을 머금은 채, 말은 못 하고 대답 대신 고개만 끄덕끄덕한다.

사화상은 급히 운광을 타고 산 남쪽을 향해 사라졌다.

스승이 홀로 남아 속을 끓이려니, 그 괴로운 심사가 이루 말할 수 없을 지경이었다. 그래도 꾹꾹 눌러 참고 견디려는데, 갑자기 이상한 소리가 들려왔다. 깜짝 놀라 궁둥이를 들썩하고 바라보니, 어느 틈에 나타났는지 손행자가 길 곁에 천연덕스레 꿇어앉아 있는 것이 아닌가? 두 손에 떠받든 것은 물이 그득 담긴 사기잔 한 개였다.

"사부님, 이 손선생이 없으니까 물 한 잔도 제대로 얻어 마시지 못하시는군요. 자, 여기 시원한 냉수가 한 잔 있으니 우선 갈증이나 푸십쇼. 제가 다시 가서 동냥을 해다 올리겠습니다."

삼장은 딱 부러지게 거절했다.

"나는 네놈이 떠온 물은 마시지 않겠다! 선 채로 목이 말라 죽는 한이 있더라도 그건 내 운명이니까, 두 번 다시 네 신세는 지지 않겠다! 그 물은 필요 없으니 어서 가거라!"

"제가 없으면 사부님은 서천에 가지 못하십니다."

"가든 못 가든 네놈이 무슨 아랑곳이냐! 이 발칙한 원숭이 놈아, 무엇 때문에 또 와서 나를 귀찮게 집적대는 거냐!"

그 말이 떨어지기가 무섭게 손행자는 얼굴빛이 싹 바뀌더니 발끈 성을 내면서 스승에게 냅다 욕설을 퍼부었다.

"이 인정머리 없는 땡추중 녀석이 사람을 깔보아도 유분수지, 어디다 대고 함부로 그따위 소리를 지껄이는 거야!"

사기 물잔을 내동댕이치고 두 손으로 저 무시무시한 철봉을 잡은 손행자가, 그것을 빙그르르 한 바퀴 돌려 가지고 삼장의 등덜미를 겨냥해서 한 대 후려 찍었다.

"따악!"

제자의 몽둥이질 한 대에 삼장은 '헉!' 소리도 지르지 못한 채 그만 땅바닥에 고꾸라져 정신을 잃고 말았다.

손행자는 청색 융단으로 만든 짐보따리 두 개를 주섬주섬 주워들고 근두운을 일으켜 타더니 삽시간에 어디론가 사라져버렸다.

이 무렵, 저팔계는 바리때를 손에 들고 산 남쪽 언덕 밑으로 정신없이 내려가다가, 깊숙이 후미진 골짜기 아래에서 초가집 한 채를 발견했다. 알고 보니, 좀 전까지는 산등성이가 높이 가로막혀 보이지 않았던 것이, 이제 가까이 와보고 나서야 그것이 사람 사는 집인 줄 알게 되었던 것이다.

동냥할 집을 찾아낸 미련퉁이는 그 나름대로 혼자서 곰곰이 생각해보았다.

'내가 만약 이렇게 추접스런 주둥이하고 낯짝으로 불쑥 들어가면, 사람들이 무서워서 달아나겠지? 사람들을 쫓아보내면 공연히 애만 쓰고 동냥도 못 얻어갈 게 분명하다. 어떻게 할까……? 그렇지! 변신 술법을 써서 딴 모습으로 둔갑하고 들어가자! 그럴듯하게 둔갑하면 동냥쯤이야 못 얻을쏘냐……?'

미련해도 엉큼한 꾀는 살아 있다. 이래서 저팔계는 비전의 구결을 외우고 봄눙이를 일고여덟 차례나 흔들어댄 끝에 가까스로 둔갑하기에 성공했는데, 그것이 게걸들려 누르퉁퉁하게 부어오른 뚱보 스님의 꼬락서니였다. 그리고 입으로 끙끙 앓는 소리를 내면서 초가집 문전에 가까이 다가서서 주인장을 불렀다.

"시주님 계십니까? 부엌에 남은 밥이 있거든 노상에서 배고파하는 사람에게나 먹도록 내어주십쇼. 소승은 동녘 땅에서 왔는데, 서천으로 경을 구하러 가는 사람입니다. 우리 사부님께서 기갈이 몹시 심하시니, 솥에 누룽지나 찬밥 덩어리라도 있으시면 동냥해주셔서 한목숨 구해주십쇼."

때마침 이 댁에는 남정네라곤 한 사람도 없었다. 모두들 논밭에 모내기를 하거나 파종하러 나가고, 여자만 두 사람이 집에 남아서 점심밥을 지어 가지고 밭으로 내가려고 두어 사발 퍼담은 뒤끝이라, 가마솥에는 아직 대궁밥도 조금 붙어 있고 누룽지도 훑지 않은 채 그대로 남아 있었다.

두 여자는 사립문 밖에 누렇게 병든 거렁뱅이 화상이 찾아든 것을 보고, 게다가 저 머나먼 동녘 땅에서 서천까지 간다는 소리를 듣더니, 처음에는 병이 들어 헛소리를 지껄이는가 싶어 모른 척 무시하려고 했다. 그러나 혹시라도 문 앞에 죽어 자빠지지나 않을까 겁이 나서 싫단 말도 못 하고 가마솥에 남은 밥과 누룽지를 훑어서 저팔계가 내민 바리때에 듬뿍 담아주었다.

저팔계는 퍼주는 대로 받아 가지고 나와서 본래의 모습을 드러낸 다음, 왔던 길로 되돌아섰다. 한참 가고 있노라니 어디선가 '팔계!' 하고 부르는 소리가 들려왔다. 고개를 쳐들고 흘끗 바라보았더니, 사화상이 언덕 비탈 위에서 부르며 손짓을 한다.

"여기요, 여기! 둘째 형님, 이리 와요!"

사화상은 제 편에서 먼저 언덕 비탈 아래로 뛰어내려오며 또 한번 외쳤다.

"이 골짜기에 물이 맑고 깨끗한데, 이걸 뜨지 않고 어딜 다녀오시는 길이오?"

저팔계가 자랑스럽게 웃어 보인다.

"내가 여기 와서 보니까, 저 산 후미진 골짜기에 인가가 한군데 있기에, 거기 가서 대궁밥을 한 주발 동냥해 가지고 오는 길일세."

그러나 사화상은 초조한 기색으로 딴청을 걸었다.

"밥도 밥이지만, 사부님께서는 갈증이 심하신데 물을 어디다 퍼가지고 간단 말이오?"

"물을 얻기야 쉽지 뭐. 자네 옷자락에다 이 밥 덩어리를 꿍쳐넣고 주발에 물을 떠가지고 가면 되지 않겠나?"

미련퉁이가 모처럼 제법 쓸 만한 꾀를 낸 것이다. 이리하여 두 형제는 기뻐서 어쩔 줄 모르면서 처음 길로 되돌아갔다.

한데 제자리로 돌아와보니, 이게 웬일인가? 스승은 땅바닥에 얼굴을 처박고 흙먼지 구덩이에 쓰러져 있는데다, 백마란 놈은 고삐가 풀린 채 길가에서 울부짖으며 껑충껑충 뛰어다니고 있지 않은가! 그리고 소중한 짐보따리는 어디로 사라졌는지 그림자도 보이지 않았다.

저팔계가 당황한 나머지 발을 동동 구르고 가슴을 두들겨가며 고래고래 악을 쓰기 시작했다.

"아이고 맙소사! 이거 큰일났군, 큰일났어! 보나마나 손행자에게 쫓겨갔던 도둑놈의 잔당이 또 여기까지 뒤쫓아와서 사부님을 때려죽이고 짐보따리를 약탈해간 거야!"

"우선 말부터 붙들어맵시다!"

침착한 사화상도 겨우 이 말 한마디 내뱉더니, 이내 복받치는 감정을 가누지 못하고 소리지르며 내싱통곡을 터뜨린다.

"어쩌면 좋을꼬, 어쩌면 좋아! 이 노릇을 어찌해야 좋단 말이오! '중도이폐(中道而廢)'라더니, 우리야말로 모든 일이 중도에서 물거품이 되고 말았구려! 아아, 사부님……!"

눈알이 온통 빠져나올 듯 가슴 아프게 통곡하는 사화상을, 저팔계가 둘째 사형답게 진정시킨다.

"여보게, 울지 말게. 일이 이 지경에 이른 바에야, 경을 가지러 간다는 말은 할 것도 없이 다 글렀으니 뒷일이나 잘 처리하세. 자네는 여기서 사부님의 시신이나 지키고 있게. 내가 이 말을 타고 큰 고을 작은 고을, 온갖 동네 가게를 다 돌아다녀서라도 은전 몇 닢 받고 팔아서 관(棺)을 한 짝 사올 테니, 사부님을 고이 매장해드린 뒤 우리는 헤어져서 제각기 갈 데로 떠나버리세."

그러나 사화상은 차마 그럴 수가 없다. 미련을 버리지 못한 그는 스승의 몸을 바로 뒤집어놓고 볼을 비벼대면서 울고 또 울었다.

"아이고 우리 사부님, 팔자가 사납기도 하시지! 어쩌자고 이토록 각박한 운명을 타고나셨단 말입니까!"

한참 동안 정신없이 울다 보니, 스승의 입과 코에서 가느다랗게나마 따뜻한 숨결이 새어나오고 있다. 흠칫 놀라 앞가슴을 쓰다듬어보니 역시 온기가 남아 있는 것을 느낄 수 있었다.

"팔계, 팔계! 이리 좀 와봐! 사부님은 숨이 끊어지지 않으셨어!"

사화상이 외쳐 부르는 소리에, 저팔계가 어슬렁어슬렁 다가왔다. 스승을 부축해서 앉혀놓았더니, 삼장은 '휴우!' 하고 긴 한숨을 내리쉬고 한참 동안 정신을 가다듬은 끝에 비로소 말문을 열고 악담부터 퍼붓는다.

"그 괘씸한 원숭이 녀석······! 그놈이 날 때려죽이다니!"

"괘씸한 원숭이라니요? 어떤 놈 말입니까?"

사화상과 저팔계가 이구동성으로 물었다. 그러나 삼장은 말없이 한숨만 푹푹 내쉴 뿐 한참 동안 침묵하더니, 냉수 몇 모금 얻어 마시고 나서야 겨우 말문이 제대로 열렸다.

"얘들아, 너희 둘이서 떠난 뒤에 곧바로 오공이란 놈이 나타나서 또 나를 성가시게 굴었다. 내가 굳이 그놈의 호의를 거절하고 받아들이지 않았더니, 그놈은 욕설을 퍼부어가며 철봉으로 내 등덜미를 한 대 때리고, 푸른 융단으로 만든 봇짐 두 개를 빼앗아가고 말았지 뭐냐."

이 말을 들은 저팔계가 이를 뿌드득 갈아붙이며 분통을 터뜨린다.

"저런 죽일 놈의 원숭이 녀석 봤나! 어디 감히 사부님한테 그런 행패를 부린단 말이냐! 정말 괘씸하기 짝이 없는 놈이로구나!"

그리고는 사화상을 돌아보고 이렇게 분부했다.

"자네, 여기서 사부님을 모시고 있게. 내가 그놈 사는 곳을 아니까, 그리로 쫓아가서 보따리를 찾아오겠네!"

미련퉁이 저팔계가 당장 쳐들어갈 듯 설쳐대자, 심성 깊은 사화상이 붙들어 진정시킨다.

"형님, 홧김에 서두르지 말고 내 말대로 해요. 우선 사부님을 부축해서 형님이 동냥을 얻어왔던 그 골짜기 집으로 모시고 갑시다. 그리고 더운 국물과 찻물을 좀 얻어서 아까 동냥해온 밥을 데워 가지고 잡수시도록 해드린 다음에, 우리 둘이서 보따리를 찾으러 떠나면 되지 않겠소?"

저팔계는 아우의 말대로 스승을 부축해서 말에 올려 태우고, 동냥해온 찬밥을 바리때에 담아들었다. 그리고 앞장서서 곧장 산골짜기 아래 그 집 문전까지 내려갔다.

사립문 앞에 다다르니, 그 댁에는 노파 한 사람만 있다가 일행을 보고 깜짝 놀라 몸을 피하려 했다. 사화상이 얼른 앞으로 나서서 합장하고 이렇게 부탁했다.

"할머님, 저희는 동녘 땅 당나라에서 파견되어 서천으로 가는 사람들입니다. 우리 사부님께서 몸이 편찮으셔서 이렇게 염치 불구하고 댁을 찾아왔습니다. 더운 국물이나 찻물이 있거든 조금 얻어서 진지를 잡수시도록 해드렸으면 합니다."

그러자, 할망구는 별 얘기를 다 듣겠다는 듯이 퉁명스레 대꾸했다.

"조금 전에도 걸신들린 화상이 나타나 동녘 땅에서 파견되어 왔다면서 동냥을 해갔는데, 또 무슨 동녘 땅에서 왔단 말이오? 우리집에는 사람도 없고 아무것도 없으니, 딴 데나 가보시구려."

삼장이 이 말을 듣더니, 저팔계의 부축을 받아 말에서 내려 노파에게 허리를 굽히고 차분하게 말씀드렸다.

"할머니, 소승은 제자 셋을 두었습니다. 그들은 마음과 뜻을 합쳐 일심전력으로 소승을 보호하여 천축국 대뇌음사로 부처님을 찾아뵙고 경을 받으러 가는 길입니다. 그런데 이들 가운데 맏제자, 손오공이라 부릅니다만, 이놈은 천성이 흉악하여 몹쓸 짓만 저지르고 착한 도리를 지키지 않기에, 소승이 쫓아버렸습니다. 그런데 뜻밖에도 이놈이 남몰래 되돌아와서 혼자 있는 소승을 몽둥이로 때려눕히고 짐보따리하며 의발을 빼앗아갔습니다. 그래서 제자 하나가 그것을 되찾아오려고 떠나려던 참이었습니다. 이렇게 되니, 저는 아무도 없는 한길 바닥에 앉아 있을 수가 없어, 이렇게 할머니 댁을 찾아와 잠시 쉬어갈까 하는 것입니다. 짐보따리만 되찾아오는 대로 곧 떠날 것이니, 여기서 쉬게 해주십시오. 절대로 오래 머물지는 않겠습니다."

할망구가 다시 묻는다.

"조금 전에 병이 들어 누르퉁퉁하게 부은 뚱보 화상 하나가 동냥을 해갔는데, 그 사람도 동녘 땅에서 서천으로 간다고 했소. 그런데 어떻게 똑같은 길을 가는 사람들이 또 찾아왔는지 모르겠군."

저팔계는 참다못해 '푸웃!' 하고 웃음보를 터뜨리고 말았다.

"할머니, 그게 바로 저였습니다. 저는 이렇게 주둥이가 길고 귀가 크게 생겨서 댁의 식구들이 무서워하고 동냥을 주지 않을까 봐 그런 모습으로 변장했던 것이죠. 제 말을 못 믿으신다면 이걸 보십쇼. 제 아우 옷자락에 들어 있는 이 누룽지하고 대궁밥이 바로 댁에서 주신 게 아닙니까?"

할망구가 그걸 보니 과연 자기 집 부엌에서 퍼준 밥이 틀림없다. 일이 이렇게 되자, 차마 거절은 못 하고 삼장 일행을 집 안에 들여앉혔다. 그리고 더운 찻물 한 주전자를 끓여다가 사화상에게 넘겨서 밥을 말아 먹게 해주었다. 사화상은 곧 찬밥 덩어리를 물에 말아 스승에게 올렸다. 삼장은 그것을 몇 술 뜨더니, 한참 만에야 겨우 정신을 가다듬고 제자들에게 물었다.

"누가 보따리를 찾아오겠느냐?"

저팔계가 선뜻 나섰다.

"지난번 사부님이 형님을 처음 쫓아내셨을 때, 찾아가본 적이 있습니다. 그때 화과산 수렴동을 알아두었으니까, 제가 가야겠죠. 제가 가겠습니다."

그러자 스승은 절레절레 도리질을 한다.

"너는 못 간다. 그 원숭이 녀석은 처음부터 너하고 사이가 좋지 않았다. 또 너는 말투가 무뚝뚝하고 거칠어서, 그놈과 몇 마디 하다가 옥신각신 다투기라도 하는 날이면, 그놈이 너마저 때려눕힐 것이다. 사화상을 보내기로 하자꾸나."

사화상도 쾌히 승낙했다.

"좋습니다, 제가 갑죠! 제가 가고말고요!"

삼장은 사화상에게도 신신당부를 했다.

"거길 가거든 눈치를 잘 살펴보아서 일을 해야 된다. 만약 그놈이 보따리만 순순히 내놓거든, 너는 마음에 없더라도 어물어물 고맙다 인사하고 가져오면 되는 거다. 만약 보따리를 내놓으려 들지 않는다 하더라도, 그놈하고 절대로 다투어서는 안 된다. 그럴 경우에는 곧바로 남해 관음보살님께 찾아가서 이런 사정을 낱낱이 여쭙고, 보살님이 그것을 도로 찾아주시도록 부탁하거라."

사화상은 스승의 당부 말씀을 일일이 듣고 나서, 다시 둘째 사형에게 부탁했다.

"저는 이 길로 큰형님을 찾아갈 테니, 둘째 형님은 절대로 이 댁 분들을 성가시게 굴지 말고 사부님이나 잘 모셔드리고 계시오. 이 댁에서 섣부르게 설쳐대다가는 밥 한 그릇 얻어먹을 생각도 말아야 할 거요."

저팔계가 고개를 끄덕끄덕했다.

"나도 잘 아니까, 자네는 어서 가보기나 하게. 보따리를 찾든 못 찾든 빨리 돌아와야 하네. 속담에, '뾰족한 멜대로 나뭇단을 지면 양쪽 끝머리가 다 벗겨져나간다(尖擔擔柴兩頭脫)'고 하지 않았나?"

이리하여 사화상은 마침내 비결을 써서 운광을 일으켜 타더니 곧바로 동승신주(東勝神洲)를 향해 달려갔다.

몸은 있으되 신기(神氣)는 날아가 집을 지키지 않으며, 화로는 있으되 불이 없으니 어찌 단약을 구워내랴?

황파(黃婆, 사오정)는 주인(삼장)을 이별하고 금로(金老, 손행자)를 찾으러 떠났으니, 목모(木母, 저팔계)는 스승이 병든 얼굴이니 어이 곁을 떠나랴.

　　이제 가면 어느 날에야 돌아올지 모르고, 이번 가는 길은 어느 때에야 돌아오게 될 것인지 헤아리기 어렵구나.

　　오행이 상극되어 우정 또한 순조롭지 못하니, 오로지 심원(心猿, 손오공)이 마음 돌려 다시 제 길로 들어서기만 바랄 따름이다.

　　사화상은 반공중에서 사흘 낮과 밤을 치달은 끝에 비로소 동양대해에 이르렀다. 불현듯 물결치는 소리가 들려와 고개를 숙이고 굽어보니, 그야말로 시커먼 안개가 하늘 가득 뒤덮여 음산한 기운이 무럭무럭 일고, 넓고 아득한 망망대해가 햇볕을 머금어 새벽빛조차 싸늘한 광경뿐이다. 그는 바다의 장관을 구경하고 싶은 마음도 없어, 그저 선산(仙山)을 바라고 영주(瀛洲)를 건너 곧바로 화과산 경계에 다다랐다. 바닷바람을 타고 물길을 디뎌가며 또 여러 시간을 보내는 동안, 눈길에 맞닥뜨리는 것이라곤 창칼 끝을 삐죽삐죽 늘어 세운 듯 높은 산봉우리하며 병풍을 두른 것처럼 깎아지른 험준한 절벽뿐이었다. 마침내 구름을 낮추고 지상에 내려선 그는 길을 찾아 산 밑으로 내려와서 수렴동을 찾기 시작했다.

　　얼마나 전진했을까, 산속 어디선가 느닷없이 와글와글 아우성치는 함성이 들려왔다. 가까이 다가가서 보니 무수한 원숭이 요정들이 떼를 지어 떠들어대는 소리였다. 그는 또다시 앞으로 좀더 다가가서 자세히 살펴보았다.

　　손행자는 역시 이곳에 와 있었다. 이 원숭이 임금은 높다란 석대(石臺) 위에 앉아서 종이 한 장 펼쳐들고 낭랑한 목소리로 읽어내리고 있었다.

동녘 땅 대 당나라 황제 이(李) 아무개는 어전에서 칙명으로 어제 성승(御弟聖僧) 진현장(陳玄奘) 법사에게 이르노라.

　　그대는 서방 세계 천축국 사바(娑婆) 영취산 대뇌음사에 가서 여래불조(如來佛祖)를 참배하고 경을 구하도록 하라.

　　짐은 병이 몸에 침범한 까닭으로 혼령이 저승에서 놀았으나, 다행히 밝은 세상에 오래 살 운수가 있어, 유명부(幽冥府)의 염라대왕들이 놓아보내어 소생하게 하였으니, 선회(善會)를 널리 베풀고 먼저 저승에 떨어진 이들의 원혼을 건지는 도량(道場)을 닦아 세웠도다.

　　구고구난(救苦救難)하시는 관세음보살의 금신(金身)이 나타나 서방 세계에 부처가 계시며 삼장의 경이 있음을 가르쳐주시고, 이로써 유명계의 망령들을 초탈시켜줄 수 있음을 일러주시니, 이에 특별히 현장 법사로 하여금 저 멀리 천산(千山)을 지나 경게(經偈)를 구하러 가게 하노라.

　　만약 서방 제국을 지나게 될 때에, 그 임금은 선연(善緣)을 끊지 말고 통관 문첩(通關文牒)을 대조하여 그 지경을 통과하게 할 것이니라.

　　　　　　　　대당 정관(大唐貞觀) 십삼년 가을철 길한 날에
　　　　　　　　　　　　　　　　　어전 문첩(御前文牒)

　　대국을 떠난 이래 여러 나라를 경과하는 도중에, 큰 제자 손오공 행자를 얻었고, 둘째 제자 저오능 팔계를 얻었으며, 셋째 제자 사오정 화상을 얻었노라.

손행자는 이 문서를 처음부터 되풀이해서 읽고 또 읽는다. 사화상은 그것이 통관 문첩의 내용임을 알아듣자, 더 이상 분노를 참지 못하고 원숭이의 무리 앞으로 썩 나서더니, 매서운 목소리로 크게 호통쳐 꾸짖었다.

"사형! 사부님의 통관 문첩은 무엇 하러 읽고 계시는 거요?"

손행자가 그 소리를 듣더니 훌쩍 고개를 돌려 바라본다. 그러나 어찌 된 일인지 막내아우인 사화상을 전혀 알아보지 못하고 냅다 고함쳐 명령을 내린다.

"저놈이 누구냐? 저놈 잡아라!"

그 말이 떨어지기 무섭게 원숭이 요정들이 우르르 덤벼들어 에워싸더니, 사화상을 붙잡아 질질 끌어다가 손행자 앞에 꿇려 앉혔다.

이윽고 손행자의 호통 소리가 머리 위에 떨어졌다.

"네놈은 누구냐? 어떤 놈이 간덩어리도 크게 내 소굴 근처에 얼씬거리느냐?"

사화상은 맏형이 딴청 부리고 알은체를 하려 들지 않는 것을 보자, 기가 막히다 못해 저도 모르게 한숨이 흘러나왔다. 하지만 미우나 고우나 큰형님은 역시 큰형님이라, 그는 석대 위를 우러러 문안 인사부터 올리고 나서 이렇게 대꾸했다.

"큰형님께서 물으시니 사실대로 말씀드리리다. 앞서 우리 사부님께서 성미가 너무 깐깐하시어 큰형님을 잘못 꾸짖으시고, 몇 번씩이나 주문을 외워 고통을 주신 끝에 이 동부(洞府)로 쫓아보내신 것은 사실이외다. 물론 우리 같은 아우들이 잘 말씀드리지 못한 탓도 있거니와 또 우리 둘이서 사부님의 갈증을 풀어드릴 생각에 물을 얻으러 그 자리를 떠났던 탓도 있었소. 그런데 큰형님이 사부님을 아끼는 마음으로 다시 돌아오셨으나, 사부님은 여전히 고집을 부려 계율만 내세우시고 큰형님을 머물러 있게 하지 않으실 줄이야 누가 알았겠소. 그 결과 큰형님은 사부님을 때려 땅바닥에 졸도하게 만들고 짐보따리를 빼앗아가셨기에, 우리는 사부님을 다시 구해놓고 내가 이렇게 큰형님을 찾아뵈러 온 거요.

큰형님, 사부님을 원망하지 않으신다면 옛날 재난에서 해탈시켜주신 은혜를 생각하셔서라도 이 아우와 함께 보따리를 가지고 함께 돌아가 사부님을 뵙도록 하고, 우리 다 같이 서천으로 가서 정과를 끝내도록 합시다. 만약에 아직도 미움이 풀리지 않아 돌아가지 못하시겠다면, 제발 이 아우한테 보따리라도 돌려주시고, 큰형님은 이 깊은 산중에서 좋은 경치 즐기시며 여생을 편히 지내도록 하시구려. 그렇게 하면 실로 쌍방을 위해서 다 좋은 일이 되지 않겠소?"

손행자는 이 말을 듣고 껄껄대며 비웃었다.

"이것 봐, 착한 아우님! 자네 그 말씀 내 비위에 정말 안 맞는구먼. 내가 당나라 스님을 때리고 봇짐을 빼앗은 까닭은 딴 게 아닐세. 내가 서방 세계에 함께 가지 않겠다는 것도 아니요, 또 내가 이 땅에 살기 좋아서 그런 것도 아니라네. 내가 지금 이 통관 문첩을 두 번 세 번 거듭해서 자세히 읽은 뜻은, 나 혼자 서방 세계에 가서 부처님을 뵙고 경을 구하여 동녘 땅에 바치고, 나 혼자 공덕을 이루어서 저 남섬부주 사람들이 나를 조상으로 받들어 자손만대에 내 이름을 전하도록 만들기 위해서라네. 어떤가?"

사화상은 어이가 없어 웃음이 절로 나왔다.

"큰형님, 그 말씀은 틀렸소. 처음부터 우리 목적에는 '손행자가 경을 가지러 간다'는 말이 없었소. 우리 여래부처님께서 삼장 진경을 만들어놓으셨을 때에는 애당초 관음보살님을 시켜 동녘 땅에 가서 경을 가지러 갈 만한 사람을 찾아보게 하셨고, 또 관세음보살님은 부처님의 말

쓴대로 우리 사부님을 골라 떠나보내셨소. 그리고 우리 세 형제에게는 천산만수 우여곡절을 고생해가며 여러 나라를 돌고돌아 경을 가지러 가는 그분을 보호하도록 안배해놓으셨소. 그때 보살님이 뭐라고 하셨는지 형님도 잘 아실 거요.

'경을 가지러 갈 사람은 바로 여래님의 문하 제자로 법호가 금선장로였다. 그런데 그분이 부처님의 강론을 듣지 않은 까닭으로 영산에서 추방당하여 동녘 땅에 환생하셨기 때문에, 그분으로 하여금 서방 세계의 정과를 얻고 다시 한번 대도(大道)를 닦게 하셨다……'

그리고 도중에 온갖 마귀 요괴들의 장애가 있기 때문에, 우리 세 사람을 해탈시켜 그분의 호법 직분을 다하도록 배려하신 게 아니겠소? 일이 모두 이렇게 정해져 있는데, 이제 만약 형님이 당나라 스님과 함께 가지 않는다면 어떤 부처님이 큰형님에게 경을 전해주려 하시겠소? 그건 오히려 공연한 헛수고요, 아무리 애를 써봤자 모두가 소용없는 일이 아니겠소?"

그러나 손행자는 천연덕스레 이런 말을 한다.

"여보게 아우님, 자네 정말 깜깜소식이로군! 어쩌면 하나만 알고 둘은 모르나? 자네에게 나와 함께 모시고 갈 당나라 스님이 있다고 치세. 그렇다면 나한테는 당나라 스님이 없는 줄 아는가? 우리 이곳에서도 진짜 도를 닦은 참된 스님을 한 분 가려 뽑아 우리끼리 경을 구하러 갈 수 있단 말일세. 이 손선생이 혼자 힘으로 떠받들어서 안 될 일이 어디 있겠나? 내 이미 사람을 뽑아 가지고 내일이면 그 머나먼 서방 세계로 떠날 채비가 다 되어 있다네. 내 말을 못 믿겠거든 기다려보게. 내 당장 그분을 모셔 내올 테니까, 자네도 한번 잘 보아두게나."

그리고 부하들에게 분부를 내렸다.

"얘들아, 어서 빨리 사부님을 모셔오너라!"

과연 부하 원숭이들은 동굴 속으로 뛰어들어가더니, 백마 한 필을 끌어내고 이어서 당나라 삼장 법사를 모셔 내오는데, 그 뒤를 따라 또 한 사람의 저팔계가 짐보따리를 둘러멘 채 걸어나오고, 마지막으로 또 한 사람의 사화상이 구환석장을 짚고 여봐란듯이 뚜벅뚜벅 걸어나왔다.

사화상은 그것을 보고 이내 노발대발하면서 버럭 호통쳐 꾸짖었다.

"나 사화상은 어딜 가나 이름을 갈아본 적이 없고, 앉으나 서나 성씨를 고쳐본 적이 없는 몸인데, 어찌 사화상이 또 있을 수 있단 말이냐? 이 앙큼스럽고 괘씸한 녀석, 버르장머리 없는 짓은 집어치우고 내 항요보장이나 한 대 먹어봐라!"

용감한 사화상이 두 손으로 항요보장을 번쩍 치켜들더니 '가짜 사화상'의 정수리를 겨냥해서 단숨에 후려갈겼다. 때려죽여놓고 보니, 그것은 한 마리의 원숭이 요정이었다.

사화상이 원숭이 요정을 때려죽이는 것을 보자, 손행자는 약이 바짝 올라 금고봉을 휘두르면서 부하 요정들을 거느리고 달려나오더니, 사화상을 에워싸고 무섭게 들이치기 시작했다.

포위망에 빠진 사화상은 그야말로 좌충우돌, 혼신의 기력을 다 쏟아 부어, 있는 재간 없는 재간을 다 써가며 이리 후려치고 저리 찌르고, 한참 동안 정신없이 싸우던 끝에 가까스로 돌파구를 열고 빠져나오는 데 성공했다. 그리고 안개구름을 일으켜 타고 도망치면서 손행자에게 소리쳤다.

"이 고약한 원숭이 녀석, 이렇게까지 몹쓸 짓을 저지르다니! 어디 두고 보자, 내 이 길로 보살님께 가서 고소할 테다!"

사화상이 원숭이 요정 한 마리를 때려죽이고 쫓겨가는 것을 보자, 손행자는 그 뒤를 쫓아가지 않고 동굴로 돌아오더니, 졸개들을 시켜 맞아죽은 요정의 시체를 한쪽에 끌어다 놓고 껍질을 벗기게 한 다음, 살을 저며서 지지고 볶고, 여기에 다시 야자 열매로 빚은 술과 포도주를 가져다가 여러 원숭이들과 함께 나눠먹고 마셔댔다. 그리고 나서 다시 둔갑술을 잘 쓰는 원숭이 요정 한 마리를 가려 뽑아 사화상으로 탈바꿈시켜 가지고 새로 술법을 가르쳐 서천으로 떠날 채비를 갖춘 것은 더 얘기하지 않기로 하겠다.

사화상은 구름을 타고 동양대해를 떠나 꼬박 하루 밤낮을 보내고서야 남해에 도달했다. 정신없이 날아가다 보니 벌써 멀지 않은 곳에 낙가산이 바라보였다. 그는 급히 앞으로 다가들어 안개구름을 낮추고 내려다보았다. 남해 낙가산, 과연 기막힌 경관이었다.

건곤의 오묘함과 모든 경계를 두루 싸고 하나로 뭉쳤다.
온갖 하천이 모이고 모여 해와 별을 멱감기고 흘러넘치니, 물줄기들은 돌고돌아 바람을 일으키고 달머리에 출렁댄다.
조수는 거창하게 용솟음치고 휘몰아치니 대곤(大鯤)[2]이 알을 까고, 물결이 호탕하게 뒤집히면 거대한 자라가 유유히 노닌다.
물길은 서북해로 통하고, 파도는 바야흐로 동양대해와 합친다.
사해가 서로 잇대어 지맥처럼 연결되니, 선방(仙方)의 모래톱과 섬마다 선궁을 이룬다네.
대지가 모두 봉래 선경이라 말하지 말 것을, 보타산(普陀山)의 운동(雲洞)을 먼저 보라.
실로 좋은 경치다!

---

2 대곤: 『장자(莊子)』「소요유(逍遙游)」에 나오는 거대한 물고기. "길이가 몇천 리나 되는지 모르며, 변화하여 새가 되면 그 이름을 붕(鵬)이라 하는데, 이 붕새의 등이 또 몇천 리나 되는지 모른다"고 할 만큼 엄청나게 큰 물고기다.

산머리 채색 노을은 원정(元精)을 장엄하게 만들고, 암벽 아래 상서로운 바람결에 월정(月晶)이 출렁댄다.

자줏빛 대나무 숲 속에 공작새 날고, 푸른 수양버들 가지에는 영리한 앵무새가 지저귄다.

기화요초는 해마다 빼어나게 아름답고, 보배로운 나무와 금빛 연꽃은 해를 거듭하여 돋아난다.

흰 두루미는 몇 번째나 정상을 향해 날아오르고, 소담스러운 난새는 여러 차례 산마루 정자에 날아든다.

헤엄치는 물고기마저 진성(眞性)을 닦아 깨치고, 용솟음치는 물결조차 강경(講經)을 듣고 있다.

사화상이 어슬렁어슬렁 한가로운 걸음걸이로 낙가산의 선경을 둘러보고 있으려니, 목차 행자 혜안이 나타나서 맞아들인다.

"사오정, 그대는 당나라 스님을 모시고 경을 구하러 가지 않고 이곳에는 무슨 일로 왔는가?"

사화상은 공손히 절을 하고 그 앞으로 나섰다.

"한 가지 일이 생겨서 보살님을 뵈러 왔소이다. 수고스럽지만 그분을 좀 만나게 해주시오."

목차 혜안은 용건이 손행자를 찾는 일인 줄 알아차리고, 두말없이 한발 앞서 안으로 들어가 보살에게 여쭈었다.

"밖에 당나라 스님의 막내 제자 사화상이 보살님을 뵙겠다고 찾아왔습니다."

보련대 아래 시립해 있던 손행자가 그 말을 듣더니 껄껄 웃는다.

"보나마나 당나라 스님이 재난에 부닥친 모양이로군! 그러니까 사화상이 보살님께 구원을 청하러 왔을 겁니다."

관음보살은 그 즉시 명령을 내려 문밖에 있는 사화상을 불러들이게 했다.

이윽고 사화상이 보련대 앞에 들어섰다. 허물어질 듯이 땅바닥에 꿇어 엎드려 예배를 올린 다음, 지난 일을 하소연하려고 머리를 쳐들던 사화상이 문득 관음보살 곁에 손행자가 서 있는 것을 보자, 두말도 않고 항요보장을 번쩍 치켜들더니 손행자의 면상을 겨냥해 냅다 후려갈기려 들었다. 앙큼스런 손행자는 맞서 싸울 생각은 않고 재빨리 몸을 피하며 한곁으로 빠졌다. 모처럼의 공격이 빗나가자, 사화상은 입에서 나오는 대로 마구 욕설을 퍼부었다.

"너 이놈! 십악 대죄(十惡大罪)[3]를 저지른 반역도 몹쓸 놈의 원숭이 녀석아! 이번에는 또 여기까지 기어들어와서 보살님을 속이려 들 작정이냐!"

관음보살이 호통쳐 꾸짖는다.

"오정아, 손찌검을 하지 말아라! 무슨 일인지 우선 나한테 말해보려무나."

사화상은 항요보장을 거둬들이고 보련대 밑에서 다시 절하면서도, 분노를 이기지 못하여 씨근벌떡 거친 목소리로 여쭙기 시작했다.

"저 원숭이 놈은 가는 곳마다 흉악한 짓만 저질러 얼마나 많은 인명을 해쳤는지 이루 헤아릴 수가 없습니다. 일전에도 산비탈 아래에서 길손을 털어먹던 산적 우두머리 두 사람을 때려죽이고 사부님께 꾸지람을 들었는데, 생각지도 않게 그날 우연히 그 산적들의 소굴인 줄도 모르고 어느 영감님 댁에 투숙했을 때에 또다시 수많은 도적들을 한꺼번에 때려죽이고 말았습니다. 그것도 모자라 끔찍스럽게 피가 뚝뚝 떨어지는

---

[3] 십악 대죄: 제5회 주 12 참조.

사람의 머리통을 하나 가지고 와서 사부님께 보이자, 사부님은 너무 놀라신 나머지 마상에서 굴러떨어지기까지 하셨습니다. 이래서 그분이 몇 마디 호된 꾸지람을 내리고 쫓아내셨던 것입니다.

　사부님은 저놈과 헤어지신 뒤에 기갈이 너무 심하셔서 저팔계더러 물을 얻어오라고 내보내셨습니다. 한참 동안 기다려도 돌아오지 않으므로, 다시 절더러 찾아보라고 하시기에 저도 사부님 곁을 떠나고 말았습니다. 그런데 뜻밖에도 손행자는 저희 두 사람이 없는 틈을 타서 되돌아와 철봉으로 사부님을 때려뉘고 푸른 융단 봇짐 두 개를 빼앗아 달아났습니다. 저희들은 되돌아와서 사부님을 구해드리고, 그분이 정신을 차린 뒤에 저 혼자서 수렴동으로 그 보따리를 찾으러 갔습니다. 그랬더니 손행자는 시침을 뚝 떼고 저를 보고도 알은체하지 않았습니다.

　제가 그곳에 당도했을 때, 손행자는 거기서 사부님의 통관 문첩을 되풀이해가며 읽고 있었습니다. 무엇 하려고 그것을 읽고 있느냐고 제가 물었더니, 저놈 하는 소리가 '당나라 화상을 모시고 가지 않겠다, 나 혼자서 서천으로 가서 경을 얻어다가 동녘 땅에 전해주면 내 공로가 될 것이고 그렇게 해서 조상으로 떠받들려 만고에 이름을 두루 전하여 떨치게 될 것이다'라고 떠벌리는 것이었습니다. 제가 다시 '당나라 스님이 안 계신데, 누가 너한테 경을 내어주겠느냐?'고 따졌더니, '도가 높은 참된 스님 한 분을 뽑아놓았다'고 대답했습니다. 그러고 나서 부하들을 시켜 데려내오는데, 과연 백마 한 필에 당나라 스님 한 사람뿐만 아니라 그 뒤에 또 다른 저팔계, 그리고 저와 똑같은 사화상이 따라나오는 것이 아니겠습니까. 저는 '내가 사화상인데 어디 또 사화상이 있단 말이냐?' 하고 호통쳐 꾸짖으면서 앞으로 달려들어 항요보장으로 그놈을 때려뉘었습니다. 단매에 때려죽이고 다시 보았더니, 그것은 어처구니없게도 한 마리의 원숭이 요정이었습니다.

저 손행자란 놈은 부하 요정들을 이끌고 달려나와 저를 붙잡으려고 했습니다. 그래서 간신히 도망쳐 나와 이렇듯 보살님 계신 곳을 찾아와서 여쭙게 된 것입니다. 그런데 저놈이 근두운을 타고 여기까지 앞질러 와 있을 줄이야 어찌 알았겠습니까. 저 앙큼스러운 놈이 또 무슨 그럴듯한 거짓말로 알랑거려서 보살님을 속였는지 모르겠습니다."

관음보살이 사화상을 조용히 타일렀다.

"오정아, 남에게 함부로 누명을 씌워서는 못쓴다. 오공은 여기 온 지 벌써 나흘째다. 내가 놓아보낸 적이 없는데, 어떻게 이곳을 빠져나가서 다른 당나라 스님을 따로 골라 세울 리 있겠으며, 또 저 혼자서 경을 가지러 가겠다는 말을 할 수 있겠느냐?"

사화상이 반박을 한다.

"방금 수렴동에 손행자가 한 사람 있는 것을 보고 왔사온데, 제가 어찌 거짓말을 하겠습니까?"

"그렇다면 성급하게 굴 일이 아니다. 내가 오공을 시켜 너와 함께 화과산에 가보도록 해주마. 그것이 진짜라면 멸하기 어려울 것이요, 가짜라면 없애버리기가 쉬울 것이니, 그곳에 가면 모든 일이 명백하게 가려질 것이다."

손행자는 모든 얘기를 다 듣고 나자 그 즉시 앞으로 나서더니, 사화상과 함께 관음보살에게 작별 인사를 드렸다.

과연 이 일이 어떻게 판가름날 것인지, 다음 회에서 풀어보기로 하자.

제58회 마음이 둘로 갈리니 건곤을 크게 어지럽히고, 한 몸으로는 참된 적멸을 수행하기 어렵다

보살에게 작별을 고한 손행자는 사화상과 함께 두 줄기 상광(祥光)을 일으켜 타고 남해를 떠났다. 처음부터 손행자의 근두운은 속력이 몹시 빠른 반면, 사화상의 선운(仙雲)은 더딘 편이라, 손행자가 먼저 앞장서 나가려고 했다.

그러나 사화상이 그를 가로막으면서 이렇게 말했다.

"큰형님, 그렇게 머리통은 감추고 꼬리만 내놓으려고? 그런 수작일랑 마시구려! 한발 앞서 가서 미리 안배할 생각은 걷어치우시고, 이 아우하고 함께 갑시다."

손대성은 애당초 양심에 거리낄 것이 없었으나, 사화상은 의심을 품고 있음이 분명했다. 그래서 두 사람은 결국 나란히 구름을 타고 가게 되었다.

얼마 안 있어 화과산이 바라보였다. 구름을 낮추고 내려선 두 사람이 수렴동 밖에서 자세히 살펴보니, 과연 사화상의 얘기대로 또 한 명의 손행자가 석대 위에 높이 올라앉아 부하 원숭이떼와 술을 마시며 즐기고 있는 광경이 눈에 들어왔다. 그 모습하며 생김새가 손대성과 판에 박은 듯이 조금도 다르지 않았다. 누런 머리칼에 금빛 굴레가 씌워지고, 불덩어리처럼 핏발 선 눈자위에 금빛 눈동자, 몸에 걸친 것 역시 무명 직철 한 벌, 허리에는 호랑이 가죽 치마를 질끈 동였는가 하면, 손에 잡은 것은 여의금고봉 한 자루, 두 발에도 역시 고라니 가죽신 한 켤레를 신었을 뿐 아니라, 털북숭이 얼굴에 뇌공 같은 주둥이하며 초승달처럼 움푹 파인 볼때기, 둥그런 귀와 시원스러울 만큼 훤칠한 이마, 툭 불거져 나온 송곳니에 이르기까지 어쩌면 그렇게 빼어 닮았는지 손대성 자신도 놀라 자빠질 지경이었다.

그 모습을 본 제천대성 손오공이 노발대발, 사화상의 손을 홱 뿌리쳐서 뒤로 물리치더니 철봉을 번쩍 쳐들고 달려나가면서 천둥 벼락 치듯 고함을 질렀다.

"이 요사스럽기 짝이 없는 놈! 어디서 굴러들어온 놈이기에 간덩어리도 크게 내 모습으로 둔갑해서 내 자손들을 차지하고 함부로 내 선동(仙洞)에 들어앉아, 주인처럼 권세와 위풍을 떨치고 있단 말이냐!"

저편의 손행자는 느닷없이 달려드는 수렴동의 주인을 보고도 태연자약, 대꾸 한마디 없이 똑같은 철봉을 휘둘러가며 마주 덤벼들었다.

두 손행자가 한곳에 마주 서고 보니, 과연 진짜와 가짜를 분간할 길이 없는데, 서로 들이치고 아우성쳐가며 대판 싸움을 벌이기 시작했다.

두 자루 철봉과 두 마리의 원숭이 요정, 이 한판 맞붙은 주인공은 실로 만만히 볼 적수가 아니다.

두 사람 모두 당나라 어제 성승을 보호하고 받들고자 함이요, 저마다 공적을 베풀어 뛰어난 명예를 세우고자 한다.

진짜 원숭이는 실로 사문(沙門)의 가르침을 받은 자요, 가짜 요괴는 거짓으로 불제자를 사칭하는 놈이다.

내력이야 어찌 됐든 다 같이 신통력을 지니고 변화 술법 많으니, 진짜와 가짜를 따질 것 없이 둘이서 실력이 맞먹는다.

하나는 혼원일기(混元一氣) 제천대성 손오공이요, 다른 하나는 오랜 세월 천령(千靈)을 갈고닦은 축지(縮地)의 정령이다.

이편에서 쓰는 병기는 여의금고봉이요, 저편에서 쓰는 것은 마음대로 부릴 수 있는 수심철간(隨心鐵桿) 쇠몽둥이다.

떨어져서 싸워보고 맞닥뜨려 막아내도 승패를 가릴 길 없고, 서로 버텨 대적해도 이기고 질 만한 약점은 보이지 않는다.

처음에는 동굴 밖에서 겨뤄보았으나, 얼마 후에는 반공중에 솟구쳐 올라 팽팽하게 맞서 다툰다.

그들 두 사람은 제각기 운광을 딛고 까마득한 구소 하늘에 올라 엎치락뒤치락 싸웠다. 사화상은 곁에서 섣불리 손댈 엄두를 내지 못한 채 이 한판 싸움을 지켜보았으나, 도대체 진짜가 누군지 가짜가 누군지 가려낼 길이 없었다. 병기를 뽑아서 도와주고 싶어도 진짜를 다치게 될까 두려워 그것도 못 한다.

그는 한참 동안이나 꾹 참고 있다가, 몸을 날려 산비탈 밑으로 뛰어내렸다. 그리고 항요보장을 휘두르며 수렴동 밖까지 쳐들어가 요사스런 원숭이떼를 위협해 흩어버리고, 돌 걸상 식탁을 뒤엎은 다음, 술 마시던 대접이며 고기 먹던 그릇하며 눈에 닥치는 대로 모조리 때려부숴가며 푸른 융단으로 만든 짐보따리를 찾아 헤맸다. 그러나 사면팔방 아무리 뒤져봐도 봇짐은 통 보이지 않았다. 그도 그럴 것이, 원래 이 수렴동이란 곳은 연못에서 용솟음쳐 흩날리는 샘물이 거꾸로 떨어지면서 폭포를 이루고 그 물줄기가 동굴 입구를 가려, 멀리서 보면 마치 흰 무명천으로 만든 발을 드리워놓은 것처럼 보이고, 가까이 다가가서 보아도 그것은 역시 한줄기 수맥일 뿐, 처음 그곳에 발을 들여놓은 사람에게는 그 뒤쪽에 감추어진 출입구를 알아낼 길이 없었고, 그 때문에 수렴동(水簾洞), 곧 '물의 장막으로 가려진 동굴'이란 명칭이 붙었으며, 사화상은 그렇게 드나드는 출입구의 내력을 모른 까닭에 찾아내지 못했던 것이다.

보따리 찾기에 실패한 사화상은 일단 그것을 포기하고, 또다시 구름을 날려 까마득한 하늘 위로 솟구쳐 올라갔다. 이번에는 어떻게 진짜를 가려내어 도와줄까 싶어 항요보장을 휘둘러가며 접근했으나, 상황은 역시 똑같아 좀처럼 손을 대어볼 엄두가 나지 않았다.

이때 손대성의 목소리가 들려왔다.

"이봐, 사화상! 자네 힘으로 날 도와줄 수 없을 바에야, 차라리 사부님께 돌아가서 말씀이나 드려주게. 어떻게 해서 이 손선생이 요괴와 싸우게 되었는지 자네도 보아서 알 테니까, 이제 이 요괴를 몰고 남해 낙가산으로 보살님을 찾아가서 누가 진짜요 누가 가짜인지 결판낼 작정이라고 말씀드리게!"

그러자 저편의 손행자 역시 똑같은 생김새에 똑같은 목소리, 털끝만큼도 틀리지 않게 똑같은 내용으로 되풀이해서 부탁을 하는 것이 아닌가. 사화상은 아무리 보아도 흑백을 가려낼 재주가 없다. 그러니 두 손행자가 말한 대로 구름을 돌려 당나라 스님에게 복명하러 돌아간 것은 더 말할 나위도 없다.

사화상을 떠나보낸 두 손행자는 싸움을 계속하면서 곧바로 남해를 바라고 날아갔다. 한바탕 싸우다가는 가고, 가다가는 또 싸우고, 이렇듯 가다 보니 낙가산 상공에 이르렀을 때에는 치고받고 끊일 새 없이 욕설을 퍼붓는 고함 소리가 호법 제천 신령들을 놀라게 만들었다. 그들은 부리나케 조음동 안으로 들어가 관음보살에게 급보를 알렸다.

"보살님, 똑같이 생긴 손오공 두 사람이 싸우면서 이곳으로 들이닥쳤나이다."

보고를 받은 관음보살이 목차 행자 혜안과 선재동자, 용녀들과 함께 보련대 위에서 내려와 조음동 문 밖으로 나서더니 엄한 목소리로 호통을 쳤다.

"이 못된 짐승들! 어딜 가느냐! 꼼짝 말고 게 섰거라!"

두 손행자가 서로 멱살을 움켜잡은 채 고래고래 악을 쓴다.

"보살님, 이놈을 좀 보십쇼! 어쩌면 이 제자의 모습과 이처럼 똑같을 수가 있습니까? 수렴동에서 싸움이 벌어지고 나서부터 여기까지 오는 동안, 여러 시간을 싸웠지만 승부가 나지 않았습니다. 사오정이란 녀석은 눈이 어두워 진짜와 가짜를 분간하지 못하고 힘은 있어도 저를 거들어주지 못하기에, 사부님한테 이 사실이나 말씀드리라고 서쪽 길로 돌려보냈습니다. 그리고 저는 이놈하고 싸움을 계속하면서 여기까지 몰고 왔으니, 보살님의 혜안으로 진짜와 가짜를 가려주시고, 누가 옳고 누가 그른지 분명히 판별해주십쇼!"

이쪽 손행자의 말이 끝나기 무섭게 저쪽 손행자도 똑같은 소리를 한바탕 늘어놓는다.

호법 제천들과 관음보살은 한참 동안 유심히 살펴보았으나 좀처럼 진위를 알아낼 수가 없다.

"너희들, 우선 그 손을 놓고 양편으로 갈라서 있거라. 내가 다시 한 번 자세히 봐야겠다."

이윽고 관음보살의 말씀이 떨어졌다. 그제야 두 손행자는 멱살 잡힌 손을 뿌리치고 양편으로 갈라섰다. 그러나 입씨름은 여전했다.

"제가 진짭니다!"

"아닙니다, 저놈은 가짭니다!"

이편에서 한마디, 저편에서 한마디, 도무지 종잡을 길이 없다. 관음보살은 목차 행자와 선재동자를 가까이 불러들여 넌지시 분부했다.

"너희 둘이서 각자 한 놈씩 붙잡고 있거라. 내가 아무도 듣지 못하게 '긴고아주'를 외울 터이니, 어느 쪽이든 아파하는 놈이 진짜이고, 아픈 줄 모르고 멀쩡하게 서 있는 놈이 가짜일 것이다."

두 사람이 분부대로 가만히 다가가서 손행자 하나씩을 붙잡았다. 관음보살은 들리지 않게 속으로 진언을 외우기 시작했다.

"아얏, 아프다!"

"아얏, 아프다!"

두 손행자의 입에서 동시에 비명이 터져나오더니, 머리통을 부여잡고 땅바닥에 쓰러진 채 데굴데굴 구르면서 애처롭게 부르짖는다.

"외우지 마십쇼! 외우지 마세요!"

"외우지 마십쇼! 외우지 마세요!"

이구동성으로 부르짖는 애원에, 관음보살이 진언을 그쳤더니, 두 손행자는 또다시 서로 멱살을 움켜잡고 여전히 악을 써가며 싸우기 시작했다. 이렇게 되자, 관음보살도 어쩔 수가 없어, 호법 제천들과 목차행자더러 앞으로 나서서 도와주라고 명했으나, 그들 역시 진짜를 다치게 될까 겁이 나서 섣불리 손을 대지 못했다.

관음보살이 고함쳐 불렀다.

"손오공아!"

그랬더니 두 손행자가 또 이구동성으로 응답했다.

"예에!"

"예에!"

보살은 한 가지 방법을 제시해주었다.

"네가 지난날 필마온이란 벼슬을 맡고 천궁에서 대소동을 일으켰을 당시, 토벌하러 나섰던 신장들이 모두 너를 알고 있을 테니, 이 길로 하늘나라에 올라가서 흑백을 가려보도록 해라."

"고맙습니다, 보살님!"

이쪽에서 감사를 드리면, 저쪽에서도 영락없이 똑같은 소리를 되풀이한다.

"고맙습니다, 보살님!"

이리하여 두 손행자는 엎치락뒤치락 끌거니 잡아당기거니 쉴새없이 떠들어대면서 하늘로 올라가더니 마침내 남천문 밖에 들이닥쳤다.

그날 당직을 서고 있던 광목천왕은 이런 변괴를 처음 보는 터라, 당황한 나머지 허둥지둥 마원수(馬元帥)·조(趙)원수·온(溫)원수·관(關)원수, 이렇게 사대 천장들과 관문을 지키는 대소 신장들을 거느리고 달려나와 제각기 병기를 뽑아들고 앞길을 가로막았다.

"꼼짝 말고 거기들 서시오! 여기가 무슨 싸움터라도 되는 줄 아시오?"

손대성이 변명 겸해서 부탁을 한다.

"여러분도 아시다시피, 나는 당나라 스님을 보호하여 서천으로 경을 가지러 가는 길이오. 가는 도중에 내가 도적떼를 때려죽인 탓으로, 삼장 법사가 나를 쫓아내버렸소. 나는 그 길로 보타산에 가서 관음보살께 하소연하고 그곳에 머물러 있었는데, 뜻밖에도 이 요괴 녀석이 어느 틈엔가 내 모습과 똑같이 변신해 가지고 당나라 스님에게 나타나서 그분을 때려뉘고 짐보따리를 빼앗아갔지 뭐요.

뒤미처 알게 된 사화상이 보따리를 찾으러 화과산에 갔을 때, 이 요정이 내 소굴을 차지하고 있는 것을 발견하고 보타산 낙가애로 보살님께 고소하러 갔는데, 거기서 또 보련대 아래 지켜 서 있는 나를 보고, 이것은 내 근두운이 빠르니까 자기보다 앞질러 와서 보살님을 속여 눈가림하는 짓이라고 주책없이 떠들어대지 않겠소? 그러나 보살님은 공명정대하신 분이라, 사화상의 말을 듣지 않으시고 나와 함께 화과산으로 가서 진상을 다시 조사해보라고 명령하셨소.

가서 보았더니 이 요정이란 놈은 과연 이 손선생과 똑같은 모습으로 둔갑해 있었소. 그래서 둘이 함께 수렴동으로부터 낙가산에 이를 때까지 싸움을 벌이면서 보살님을 찾아가뵈었는데, 보살님 역시 가려내지 못하시기에, 하는 수 없이 또 싸워가며 여기까지 오고 말았소. 그래서 여러 천신들께 부탁하건대, 번거로우시겠지만 우리 둘 중에 진짜가 누구며 가짜가 어느 놈인지 좀 가려내주시오."

이쪽 말이 끝나기가 무섭게, 저쪽에서도 기다렸다는 듯이 똑같은 얘기를 한바탕 늘어놓는다.

천신들이 한참 동안 요모조모 뜯어보았으나, 그들이라고 뾰족한 수가 없다. 여기서도 가려내지 못하자, 두 손행자는 이구동성으로 냅다 고함을 질렀다.

"당신들이 알아내지 못하겠거든 길이나 비켜주시오! 곧바로 옥황상제를 만나뵈러 갈 테니까!"

말썽꾸러기 제천대성이 들어가겠다는데야 무슨 수로 막아내겠는가. 여러 천신들은 어쩔 수 없이 남천문을 활짝 열어젖혔다. 두 손행자는 그 길로 영소보전까지 단숨에 들이닥쳤다. 마원수는 부리나케 장천사·갈천사·허천사·구천사와 더불어 영소보전 안으로 들어가 옥황상제에게 아뢰었다.

"하계에서 꼭 같이 생긴 손오공 둘이 나타나더니 천문 안으로 들어와 폐하를 뵙겠다면서 소란을 부리고 있나이다."

상주하는 말이 채 끝나기도 전에, 두 녀석이 왁자지껄 시끄럽게 떠들면서 들이닥쳤다. 옥황상제는 깜짝 놀라 영소보전 아래로 내려섰다.

"너희 둘이서 무슨 일로 천궁을 어지럽히고 감히 짐 앞에서까지 떠든단 말이냐? 이것이 죽을죄라는 것을 모르느냐!"

옥황상제의 호통에 제천대성은 입으로만 나불나불 잘도 지껄였다.

"만세 폐하! 만세 폐하! 소신은 천명에 귀의한 이래 사문의 가르침을 받드는 몸이온데, 어딜 감히 양심에 어긋나는 일을 저지르고 웃어른을 능멸하오리까. 그런 일은 두 번 다시 하지 않겠나이다. 다만 이 요정이 소신의 모습으로 감쪽같이 둔갑하여⋯⋯."

그는 앞서 있었던 일을 자초지종 이러이러하다고 낱낱이 아뢴 후, 옥황상제에게 마지막으로 간청했다.

"⋯⋯바라건대, 폐하께옵서는 소신을 위하여 진짜와 가짜를 명백히 가려주소서."

저편의 손행자도 지지 않고 얼른 그 말을 한바탕 되풀이했다.

옥황상제는 즉시 탁탑 이천왕에게 전지를 내렸다.

"요괴의 정체를 비쳐 밝히는 '조요경(照妖鏡)'을 가져오라. 그 거울로 저놈들을 비쳐보아 누가 진짜요 누가 가짜인지 밝혀내되, 진상이 밝혀지는 대로 가짜는 멸하고 진짜는 살려두도록 하라."

이천왕이 곧 거울을 가져다가 두 손행자를 비쳐놓고 옥황상제와 여러 천신들을 모셔다 함께 살펴보도록 하였다. 그러나 거울에 비친 영상은 여전히 두 명의 손행자였다. 얼굴 모습이나 생김새는 더 말할 나위도 없으려니와, 금고 철봉, 옷차림새와 털끝 한 오리에 이르기까지 전혀 다른 점이 없었던 것이다.

이러니 하늘의 임금 옥황상제도 가려낼 도리가 없는 터라, 그만 두 손행자를 영소보전 바깥으로 쫓아내고 말았다.

이쪽의 제천대성은 껄껄대며 비웃고, 저편의 손행자 역시 깔깔깔 웃어대며 좋아라 했다. 그러나 싸움은 여기서 그친 것이 아니라, 쌍방이 서로 모가지와 멱살을 부여잡고 엎치락뒤치락, 아귀다툼을 벌여가며 남천문 밖으로 나오더니 이번에는 서천으로 향하는 길 쪽으로 곤두박질쳐 내리기 시작했다.

"너 이놈, 나하고 사부님을 만나러 가자! 사부님을 만나뵙고 판가름을 내러 가잔 말이다!"

한편 화과산에서 두 손행자와 헤어진 사화상은 또다시 사흘 낮밤이 걸려서야 겨우 노파의 집으로 돌아올 수 있었다. 그는 스승에게 여태까지 벌어진 사태의 경과를 자초지종 낱낱이 말씀드렸다.

당나라 스님은 자신의 어리석음을 생각하고 회한에 사로잡혔다.

"이럴 수가 있나! 그때에는 손오공이란 놈이 나를 한차례 때려뉘고 짐보따리를 빼앗아간 줄로만 알았는데, 그놈이 요괴가 둔갑한 손행자일 줄 누가 알았단 말이냐?"

사화상은 놀라운 일 한 가지를 덧붙여 말씀드렸다.

"그 요괴란 놈은 또 다른 부하 원숭이들을 사부님과 백마 한 필로 둔갑시켜놓았습니다. 게다가 또 하나의 저팔계가 천연덕스레 우리 짐보따리를 둘러메고 있을 뿐 아니라, 또 하나는 바로 저였습니다. 그래서 제가 분노를 이기지 못하여 가짜 사화상을 단매에 때려죽여놓고 보았더니, 그것은 바로 원숭이의 요정이었습니다. 이래서 그놈들이 놀라 흩어진 사이에 빠져나와 관음보살님께 여쭈러 남해로 달려갔습니다만, 거기에도 큰 사형이 어엿하게 있질 않겠습니까. 보살님은 절더러 큰 사형과 함께 가서 알아보라고 하셨는데, 그 요정은 과연 큰 사형의 모습과 똑같이 생겨서 도무지 어느 편을 거들어주어야 좋을지 몰라 전혀 도움이 되지 않았습니다. 그래서 이렇게 먼저 돌아와 사부님께 말씀드리는 것입니다."

삼장은 이 말을 듣더니 대경실색, 얼굴빛이 하얗게 질리고 말았다.

그러나 곁에서 미련퉁이 저팔계란 녀석은 껄껄대고 웃으면서 태평스런 얘기를 주절거린다.

"그것 참말 잘됐군! 잘된 노릇이야! 이 시주 댁 할망구 말씀이 딱 들어맞지 않았나? '도대체 경을 가지러 가는 사람들이 몇 패거리나 되느냐'고 하더니, 이거야말로 진짜 또 한 패거리가 생긴 셈 아닌가!"

이 무렵 노파 댁 사람들은 남녀노소 할 것 없이 모두 달려나와 사화상을 둘러싸고 웅성웅성 물었다.

"아니, 스님은 요 며칠 동안 어디로 동냥하러 가셨기에 이제야 나타나신 거요? 그래, 노잣돈이라도 두둑이 얻어 가지고 오셨소?"

사화상은 빙그레하니 웃어 보였다.

"소승은 동승신주 화과산으로 짐보따리를 찾으러 큰형님한테 찾아갔다가, 거기서 다시 남해 낙가산으로 가서 보살님을 찾아뵙고, 또다시 화과산에 들러 한 바퀴 빙 돌아서 오는 길이외다."

식구들 가운데 노인장이 묻는다.

"왕복하시는 데 길이 얼마나 되시오?"

"줄잡아 한 이십여만 리 길쯤 될 겁니다."

사화상의 대꾸에, 노인장은 입이 딱 벌어져 하품을 한다.

"어이구, 나으리! 그 며칠 새에 그토록 먼 길을 다녀오시다니, 이건 구름이나 타고 다니지 않고서야 어떻게 오락가락하시겠소!"

저팔계가 한마디 거들고 나선다.

"하긴 그렇지! 구름을 타지 않고서는 바다를 어떻게 건너갔겠소?"

천성이 우직스런 사화상은 그래도 제 자랑 하지 않고 겸손해할 줄 안다.

"우리 두 사람이 구름을 탄다고는 해도 그 정도 거리쯤은 어디 길을 갔다고나 하시는 줄 아십니까. 만약 우리 큰형님이라면 며칠이 아니라 단 하루 이틀 새면 왕복하고도 시간이 남았을 겁니다."

그 말을 듣자, 이 댁 식구들은 당나라 스님 일행을 모두 신선이라고 떠받들며 위해주었다.

여기에 또 저팔계가 호기를 부렸다.

"우리는 신선이 아니외다. 하지만 신선 나부랭이쯤은 우리에게 후배뻘이 된다, 이 말씀이야!"

이러구러 얘기들을 나누고 있는데, 난데없이 반공중에서 왁자지껄 시끄럽게 떠드는 소리가 들려왔다. 주인과 나그네 할 것 없이 모든 사람들이 깜짝 놀라 뛰어나와보니, 두 손행자가 서로 맞붙어 싸워가며 날아오는 소리다. 여태껏 막내아우의 얘기를 듣고 주먹이 근질근질하던 저팔계는 그 꼴을 보자 대뜸 팔뚝부터 걷어붙이고 나섰다.

"가만히들 계시오! 어디 내가 가서 한번 가려내볼 테니까."

미련퉁이 바보가 급히 몸을 솟구쳐 공중으로 뛰어오르면서 하늘에다 대고 버럭 고함을 지른다.

"형님! 떠들 것 없소! 이 저선생이 갈 테니 염려 마시오!"

그랬더니 두 손행자가 이구동성으로 응답한다.

"여보게, 아우! 빨리 와서 이놈의 요정을 때려잡게!"

"여보게, 아우! 빨리 와서 이놈의 요정을 때려잡게!"

이 댁 식구들은 그제야 사화상의 말이 거짓이 아니라는 것을 깨닫고, 놀랍기도 하려니와 기뻐서 어쩔 바를 모른다.

"이크, 저런! 구름에 오르고 안개를 탈 줄 아시는 나한 어르신들께서 우리집에 와 묵고 계셨구나. 스님한테 보시를 드리고 소원을 빌어도, 이렇듯이 훌륭하신 분들께 공양을 드려본 사람은 우리말고는 다시없을 게다!"

이리하여 노파 댁 식구들은 쌀가마가 바닥나는 것도 마다 않고 밥을 지으랴, 찻물 끓여 대령하랴, 잠시도 쉴새없이 들락거리며 귀한 손님 대접하느라 부산을 떨었다. 그리고 또 노인장 하는 말씀이 가관이다.

"딴 분은 몰라도 저기 저 똑같이 생겨먹은 행자 두 사람은 안 되겠는걸. 저렇게 무시무시하게 싸우다가 자칫 잘못해서 천지가 뒤집히기라도 하는 날이면, 그 재잉이 우리집밀고 어디 떨어질꼬!"

삼장이 가만 듣고 보니, 노인장은 귀한 손님 보는 앞에서 기뻐하는 척하면서도 속으로 여간 걱정하는 눈치가 아니다. 그래서 자신 있게 안심시켰다.

"노시주님, 안심하세요. 걱정하실 일은 생기지 않을 겁니다. 소승이 제자들을 복종시켜 악을 버리고 착한 길로 돌아오게 한 뒤에, 어르신께 감사드릴 것입니다."

노인장은 두말없이 대꾸했다.

"아이고, 저희 같은 사람이 어디 감히 나한 어르신의 사례를 받겠습니까?"

이때 사화상이 그들의 얘기를 중도에서 끊었다.

"시주님, 아무 말씀 마십쇼. 그리고 사부님께서는 여기 앉아 계십쇼. 저하고 둘째 형님이 같이 가서 한 사람씩 붙들어 사부님 앞에 끌어올 테니, 사부님은 그 주문을 외우십시오. 어느 쪽이든 아파서 펄펄 뛰면 진짜 손행자요, 아픈 줄 모르고 멀쩡한 사람은 바로 가짜일 겁니다."

"그것참 지당한 말이로구나!"

스승이 쾌히 승낙하자, 사화상은 즉시 반공중으로 솟구쳐 올라 두 손행자에게 큰 소리로 고함쳐 알렸다.

"두 분은 잠깐 싸움을 그치시오! 우리하고 같이 사부님께 내려가서 진짜와 가짜를 판가름해달라고 청합시다."

이편의 제천대성이 손을 놓자, 저편의 손행자 역시 손을 놓는다. 사화상은 그 가운데 한 명을 부여잡으면서 저팔계에게 소리쳤다.

"둘째 형님도 그쪽 한 분을 붙잡으십쇼!"

이렇듯이 두 손행자가 아우들에게 붙잡힌 채 구름을 낮추고 노파 댁 문전에 내려서니, 삼장 법사는 기다렸다는 듯이 곧바로 '긴고아주'를 외우기 시작했다. 그러나 역시 소용없는 짓거리, 두 손행자는 이구동성으로 아파 죽겠다며 고래고래 비명을 지르는 것이 아닌가?

"사부님! 외우지 마십쇼! 저희는 이렇게 죽도록 싸우고 있는데, 사부님은 그걸 외우셔서 어쩌시겠다는 겁니까? 제발 외우지 마십쇼, 외우지 마세요!"

삼장 법사는 본심이 착하고 자비가 많은 사람이다. 그래서 입을 다물어버렸는데, 이러고 보니 역시 진짜와 가짜를 알아낼 도리가 없게 되고 말았다.

두 손행자는 제각기 아우들의 손을 뿌리치고 여전히 철봉을 한 자루씩 휘둘러가며 싸움질을 계속했다. 무섭게 맞붙어 싸우는 가운데, 이편의 제천대성이 저팔계와 사화상을 향해 냅다 소리쳐 당부한다.

"여보게, 아우님들! 여기서 사부님을 모시고 있게. 나는 이놈과 함께 저승으로 염라대왕을 찾아가서라도 결판내고야 말겠네!"

저편의 손행자도 질세라, 똑같은 목소리로 외쳐 당부한다.

"여보게, 아우님들! 여기서 사부님을 모시고 있게. 나는 이놈과 함께 저승으로 염라대왕을 찾아가서라도 결판내고야 말겠네!"

이렇듯이 두 손행자는 서로 움켜잡은 채 끌고 당기고 흔들어붙이면서 야단법석을 떨더니, 순식간에 어디론가 사라져버리고 말았다.

골치 덩어리가 사라지자, 저팔계는 막내아우를 돌아보고 새삼스레 물었다.

"이것 봐, 사화상. 자네, 수렴동에 가서 가짜 저팔계가 짐보따리를 둘러메고 있는 것까지 봤다면서 왜 빼앗아오지 않았나?"

사화상은 차분한 말씨로 설명해주었다.

"그 요정은 내가 항요보장으로 가짜 사화상을 때려죽이는 것을 보더니 부하 원숭이떼를 휘몰아 가지고 나를 붙잡으려 했소. 그래서 나는 목숨 하나 겨우 건져 가지고 빠져나와, 그 길로 보살님께 찾아가 사태를 여쭈었던 거요. 그리고 보살님의 분부에 따라 큰형님과 함께 다시 수렴동으로 날아갔는데, 그들 둘이서 대판 싸움을 벌이기 시작했소. 나는 그 틈을 타서 동굴 앞에 벌여놓은 술자리를 뒤엎고 돌 걸상 식탁을 내동댕이쳐서 졸개 요괴들을 흩어버렸으나, 보이는 것이라곤 폭포수가 샘물처럼 거꾸로 치솟는 광경뿐, 동굴의 출입구가 어디로 뚫려 있는지 알아낼 수가 없거니와 짐보따리도 어디다 감춰놓았는지 찾을 수가 없었소. 그래서 사부님께 우선 이 사태를 알려드려야겠다 생각하고 빈손으로 돌아온 거요."

이 말을 들은 저팔계가 어깨를 자랑스레 으쓱대며 아는 척한다.

"하하! 이제 봤더니, 자네가 모르고 있었군 그래. 몇 해 전 형님한테 구원을 청하러 갔을 때 나도 처음에는 동굴 문 바깥에서 만나보고 그냥 쫓겨날 뻔했다네. 하지만 내가 알랑거리고 조금 추켜세워주었더니, 그 원숭이 녀석은 꼼짝없이 충동질에 넘어가 당장 떠날 채비를 한답시고 동굴 안으로 뛰어들어갔는데, 옷을 갈아입고 다시 나올 때 가만 보니까 물속을 뚫고 들락거리더란 말씀이야. 결국 그 샘물처럼 솟구쳐 올랐다가 거꾸로 떨어지는 폭포의 물줄기가 동굴 속으로 드나드는 출입구란 얘기지! 아마 그 요괴는 우리 짐보따리를 그 안에 감춰두었을 걸세."

그러자 삼장이 대뜸 물었다.

"네가 그 출입구를 안다니 잘되었구나. 그놈들이 모두 없는 틈을 타 먼저 그 동굴에 가서 봇짐을 찾아오면 어떻겠느냐? 그래 가지고 우리끼리 서천으로 떠나자꾸나. 그놈이 진짜로 판명되어 다시 날 찾아온다 해도, 나는 그런 몹쓸 녀석은 소용없으니까 받아들이지 않을 테다."

"좋습니다! 제가 다녀옵죠."

저팔계가 한마디로 응답하고 나서는데, 사화상이 말렸다.

"둘째 형님, 그놈의 동굴 앞에는 졸개 원숭이떼가 수천 마리나 득시글대는데, 형님 혼자 가셨다가 당해내지 못하면 도리어 재미없는 꼴을 당하실 거요."

"염려 말게. 겁날 것 없네! 겁날 것 없으니까, 안심하게."

저팔계는 싱글싱글 웃으면서 급히 문밖으로 나서더니 안개구름을 일으켜 타고 허공으로 솟구쳐 올랐다. 그리고 짐보따리를 찾으러 화과산으로 날아간 얘기는 접어두기로 하겠다.

한편, 두 손행자는 여전히 떠들썩하게 욕설을 퍼붓고 싸워가며 드디어 유명계로 통하는 음산 뒤편에 들이닥쳤다. 산중에 우글대던 저승 귀신들은 그 무시무시한 기세에 눌려 전전긍긍, 이리 숨고 저리 피해 도망치느라 한바탕 야단법석이 났다. 한발 앞서 도망친 몇몇이 음사(陰司) 정문 안으로 달려들어가 삼라보전에 급보를 알렸다.

"대왕님, 큰일났사옵니다! 음산 뒤쪽에 느닷없이 제천대성 두 분이 싸움을 하면서 들이닥쳤습니다."

십대 염왕 가운데 첫번째 전당에 거처하는 진광왕이 깜짝 놀라 두번째 전당에 있는 초강왕에게, 초강왕은 세번째 전당의 송제왕에게, 송제왕은 다시 네번째 전당 변성왕에게, 변성왕은 다섯번째 전당의 염라왕에게, 염라왕은 또 여섯번째 전당에 있는 평등왕에게 급보를 전하고, 이렇게 해서 일곱번째 전당의 태산왕, 여덟번째 도시왕, 아홉번째 오관왕, 열번째 전륜왕에 이르기까지 소식을 차례차례 두루 전달하여 순식간에 유명부의 시왕(十王)들이 일제히 집결하고, 또 파발꾼을 지장왕보살에게 달려보내 급보를 전하는 한편, 삼라전에 모인 시왕들은 저승세계를 통제하는 음병을 집결시켜 점검하고, 두 손행자가 나타나기만 하면 그 즉시 진짜 가짜 가릴 것 없이 잡아 끓일 태세를 갖추었다.

이윽고 모진 강풍이 세차게 휘몰아치고 잠담한 안개가 사욱하게 뒤덮이더니, 그 속에서 두 손행자가 엎치락뒤치락 싸워가며 삼라전 아래 들이닥쳤다.

저승 세계 임금들이 그 앞에 썩 나서서 가로막고 호통쳐 꾸짖었다.

"대성께서는 무슨 일로 우리 저승 세계를 떠들썩하게 만드시오?"

이쪽 제천대성이 저승을 찾아오게 된 연유를 밝힌다.

"나는 당나라 스님을 모시고 서천으로 경을 가지러 가는 길이었소. 도중에 서량국을 지나가다가 어느 산중에 이르렀더니 강도들이 우리 사부님의 앞길을 가로막고 겁탈하려 하기에, 내가 몇 놈을 때려죽였소이다. 사부님이 나를 꾸짖고 문하에서 내쫓아버렸기에, 나는 어쩔 수 없이 남해 보살님께 호소하러 가서 거기 머물러 있었소. 그런데 그사이에 이 요정이 어떻게 내 사정을 알아냈는지, 입버릇까지 흉내낼 수 있을 만큼 나하고 똑같은 모습으로 둔갑하고 도중에 나타나 사부님을 때려뉘고 짐 보따리를 빼앗아가고 말았소. 내 막내아우 사화상이 뒤늦게 알고 내 소굴로 쓰던 화과산으로 보따리를 찾으러 갔더니, 저 요사스런 가짜 녀석이 사부님의 이름을 거짓으로 내세우고 경을 가지러 서천으로 떠나겠다는 얘기를 늘어놓더란 거요. 그곳을 도망쳐 나온 사화상은 곧장 남해로 뺑소니쳐서 보살님을 찾아뵈었는데, 그분 곁에 바로 내가 서 있는 걸 보았소. 사화상이 자초지종을 여쭙자, 보살님은 날더러 사화상과 함께 화과산으로 가서 진상을 조사해보라는 명령을 내리셨소. 내가 직접 가서 보았더니, 과연 이놈이 내 소굴을 차지하고 있었소.

나는 이놈과 싸움을 벌이면서 다시 보살님 계신 곳으로 달려갔으나, 어쩌면 내 얼굴 모습과 말하는 품이 너무나 감쪽같아서, 보살님조차 누가 진짜요 가짜인지 분간해내지 못하셨소. 나는 다시 이놈과 싸우면서 천당으로 올라가 부탁해보았지만 하늘의 신령들도 판별해내지 못하기에, 또 우리 사부님을 찾아가뵈었소. 사부님은 '긴고아주'를 외워 시험해보셨으나, 이놈 역시 나하고 똑같은 아픔을 느끼고 데굴데굴 구르는 바람에 실패하고 말았소.

이런 까닭으로 이 저승 세계에까지 들이닥쳐 떠들썩하게 굴었으니, 유명계의 음군(陰君)이신 여러분은 내 무례함을 용서하시고, 우선 생사부를 조사하여 '가짜 손행자'는 과연 어디 출신이며 내력이 어떻게 되는 놈인지 밝혀주시오. 그래서 한시 바삐 가짜의 혼백을 추탈(追奪)하여 저승에 가둬놓고, 두 번 다시는 가짜와 진짜 두 마음이 뒤죽박죽으로 혼동을 일으켜 세상을 어지럽히지 못하게 해주시오."

저승의 명왕들은 이 얘기를 듣는 즉시 장부 관리를 맡은 관부 판관(管簿判官)을 불러들여, 처음부터 하나하나 대조해가며 조사하게 하였다. 그러나 생사부에는 '가짜 손행자'란 이름조차 적혀 있지 않았다. 판관이 또 털 가진 짐승, 즉 모충(毛蟲)의 장부를 뒤져보았더니, 제130조 원숭이 부류에 가서 모든 기록이 깡그리 지워져 있는 것을 발견했다. 어째서 기록이 말소되었을까? 그것은 제천대성 손오공에게 책임이 있었다. 그가 철부지 어린 시절에 득도하고 화과산의 요괴로 있을 당시 수명이 다하여 저승사자에게 끌려 이곳으로 온 적이 있었는데, 그때 음사를 한바탕 뒤집어엎고 생사부를 빼앗아 붓끝에 먹물을 듬뿍 적셔 가지고 자기 이름을 북 그어서 지워버렸을 뿐만 아니라, 원숭이 족속의 항목까지 보이는 대로 모조리 지워 없앴기 때문에, 그후부터는 원숭이란 원숭이는 그 이름조차 남아나지 않게 되었던 것이다.

관부 판관은 장부 조사를 마치고 삼라전으로 들어가 십대 명왕 앞에 회보해 올렸다. 저승 세계 임금들은 정식으로 홀을 잡고 두 손행자에게 조사 결과를 일러주었다.

"손대성, 이 저승에는 '가짜 손행자'의 출신 내력을 조사해볼 만한 근거 자료가 없으니, 아무래도 이승으로 나가셔야 흑백을 가려낼 수 있을 듯싶소이다."

이렇게 얘기하고 있을 때, 갑자기 지장왕 보살의 목소리가 들렸다.

"잠깐만 기다려라! 내가 체청(諦聽)을 시켜서 너희 둘 가운데 누가 진짜요 가짜인지 알아보아주겠다."

이 '체청'이란, 지장왕 보살의 경상(經床) 아래 엎드려 있는 짐승의 이름이다. 이 짐승이 지하에 엎드려 있기만 하면, 삽시간에 사대 부주의 산천, 사직, 동천복지 범위 안에 속하는 영충(贏蟲, 인간), 인충(鱗蟲, 비늘 달린 동물), 모충(毛蟲, 털 가진 짐승), 우충(羽蟲, 날개 달린 동물), 곤충(昆蟲), 하늘에 있는 천선(天仙), 땅에 있는 지선(地仙)과 신선(神仙), 인선(人仙), 귀선(鬼仙) 할 것 없이 모든 존재의 선악을 비쳐 알 수 있고, 그 어질고 어리석은 행위까지 샅샅이 들어서 알아낼 수가 있는 것이다.

지장왕 보살의 명령이 떨어지자, 이 짐승은 그 즉시 삼라전 앞마당에 내려앉더니 땅바닥에 넙죽 엎드렸다. 그러나 이내 머리를 쳐들고 주인이신 지장왕 보살을 우러르면서, 그분만이 알아듣는 소리로 이렇게 말하였다.

"저 괴물의 이름은 알아낼 수 있사오나, 저놈이 보는 앞에서 드러내어 말씀드리지 못하겠습니다. 그리고 또 저것을 잡는 데 조력할 수도 없나이다."

지장왕 보살이 묻는다.

"보는 앞에서 드러내어 말할 경우에는 어찌 되느냐?"

"면전에서 정체를 밝히면, 저놈의 요정이 발악하여 삼라전을 소란하게 만들 것이므로, 이 저승 세계가 평안치 못할 것이옵니다."

"그럼 저것을 잡도록 도와줄 수도 없다는 것은 무슨 까닭이냐?"

"요정의 신통력이 손대성과 별 차이가 없기 때문입니다. 이 저승 세계의 신령들이 얼마나 법력을 지니고 있겠나이까. 그런 까닭으로 잡을 수가 없사옵니다."

"그럼, 어떻게 하면 저것을 제압할 수 있겠느냐?"

지장왕 보살의 물음에, 체청의 대답은 간단명료했다.

"불법 무변(佛法無邊), 부처님의 법력은 가이없나이다."

지장왕 보살이 얼른 그 뜻을 깨닫고 즉시 두 손행자에게 말했다.

"너희 두 사람은 생김새도 똑같고 신통력 또한 별 차이가 없으니, 만약 진위를 반드시 가릴 생각이라면, 이 길로 석가여래님이 계신 뇌음사로 가거라. 그리로 가야만 모든 것이 명백하게 밝혀질 것이다."

두 손행자가 깔깔대면서 일제히 떠들어댄다.

"그렇고말고! 지당하신 말씀이야. 나하고 너하고 서천으로 불조님 앞에 가서 결판내기로 하자!"

골치 덩어리가 저승 세계를 곱게 떠난다는 말에, 십전(十殿)의 음군(陰君)들은 삼라보전 밖에까지 배웅 나가고, 지장왕 보살은 말썽꾸러기들의 인사를 받으면서 홀가분하게 취운궁(翠雲宮)으로 돌아갔다.

불청객이 사라지자, 십대 명왕들이 귀문관 사자들을 시켜 유명계의 관문을 단단히 잠가버린 것은 더 말할 나위도 없다.

저승 세계를 벗어난 두 손행자는 안개구름을 일으켜 타고 서방 세계를 향하여 쏜살같이 날아갔다.

이것을 증명하는 시가 다음과 같이 있다.

사람에게 두 마음이 있으면 재앙이 생겨서, 하늘 끝 바다 모퉁이 어디를 가도 의심을 사게 되는 법.

　　보배로운 준마를 타게 되면 삼공(三公, 정승)의 지위가 욕심나고, 그것도 모자라서 금란전 일품대(一品臺, 국왕의 자리)까지 엿보게 된다.

　　임금의 자리에 올라야 무엇 하랴, 남정북벌 영토를 넓히느라 쉴 틈이 없고, 외우내환을 감당하느라 동쪽으로 막고 서쪽을 쳐부숴도 안정되지 못한다.

　　그러나 선문(禪門) 안에서는 모름지기 무심결(無心訣)을 배우느니, 영아(嬰兒)를 고요히 길러내야 성태(聖胎)를 맺는 법이다.

　　두 손행자는 반공중에서 끌고 잡아당기고, 쥐어뜯고 흔들어붙이고 야단법석을 떨어가며 싸우다가는 또 날아가고, 가다가는 또 싸우고 이렇듯 난장판을 부린 끝에, 드디어 대서천 영취산 뇌음보찰 산문 밖에 이르렀다. 조용하고도 엄숙한 사찰 앞에서 난데없이 떠들썩하니 아우성치는 소리가 들리기 시작했다.

　　이 무렵, 대뇌음사 정전(正殿)에서는 사대 보살, 팔대 금강, 오백 아라한, 삼천 게체(三千偈諦),[1] 비구니, 비구승, 그리고 우바새(優婆塞), 우바이(優婆夷)[2] 등, 모든 성스러운 대중(大衆)들이 칠보 연대(七寶蓮臺) 아래 모여서 정갈한 귀로 석가여래의 설법을 조용히 듣고 있었다.

　　때마침 여래가 강설(講說)하는 대목은 여기까지 이르렀다.

---

1 삼천 게체: '삼천(三千)'은 불교 용어로 천태종(天台宗)에서 만유(萬有)를 통틀어 삼천이라 하였다. 게체(揭諦)는 곧 바라아제(婆羅揭諦)이므로, '피안에 가는 모든 사람'을 일컫는 말.

2 우바새·우바이: 불교 용어로 우바새(優婆塞)는 upāsaka의 음역. 청신사(淸信士)·근사남(近事男)·근선남(近善男)의 뜻. 남성 재속 신자(在俗信者), 재가 신자(在家信者)를 일컫는 말. 우바이에 관하여는 제52회 주 **3** 참조.

있지 않는 가운데 있고(不有中有),
없지 않는 가운데 없다(不無中無).
색이 아닌 가운데 색이요(不色中色),
빈 것이 아닌 가운데 빈 것이다(不空中空).
있는 것이 아닌 것을 있는 것으로 삼으며(非有爲有),
없는 것이 아닌 것을 없는 것으로 삼는다(非無爲無).
색이 아닌 것을 색으로 삼으며(非色爲色),
빈 것이 아닌 것을 빈 것으로 삼는다(非空爲空).
빈 것인즉 이것이 곧 빈 것이요(空卽是空),
색인즉 이것이 곧 색이다(色卽是色).
색에 일정한 색이 없으면(色無定色),
색인즉 이것이 곧 빈 것이다(色卽是空).
빈 것에 일정한 비움이 없으면(空無定空),
빈 것인즉 이것이 곧 색이다(空卽是色).
빈 것이 비지 않았음을 알면(知空不空),
색이 곧 색이 아님을 알 것이다(知色不色).
이를 이름하여 '다 비추었다' 함이니(名爲照了),
비로소 묘음에 도달하게 되리라(始達妙音).

여러 중생이 머리 숙여 귀의하고 차례차례 돌아가며 설법한 대목을 소리내어 읽고 있으려니, 석가여래는 천화(天花)를 내려다가 널리 뿌렸다. 하늘의 꽃이 펄펄 흩날리는 동안, 여래는 보좌를 떠나 대중들에게 말하였다.

"그대들은 다 같이 일심(一心)이라 하나, 저기 보아라, 두 마음이 서로 다투면서 달려오고 있지 않느냐?"

중생이 다 같이 눈을 들어 바라보니, 쌍둥이처럼 닮은 두 손행자가 아우성을 치면서 뇌음사 장엄한 경내에까지 들이닥친다.

깜짝 놀란 팔대 금강이 부리나케 달려나가 그들 앞을 가로막았다.

"어딜 함부로 들어서는가!"

이편의 제천대성이 먼저 말한다.

"요정이 제 모습으로 둔갑하였기에, 보련대 아래 나아가 여래님께서 번거로우시더라도 저를 위해 거짓과 진실을 가려주시기를 간청드리려고 하오."

여덟 분의 금강은 이 망나니 둘을 막아낼 도리가 없어 한쪽으로 밀려났다. 두 손행자는 곧바로 보련대 아래 나아가 부처님 앞에 무릎 꿇어 절하고 이렇게 아뢰었다.

"불초 제자는 당나라 스님을 모시고 이 보산으로 진경을 구하러 오는 도중, 마귀에게 시련당하고 괴물을 퇴치하느라 얼마나 많은 애를 썼는지 모르나이다. 일전에도 길 가는 도중에 우연히 강도들을 만나 겁탈을 당하게 되었기에, 이 제자가 두 차례에 걸쳐 몇 놈을 때려죽였더니, 사부님은 저를 꾸짖으시며 문하에서 쫓아내시고, 일행과 더불어 여래금신을 배알하도록 용납하지 않으셨나이다. 제자는 어쩔 도리가 없어 남해로 달려가 관음보살님을 뵙고 억울함을 호소하였사옵니다.

그런데 뜻밖에도 이 요사스런 정령이 제자의 목소리를 흉내내고 똑같은 모습을 지닌 가짜로 둔갑하여 노상에 나타나 저희 사부님을 때려뉘고 짐보따리를 빼앗아갔사옵니다. 사제 오정이 옛날 제자가 머물러 있던 화과산으로 보따리를 찾으러 갔사오나, 이 요정은 교묘하게 거짓말을 꾸며대어 '참된 성승이 따로 있으니 그분을 모시고 경을 구하러 서천으로 떠나겠다'고 하였나이다.

오정은 그곳을 탈출하여 남해로 가서 관음보살께 자초지종 낱낱이 여쭈었나이다. 관음보살께서는 이를 알아들으시고 마침내 제자더러 오정과 함께 다시 한번 화과산으로 달려가 진상을 알아보라 명하셨나이다. 화과산에 당도하여 보니, 과연 사화상이 말한 대로 제자의 모습으로 둔갑한 요정이 있는지라, 결국 제자와 요정 둘 사이에 대판 싸움이 벌어졌고 진짜와 가짜를 가려내기 위해 남해까지 싸우면서 가고 다시 천궁으로 올라가기도 했사오며, 당나라 스님이 계신 곳을 거쳐 나중에는 저승 세계에까지 싸우면서 갔으나, 그 어느 곳에서도 진위를 가려내지 못하였나이다.

사연이 이러하므로 제자의 행동이 대담하고 경솔한 줄 아오나, 부디 바라옵건대 우리 여래부처님께서 인정의 문을 활짝 여시고 자비심을 널리 베푸시와, 불초 제자에게 정(正)과 사(邪)를 분명히 가려주시어, 당나라 스님을 모시고 다시 이곳으로 금신을 친히 배알하러 올 수 있게 하여주시고, 진경을 받아 동녘 땅으로 돌아가 대교(大敎)를 길이 빛낼 수 있도록 살펴주소서."

여러 사람들은 두 손행자가 두 입으로 똑같이 아뢰는 말을 귀담아 들었으나, 그들 가운데 어느 누구도 판별해내는 사람이 없었다. 오직 여래부처만이 모든 것을 꿰뚫어 알고 있을 뿐이었다.

여래부처가 마침내 입을 열어 설파하려 할 때였다. 갑자기 남쪽 하늘에 채색 구름이 감돌더니, 어느 틈에 달려왔는지 관음보살이 나타나 여래 앞에 참배의 예를 올렸다.

여래부처는 합장하고 보살에게 물었다.

"관음 존자, 저 두 행자를 보라. 그대가 보기에 어느 쪽이 진짜요 어느 쪽이 가짜인지 알아낼 수 있는가?"

관음보살은 공손히 대답했다.

"일전에 두 손행자가 불초 제자의 거처를 찾아온 바 있사오나, 도 지히 판별해내지 못하였나이다. 저 둘이 다시 천궁(天宮)·지부(地府)까지 가보았으나 역시 그곳에서도 가려내지 못하였나이다. 이제 여래님께 절하고 아뢰오니, 부디 저들에게 판결을 내려주시기 바라나이다."

여래부처는 미소를 띠며 이렇게 말하였다.

"그대들의 법력이 너르고 크다 하나, 보천(普天)의 일을 널리 보기만 할 뿐이요, 보천의 물상(物像)을 두루 식별해내지 못할뿐더러, 보천의 종류 또한 널리 알지 못하는 모양이다."

"보천의 종류가 어떻게 되는지 가르쳐주소서."

"보천의 세계에는 오선(五仙)이 있으니, 천선과 지선, 신선과 인선, 그리고 귀선의 존재가 곧 그것이다. 또 오충이 있으니, 영충과 인충, 모충과 우충, 그리고 곤충의 존재가 곧 그것이다. 이 밖에 문제가 되는 것이 또 있으니, 이놈들은 천선·지선·인선·신선·귀선도 아니요, 영충·인충·모충·우충·곤충도 아니다. 이를 가리켜 '사후 혼세(四猴混世)'라 하는데, 이놈들은 위에 말한 오선과 오충 이 열 가지 종류에 속하지 않는다."

"감히 여쭙건대, 그 '사후(四猴)'라 하심은 어떤 원숭이들을 말함이오니까?"

"첫번째 것은 영명석후(靈明石猴)로서, 변화 술법에 능통하며 천시를 식별하고 지리를 알며, 별자리를 옮기고 바꿀 수 있는 능력을 지녔다. 두번째 것은 적고마후(赤尻馬猴)로서, 음양에 밝고 인간 만사를 알며, 생사 출입에 능통하여 죽음을 피해 오래 사는 능력을 지녔다. 세번째 것은 통비원후(通臂猿猴)로서, 일월을 잡고 온갖 산천을 압축시키며, 길흉화복을 판별하고 건곤을 마음대로 주무를 수 있는 능력을 지닌 원숭이다. 네번째 것은 육이미후(六耳獼猴)로서, 음성을 잘 알아듣고 사리를 살필 줄 알며, 전후 인과(前後因果)를 분별하고 만물에 골고루 밝은 원숭이다.

이 네 종류의 원숭이는 보천 세계 십류(十類)에 들지 않는 종자일 뿐 아니라, 오선과 오충 가운데 어느 명목에도 속하지 않는 종자다. 내가 보건대, '가짜 오공'은 바로 육이미후일 것이다. 이 원숭이는 한곳에 서면 능히 천리 밖의 일을 알고, 사람이 하는 말이라면 어디서 누가 말하든지 낱낱이 알아듣는다. 그렇기 때문에 '음성을 잘 알아듣고 사리를 살필 줄 알며, 전후 인과를 분별하고 만물에 골고루 밝다'고 한 것이다. 진짜 오공과 모습이 같고 음성 또한 같은 자는 바로 저 육이미후다."

손행자로 둔갑한 육이미후는 여래가 자신의 정체를 낱낱이 설파하는 것을 듣더니, 가슴살이 떨리고 간담이 써늘해져 그 자리에 서 있을 수가 없었다. 그는 황급히 몸을 솟구쳐 허공으로 껑충 뛰어올라 도망치려 했다. 그가 달아나려는 것을 눈치챈 여래부처는 즉시 대중들에게 명령을 내렸다.

"저것을 달아나지 못하게 막아라."

어느 틈엔가 사대 보살, 팔대 금강, 오백 아라한, 삼천 게체, 비구승, 비구니, 우바새, 우바이, 관세음보살, 목차 행자 혜안, 이렇게 많은 대중들이 약속이나 한 듯 일제히 몰려나와 가짜 손행자를 둘러쌌다.

손대성 역시 달려들어 포위에 가담하려 했으나, 여래부처가 그것을 만류했다.

"오공은 손찌검을 하지 말거라. 내가 저것을 붙잡아주마."

음성은 작고 조용했어도, 육이미후에게는 소름이 오싹 끼치고 전신의 뼈마디가 저려왔다. 이야말로 절체절명, 도저히 궁지에서 빠져나가기 어렵다는 판단이 서자, 그놈은 급히 몸뚱이를 한 번 꿈틀하더니 꿀벌 한 마리로 탈바꿈하여 '붕!' 하고 공중으로 날아올랐다. 그와 동시에 여래부처의 손길이 황금 바리때를 집어서 훌쩍 내던졌다. 황금 바리때는 꿀벌을 덮어씌운 채 곧바로 떨어져 내렸다. 눈 깜짝할 사이에 벌어진 일이라, 중생들은 그것을 알아채지 못하고 영락없이 놓쳐버린 줄로만 알았다.

중생들이 아쉬운 기색으로 웅성거리는 것을 보고, 여래부처가 빙그레 웃어 보였다.

"그대들은 아무 말 하지 말라. 요정은 아직 도망치지 못했다. 내 바리때 밑에 깔려 있을 터이니, 모두들 와서 보아라."

대중들은 여래 앞으로 몰려들어 바리때를 들춰냈다. 과연 그 안에는 본색을 드러낸 육이미후가 이름 그대로 여섯 개의 귀를 쫑긋거리면서 웅크려 있었다.

그동안의 분노를 참고참던 손대성이 냅다 앞으로 달려나가더니, 철봉을 번쩍 쳐들기가 무섭게 단매에 후려쳐 거꾸러뜨렸다.

이리하여 오늘날까지 육이미후란 원숭이는 이 세상에서 멸종되고 말았다.

여래부처는 그것을 안타깝게 여기고 탄식을 금치 못했다.

"허허, 애석한 일이로구나. 애석한 일이야……."

손대성은 볼멘소리로 여쭈었다.

"여래님, 측은하게 여기실 것은 없사옵니다. 이놈은 저희 사부님을 다쳐놓고 짐보따리마저 빼앗아간 몹쓸 놈입니다. 형법에 비추어 따져본다면, 이놈은 '재물을 얻으려 인명을 다치고, 대낮에 강탈 행위를 저지른 죄(得財傷人, 白晝搶奪)'[3]를 저질렀으니, 마땅히 참형에 처할 놈이었

---

[3] 재물을 얻으려 인명을 다치고, 대낮에 강탈 행위를 저지른 죄: 『서유기』의 무대는 당나라 때이지만, 여기 나열된 죄목은 모두 명나라 때의 형법인 『대명률(大明律)』「형률」에 해당한다. 아마도 저자 오승은이 생존했던 시기가 명나라였기 때문일 것이다. 명

습니다!"

여래부처는 손대성의 불만을 넘겨듣고서 이렇게 분부했다.

"너는 어서 속히 당나라 스님을 모시고, 이곳으로 경을 구하러 오너라."

손대성은 머리를 조아려 감사하면서 자신의 고충을 하소연했다.

"여래님께 숨김없이 여쭈오리다. 저의 사부 되시는 당나라 스님은 저를 소용없다 하여 받아들이지 않을 것이옵니다. 이제 그분께 갔다가 받아들이지 않는다면, 저는 공연히 애나 쓰고 헛걸음만 하는 격이 되지 않겠습니까? 바라옵건대 여래님께서는 제자의 고충을 살펴주시와, '송고주(鬆箍咒)'를 외우셔서 제자의 머리에 씌운 이 굴레를 벗겨주소서. 제자가 이 굴레를 여래님께 돌려드리고 환속하여 살아갈 수 있도록 놓아 보내주소서!"

여래부처가 꾸지람 섞어 조용히 타이른다.

"쓸데없는 생각 말아라. 그리고 방자하게 굴어서는 못쓴다. 내가 관음 존자를 시켜 너하고 함께 가도록 할 테니, 그대로 따르거라. 네 스승이 너를 받아들이지 않을까 걱정하지 말고, 스승을 잘 보호하여 모시고 이리로 오너라. 그때에는 공덕을 원만히 이루고 극락에 귀의할 것이니, 너도 마침내 연화대에 오를 수 있게 될 것이다."

관음보살은 곁에서 가만히 듣고 있다가 즉시 합장하여 성은에 사례한 다음, 오공을 데리고 구름에 올라 표연히 떠나갔다. 그 뒤를 따라 목

나라 형률에, '재물을 얻으려고 인명을 다친 행위(得財傷人)'는 '강도죄(强盜罪)'를 적용하되, 재물을 얻지 못한 자는 장형(杖刑) 1백 대에 유형(流刑) 3천 리를 병과하며, 재물을 취득한 자는 정범과 종범을 구분하지 않고 모두 참형(斬刑)에 처하였다. '대낮에 공공연히 남의 재물을 강탈한 행위'는 '백주창탈죄(白晝搶奪罪)'를 적용하여 장형 1백 대와 도형(徒刑) 3년에 처하는데, 장물의 액수를 헤아려 고액을 강탈하였을 때에는 '절도죄'의 해당 형량에 2등형을 가중 적용하되, 범행 과정에서 인명을 살상한 경우는 참형에 처하였다.

차 행자 혜안도 흰 앵무새와 함께 보살을 쫓아갔다.

　얼마 안 되어서 일행은 당나라 스님이 묵고 있는 초기집에 다다랐다. 사화상이 먼저 그들을 알아보고 급히 삼장을 재촉하여 문밖으로 모시더니 다 같이 절하고 맞아들였다.

　관음보살이 삼장을 보고 이렇게 당부한다.

　"당나라 스님, 일전에 그대를 때려눕힌 것은 역시 '가짜 손행자'였던 육이미후였소. 다행히도 여래부처님께서 그놈의 정체를 알아내시고, 여기 있는 오공이 때려죽여 없애버렸으니 이제는 안심해도 좋소. 그대는 지금부터 오공을 다시 제자로 받아들이도록 하시오. 앞으로 가는 길에 마귀의 장애가 아직도 스러지지 않았으니, 반드시 오공의 보호를 받아야만 비로소 영산에 이르러 부처님을 뵙고 경을 얻을 수 있을 것이오. 다시는 성을 내거나 꾸짖는 일이 없도록 하시오."

　삼장은 머리 조아리고 보살의 말씀을 받들었다.

　"가르치시는 뜻을 삼가 준수하겠나이다."

　이렇듯 사례하고 있을 때였다. 동쪽 정면에서 갑자기 광풍이 휘몰아치는 소리가 들리더니, 저팔계가 보따리 두 개를 등에 짊어진 채 바람을 타고 나타났다. 미련퉁이 바보는 관음보살을 보더니, 그 자리에 무너지듯 넙죽 엎드려 큰절부터 올렸다. 그러고 나서 보따리를 찾으러 다녀온 경과를 말씀드렸다.

　"불초 제자는 이틀 전에 사부님과 헤어져 화과산 수렴동으로 보따리를 찾으러 갔습니다. 그곳에 당도해보니 과연 사오정의 말대로 가짜 당나라 스님과 가짜 저팔계가 있기에, 제자가 손수 때려죽였사온데, 그 정체가 두 마리의 원숭이 요정이었습니다. 수렴동 안으로 들어가 겨우 보따리를 찾아내어 다시 조사해본즉, 물건은 하나도 없어지지 않았으므로 다시 바람을 타고 이리로 돌아오는 길이었습니다. 하온데, 두 손행자는 어디에 가 있는지요?"

관음보살은 뇌음사에 계신 여래부처가 요괴의 정체를 알아낸 경위를 처음부터 끝까지 자상하게 일러주었다. 내막을 알고 속시원하게 궁금증이 풀린 이 미련퉁이는 기뻐서 어쩔 줄 모르며 보살 앞에 연신 감사를 드렸다.

스승과 제자 일행이 엎드려 사례하는 가운데, 관음보살은 유유히 남해로 돌아갔다. 미움과 질투, 분노와 시기심으로 흐트러졌던 네 사람은 모든 사사로운 감정을 풀고 예전과 다름없이 마음과 뜻을 하나로 뭉치게 되었다. 일행은 노파 댁 사람들에게 고맙다는 인사를 남기고 행장과 마필을 수습하여 다시 큰길을 찾아 떠나갔다.

이를 증명하는 시가 다음과 같이 있다.

중도에서 마음이 갈리니 오행이 어지럽고, 요사스런 정령을 제압하고 다시 모이니 원명(元明)이 합쳐졌다.
신(神)이 심(心)의 집으로 돌아가니 선(禪) 또한 비로소 안정을 되찾고, 육식(六識)[4]을 떨쳐 물리치니 단(丹)이 스스로 이루어진다.

이제 길을 다시 떠나면 삼장은 과연 어느 때에야 부처님을 뵙고 경을 구하게 될 것인지, 다음 회에서 풀어보기로 하자.

---

4 육식: 불교 용어로, 눈(眼)·귀(耳)·코(鼻)·혀(舌)·신체(身)·의지(意)의 여섯 가지 인식 작용. 이 육식을 근거로 하여 형체와 소리, 향기와 맛, 촉감과 직감의 여섯 경지에 대하여 보고, 듣고, 냄새 맡고, 맛보고 감촉을 느끼고, 인식하는 분별 작용, 곧 안식(眼識)·이식(耳識)·비식(鼻識)·설식(舌識)·신식(身識)·의식(意識)을 말한다.

제59회 당나라 삼장은 화염산에 이르러 길이 막히고, 손행자는 속임수를 써서 파초선을 처음 빼앗다

몇몇 종자의 성품은 본디 같으니, 바다는 무궁함을 용납한다.
천만 갈래 근심 걱정은 끝내 허망한 것이려니, 형형색색 온갖 시비 곡절은 서로 어울려 화목을 이룬다.
어느 날인가 공덕을 이루고 모든 일이 원만히 끝날 때, 둥글고 밝은 법성(法性)도 높이 융성할 것이다.
이것저것 차별을 두어 동분서주하지 말 것이니, 조롱(鳥籠) 문을 굳게 잠가두고 단단히 싸서 간직해둘 것이다.
거두어서 단로(丹爐) 안에 고이 놓아두면, 언제나 금오(金烏, 태양)처럼 붉게 단련되리라.
밝게 빛나며 어여쁘고 아름다운 빛이 찬란하리니, 어디라도 용을 탄 듯 자유자재로 드나들게 될 것이다.

이 시는 삼장 법사가 보살의 교지(敎旨)를 준수하여 손행자를 다시 받아들이고, 저팔계, 사화상과 더불어 두 마음을 단호히 끊어버리고 손행자의 야성을 굳게 단속한 다음, 합심 협력하여 서천으로 달려간다는 뜻을 밝힌 것이다.
세월은 화살처럼 빠르게 지나가고 일월의 바뀜은 마치 베틀에 북 드나들 듯 쉴새없이 돌고돌아서, 어느덧 여름철 삼복 무더위를 보내고 또다시 삼추(三秋)의 서리 내리는 시절을 맞이하게 되었다.

엷디엷은 구름 끊겨 하늬바람 매섭게 불고, 흰 두루미 울음소리 먼 산에 메아리치니 서리 찬 숲은 비단결처럼 곱다.

늦가을 황량한 풍경은 바야흐로 쓸쓸하고 구슬프니, 머나먼 산길에 강물은 더욱 길게 흐른다.

기러기떼 북쪽 변방에서 날아오고, 제비떼 남녘으로 돌아가는 시절.

나그넷길에 홀로 가는 외로움 덮쳐드니, 홑옷 승복은 쉽사리 추위를 탄다.

스승과 제자 일행 넷이서 하염없이 앞으로 걷고 있노라니, 어인 일인지 가면 갈수록 찌는 듯한 무더위가 점점 더 기승을 부린다.

삼장은 말을 멈춰 세우고 혼잣말하듯 중얼거렸다.

"지금은 한창 늦가을철인데 어째서 이다지 날씨가 무더우냐?"

곁에서 저팔계가 듣고 아는 척했다.

"사부님이 모르시니까 그런 말씀을 하십니다. 서방 세계로 가는 도중에 스하리국(斯哈哩國)¹이란 나라가 있는데, 그곳이 바로 해 떨어지는 곳으로서 흔히들 '하늘 끝 닿는 곳'이란 뜻으로 '천진두(天盡頭)'라고 부른답니다. 날마다 신시(申時)와 유시(酉時)가 바뀔 무렵(17시)이 되면 그 나라 임금은 백성들을 성벽 위로 올려보내 북 치고 뿔피리를 불게 하여, 바다가 들끓는 듯이 시끄러운 소리를 내게 합니다. 왜냐하면 해는

---

1 스하리국: 불교에서는 '사하국(斯訶國)', 곧 '더럽고 부정한 국토(穢土)'라고 풀이하였으나, 『태평어람(太平御覽)』 제7807권 「부남토속(扶南土俗)」과 「남주이물지(南州異物志)」에 수록된 '사조국(斯調國)', 다시 풀어서 지금의 인도 남쪽 섬나라 스리랑카 Sri Lanka(중국어로 斯里蘭卡)를 가리키는 듯하다.

태양의 진화(眞火)이므로 서녘 바다에 해가 떨어지는 동안에는 마치 불덩어리를 물속에 던져넣을 때처럼 굉장한 소리를 내면서 부글부글 용솟음치고 끓어오르기 때문에, 만약 북소리 뿔피리 소리로 귀를 어지럽게 하지 않으면, 도성 안의 어린아이들이 그 굉장한 소리 때문에 놀라서 죽게 된다는 겁니다. 이 고장의 열기가 이렇게 찜통처럼 무더운 것은 아마도 해가 떨어지는 곳에 왔기 때문인 것 같습니다."

손대성이 그 말을 듣더니 웃음을 참지 못하고 핀잔을 준다.

"바보 같은 친구, 터무니없는 소리 작작 하게! 스하리국으로 말하자면 아직도 한참 멀었네. 사부님처럼 아침나절에 겨우 삼 리, 저녁나절에 또 이 리, 이렇게 굼벵이 걸음으로 마냥 가다가는, 어린애가 늙어서 할아버지가 되고, 그 할아버지가 다시 태어나 어린애가 되고, 이렇게 삼 대를 두고 죽었다가 다시 태어나고, 또 늙어 죽었다가 또다시 태어난다 하더라도, 그 나라에는 당도하지 못하실 걸세."

"아니 형님, 무슨 말씀을 그렇게 하시오? 설사 형님 말대로 스하리국이 그렇게 멀다면, 여기가 해 떨어지는 곳도 아닐 텐데 어째서 이토록 지독하게 무덥단 말이오?"

저팔계의 반박에 이어, 사화상도 한마디 끼어든다.

"아마 천시(天時)가 바로 가지 못하고 거꾸로 뒤틀려, 가을철에서 여름철로 다시 바뀌는 모양이오."

세 형제가 이러쿵저러쿵 말장난을 벌이면서 가고 있으려니, 저편 길가에 시골집 한 채가 바라보였다. 그런데 색다른 것이, 붉은 기와를 얹어올린 지붕에 붉은 벽돌담하며 붉은 옷칠을 입힌 대문짝, 게다가 앞마당에 덩그러니 놓인 평상마저 붉게 칠했으니, 어딜 보나 온통 붉은빛 일색이었다.

집을 본 삼장은 아예 말에서 내렸다.

"오공아, 네가 저 집에 가서 이곳 날씨가 왜 이리 무더운지 좀 알아보거라."

"예에!"

손행자는 철봉을 거두고 옷매무새를 가다듬더니, 끄떡끄떡 점잖은 걸음걸이로 큰길을 벗어나 그 댁으로 향하는 오솔길에 접어들었다. 대문 앞에 거의 다 갔을 때, 갑자기 노인 하나가 문을 열고 나서는데, 그 차림새가 또 유별났다.

몸에 걸친 것은 누른가 하면 누르지도 않고, 붉은빛인가 하면 붉지도 않은 갈포(葛布) 심의(深衣)² 한 벌이요,

머리에 쓴 것은 푸른가 하면 푸른빛도 아니고, 검정빛인가 하면 검지도 않은 서늘한 대나무 껍질 삿갓이다.

손에 들린 것은 꾸부정한가 하면 꾸부정하지도 않고, 꼿꼿한가 하면 곧지도 않은 마디가 울퉁불퉁한 죽장 막대기다.

두 발에는 새것인가 하면 새것도 아니고, 낡았는가 하면 낡지도 않은 통이 긴 가죽 장화 한 켤레다.

얼굴은 불그스레한 구리쇠 빛깔이요, 수염은 백설처럼 하얀 강철 줄기와 같다.

두 가닥 미끈하게 뻗은 눈썹은 푸른 눈동자를 가리고, 웃음기 머금은 입술 언저리에 누런 이빨을 드러냈다.

그 노인은 고개를 쳐들고 흘끗 손행자를 바라보더니 기겁을 해서 대지팡이로 떡 버텨 선 채 호통쳐 물었다.

---

2 심의: 옛날 제복의 한 가지. 윗막이와 아랫막이가 한데 붙은 내리닫이로, 몸을 깊숙이 감출 수 있다고 하여 '심의(深衣)'라고 불렀다.

"이거 수상한 놈이로구나. 너는 어디서 굴러들어온 괴한이냐? 내 집 문전에서 무얼 기웃거리고 있는 게냐?"

손행자는 공손하게 인사를 드리고 대답했다.

"노시주님, 두려워하실 것 없습니다. 저는 수상한 사람이 아니라 동녘 땅 대 당나라에서 황제 폐하의 명을 받고 서방 세계로 경을 구하러 가는 승려올시다. 사부님과 제자, 넷이서 마침 이 댁 근처를 지나다가 날씨가 푹푹 찌도록 무덥기에, 그 까닭을 알 수 없거니와 또 이 고장의 지명도 모르고 해서 좀 가르쳐줍시사 하고 이렇게 찾아뵌 것입니다."

노인이 그제야 마음을 놓고 빙그레하니 웃었다.

"이제 봤더니 스님이셨군. 내 말을 너무 고깝게 듣지 마시구려. 이 늙은 것이 잠시 눈이 아물아물해서 좋은 분을 알아뵙지 못했소이다."

"고깝게 여기다니요, 천만의 말씀입니다."

"그래 스승이란 분은 어디 계시오? 큰길 쪽에 있소?"

"저기 저 남쪽 큰길가에 서 계신 분 아닙니까?"

손행자가 스승 쪽을 가리키자, 노인은 한마디로 속시원하게 말한다.

"어서 이리 모셔오시오. 냉큼 모셔와요!"

손행자는 기뻐하며 일행에게 손짓을 보냈다. 일이 수월하게 잘된 것을 본 삼장 법사는 저팔계, 사화상 두 제자에게 말고삐를 잡히고 보따리를 짊어지운 다음, 대문 앞으로 다가와서 노인장과 인사를 나누었다.

노인은 삼장 법사의 풍채가 미끈하게 생긴 것을 보고 기뻐하면서도 저팔계와 사화상의 기괴망측한 생김새에 놀라움을 금치 못했다. 그러나 이미 불러들인 뒤라 어쩔 수 없이 집 안에 들여앉히고 하인들을 시켜 차 대접을 하는 한편, 부엌에 일러 저녁밥을 마련하게 했다.

융숭한 대접을 받게 된 삼장 법사는 새삼스레 일어나 고맙다는 인사를 건넨 다음, 조심스럽게 물었다.

"노인장께 한 가지 여쭙습니다만, 이 고장에서는 가을철이 되어도 늘 이렇게 무덥습니까? 어째서 그런지 모르겠습니다."

노인의 대답은 간단했다.

"이 고장은 화염산(火燄山)[3]이라고 부르오. 불꽃처럼 뜨거운 산이 있으니까 봄도 가을도 없고 사시장철 이렇게 무덥소."

이 말을 듣고 삼장은 어지간히 걱정스러워 다시 물었다.

"화염산은 어느 쪽에 있습니까? 혹시 서쪽으로 가는 길을 막고 있지는 않습니까?"

아니나 다를까, 노인장이 절레절레 도리질을 해 보였다.

"서쪽으로 가실 생각이라면 아예 꿈도 꾸지 말아야 할 거요. 그 산은 여기서 육십 리쯤 떨어진 곳에 있는데, 곧장 서쪽으로 가려면 반드시 거쳐야 되는 길목에 자리잡았소. 팔백 리 너비나 되는 면적에 온통 불길이 뻗쳐나와서 풀 한 포기도 살아남지 못하오. 그 산을 넘어가자면 구리쇠 머리통에 강철 같은 몸뚱이를 지녔다 하더라도 단번에 녹아서 국물

---

3 화염산: 화염산에 대한 최초 기록은 『산해경(山海經)』「대황서경(大荒西經)」에 "서해의 남쪽, 유사(流沙)의 변두리에 곤륜산(崑崙山) 언덕이 있는데, ……그 바깥에는 염화산(炎火山)이 있어 물건을 던지면 곧 타버린다". 이 대목에 곽박(郭璞)은 다음과 같이 주를 달았다. "지금 부남(扶南)에서 동쪽으로 1만 리를 가면 기박국(耆薄國)이 있고, 다시 동쪽으로 5천 리쯤 가면 화산국(火山國)이 있는데, 그곳의 산은 비록 장맛비가 내려도 불이 늘 타오르고 있다……." 그리고 『신이경(神異經)』「남황경(南荒經)」에는 "남황 바깥에 화산이 있는데, 그 산중에는 나무가 전혀 나지 않는다. 밤낮으로 불길이 타오르며 폭풍이 몰아쳐도 맹렬하지 못하고 사나운 폭우에도 꺼지지 않는다" 하였다. 1979년에 현장 법사의 구도(求道) 여행길을 답사한 일본 학자 스가와라 아츠시(菅原 篤)가 쓴 『서유기의 발자취를 따라서』(양기봉 역)에는 이 화염산을 현재 중국 신장성(新疆省) 위구르 자치구 투르판(吐魯番) 분지, 남북 60킬로미터, 동서 120킬로미터, 면적 약 7천 2백 제곱킬로미터의 사막 지대 북쪽에 위치한 표고 8백 미터가량의 바위산으로서, 이 산 남쪽은 약 20킬로미터에 걸쳐 수직으로 깎아지른 암벽으로 형성된 붉은 바위산이며, 지면 온도가 섭씨 60도, 그늘이 45도, 습도는 11퍼센트, 풍속 1의 메마른 분지에 거대한 촛불의 불길이 수평으로 길게 퍼져나간 형태라고 묘사하였다.

이 되어버릴 게요."

삼장은 이 말에 그만 대경실색, 얼굴빛이 하얗게 실린 채 두 번 다시 물어볼 엄두도 내지 못했다.

이때 대문 바깥에서 젊은 사내 하나가 시뻘겋게 칠한 수레를 밀고 나타나더니, 문전에 멈춰 세워놓고 소리를 지르기 시작했다.

"떡 사시오! 떡 한 개에 동전 한 닢이오!"

손행자가 냉큼 털 한 가닥을 뽑아 엽전 한 닢으로 둔갑시켜 가지고 떡장수 청년에게 다가갔다.

"떡 하나 주시오."

엽전을 받아든 떡장수 청년은 두말없이 수레 위에 덮어놓은 옷자락을 훌떡 젖히더니, 김이 무럭무럭 나는 떡 한 개를 꺼내서 손님에게 주었다.

손행자는 떡을 받아드는 순간, 마치 화로 속에 이글이글 타오르는 숯불 덩어리 아니면 난로 속에 벌겋게 달아오른 쇠못 덩어리를 집어든 것처럼 손바닥이 뜨거워 왼손에서 오른손으로 떡을 옮기랴, 오른손에서 왼손으로 굴리랴 호들갑을 떨어가면서 고래고래 악을 썼다.

"앗, 뜨겁다! 뜨거워! 이렇게 뜨거워서야 어디 먹을 수가 있겠나!"

떡장수 젊은이가 곁에서 재미있다는 듯이 낄낄대고 웃어가며 한마디 던진다.

"그 정도 가지고 뜨겁다면 애당초 이런 데는 오지 마셔야 할 거요. 이 고장은 그 떡만큼이나 뜨거운 곳이니 말이외다."

손행자는 약이 올라 툭 쏘아붙였다.

"요 녀석 봐라! 아주 철딱서니가 없는 녀석이로구나. 속담에도 '더웠다 추웠다 하지 않으면 오곡이 여물지 못한다(不冷不熱, 五穀不結)'고 하지 않았더냐? 사시장철 이렇게 무덥기만 하다면 네 녀석의 이 떡가루는 어디서 났단 말이냐?"

그러나 떡장수 젊은이는 외눈 하나 깜짝하지 않고 천연덕스레 대꾸한다.

"떡가루를 얻고 싶거든 철선선(鐵扇仙)께 말씀 잘 드리면 되지요."

이 말 한마디에 손행자의 두 귀가 쫑긋했다.

"철선선이라니, 그게 뭐야?"

"철선선이란 분은 파초선(芭蕉扇)을 가지고 계시오. 그 부채를 빌려다가 한 번 부치면 화염산의 불길이 꺼지고 두 번을 부치면 바람이 일고, 세 번 부치면 비가 내리죠. 그래서 우리 고장 사람들은 논밭에 씨앗을 뿌리고 때맞춰서 곡식을 거둬들인다, 이 말이오. 그렇게 부채를 빌려다가 쓰기 때문에 이 화염산 일대에서 농사를 지어 오곡이 자라날 수 있는 것이고, 그렇지 못하다면 풀 한 포기도 싹틀 수가 없는 거요."

손행자는 떡장수의 말을 듣기가 무섭게 발길 돌려 집 안으로 뛰어 들어가더니, 그 떡을 스승에게 주면서 이렇게 말했다.

"사부님, 걱정하실 것 하나도 없습니다. 너무 조바심 내지 마시고 이 떡이나 잡수시고 나서 제 얘기를 들으세요."

삼장은 집주인에게 떡을 넘겨주었다.

"노인장, 떡을 잡수시지요."

노인이 펄쩍 뛰며 사양했다.

"우리집 차와 식사 대접도 해드리지 못했는데 무슨 떡을 먹는단 말씀이오?"

손행자는 빙그레 웃으면서 물었다.

"노인장, 차와 밥을 주시지 않아도 괜찮습니다. 한 가지만 여쭈어 볼 것이 있는데, 혹시 철선선이 어디 살고 있는지 알고 계십니까?"

"그건 왜 묻소?"

"방금 떡장수 녀석 하는 말이, 그 신선은 파초선이란 부채를 한 자루 가지고 있는데, 그것을 빌려다가 한 번 부치면 불길이 꺼지고, 두 번 부치면 바람이 일고, 세 번 부치면 비가 내려 이 고장 사람들이 씨앗을 뿌리고 곡식을 거둬들이고, 이렇게 농사를 지어서 오곡이 자랄 수 있게 한다더군요. 그래서 저도 그 신선이란 분을 찾아가 부채 좀 빌려다가 화염산의 불길을 잡아놓고 지나갈까 합니다. 또 그렇게 되면 이 고장 사람들도 아무 때나 씨 뿌리고 거둬들이고 해서 편안히 살아갈 수 있지 않겠습니까?"

"말씀이야 그렇긴 하오만, 당신네들 행색을 보건대 예물 같은 것이 하나도 없으니, 그 성현께서는 아마 오시려 들지 않으리다."

그 말을 듣고 이번에는 삼장이 묻는다.

"그분께서 무슨 예물을 받으신단 말입니까?"

"그렇소. 우리 고장 사람들은 십 년에 한 차례씩 찾아뵙고 간청을 드리지요. 돼지 네 마리, 양 네 마리, 여기에 또 갖가지 붉은 비단과 향기 좋은 과일이며 닭과 거위에 맛있는 술까지 곁들여 가지고 목욕재계한 다음 경건한 마음으로 그 선산(仙山)을 찾아가 정성껏 그분을 동굴 밖으로 모셔내다 이곳에 와서 술법을 부리시게 한답니다."

"그 산이 어디 있습니까? 그곳 지명은 뭐라고 합니까? 또 몇 리 길이나 됩니까? 제가 당장 달려가서 부채를 빌려오겠습니다."

손행자가 묻자, 노인은 이렇게 대답했다.

"그 산은 서남쪽에 있소이다…… 이름은 취운산(翠雲山)이요, 그 산중에 신선께서 사시는 동굴이 하나 있소. 파초동(芭蕉洞)이라고 부르지. 우리 고장 사람들이 그 산을 찾아가려면 오가는 데 한 달씩이나 걸리고, 왕복하는 거리를 따져서 일천사백오륙십 리 길이나 된다오."

그래도 손행자는 빙글빙글 자신 있게 웃어넘겼다.

"그쯤이야 문제없습니다! 이제 갔다가 곧 돌아올 수 있으니까요."

"가만계시오. 차와 진지나 좀 든든히 자시고 마른 양식을 준비해드릴 테니 그것이나 가지고 떠나시오. 떠나기는 하되, 반드시 두 분이 같이 가셔야 할 거요. 도중에는 사람 사는 집도 없고 호랑이나 들짐승이 많을 뿐 아니라, 하루 한나절에 다녀올 수도 없는 곳이니, 무슨 장난인 줄 아시면 안 되오."

"그런 것은 필요 없습니다. 나 혼자 휑하니 다녀오도록 하지요. 자아, 그럼 갑니다!"

'갑니다!' 소리 한마디 떨어지기가 무섭게 손행자는 벌써 온데간데없이 사라지고 말았다. 그제야 노인장은 깜짝 놀라 저도 모르게 소리를 질렀다.

"아이고 나으리! 이제 봤더니 안개구름을 타고 날아다니시는 신인(神人)들이셨구려!"

이 댁에서 삼장 일행을 더욱 깍듯이 대접하게 된 것은 더 얘기하지 않고 접어두기로 한다.

한편 근두운을 일으켜 탄 손행자는 삽시간에 1천 4백여 리를 날아가 취운산에 이르렀다. 상광을 낮추고 내려서서 파초동이란 동굴을 찾아다니고 있으려니, 어디선가 '뚝딱, 뚝딱!' 도끼질하는 소리가 들려왔다. 깊은 산중 숲속에서 나무꾼이 땔나무를 찍어 쓰러뜨리는 소리였다. 손행자의 발길은 즉시 그곳으로 달음박질쳤다.

이윽고 나무꾼이 흥얼흥얼 노랫가락을 읊조리는 소리가 들려왔다.

구름 가에는 보일 듯 말 듯 저 옛날 숲을 알아볼 수 있으나, 깎아지른 벼랑 거친 풀밭에 돌아갈 길은 찾기 어렵구나.

*서산에 이른 아침부터 내리는 비를 바라보니, 남녘 골짜기에
냇물 불어 건너 돌아갈 때는 깊어지겠지.*

손행자는 나무꾼에게 다가가서 인사를 건넸다.

"나무꾼 형씨, 안녕하시오?"

나무꾼이 도끼 자루를 내려놓고 답례하며 묻는다.

"장로님은 어딜 가시는 길이오?"

손행자는 그 말에 대꾸는 않고 이쪽에서 되물었다.

"노형에게 하나 묻겠는데, 여기가 취운산이오?"

"바로 그렇소이다."

"철선선이 사는 파초동이란 곳이 있소?"

그제야 나무꾼은 빙그레 웃으며 대답한다.

"여기가 파초동이기는 하오만, 철선선이란 분은 없고 철선공주(鐵扇公主)가 있을 뿐이오. 이름을 나찰녀(羅刹女)⁴라고도 부르지요."

"사람들이 하는 말을 듣자니까, 파초선이란 부채 한 자루를 가지고 있어서 화염산의 불길을 끌 수 있다고 하던데, 바로 그 사람이오?"

"맞았소, 맞았어! 이 성현께서는 파초선이란 보배 하나 가지고 불을 잘 꺼서 그 고장 사람들을 보호해주기 때문에 철선선이라고 일컫게 된 거요. 하지만 우리 고장 사람들은 그런 바람이 아무 소용도 없어서, 그저 나찰녀라고만 부를 따름이오. 바로 대력우마왕(大力牛魔王)의 아내이지요."

이 말을 듣는 순간, 손행자의 얼굴빛이 싹 바뀌고 말았다. 그는 내

---

4 나찰녀: 불교에서 말하는 악귀의 일종. rākṣasī의 음역. 신통력으로 사람을 매료시키고 잡아먹는다고 하는 두려운 귀신으로, 후에는 불교의 수호신이 된다. 제73회 본문과 주 5 '비람파보살' 참조.

색하지 않았으나 속으로 여간 걱정스러운 게 아니었다.

'아뿔싸, 또 이 원수 놈의 집안과 맞닥뜨리게 되었구나! 여러 해 전에 홍해아란 놈을 항복시켰을 때, 그 어린것이 바로 이 계집이 낳고 길러낸 아들이란 얘기를 듣지 않았던가? 더구나 얼마 전 해양산 파아동에서 그놈의 숙부인가 뭔가 하는 도사 녀석을 만났을 때만 해도 조카의 원수를 갚는다는 둥 하면서 샘물조차 주지 않았는데, 이제 여기까지 와서 또 그놈의 부모와 맞닥뜨리게 되었으니 부채를 빌려줄 턱이 어디 있단 말이냐……?'

나무꾼은 속도 모른 채, 손행자가 무엇인가 깊은 시름에 빠져 한숨만 내리쉬는 것을 보더니, 껄껄대고 웃으면서 이렇게 말했다.

"장로님 같으신 출가승이 무슨 걱정 근심을 그다지도 하시오? 이 좁은 오솔길을 따라 동쪽으로 가시면 오륙 리도 채 못 가서 바로 파초동이외다. 그러니 조바심 낼 것 없이 걱정 말고 가보시구려."

그래도 손행자는 땅이 꺼져라 한숨을 내리쉰다.

"나무꾼 형씨, 내 숨기지 않고 솔직히 말하리다. 사실 나는 동녘 땅 대당나라에서 파견되어 서천으로 경을 가지러 가는 당나라 스님의 큰제자 되는 사람이외다. 이태 전 화운동에서 나찰녀의 아들 홍해아란 녀석과 다소 옥신각신 승강이를 벌인 일이 있었는데, 이제 나찰녀가 그 원한을 잊지 못해 앙심을 품고 파초선을 빌려주지 않을까 해서 걱정하는 거요."

하지만 나무꾼은 대범하게 가서 부딪쳐보라고 타이른다.

"사내대장부가 이것저것 생각할 게 뭐 있소? 상대방의 눈치를 살펴가며 요령껏 해보시구려. 그저 부채 한번 빌려 쓰겠다는데, 설마 옛일을 놓고 치사스럽게 이러쿵저러쿵 따질 리야 있겠소? 그저 통사정을 하면 빌려줄 거요."

손행자가 듣고 보니 역시 그럴듯한 말씀이다. 그는 나무꾼에게 큰절을 했다.

"노형, 잘 가르쳐주셔서 고맙소. 그럼 나는 이만 가보리다."

이리하여 나무꾼과 헤어진 그는 곧바로 오솔길을 거쳐 마침내 파초동 어귀에 이르렀다. 파초동 출입구에는 돌 문짝 두 개가 굳게 닫혀 있고, 동굴 밖 주변을 둘러보니 경치가 무척 맑고 아름다웠다.

산은 바윗돌을 뼈대로 삼고, 바윗돌은 흙의 정화(精華)로 이루어졌다.

연하(煙霞)는 오랜 세월 윤택함을 머금고 있으며, 이끼는 새록새록 푸른 기운을 돕고 있다.

삐죽삐죽 험준하게 솟은 산세는 봉래도의 선경인가 속을 만하고, 고요한 가운데 그윽하게 풍겨나는 꽃향기는 영주의 바닷바람을 타고 오는 듯.

몇 그루 교송(喬松)에는 한운야학(閒雲野鶴) 깃들이고, 몇 그루 시든 버드나무 가지에 산꾀꼬리 지저귄다.

이야말로 천년의 예스러운 자취요, 만대를 두고 전해 내린 선경의 흔적이다.

짙푸른 오동나무에는 채색 봉황이 울고, 넘실넘실 흐르는 냇물 속엔 창룡(蒼龍)이 숨어 있다.

굽이진 오솔길 따라 휘추리와 담쟁이덩굴이 걸쳐 늘어졌고, 돌계단 층계 따라 등나무 칡넝쿨이 뒤엉켰다.

비취색 바위 더미에 원숭이 울음소리 들리니 달빛은 기꺼이 돋아오르고, 까마득한 나뭇가지 산새 우짖는 소리에 맑게 갠 하늘도 기뻐하는 듯.

양편 숲속 대나무 그늘 시원하기 소나기와 같고, 한줄기 오솔길에 꽃향기 무르녹으니 융단을 깔아놓은 듯하다.

이따금씩 흰 구름장 먼 산등성이 따라 몰려드는데, 정처 없는 나그네 몸이 바람결 따라 이리저리 헤맨다.

손행자가 동굴 문 앞으로 썩 나서더니 소리를 버럭 지른다.

"우형! 문 여시오. 문 열어!"

"삐거덕!"

문짝 열리는 소리와 함께 동굴 안에서 시골뜨기처럼 생긴 처녀가 걸어나왔다. 손에는 꽃바구니를 들고 어깨에는 괭이 한 자루 메었는데, 몸에 걸친 옷가지도 남루하려니와 화장기도 없고 노리개 장식도 꾸미지 않았으나, 얼굴에는 정기가 또랑또랑 감도는 품이 몹시 상냥한 마음씨를 지닌 듯싶었다.

손행자는 그 앞으로 마주 나서서 두 손 모아 합장해 보였다.

"아가씨, 수고스럽지만 이곳 철선공주님께 한마디 전갈 좀 해주시겠소? 나는 경을 가지러 가는 승려인데, 서천으로 가는 도중에 화염산을 넘어가기가 어려워, 파초선을 좀 빌려 쓰고자 해서 이렇게 찾아뵈러 왔다고 말씀드려주시오."

시골뜨기 처녀가 물어왔다.

"어느 절에 계신 스님인가요? 성함이 어찌 되시는지 말씀해주셔야, 제가 전갈해드리죠."

"나는 동녘 땅에서 왔으며, 손오공 화상이라 부르오."

손오공이 대답하자, 시골뜨기 처녀는 곧장 발길을 돌려 동굴 안으로 들어가서 나찰녀 앞에 무릎 꿇고 아뢰었다.

"마님, 동굴 문 밖에 손님이 왔습니다. 동녘 땅에서 왔다는 손오공

화상이라고 하는데, 마님을 뵙고 파초선을 좀 빌려서 화염산을 넘어가는 데 쓰고 싶다고 합니다."

나찰녀는 '손오공'이란 이름 석 자를 듣는 순간, 마치 화롯불에 소금을 뿌린 듯, 기름을 끼얹듯 얼굴빛이 불끈 달아오르더니 독살스럽게 노발대발하면서 냅다 욕설부터 퍼부었다.

"이 못된 놈의 원숭이가 오늘에야 나타났구나!"

그리고 몸종에게 호통쳐 명령을 내렸다.

"거기 아무도 없느냐! 어서 갑옷과 병기를 꺼내오너라!"

이윽고 갑옷으로 단단히 무장을 갖춘 그녀는 시퍼렇게 날선 두 자루 청봉검(靑鋒劍)을 양손에 갈라 잡고 동굴 문 밖으로 씨근벌떡 뛰쳐나갔다.

문밖에서 기다리고 있던 손행자는 동굴 주인이 무서운 기세로 뛰쳐나오는 것을 보자, 얼른 한곁으로 피해 서서 그녀의 차림새를 흘금흘금 훔쳐보았다.

    머리에는 꽃무늬 수건 질끈 동이고, 몸에는 짤막한 비단 운포(雲袍)를 걸쳤다.

    허리에는 호랑이 심줄로 엮은 띠를 겹으로 두르고, 수놓은 비단 치마 사이로 명주 끝자락이 살짝 내다보인다.

    두 발에 꿰어 신은 궁혜(弓鞋)가 봉황의 주둥이 같은 코를 세 치나 길게 뻗치고, 용의 수염처럼 둘둘 말린 무릎치기 바지에는 금테두리를 둘러 박았다.

    양손에 보검 한 자루씩 갈라 잡고 노하여 외치는 소리 드높으니, 그 흉악한 기세야말로 달나라 여신의 감 서리 맺힌 용모에 견줄 만하구나.

"손오공은 어디 있느냐!"

문밖으로 나선 나찰녀가 소리쳐 묻는다.

"여기 있소이다, 형수님. 평안하셨는지요?"

손행자는 그 앞으로 다가서서 몸을 굽혔다.

"쳇! 누가 네놈의 형수란 말이냐? 누가 너 따위 녀석의 절을 받겠다더냐?"

나찰녀는 혀를 차면서 매섭게 쏘아붙였다. 그래도 손행자는 느물느물하게 말대꾸를 한다.

"댁의 부군이신 우마왕은 애당초 이 손오공과 의를 맺고 일곱 형제가 된 사이였소이다. 소문에 듣자하니, 공주께서는 우형(牛兄)의 정실부인이시라는데, 그렇다면 이 손선생에게는 형수뻘이 되는 셈이 아닌가요?"

"이 못된 원숭이 놈아! 그렇게 형제간의 의리를 내세우는 놈이 어째서 내 아들을 그런 몹쓸 구렁텅이에 처넣었단 말이냐?"

드디어 얘기가 본론을 건드리고 나왔다. 그러나 손행자는 시침을 뚝 떼고 능청스럽게 되물었다.

"아드님이라니, 누굴 말씀하는 겁니까?"

"흥! 내 아들을 모른다고? 오냐, 좋다! 말해주마. 호산 고송간 화운동에 살던 성영대왕 홍해아! 이래도 모른다고 잡아뗄 셈이냐? 그 아이가 네놈 때문에 해를 입었다는 소문을 듣고 우리가 네놈을 얼마나 찾아 헤맸는지 아느냐? 그래도 행방을 알지 못해 통분해하고 있던 참인데, 이제야 죽으려고 내 집 문전에 네 발로 나타났구나. 내 단연코 네놈을 용서하지 않겠다!"

손행자는 얼굴 가득 미소를 머금고 차근차근 해명하기 시작했다.

"그건 형수님이 잘못 알고 이 손선생을 나무라시는 겁니다. 댁의 아드님은 우리 사부님을 납치해 끌어다가 씸을 쪄 먹느니 삶아 먹느니 소동을 부린 끝에 다행히도 관세음보살께서 거두어가시고 우리 사부님을 구해주셨던 겁니다. 아드님은 지금 보살님 계신 곳에서 선재동자 노릇을 하면서 보살님의 정과를 받고, 불생불멸(不生不滅), 불구부정(不垢不淨), 티없이 깨끗한 몸이 되어 천지 일월과 더불어 수명을 함께 누리고 있습니다. 그럼에도 목숨을 길이 보전하게 해준 이 손선생의 은혜에 고맙다는 말을 하기는커녕 도리어 꾸지람을 내리시다니, 이게 도대체 무슨 경우란 말입니까?"

"이 못된 원숭이 녀석, 주둥이만 까져서 나불나불 잘도 둘러대는구나! 내 아들이 목숨을 다치지는 않았다고 하지만, 살아생전에 언제 내 슬하로 돌아오기나 하겠느냐? 언제 내 눈으로 그 아이의 얼굴을 한번 볼 수 있단 말이냐?"

이 말에 손행자는 껄껄대고 웃었다.

"형수님께서 아드님의 얼굴을 보고 싶으시다, 그 말씀입니까? 하하! 그것 어려울 게 뭐 있겠습니까? 우선 부채를 빌려주서서 화염산의 불을 끄고 우리 사부님이 넘어가게만 해주시다면, 내 그 길로 곧장 남해 보살께 달려가서 아드님을 모셔다가 만나뵙도록 해드리지요. 그런 뒤에 부채도 돌려드리면 되지 않습니까? 아드님을 만나보셔서 털끝 하나라도 상했다든지 그 밖에 어디 다친 데가 있거든, 그때 가서 이 손선생을 꾸짖거나 원망하셔도 아무 말 하지 않겠습니다. 만약에 지난날보다 더 미끈하게 때를 벗었거든, 그때에는 저한테 고마워하셔야 할 겁니다."

그러나 이 정도 설득으로는 나찰녀에게 들어먹히지 않았다.

"이 마귀 같은 원숭이 녀석! 고놈의 얄미운 혓바닥 좀 작작 놀리고 머리통이나 이리 내밀어라! 내 이 칼로 몇 번 쳐야 내 성미가 풀어지겠다. 이 칼을 맞고도 견뎌낼 수 있다면 부채를 빌려주겠다만, 배겨내지 못하겠거든 일찌감치 저승으로 염라대왕이나 만나보러 갈 줄 알아라!"

손행자는 팔짱을 낀 채 껄껄대고 웃어젖혔다.

"형수님, 여러 말씀 하실 것 없소. 자, 여기 이 손선생께서 까까머리통을 쑥 내밀고 있을 테니까, 그 칼로 얼마든지 마음대로 치시지요. 하지만 형수님의 팔뚝에 힘이 다 빠져서 더는 칼부림을 못 하게 되거든, 그때에는 꼭 부채를 빌려주셔야 합니다."

손행자가 머리통을 쑥 내밀었더니, 나찰녀는 득달같이 덤벼들어 양손의 보검을 번갈아 휘둘러가며 머리통을 겨누고 '따닥, 딱딱!' 단숨에 10여 차례나 내리찍었다. 그러나 손행자는 머리통에 상처가 나기는커녕 전혀 끄떡도 하지 않았다. 이것을 보자, 오히려 나찰녀 쪽에서 두려운 마음이 들어 후딱 발길을 돌리더니 동굴 안으로 도망치려 했다.

"어딜 가시려고? 형수님, 어서 그 부채 좀 빌려주시오!"

손행자가 뒤쫓으면서 소리치자, 나찰녀는 코웃음을 쳤다.

"내 보배가 어디 그렇게 쉽사리 빌려주는 것인 줄 아느냐? 어림 반 푼어치도 없다!"

"못 빌려주시겠다? 그럼 좋소! 이 시동생의 철봉이나 한 대 맛보시구려!"

드디어 시동생과 형수 간에 싸움이 벌어졌다. 용감한 손행자는 한 손으로 그녀의 덜미를 움켜잡고 다른 한 손으로는 철봉을 꺼내 바람결에 휙 하고 휘두르더니, 순식간에 대접만큼씩이나 굵다랗게 만들었다. 독이 오른 나찰녀도 덜미 잡힌 손을 홱 뿌리치더니 쌍검을 갈라 잡고 무서운 기세로 덤벼들기 시작했다. 손행자 역시 말 한두 마디 가지고 해결되지 못하리라는 것을 아는 만큼, 철봉을 휘둘러 손길 닥치는 대로 후려쳤다.

이리하여 취운산 앞에서 일대 격전이 벌어졌으니, 친척간의 정리도 띠질 것 없고 인정사정 돌볼 것도 없이, 그저 부재를 빌려 쓰지 못하게 된 원망과 아들을 잃어버렸다는 원한에 사무쳐, 어떻게 해서든지 상대방을 거꾸러뜨려야겠다는 일념만으로 대판 싸움을 벌인 것이다.

저고리 치마 차림에 비녀 꽂은 여걸은 본디 도를 닦아 요괴가 되었으니, 잃어버린 아들 때문에 원한을 품고 못된 원숭이를 미워한다.
손행자는 비록 지독스럽게 약이 오르기는 했으나, 스승의 갈 길이 막힌 탓에 아녀자 따위에게 양보한 것이다.
먼저는 예의 갖춰 파초선을 빌려달라 절하며 간청도 하고, 효웅(驍雄)의 기질을 보이지 않고 참을성 있게 부드러운 낯으로 대해 주었다.
나찰녀가 무지막지하게 보검을 휘둘러 들이쳤으나, 원숭이 임금은 그래도 뜻하는 바 있어 친분만을 들어 설득했다.
그러나 여류가 어찌 남자와 더불어 싸울 수 있으랴, 결국은 남자가 힘이 세어 여류를 억누른다.
이편의 금고 철봉이 얼마나 흉악스럽고 사나운가, 저편의 서릿발 같은 청봉 쌍검 또한 무척이나 단단하고 야무지다.
면상을 정통으로 내리치고, 정수리를 겨냥하여 후려갈기며, 원한과 갈등에 사무쳐 맞서 싸울 뿐 그칠 줄을 모른다.
왼편으로 들이받고 오른편으로 가로막고 무예를 뽐내는가 하면, 앞으로 덤벼들고 뒤로 막으며 온갖 기묘한 꾀를 다 부린다.
싸움이 바야흐로 한창 무르익을 때, 어느덧 서녘에 해 떨어져 어둑어둑해지기 시작한다.

나찰녀가 급히 진짜 부채를 꺼내들고, 한 번 휘둘러 부채질하니 귀신조차 수심에 잠길 변괴가 일어난다.

나찰녀는 손행자를 상대로 해 저물 녘까지 싸웠으나, 그의 철봉이 워낙 무거운데다 솜씨마저 빈틈 하나 없이 주도면밀하여 도저히 이겨낼 도리가 없음을 깨달았다. 생각이 이에 미치자, 그녀는 당장 파초선을 꺼내들더니 상대방을 겨냥하고 번쩍 휘둘렀다. 단지 그것뿐, 부채질 한 번에 난데없이 음산한 돌개바람이 '쫘아아!' 하고 휘몰아치는가 싶었는데 어느덧 손행자를 까마득한 허공으로 휘말아올려 눈 깜짝할 사이에 그림자도 흔적도 없이 어디론가 날려보내고 말았다. 회오리바람에 휘말린 손행자는 미처 막아볼 엄두도 내지 못한 채, 바람결 따라 정처 없이 훨훨 날아가는 신세가 되고 말았다. 이리하여 나찰녀는 단 일격에 완승을 거두고 동굴 안으로 돌아갔다.

손행자는 표표탕탕, 그저 바람이 휘몰아가는 대로 나부껴, 왼편을 보아도 내려앉을 땅이 보이지 않고 오른편을 보아도 떨어져 몸 둘 곳이 없었다. 이야말로 삭풍에 마른 나뭇잎 뒹굴러가듯, 세차게 흐르는 강물에 떨어진 꽃송이 신세가 되어 바람결에 날려가는 대로 날아갈 수밖에 없었다.

하룻밤을 그렇게 꼬박 날려간 뒤에, 손행자는 날이 부옇게 밝아올 무렵이 되어서야 겨우 어느 이름 모를 산꼭대기 위에 떨어져 내려 두 손으로 산봉우리를 잔뜩 부여잡고 멈춰 설 수가 있었다. 한참 만에 정신을 가다듬고 자세히 주변을 둘러보니, 여기가 도대체 어디냐! 뜻밖에도 눈에 익은 소수미산(小須彌山)이 아닌가?

손행자는 기가 막혀 한숨이 절로 나왔다.

"정말 무서운 계집년이로구나! 신통력이 얼마나 지독스럽기에 이 손선생을 여기까지 날려보냈단 말인가? 벌써 몇 년 전 황풍령에서 마귀에게 사부님을 납치당했을 때, 황풍괴를 굴복시키고 우리 사부님을 구해낼 생각으로 영길보살(靈吉菩薩)에게 도움을 청하러 찾아온 곳이 바로 이 소수미산이었다. 그 황풍령에서 이곳까지 오려면 정남향으로 삼천여 리 길이나 되는데, 이제는 아득히 머나먼 서쪽 길까지 나간 마당에 이 동남방 한 귀퉁이에 와 있으니, 그 거리가 도대체 몇만 리나 되는지 알 수가 없구나…… 안 되겠다, 우선 산 밑으로 내려가서 영길보살에게 형편을 좀 알아보고 되돌아갈 길을 찾아내야겠다."

이런저런 생각에 잠겨 있으려니, 산 밑에서 종소리가 '뎅! 뎅!' 울려온다. 손행자는 급히 산비탈 아래로 치달아 강경 선원(講經禪院)에 이르렀다. 문 앞에는 과연 지난번에 만난 적이 있던 수도승이 그때나 다름없이 서성거리다가 손행자의 모습을 알아보고 즉시 안으로 들어가 아뢰었다.

"여러 해 전에 황풍괴를 제압하느라 보살님을 모셔갔던 그 털북숭이 얼굴을 한 제천대성이란 분이 또 찾아왔습니다."

영길보살은 손오공인 줄 이내 알아차리고 부리나케 보좌를 내려서서 마중하러 나갔다.

"여어, 손대성! 반갑소이다! 경을 받아 가지고 오시는 길이오? 그렇다면 축하를 드려야겠군요."

지레 축하하는 말씀에, 손행자는 풀이 죽은 기색으로 절레절레 도리질을 했다.

"아직도 멀었습니다. 경을 받아오기에는 아직도 멀었다니까요."

"호오, 그래요? 뇌음사에 아직 당도하지 못하셨으면서, 어떻게 이 황산(荒山)을 돌아볼 겨를이 생기셨소?"

"지난번에 보살님 덕분으로 황풍괴를 제압하고 나서도, 계속 서쪽으로 가는 도중에 얼마나 많은 고초를 더 겪었는지 모릅니다. 이제 화염산 지경에 겨우 당도한 참이었습니다만, 거기서부터는 뜨거운 불길 때문에 더 이상 앞으로 나갈 수가 없었습니다. 그 고장 사람더러 물어봤더니, 철선선이란 사람이 파초선을 부쳐서 불을 꺼야 된다기에 그리로 찾아갔는데, 알고 보니 그 철선선이 하필이면 우마왕의 아내, 즉 홍해아의 어미 되는 계집이 아니겠습니까. 그 계집은 제가 자기 아들을 관음보살님의 동자승으로 만들어버려 만나볼 수 없게 되었노라고 원망하면서 저를 원수로 치부하고 부채를 빌려주기는커녕 오히려 칼로 공격해오는 것이었습니다. 이러니 피차간에 싸움이 벌어지고 말았습죠.

한데 그 계집은 제 철봉이 만만치 않아 상대할 수 없다는 걸 깨닫고 파초선을 꺼내더니 부채질 한 번에 저를 이렇게 날려보냈지 뭡니까. 그래서 저는 하룻밤을 꼬박 훨훨 날려간 끝에 여기까지 와서야 겨우 땅에 떨어졌습니다. 일이 이렇게 되었으므로 보살님께 돌아갈 길이라도 여쭈어볼까 해서 허락 없이 함부로 선원에 들어왔습니다. 여기서 화염산까지는 도대체 몇 리 길이나 되는지 일러주시겠습니까?"

마음씨 좋은 영길보살이 껄껄껄 너털웃음을 웃는다.

"그 부인의 이름은 나찰녀요. 철선공주라고도 부른다오. 그 여인의 파초선은 본래 곤륜산 뒤편에서 혼돈이 처음 갈라진 이래 천지의 정기를 받아 저절로 생겨난 신령한 보배로서, 태음의 정화가 엉긴 잎사귀요. 그렇기 때문에 화기(火氣)를 멸할 수 있는 것이오. 만약 그것으로 사람을 부채질하는 날이면 단번에 팔만 사천 리를 날려가서야 음풍이 그치게 되오. 우리 이 소수미산에서 화염산까지는 겨우 오만여 리밖에 아니 되오. 그러니까 제천대성에게는 역시 구름을 멈출 만한 능력이 있었던 까닭에 이 정도 거리에서 멈춰 설 수 있었던 것이지, 보통 사람 같았으면 지금까지도 정신없이 훨훨 날아가고 있었을 게요."

손행자도 이 말에는 수긍하고 고개를 끄덕끄덕했다.

"정말 지독했습니다. 지독했이요! 그러나 일이 이렇게 되면 사부님을 모시고 어떻게 그 산을 넘어갈 수 있을지 모르겠군요."

"손대성, 걱정 마시오. 그대가 여기 오게 된 것도 따지고 보면 당나라 스님에게 연분이 있어서 그런 것이니, 손대성의 공덕은 꼭 이루어질 것이외다."

영길보살의 말씀에, 손행자는 내처 물었다.

"공덕을 이룰 수 있다니, 어떻게 말씀입니까?"

"내가 여래님의 교지를 받던 그해에, 그분은 내게 '정풍단(定風丹)' 한 알과 '비룡장(飛龍杖)' 한 자루를 내려주셨소. 그 가운데 비룡장은 황풍 마귀를 제압하는 데 썼고, 정풍단만은 아직 써보지 못했는데, 이걸 손대성께 드릴 터이니 가지고 가시오. 이것을 쓴다면 그 못된 여인이 제아무리 부채질을 하더라도 그대는 꼼짝달싹하지 않을 것이오. 이렇게 해서 그대가 부채를 얻어 화염산의 불길을 잡는다면 공덕을 이룰 수 있는 것 아니겠소?"

손행자는 머리 숙여 절하고 진정으로 감사하여 마지않았다.

영길보살은 소매춤에서 비단 주머니를 꺼내더니, 정풍단 한 알을 털어내어 손행자에게 넘겨준 다음, 그것을 옷 속에 잘 간직해두도록 하고 그래도 못 미더운지 바늘로 단단히 꿰매주기까지 했다. 그러고 나서 문밖까지 배웅 나와 미안스러운 말씨로 이렇게 일러주었다.

"총망 중이라 대접도 제대로 못 해드렸소. 여기서 서북쪽으로 곧장 올라가시면 나찰녀가 있는 산판이 나올 거요."

손행자는 영길보살에게 작별을 고한 다음, 곧바로 근두운을 일으켜 타고 취운산까지 5만여 리 길을 단숨에 날아갔다. 경각지간에 파초동 어귀에 들이닥친 그는 철봉으로 문짝을 거칠게 꽝꽝 두드리면서 고함을 질렀다.

"문 열어라! 손선생 어른께서 부채 좀 빌려 쓰려고 왔으니까, 문을 썩 열어라!"

동굴 문을 지키고 있던 여동이 기절초풍하도록 놀라 허겁지겁 안으로 뛰어들어가서 보고를 한다.

"마님, 어제 부채를 빌리겠다고 왔던 작자가 또 나타났습니다."

나찰녀는 이 말을 듣고 속으로 찔끔 놀랐다.

"저 끈질긴 원숭이 녀석, 여간내기가 아니로구나! 내 보배로 부채질을 한 번 하면 보통 사람은 팔만 사천 리를 날려가서야 겨우 멈추는데, 이놈은 어떻게 날려간 지 하룻밤도 못 되어 금방 돌아왔단 말인가? 오냐, 좋다! 이번에는 한 두서너 번 연거푸 부쳐서 아예 돌아올 길마저 찾지 못하게 만들어줘야겠다."

급히 몸을 떨쳐 일어선 나찰녀는 무장을 단단히 갖추고 양손에 보검을 갈라 잡은 채 동굴 문 바깥으로 걸어나왔다.

"손행자야! 네놈은 내가 무섭지도 않은 모양이로구나. 그래서 또 죽으려고 여길 찾아왔느냐?"

이번만큼은 뒷심이 든든해진 손행자가 넉살 좋게 싱글싱글 웃어가며 대거리를 했다.

"형수님, 너무 인색하게 굴지 마시고 그 부채 좀 빌려 쓰게 해주시구려. 당나라 스님을 모시고 화염산을 넘어가기만 하면 곧장 돌려드리리다. 나는 이래 보여도 성실성이 지극한 정도가 아니라 남음이 있는 사람이오. 결코 남의 물건을 빌려다 떼어먹고 입 싹 씻는 그런 소인배는 아니란 말이외다."

그러나 나찰녀는 이따위 말은 귓등으로도 듣지 않고 마구 욕설을 퍼붓는다.

"이 못된 원숭이 녀석, 제 분수도 모르는 벽창호 같은 녀석이 사리 분간도 못 하는구나! 네놈도 입장을 바꿔 생각해보려무나. 아들을 빼앗긴 원수도 아직 갚지 못했는데, 부채를 빌려주고 싶은 심정이 어디 있겠느냐? 꼼짝 말고 게 서 있거라! 부채는 둘째치고 이 어미의 칼날이나 한 대 먹어봐라!"

칼끝이 날아들자, 손대성은 조금도 겁내지 않고 여봐란듯이 철봉을 선뜻 쳐들어 마주쳐나갔다. 둘이서 일진일퇴 6, 7합을 치고받고 싸우고 났을 때, 나찰녀는 벌써 손목에 맥이 빠져 보검을 휘두르기 어려운 지경에 처하고 말았다. 그러나 몸뚱이가 다부진 손행자는 끄떡없이 솜씨 좋게 상대해나갔다. 나찰녀는 사세가 재미없게 돌아가는 것을 깨닫자 그 즉시 파초선을 꺼내들고 손행자를 겨냥하여 힘차게 부채질을 했다. 하지만 손행자는 날려가기는커녕 그 자리에 우뚝 버텨 선 채 꼼짝달싹도 하지 않았다.

손행자는 아예 철봉을 거둬들이고 싱글싱글 웃어가며 약을 올리기까지 했다.

"이번에는 먼젓번과 다를 거외다. 형수님이 아무리 부채질을 한다 해도 다 소용없는 짓이오. 만약 이 손선생이 손가락 하나 까딱한다면 사내대장부가 아니오."

독이 오를 대로 오른 나찰녀는 연거푸 두 차례나 부채질을 해보았지만 역시 그 말대로 소용없는 짓거리, 손행자는 과연 꿈쩍도 하지 않았다. 나찰녀는 당황한 나머지 급히 보배를 거둬들이고 발길을 돌리기가 무섭게 동굴 속으로 뛰어들더니 두 문짝을 단단히 닫아걸었다.

손행자는 문이 잠기는 것을 보고도 서두르지 않았다. 그는 우선 영길보살이 바느질해준 옷섶을 뜯고 정풍단을 꺼내 입에 물었다. 그리고 몸뚱이를 슬쩍 흔들어 하루살이로 둔갑하더니 동굴 문틈으로 뚫고 들어갔다.

동굴 안에서는 나찰녀의 목소리가 쩌렁쩌렁 울려왔다.

"목말라 죽겠다! 목말라 죽겠어! 애들아, 어서 빨리 차를 가져오너라!"

측근에서 시중드는 몸종이 얼른 향기로운 차 한 주전자를 가져다가 철철 소리가 나도록 한 대접 가득 따라 올렸다. 급히 따르는 찻물이라 수면에는 거품이 부글부글 엉겼다. 그것을 보고 손행자는 이게 웬 떡이냐 싶어 '앵!' 하고 날아가더니 찻물 거품 속에 살짝 빠져들었다. 그런 줄도 모르고 갈증에 목이 탄 나찰녀는 찻물 한 대접을 받아들기가 무섭게 냉수 마시듯 벌컥벌컥 두어 모금에 들이켜 비웠다.

이리하여 나찰녀의 뱃속에 무사히 들어앉은 손행자는 본상을 드러내고 매서운 목청으로 버럭 고함을 질러댔다.

"형수님, 부채 좀 빌려 씁시다!"

난데없는 손행자의 목소리에 나찰녀는 대경실색, 저도 모르게 버럭 악을 썼다.

"애들아! 앞문 단단히 걸어 닫지 않았느냐?"

몸종들이 이구동성으로 대답했다.

"예, 닫아 잠갔고말고요!"

"문이 잠겼으면 손행자란 놈이 어떻게 집 안에서 떠들고 있단 말이냐?"

"마님의 몸에서 소리가 나는 것 같은데요."

이 말을 듣고 나찰녀는 뭔가 섬뜩한 느낌이 들어, 보이지 않는 손행자를 향해 소리쳤다.

"손행자, 이놈아! 도대체 어디서 농간을 부리고 있는 거냐?"

그제야 손행자는 느긋한 목소리로 대꾸했다.

"이 손선생은 평생을 두고 농간 따위를 부려본 적이 없소. 이건 순전히 진짜 솜씨요, 진짜 재간이란 말이오. 사실대로 말하리다. 니는 벌써 형수님의 존귀하신 뱃속에 들어앉아 구경 좀 다니고 있소. 허파와 간덩어리도 다 보았으니까 다음은 어딜 구경할까 생각하던 참이라오. 한데 보아하니 형수님은 갈증이 몹시 나시는 모양인데, 내가 우선 냉수 한 대접 드릴 테니까 갈증이나 푸시구려!"

말끝이 떨어지자마자 다리를 번쩍 들어 발 밑 부위를 '쿵!' 소리가 나도록 힘차게 내딛는 손행자, 순간 나찰녀는 아랫배가 터져나가는 듯한 아픔을 견디지 못하고 땅바닥에 털썩 주저앉으면서 비명을 질렀다.

"아이고, 배야! 배가 아파 죽겠다!"

손행자의 목소리가 또 들려온다.

"형수님, 사양하실 것 없소. 시장도 하실 테니 내가 떡 한 개 드리리다. 그걸로 요기나 좀 하시구려."

이번에는 발길질이 아니라 위로 숫구쳐 오르면서 냅다 박치기를 해댄다.

나찰녀는 가슴팍이 쪼개지는 듯한 고통에 두 손으로 가슴을 부여안은 채 그대로 데굴데굴 구르기 시작했다. 어찌나 아프던지 얼굴빛은 노랗게 질리고 빨갛던 입술에 핏기 한 점 없이 하얗게 변해 가지고 애처로운 목소리로 신음하면서 애걸복걸 빌었다.

"아이고, 나 죽겠다! 살려줘요! 시아주버니, 제발 목숨만 살려줘!"

그제야 손행자는 손짓 발짓을 멈추고 다그쳐 물었다.

"이제야 시동생을 알아보시는군! 좋소, 우형과의 정리를 생각해서 목숨만은 살려드리리다. 그 대신에 어서 부채를 가져오시오. 내가 꼭 써야겠소."

"부채, 여기 있어요! 여기 있으니까 어서 나와서 가져가세요!"

나찰녀가 다급하게 말했으나, 손행자는 미덥지 않아 다시 한마디 던졌다.

"부채를 이리 가져오시오. 내 눈으로 보아야만 나가겠소."

이 말을 듣자 나찰녀는 즉시 여동에게 분부하여 파초선 한 자루를 가져오게 하더니 자기 곁에 들려 세웠다. 그동안에 손행자는 목구멍까지 살금살금 기어올라와 바깥 세상을 내다보고 부채가 있는 것을 확인하자 다시 지시를 내렸다.

"형수님, 내가 당신의 목숨을 살려준다고 했으니 옆구리에 구멍을 뚫고 나갈 수야 있겠소. 아무래도 들어온 입으로 다시 나가야 할 테니, 입을 세 번만 쩍쩍 벌리시오."

나찰녀는 그 말대로 입을 딱 벌렸다. 손행자는 다시 하루살이로 둔갑해 가지고 딱 벌어진 입 사이로 훌쩍 날아 나오더니 여동이 세워 들고 있는 파초선 위에 내려앉았다. 나찰녀는 그런 줄도 모르고 입을 연거푸 세 차례나 쩍쩍 벌리면서 소리쳤다.

"시아주버니, 빨리 나오세요!"

이때서야 손행자는 본래의 모습을 드러내기가 무섭게 손을 덥석 내밀어 파초선 자루부터 움켜 빼앗았다.

"여기 나왔지 않소? 부채를 빌려주셔서 고맙소이다, 고마워!"

능청맞게 한마디 던지고 어슬렁어슬렁 걸어나가는 손행자, 동굴 문을 지키고 있던 졸개들이 부리나케 문을 활짝 열어젖히고 동굴 바깥으로 내보내드린다.

이렇듯 우여곡절을 겪은 끝에 손대성은 구름을 되돌려 동쪽으로 길을 잡았다. 그리고 순식간에 날아서 붉은 벽돌집 담 밑에 내려앉았다.

누구보다 저팔계가 먼저 알아보고 펄쩍펄쩍 뛰며 기뻐했다.

"사부님! 왔습니다! 형님이 돌아왔어요!"

삼장은 그 댁 노인과 사화상을 데리고 부랴부랴 대문 밖으로 마중을 나왔다. 손행자는 스승의 영접을 받으면서 의기양양하게 집 안으로 들어갔다.

"노인장, 이게 그 부채입니까?"

파초선을 한곁에 기대 세우면서 물었더니, 노인은 연신 고개를 끄덕끄덕했다.

"그렇소! 바로 그것이오!"

당나라 스님은 기뻐 어쩔 줄 모르면서 입에 침이 마르도록 제자를 칭찬했다.

"현명한 제자야! 참으로 막대한 공을 세웠구나. 그 보배를 구하느라 얼마나 수고가 많았느냐?"

손행자는 기분이 한껏 좋아 무용담을 한바탕 털어놓기 시작했다.

"수고랄 거야 없습지요. 한데 그 철선선이 누군지 아십니까? 그 못된 것이 알고 보니 우마왕의 아내요, 홍해아의 어머니로서 이름은 나찰녀인데, 철선공주라고도 부르더군요. 제가 동굴 문 바깥으로 찾아가서 부채를 좀 빌려달라고 했더니, 그 계집은 대뜸 옛날의 원한을 끄집어내면서 잘 만났다고 욕설을 퍼부어가며 저한테 몇 차례 칼로 내리찍기에, 저도 철봉으로 혼을 내주었지요. 그랬더니 이 계집이 부채를 꺼내 가지고 냅다 부치는데, 그놈의 부채 바람이 얼마나 드센지, 단 한 번 부채질에 저는 꼼짝 못하고 훨훨 날려서 소수미산까지 쫓겨가고 말았지 뭡니까.

다행히도 영길보살을 만나뵈었는데, 저한테 정풍단 한 알을 주시면서 돌아갈 길을 가르쳐주시기에 다시 취운산으로 되돌아가 나찰녀를 불러냈습니다. 그 계집은 저하고 싸우다가 못 이기자 또다시 부채질을 해댔습니다만, 제가 끄떡도 하지 않으니까 동굴 속으로 도망쳐 들어가고 말더군요. 이 손선생은 하루살이로 둔갑해서 동굴 안으로 날아 들어갔는데, 때마침 그 못된 것은 갈증이 나서 차를 마시려고 하던 참이었습니다. 저는 일부러 찻물 거품에 빠져 그 계집의 뱃속으로 들어간 다음, 한바탕 손찌검 발길질에 박치기까지 해가며 난동을 부렸습니다. 그 계집은 아픔을 견디지 못하고 데굴데굴 구르면서 비명을 지르더니, 나중에는 절더러 '시아주버니'라고 불러가며, 목숨만 살려달라고 애걸복걸 빌면서 부채를 빌려주겠노라 응낙하는 것이 아니겠습니까. 그래서 저도 목숨은 붙여주는 대신 이렇게 부채를 빼앗아 가지고 돌아온 겁니다. 화염산을 무사히 넘은 다음에 돌려주기로 약속하고 말이지요."

삼장은 얘기를 다 듣고 나서 손행자에게 감사해 마지않았다.

이리하여 스승과 제자 일행은 집주인 영감에게 작별 인사를 드리고 다시 서쪽으로 길을 잡아 떠나갔다. 이들이 약 40리쯤 나아가고 보니, 무더위는 갈수록 점점 더 지독해져서 마치 사람을 찜통에 넣고 삶는 것처럼 숨이 턱턱 막힐 지경이었다.

"어이쿠, 뜨거워라! 이건 숫제 발바닥에 인두질을 하는 격이로군!"

사화상이 견디다 못해 소리를 질렀더니, 또 저팔계가 비명을 질러댔다.

"발톱까지 몽땅 데었어! 아이고 아파 죽겠다!"

백마의 걸음걸이는 여느 때보다도 빨라졌다. 지열(地熱)이 너무나 뜨거워서 전진하기가 무척 힘든 모양이었다.

손행자가 일행을 돌아보고 소리쳤다.

"사부님, 우선 말에서 내리십쇼. 그리고 자네들은 더 이상 가지 말고 기다리게. 내가 부채질을 해서 불길을 잡아놓을 테니까, 비바람이 몰아쳐서 땅덩어리가 식거든 다시 산을 넘어가기로 하세."

그는 부채를 들고 불길 변두리로 다가서더니, 혼신의 기력을 다 끌어내어 있는 힘껏 부채질을 했다. 한데 이게 웬일인가! 부채질 한 번에 화염산의 불길이 잦아들기는커녕 오히려 기름이라도 끼얹은 것처럼 더욱 기승을 부리면서 활활 타오르는 것이 아닌가? 손행자가 다시 한번 부채질을 했더니 불꽃은 1백 배나 더 치솟아 오르면서 길길이 날뛰기 시작했다. 세번째로 부채질을 했을 때는 불길은 자그마치 1천 장 높이로 솟구치더니 사면팔방으로 무섭게 번져나가기 시작했다. 손행자는 어마 뜨거라 싶어 재빨리 몸을 뽑아 도망쳤으나, 두 다리의 털은 벌써 한 오리도 성해 남지 못하고 모조리 그슬린 뒤였다.

불길에 쫓긴 손행자는 허겁지겁 정신없이 달음박질쳐 당나라 스님이 계신 곳까지 단걸음에 뛰어갔다.

"빨리 돌아가십쇼! 사부님, 빨리 돌아가세요! 불길이 닥쳐옵니다! 불길이 닥쳐와요!"

고래고래 악을 쓰는 손행자의 목소리에, 당나라 스님은 기절초풍하다시피 놀라 허우적허우적 말안장 위로 기어 올라탔다. 그리고는 저팔계, 사화상과 함께 왔던 길을 되돌아 동쪽으로 단숨에 20여 리나 치닫고 나서야 겨우 멈춰 서서 한숨을 돌릴 수 있었다.

"오공아, 이게 어찌 된 일이냐?"

손행자는 그때까지 들고 있던 부채를 내동댕이치면서 분통을 터뜨렸다.

"에잇! 안 되겠습니다, 안 되겠어요! 그 못된 년에게 속았습니다."

마음 약한 삼장은 이 말을 듣더니 그만 눈앞이 캄캄해지고 억장이 메어 눈살을 잔뜩 찌푸리다가, 끝내 두 눈에서 눈물을 주르르 흘렸다.

"이 노릇을…… 어쩌면 좋단 말이냐……! 어쩌면 좋아……!"

스승의 입에서 탄식이 그칠 줄 모르는데, 미련한 저팔계 녀석은 엉뚱한 걸 묻는다.

"형님, 어째서 그토록 호들갑스레 야단법석을 떨면서 돌아가라고 몰아세운 거요? 도대체 뭐가 잘못되었기에 안 되겠다는 거요?"

손행자는 풀이 죽은 기색으로 형편을 설명해주었다.

"내가 부채질을 한 번 했더니 불길이 더 활활 타오르고, 두번째 부채질에는 불길이 점점 더 극성을 부리고, 세번째 부채질에는 불꽃이 아예 일천 장 높이나 치솟으면서 사방으로 번져나오지 않겠나? 만약 재빨리 도망치지 못했다면 내 몸뚱이에 솜털 한 가닥 남아나지 않고 몽땅 타버렸을 걸세."

"하하! 형님, 그게 무슨 말씀이시오? 여느 때는 입버릇처럼 '나는 벼락이 쳐도 끄떡없고 불구덩이 속에 처박혀도 타 죽지 않는다'고 자랑 한번 대단하시더니, 지금은 왜 불을 무서워하는 거요?"

저팔계가 비웃음 섞어 다시 묻자, 손행자는 약이 올라 툭 쏘아붙였다.

"이런 바보 멍텅구리 녀석 같으니! 모르면 잠자코 있으란 말야! 그 때에는 마음 써서 미리 방비를 하고 있었으니까 상처를 입지 않았지만, 오늘은 그저 부채질로 불길 잡을 생각만 하느라 피화결도 맺지 않고, 또 호신 술법도 부리지 않았던 걸세. 그 바람에 두 다리의 털을 몽땅 태워먹고 말았지 뭔가."

이번에는 사화상이 걱정스럽게 물어온다.

"산불이 저토록 기승을 부린다면 서쪽으로 통하는 길이 달리 없을 텐데, 이 노릇을 어찌해야 좋단 말이오?"

저팔계가 퉁명스레 핀잔을 준다.

"불길이 없는 곳으로 가면 되지 않나!"

이 말에 스승의 귀가 번쩍 트였다.

"불길이 없다니, 어디 말이냐?"

"동쪽, 남쪽, 북쪽, 이 세 방향에는 모두 불길이 없지 않습니까?"

미련퉁이가 세 방향을 하나하나씩 짚어가며 대답했더니, 스승은 정색을 하고 내쳐 물었다.

"그럼 경이 있는 곳은 어느 쪽이지?"

"그야 물론 서쪽에 있습죠."

여기서 삼장은 딱 부러지게 선언을 했다.

"나는 오로지 경이 있는 곳으로만 갈 테다!"

이 말씀을 듣고 사화상이 한숨을 내리쉰다.

"허허, 그것참 야단났군! 경이 있는 곳에는 불길이 있고, 불길이 없는 쪽에는 경이 없으니, 이야말로 진퇴양난일세그려!"

스승과 제자들이 이러쿵저러쿵 쓸데없는 얘기만 주거니 받거니 하고 있을 때였다. 어디선가 난데없이 사람의 목소리가 들려왔다.

"손대성, 고민하지 마시고 이리 오셔서, 진지나 자시고 나서 의논하시지요."

네 사람이 소리나는 곳을 돌아다보니, 낯선 노인 하나가 거기에 서 있었다. 몸에 걸친 학창의 도포 자락은 바람결에 나부끼고, 머리에는 상현달 모양의 언월관(偃月冠)을 썼는가 하면, 손에는 용두장(龍頭杖)을 짚고 두 발에는 철요화(鐵靿靴) 한 켤레를 신었는데, 그 뒤에는 주둥이가 매부리 같고 두 뺨이 물고기의 아가미처럼 생긴 어시귀(魚腮鬼) 한 마리가 머리 위에 구리 함지박을 하나 인 채 따라붙고 있었다. 구리 함지박에는 서너 가지 찐 떡과 좁쌀밥이 담겨 있었다.

이윽고 노인이 서쪽 길 아래 내려서더니 자신을 소개했다.

"저는 본디 이 화염산의 토지신입니다. 손대성께서 성승을 모시고 서쪽으로 나가지 못하시는 것을 이제야 알고, 모처럼 진지라도 한 끼니 대접해드릴까 하여 이렇게 찾아왔습니다."

토지신이란 말을 듣자, 손행자는 일단 마음을 놓고 이렇게 물었다.

"밥도 좋지만, 저 불길이 어느 때에야 꺼져서 우리 사부님을 넘어가게 해드릴 수 있겠느냐?"

"불길을 잡으시려면 나찰녀에게 파초선을 빌려오셔야만 합니다."

손행자는 길바닥에 내던져버린 부채를 도로 주워서 내보였다.

"이 부채가 그것 아니냐? 그런데 이것으로 부채질을 하면 할수록 불길이 더 거세게 치솟아 오르니 무슨 까닭이냐?"

토지신이 부채를 바라보고 피식 웃었다.

"그것은 진짜 파초선이 아닙니다. 그 여자한테 속으셨습니다."

"하면 진짜 파초선을 어떻게 해야 얻을 수 있는지 얘기해다오."

손행자가 다그쳐 묻는 말에, 토지신은 여전히 미소를 띤 채 허리 굽혀 대답했다.

"진짜 파초선을 구하시려거든 반드시 대력왕(大力王)을 찾아가서 간청하셔야 합니다."

과연 파초선은 대력왕이란 자와 어떤 연고가 있는지, 다음 회에서 풀어보기로 하자.

제60회 우마왕은 싸우다 말고 잔치판에 달려가고, 손행자는 두번째로 사기 쳐서 파초선을 손에 넣다

"대력왕이라니, 그게 누구냐?"

손행자의 물음에, 토지신은 이렇게 대답했다.

"대력왕은 바로 우마왕입니다."

"그렇다면 이 산불은 애당초 우마왕이 지른 것이로군! 그리고 나서 화염산이란 엉터리 이름을 붙인 게 아니냐?"

"천만의 말씀을! 아니올시다. 손대성께서 소신의 무례함을 탓하지 않으신다면 감히 바른대로 말씀드리겠습니다."

"그대에게 무슨 죄가 있다고 탓하겠느냐? 바른대로 말해도 무방하니 어서 얘기해라."

"이 산불은 원래 제천대성께서 지르신 불입니다."

토지신의 대꾸에, 손대성이 버럭 화를 냈다.

"아니, 뭐라고! 뉘 앞이라고 그따위 터무니없는 소리를 지껄이느냐! 내가 언제 이렇게 함부로 불 지르는 방화범이라도 되었단 말이냐?"

"제천대성께서는 저를 알아보지 못하시니까 그런 말씀을 하십니다. 여기에는 애당초 이런 산이 없었습니다. 대성께서는 오백 년 전에 천궁을 크게 소란케 하셨을 당시, 현성 이랑진군에게 사로잡히시고 태상노군의 두솔궁으로 압송되어 가셨을 때를 기억하십니까. 그때 대성님은 팔괘로에 안치되어 단련을 받으셨습니다. 그리고 사십구 일 만에 뚜껑을 열었더니, 대성께서는 팔괘로 바깥으로 뛰쳐나와 화로를 발길로 걷어차셨습니다. 그때 벽돌 몇 장이 떨어져 나갔는데, 그중 뜨거운 불씨가 붙어 있던 것들이 하계로 떨어져 내려 이곳 화염산이 되고 말았던 것입니다. 저 역시 본래는 두솔궁에서 팔괘로를 지키던 도사였습니다만, 태상노군께 화로를 잘 지키지 못했다는 책망을 듣고 하계로 강등되어 이곳 화염산에서 토지신 노릇을 하고 있는 겁니다."

토지신의 괴상망측한 옷차림새를 마뜩찮게 여기던 저팔계가 그 말을 듣고 볼멘소리로 툴툴거린다.

"어쩐지 이따위 괴상한 꼬락서니를 하고 있었다 했더니, 역시 도사 나부랭이가 토지신으로 둔갑하고 있었군 그래!"

말 한마디 잘못 건넸다가 꼼짝없이 방화범으로 몰린 손행자는 그래도 믿는 둥 마는 둥 귓전으로 흘려버리고 냉큼 딴 것으로 화제를 바꾸어 물었다.

"그건 그렇다 치고, 한데 날더러 속히 대력왕을 찾아보라는 것은 무슨 까닭으로 한 말이냐?"

토지신이 대답한다.

"대력왕은 바로 나찰녀의 남편입니다. 요즈음 그는 나찰녀를 저버리고 현재 적뢰산(積雷山) 마운동(摩雲洞)에 가 있습니다. 그곳에는 애당초 만년호왕(萬年狐王)이란 자가 살고 있었는데, 그 여우 임금이 죽을 때 딸을 하나 남겨두었습니다. 딸의 이름은 옥면공주(玉面公主)라고 부릅니다. 이 공주는 백만장자의 재산을 가지고 있으나 그것을 관리해줄 사람이 없어 이곳저곳 수소문하던 끝에, 이 년 전 우마왕을 찾아갔다가 신통력이 굉장한 것을 눈여겨보고 자기 집으로 모셔다가 남편으로 삼았습니다. 이렇게 해서 우마왕은 나찰녀를 버리고 오랫동안 돌보지 않았던 것입니다.

이제 만약 제천대성께서 우마왕을 찾아가 이런저런 사정을 말씀드리고 간청한다면 진짜 파초선을 빌려 쓰실 수 있을 것입니다. 그 부채를 얻을 수만 있다면, 화염산의 불길을 잡고 사부님을 보호하여 서쪽으로 나아가실 수 있을 뿐 아니라, 이 지방의 화근이 되는 산불을 영원히 뿌리뽑아 이 고장의 생령들이 걱정 근심 없이 편안히 살아갈 수 있게 해줄 수 있을 것입니다. 그리고 저 역시 죄를 용서받고 하늘로 돌아가 태상노군의 노염을 풀어드릴 수 있게 될 것입니다."

이 말을 듣기가 무섭게 손행자가 내처 묻는다.

"그 적뢰산이란 데가 어디냐? 거기까지 거리는 또 얼마나 되느냐?"

"정남방에 자리잡고 있습니다. 여기서 그곳까지는 삼천여 리나 됩니다."

시원스런 답변이 나오자, 손행자는 그 자리에서 사화상과 저팔계에게 분부를 내렸다.

"자네들은 여기서 사부님을 모시고 있게. 그리고 토지신, 그대도 돌아가지 말고 내가 다녀올 때까지 우리 사부님을 보호해드리면서 기다려야 하네!"

당부를 마치자마자 '휙!' 하는 소리를 남겨둔 채 그는 벌써 어디론가 사라지고 말았다.

한 시간도 채 못 되어 손행자는 높은 산을 하나 발견했다. 구름을 낮추고 산봉우리 정상에 내려서서 주변을 둘러보니, 참으로 좋은 경치가 눈 아래 가득 차게 들어왔다.

높디높은 산봉우리가 얼마나 높은지 푸른 하늘을 어루더듬고, 너르디너른 산자락이 얼마나 너른지 황천(黃泉)에 뿌리박았다.

산 앞쪽에는 햇볕이 포근하고, 영마루 뒤편에는 바람이 차다.

산 앞쪽에 햇볕이 포근하니, 삼동(三冬)이 닥쳐와도 초목은 엄동설한 제 시절을 알지 못하고,

영마루 뒤편에 바람이 차가우니, 구하(九夏)의 여름철에도 얼음과 서리가 녹지 않는 것을 본다.

용담(龍潭)은 골짜기 냇물과 잇닿아 길게 흐르고, 호혈(虎穴)은 낭떠러지에 기대어 철 이른 꽃을 피운다.

골짜기 냇물은 천 갈래로 흘러내려 구슬을 흩날리는 듯하고, 한갓진 마음으로 활짝 핀 꽃떨기 숲은 마치 비단폭을 펼쳐놓은 듯하다.

구불텅구불텅한 고갯길 마루턱에는 길 따라 나무숲이 감돌아 오르고, 뻐죽뻐죽 얽히고설킨 바윗돌 바깥에는 또 들쭉날쭉, 얼기설기 뒤얽힌 소나무 숲이 울울창창 빽빽하다.

이야말로 높은 것은 산봉우리요, 험준한 것은 영마루, 깎아지른 것은 낭떠러지요, 깊은 것은 골짜기의 냇물, 향기로운 꽃, 맛좋은 과일, 붉은 등나무 덩굴, 보랏빛 대나무 줄기, 푸른 소나무와 연두색 버드나무, 사시 팔절(四時八節) 두고두고 어느 때나 그 빛깔 바뀌지 않으며, 천년만고(千年萬古)에 그 색채 길이길이 교룡(蛟龍)과 같구나.

손행자는 한참 동안이나 정신 놓고 경치를 보던 끝에 마침내 뾰족한 봉우리를 내려서서 깊은 산 속으로 들어가 길을 찾기 시작했다. 그가 방향을 잡지 못한 채 갈팡질팡 헤매고 있으려니, 불현듯 소나무 그늘 밑에서 웬 여자 하나가 손에 향기로운 난초 줄기를 한 가닥 꺾어들고 앙증맞은 걸음걸이로 갸우뚱갸우뚱 걸어나오는 것이 눈에 띄었다. 손행자는

얼른 울퉁불퉁한 바위 더미 곁으로 몸을 숨겨 피한 다음, 두 눈을 똑바로 뜨고 그 여인의 생김새하며 움직임을 요모조모 뜯어보기 시작했다.

애교가 뚝뚝 듣는 그 모습 경국지색이요, 아장아장 걷는 품은 연꽃 흔들리듯 가냘프다.

맵시는 왕소군(王昭君)이 무색하고, 얼굴 모습은 초녀(楚女)를 빼어 닮았다.

꽃이 말하는 듯 고운 모습에, 옥이 향기를 뿜어내듯 짙은 체취가 풍겨난다.

높다랗게 땋아올린 타래머리 쪽빛으로 늘어뜨리니 그 탐스러운 빛깔은 푸른 까마귀를 보는 듯하고, 두 눈동자는 초록빛을 띠고 촉촉이 젖어 마치 가을 물결이 넘쳐나는 듯하다.

상군(湘裙) 치맛자락 사이로 절반쯤 드러낸 궁혜(弓鞋)가 앙증맞은데, 비취의 연두색 소맷자락 사이로는 뽀얀 살결의 팔뚝이 한들한들 늘어져 있다.

저녁 비 아침 구름(暮雨朝雲)을 빚어내는 무산(巫山)의 여신[1]을 말해 무엇 하랴, 참으로 단순호치(丹脣皓齒) 붉은 입술에 백옥 같은 이빨을 드러낸다.

---

[1] 무산의 여신: 도교의 신녀 요희(瑤姬). 『문선(文選)』 「송옥(宋玉)」의 주에 따르면, "요희는 남방 적제(南方赤帝)의 딸로 시집가기 전에 죽어서 지금의 사천성(四川省) 무산현(巫山縣) 동쪽에 있는 대파산맥의 주봉 무산(巫山) 양지쪽에 장사 지냈다" 하였는데, 『용성집선록(墉城集仙錄)』 제3권에는 또 이런 내용이 수록되어 있다. "요희는 운화부인(雲華夫人)이 되어 상고 시대 우(禹)임금과 만났으나, 아침에는 구름이 되고 저녁에는 소낙비가 되어, 변화무쌍하게 유혹하므로, 우임금은 그 변덕스런 성격을 꺼려 가까이하지 않았다"고 하였다. 남녀간의 육체 교접에서 우러나오는 희열을 일컬어 '운우지정(雲雨之情)'이라 하는데, 이 말은 곧 무산의 신녀 운화부인의 고사에서 비롯된 것이기도 하다.

비단폭 펼쳐놓듯 매끄러운 살결에 윤기 감돌고 누에나비 눈썹이 빼어나게 어여쁘니, 실로 한나라 때 열녀 탁문군(卓文君)을 능가하고 당나라의 명기 설도(薛濤)²와 견주어도 손색이 없다.

이윽고 그 여인이 점차 바위 근처로 다가왔다. 손대성은 몸을 굽혀 절하고 천천히 수작을 걸었다.

"여보살님, 어딜 가시오?"

여인은 그때까지만 해도 사람을 알아보지 못하고 있다가 부르는 소리를 듣고서야 비로소 머리를 쳐들었다. 그리고 눈앞에 손대성의 누추한 생김새를 보고 기절초풍하도록 놀라 저도 모르게 뒷걸음질을 쳤다. 달아나고 싶어도 숨을 데가 없고 앞으로 나가자니 낯선 사람에게 길이 막혀 더 이상 나갈 수도 없어 그야말로 진퇴양난, 그녀는 오들오들 떨어가며 엉거주춤 선 채 안 떨어지는 입을 억지로 열었다.

"당신은 어디서 온 사람이죠? 누굴 찾으러 여길 온 거예요?"

겁먹은 목소리였으나 묻는 말은 당차기 짝이 없다.

손대성은 이내 대꾸를 못 하고 곰곰이 생각했다.

'내가 만약 경을 가지러 가는 사람인데, 부채를 빌리러 왔다고 솔직히 얘기한다면……? 혹시 이것이 우마왕과 어떤 절친한 관계라도 맺고 있는 사이라, 중간에서 일이 뒤틀어지게 훼방 놓을지도 모른다. 오

---

2 탁문군·설도: 두 사람 모두 미모를 갖춘 재녀. 탁문군(卓文君)은 서한(西漢) 때의 여성 문학가로 음악과 시문에 뛰어난 여인. 당대의 시인 사마상여(司馬相如, 기원전 179~117)를 사랑하여 성도(成都)로 도피 행각을 벌이고 부부가 되었으나, 남편이 무릉(武陵)의 딸을 첩으로 맞아들이려 하자,「백두음(白頭吟)」을 지어 단념시켰다는 일화가 있다. 설도(薛濤, ?~834)는 당나라 때의 여성 시인으로 어려서부터 촉(蜀) 땅에 들어가 기녀(妓女)가 되었는데, 시문에 뛰어난 재능을 보여 세칭 '여교서(女校書)'란 별명까지 얻었다. 완화계(浣花溪)에 거처하며 자줏빛 편지지에 시를 쓰곤 했기 때문에, 사람들이 그 종이를 '설도전(薛濤箋)'이라 하여 크게 유행시켰다고 한다.

냐, 그저 어물어물 눙쳐서 우마왕을 모시러 왔다고만 대답해두기로 하자꾸나……'

상대방이 선뜻 대답을 못 하자, 그녀는 얼굴빛이 싹 변하더니 노기 띤 목소리로 호통쳐 꾸짖는다.

"당신이 누군데 감히 내게 말을 거는 거예요!"

그제야 손대성은 허리를 굽히고 마음에도 없는 웃음을 띠어가며 대답했다.

"나는 취운산에서 왔소이다. 이곳은 초행이라 길을 잘 몰라서 여보살님께 여쭈어보려는 거요. 여기가 적뢰산이오?"

"그래요."

"마운동이란 곳이 있다던데 어디쯤 있소?"

"그곳은 무엇 하러 찾는 거죠?"

"나는 취운산 파초동에서 철선공주의 심부름으로 우마왕을 모시러 온 사람이외다."

그 여자는 '철선공주가 우마왕을 모셔가려고 사람을 보냈다'는 말을 듣자 속에서 부아가 치밀었는지 얼굴이 벌게지다 못해 귀뿌리마저 새빨개지면서 대뜸 욕설을 퍼붓기 시작했다.

"이런 쩨쩨하고 천한 년을 봤나! 아무리 철딱서니가 없기로서니 이렇게 꽉 막힌 벽창호가 어디 또 있단 말이냐? 우마왕이 내 집에 온 지 이태도 채 못 되는 동안, 내가 금은보화에 능라주단을 얼마나 많이 보내주었으며 해마다 달마다 장작과 쌀을 보내주어 남부러울 것 없이 편안히 살게 해주었는데, 그새를 참지 못해 부끄러운 줄도 모르고 그이를 도로 모셔가서 또 어쩌겠다는 거야!"

손대성이 가만 듣자하니, 이 계집이야말로 옥면공주가 분명하다. 그래서 일부러 여의금고봉을 번쩍 들고 큰 소리로 호통쳐서 몰아세우기 시작했다.

"이런 치사스럽고 더러운 년! 재산을 미끼 삼아 남의 남편인 우마왕을 가로챘으니, 너야말로 돈으로 놈팡이를 후리는 화냥년이 아니고 뭐냐? 그런 주제에 부끄러운 줄도 모르고 도리어 누굴 욕하는 거냐!"

생면부지의 사내에게 호된 꾸지람을 듣고 게다가 무시무시한 쇠몽둥이까지 치켜드는 것을 보자, 그녀는 혼비백산하도록 놀란 나머지 전족(纏足)을 한 두 발로 아장아장 귀엽게 걷던 걸음걸이도 흐트러뜨린 채, 부들부들 떨어가며 냅다 돌아서기가 무섭게 도망치기 시작했다.

손행자는 옳다 됐구나 싶어, 고래고래 악을 써가며 그 뒤를 바싹 뒤쫓았다.

그러고 봤더니 소나무 숲 그늘을 뚫고 나가면 바로 마운동 어귀였다. 손행자에게 쫓긴 그 여자는 헐레벌떡 안으로 뛰어들기가 무섭게 문짝을 닫아걸었다.

위치를 알아낸 다음에야 서두를 것이 하나도 없는 손행자, 비로소 철봉을 거두어 넣고 걸음을 멈춘 다음, 한가롭게 주변 경치를 바라보기 시작했다. 둘러보면 볼수록 기막히게 아름다운 경관이었다.

나무숲이 빽빽하게 들어차고, 낭떠러지는 깎아 세운 듯이 험준하다.

무성하게 웃자란 쑥대가 그늘 짓고 하늘하늘 바람결에 나부끼는데, 향기 짙은 난초는 먼 데까지 향내를 풍겨온다.

옥 같은 바윗돌을 씻어내리며 흐르는 샘물이 대밭 사이를 뚫고, 정교하게 생긴 돌들은 제 시절 아는 듯 낙엽을 받아 머리에 이고 섰다.

안개 노을은 먼 산까지 자욱하게 덮어씌우고, 주야로 해와 달이 구름 병풍을 비춘다.

용이 울부짖고 호랑이 으르렁거리며, 학이 울고 꾀꼬리는 지저귄다.

한 조각 맑고 그윽한 정경이 참으로 사랑스러우니, 기화요초 뒤덮인 경치가 언제나 밝은 빛으로 찬란하다.

천태산(天台山)의 선동(仙洞)에 견주어도 뒤떨어지지 않으며, 해상 선경 봉래도와 영주보다 월등하게 낫구나.

손행자가 마운동 어귀에서 경치를 감상한 얘기는 이쯤에서 접어두기로 하겠다.

한편 그 여인은 허겁지겁 얼마나 급하게 뛰었는지, 놀란 가슴은 당장이라도 숨이 끊어질 듯 할딱거리고 분 바른 얼굴에 진땀을 비 오듯이 흘려가며 서재 안으로 뛰어들었다.

그 무렵 우마왕은 서재에 들어앉아 연단술(煉丹術)에 관한 책을 뒤적이고 있었다. 기분이 상할 대로 상한 여인은 우마왕의 가슴에 쓰러질 듯이 안기더니 귀를 잡아뜯는다, 볼따구니를 할퀴어댄다 법석을 떨어가며 목을 놓아 대성통곡하기 시작했다. 우마왕은 그런 호들갑스런 성미를 익히 알고 있던 터라, 얼굴 가득 웃음을 띠고 다정한 말씨로 얼러주었다.

"요 예쁜 것. 무엇 때문에 그리도 속이 상했을꼬? 어디 나한테 말 좀 해보구려."

그러자 여인은 펄펄 뛰어가며 우마왕에게 욕설을 퍼부었다.

"이 못된 마귀 놈아! 날 죽일 작정이냐?"

우마왕은 여전히 벙글벙글 웃으면서 다시 물었다.

"아니, 내가 뭐라고 했기에 욕을 하는 거요? 무슨 일이 있었소?"

여인은 고래고래 악을 써가며 독설을 퍼부었다.

"내 부모가 돌아가시고 의지할 데 없어서 네놈을 모셔다가 보호나 받고 살아가려 하지 않았더냐! 세상에서 네놈을 제법 호걸 노릇 하는 놈이라고 하기에 그런 줄 알고 믿었더니만, 이제 봤더니 여편네나 무서워하는 졸장부였구나!"

우마왕은 이 말을 듣더니 여자를 부여안고 또 물었다.

"요것아, 나한테 잘못이 있거든 천천히 말을 해봐요. 내가 먼저 이렇게 절하고 사과할 테니."

그제야 여인은 쌔근쌔근 숨을 몰아쉬면서 이렇게 말했다.

"방금 내가 동굴 밖 꽃그늘 아래 산책하면서 난초를 꺾고 혜초(蕙草)를 캐고 있으려니까, 난데없이 털북숭이 주둥이에 뇌공의 상판을 한 중 녀석 하나가 내 앞에 불쑥 나타나서 절을 굽실하지 않겠어요. 그 바람에 놀라 자빠질 뻔했지 뭐예요. 정신을 차려 누구냐고 물었더니, '철선공주가 우마왕을 모시러 보낸 사람'이라는 거예요. 내가 두어 마디 나무랐더니 되레 한바탕 욕설을 퍼부으면서 몽둥이를 번쩍 들고 당장이라도 때려죽일 듯이 덤벼드는 게 아니겠어요? 재빨리 도망치지 않았더라면 나는 꼼짝없이 맞아죽을 뻔했죠. 여봐요, 이게 바로 당신이 화근 덩어리를 끌어들여 나를 죽이려는 게 아니고 뭐예요!"

우마왕은 이 말을 듣더니 우선 그녀의 헝클어진 매무새를 고쳐주면서 사과했다. 그리고 한참 동안 어르고 달래서야 겨우 그녀의 노염을 풀어줄 수 있었다. 한데 가만히 생각해보니 이번에는 우마왕 쪽에서 새록새록 부아가 치밀어 올랐다.

"이것 봐, 예쁜이! 내가 당신 앞에서 무얼 숨기겠나? 사실 저 파초동으로 말하자면 비록 궁벽한 곳이기는 해도 마음 편하게 조용히 지낼 수 있는 곳일세. 내 아내는 어릴 적부터 수행에 뜻을 두어 득도한 여선이라, 문밖출입을 아주 엄하게 단속하는 사람이오. 그래서 집 안에 사내라곤 삼척동자가 아니라 일 척 동자(尺童子)도 없는데, 어떻게 뇌공 같은 낯짝을 한 사내놈을 데려다가 심부름꾼으로 보낼 리 있겠소? 아무래도 이놈은 어디서 굴러들어온 요괴 아니면 남의 이름을 팔아서 날 찾아온 사기꾼 녀석이 분명하오. 아무래도 안 되겠군, 어디 내가 나가서 한번 보아야겠어!"

이윽고 자리 털고 일어선 우마왕이 어슬렁어슬렁 서재를 나서더니, 대청으로 올라가 갑옷 투구를 꺼내 차림새를 단단히 하고 혼철곤(混鐵棍) 한 자루 손에 든 채 동굴 문 밖으로 걸어나와 호통을 쳤다.

"어떤 놈이 내 집에 와서 함부로 설쳐대는 거냐!"

손행자가 문 곁에서 그 꼴을 보았더니, 5백 년 전에 만나 어울리던 때와는 아주 딴판이다.

머리에는 잘 닦아서 은빛이 번쩍거리는 연철(鍊鐵) 투구를 쓰고, 몸에는 융(絨)에다 비단 섞어 수놓은 황금 갑옷을 걸쳤다.

두 발에 신은 것은 코가 뾰족하게 말리고 바탕에 분칠을 한 고라니 가죽신 한 켤레요, 허리에는 세 갈래로 실을 꿴 사만대(獅蠻帶)를 둘였다.

한 쌍의 눈알은 구리 거울처럼 번뜩번뜩 빛을 발하고, 두 갈래 눈썹은 한 쌍의 붉은 무지개가 떠오른 듯하다.

딱 벌어진 아가리는 피를 담은 대야처럼 시뻘겋고, 이빨은 구리판을 박아서 늘어놓은 듯하다.

으르렁대는 목소리가 울려 퍼지면 산신령도 두려워 떨고, 한번 움직였다 하면 그 위풍에 사나운 귀신들조차 몸서리친다.

사해에 그 이름 높으니 혼세(混世)라 일컬으며, 서방 세계에 명성 떨쳐 대력마왕(大力魔王)이라 부른다.

손대성이 옷매무새를 가다듬고 그 앞으로 썩 나서더니, 예의를 갖춰 깊숙이 허리 굽혀 문안 인사를 드린다.

"큰형님, 아직도 이 막내아우를 기억하시겠소?"

우마왕도 답례를 건넸다.

"누군가 했더니, 자네, 제천대성 손오공이로군 그래!"

"그렇소이다, 그래요! 헤어진 지 오래도록 찾아뵙지 못하다가, 마침 이곳에 들러 어떤 부인을 만나 묻고서야 이렇게 형님을 뵐 수 있게 되었소. 형님의 신수가 전보다 더 훤해지신 걸 보니 축하를 해드려야겠구려."

말이 끝나기도 전에 우마왕이 호통쳐 꾸짖었다.

"닥쳐라! 고놈의 원숭이 혓바닥은 여전히 잘도 나불대는구나. 소문에 듣자니까, 네놈은 천궁을 뒤엎고 대소동을 부린 끝에 불조(佛祖) 여래의 손에 붙잡혀 오행산 아래 찍어눌렸다가, 요즈음 하늘의 재앙에서 빠져나와 당나라 화상을 보호하고 서천으로 경을 구하러 간다던데, 어찌하여 호산 고송간 화운동에서 내 어린 아들 우성영(牛聖嬰)을 해쳤느냐? 그 일 때문에 나도 네놈을 괘씸하게 여기고 언젠가는 혼을 내주어야겠다 잔뜩 벼르고 있던 참이었는데, 어째서 또 날 찾아왔느냐?"

손대성은 다시 한번 큰절을 드리고 이렇게 변명했다.

"큰형님, 이 막내아우를 오해하고 계셨구려. 그렇게 꾸짖지 말고 내 얘기부터 들어주시오. 그 당시 아드님이 우리 사부님을 잡아먹으려고 했었소. 이 아우는 그 곁에 얼씬도 하지 못하다가, 천만다행히도 관세음보살께서 우리 사부님을 구해내시고 아드님까지 올바른 길로 돌아서게 한 것이었소. 지금 아드님은 선재동자가 되어 형님보다 지위가 높아졌을 뿐 아니라 극락세계 전당에서 마음 편히 지내며 영생을 누리고 있는데, 무잇이 나쁘게 되있다고 도리어 나를 꾸지람하시는 거요?"

"요 앙큼한 원숭이 녀석, 고놈의 혓바닥 좀 작작 놀리지 못하겠느냐! 내 아들을 괴롭힌 일은 네놈의 말대로 그렇다 치자. 그런데 지금은 또 어째서 내 애첩을 모욕하고 내 집 문전까지 쳐들어왔느냐?"

조목조목 따져가며 꾸짖는 말에, 손대성은 껄껄껄 웃으면서 대꾸를 했다.

"형님을 만나뵈러 왔지만 거처를 모르기에 그 부인에게 물어보았을 뿐이지, 둘째 형수님인 줄은 전혀 몰랐소. 날 보고 자꾸 욕을 하시니까, 이 아우도 한때 발끈하는 성미를 못 참고 그만 형수님을 놀라게 해드렸던 거요. 큰형님이 부디 너그러우신 아량으로 용서해주구려."

"일이 그렇게 된 것이라면, 좋다! 내가 옛날의 정리를 생각해서 용서해줄 테니, 이만 돌아가거라!"

"너그러이 보아주시니 고맙기 짝이 없소이다, 형님. 그러나 또 한 가지 염치없이 청할 게 있는데, 큰형님께서 선처해주셨으면 정말 고맙겠소."

우마왕은 버럭 성을 내면서 고함을 질렀다.

"이 못된 원숭이 놈아! 네놈은 눈치코치도 없느냐? 그만큼 용서해주었으면 고분고분 물러갈 것이지, 발길은 돌리지 않고 왜 또 귀찮게 지분대는 거냐? 날더러 선처해달라니, 무슨 말라비틀어질 놈의 선처야!"

"기왕에 말이 나왔으니 솔직히 말씀드리다. 이 아우는 형님도 아시다시피 당나라 스님을 모시고 서천으로 가는 길인데, 화염산에서 길이 막혀 앞으로 더 나갈 수 없게 되었지 뭐요. 그 고장 사람들에게 물어봤더니 나찰녀 형수님께서 불을 끌 수 있는 부채를 한 자루 가지고 계시다기에, 좀 빌려 쓸까 해서 어제 형님의 옛날 댁으로 찾아가 형수님을 만나뵙기는 했는데, 형수님이 막무가내로 빌려주지 않으시니 어쩌겠소? 그래서 이렇게 일부러 형님께 와서 부탁드리는 거요. 형님, 제발 덕분에 하늘처럼 높고 땅처럼 너르신 아량으로 이 아우하고 함께 큰댁으로 가셔서 형수님을 만나 부채를 한 번만 빌려 쓸 수 있게 말씀 좀 해주시오. 그 부채로 산불을 끄고 당나라 스님을 무사히 넘어가게만 해주신다면, 그 즉시 부채를 흠집 하나 없이 완벽하게 돌려드리기로 내 약속하리다."

우마왕은 이 말을 듣자, 이때껏 참고참았던 울화통이 한꺼번에 터져나와 어금니를 뿌드득 갈아붙였다.

"네놈이 어째 그리도 점잖게 나오는가 했더니, 부채를 빌려 쓸 속셈이었구나! 보나마나 내 아내를 귀찮게 지분거리다가 말을 듣지 않으니까 날 또 찾아왔을 게다. 그것도 용서 못 할 일인데, 이제 또 내 애첩까지 쫓아다니면서 모욕을 주다니! 이 못된 원숭이 놈아, 속담에 '친구의 아내는 업신여기지 말고, 친구의 애첩은 욕보이지 말라(朋友妻, 不可欺, 朋友妾, 不可滅)' 했는데, 네놈은 내 아내를 업신여기고 또 내 애첩마저 욕보이다니, 이 얼마나 괘씸한 놈이냐? 잔소리 집어치우고 이리 썩 나서서 내 몽둥이 맛이나 보아라!"

손대성은 그래도 포기하지 않고 다시 한번 간청했다.

"형님이 때리시겠다면 이 아우도 겁내지 않고 맞아드리겠소. 그러나 보배를 빌리겠다는 것은 진정에서 우러나온 말이오. 내가 이렇게 빌테니, 제발 좀 빌려 쓰게 해주시구려."

그러나 우마왕은 코웃음으로 응수했다.

"흐흐흐! 네놈이 만약 내 혼철곤을 세 합만 상대할 수 있다면, 좋다! 내 아내에게 말해서 부채를 빌려주도록 하지! 하지만 세 합에 견뎌내지 못할 때에는 네놈을 때려죽여서 아들의 원수를 갚을 테니까, 각오

해라!"

상대방이 원수를 갚겠다고 나서는 마당이면 더 이상 말로 통할 때가 아니다. 손대성도 전의(戰意)를 굳히고 싸울 태세를 갖추었다.

"형님 그 말씀 한번 잘하셨소. 이 아우가 게을러터져서 한동안 찾아뵙지 못했는데, 그 몇 해 동안에 형님의 무예 솜씨가 옛날에 비해 얼마나 늘었는지 모르겠소그려. 자, 그럼 우리 형제가 몽둥이 쓰는 솜씨 한번 겨뤄보기로 합시다!"

말끝이 떨어지기 무섭게 우마왕은 대뜸 혼철곤을 번쩍 쳐들더니 손행자의 면상을 겨냥하고 덤벼들면서 후려쳤다. 이편의 손대성도 선뜻 금고봉을 휘둘러 마주쳐나갔다.

이리하여 의형제를 맺은 맏이와 막내가 5백여 년 만에 한판 싸움을 벌이기 시작했는데, 그야말로 볼 만한 대결이었다.

금고봉과 혼철곤, 피차에 안면 바꾸고 친구로서 의리도 따질 줄 모른다.

저편에서 "요 몹쓸 놈의 원숭이야, 내 아들의 앞길을 망쳐놓다니 미워 죽겠다!" 하고 꾸짖으면,

이편에서 "당신 아드님은 이미 도를 얻었는데 성내거나 미워할 게 뭐요!" 하고 맞선다.

저편에서 "이 무지막지한 놈아, 내 집이 어디라고 감히 찾아왔느냐?" 하면,

이편은 또 "나는 나대로 알아볼 용건이 있어 찾아왔을 뿐이오!" 하고 응수한다.

한 사람은 부채를 구하여 당나라 스님을 보호하려 하고, 또 한 사람은 지독하게 인색하여 파초선을 빌려주지 않는다.

옥신각신 말이 오가니 옛정은 벌써 하늘 끝에 훨훨 날려보낸 지 오래고, 한 집안 형제가 온통 의리 없이 성내기만 할 뿐이다.

우마왕이 철곤을 치켜드니 교룡과 맞먹으려 들고, 손대성이 철봉으로 맞서 싸우니 귀신도 숨어버린다.

처음에는 적뢰산 앞에서 싸우다가, 나중에는 일제히 상운을 일으켜 타고 허공으로 진격한다.

반공중 한복판에서 신통력을 드러내고, 오색 광채가 찬란한 가운데 절묘한 재간 뽐낸다.

두 자루 몽둥이가 하늘의 관문을 요란하게 뒤흔드니, 아슬아슬한 고비 숱하게 넘기며 오락가락해도 승부를 내지 못한다.

손대성과 우마왕은 1백여 합을 싸웠으나 승부를 가리지 못하였다. 이렇듯 서로 진퇴양난의 곤경에 빠져 있을 때, 갑자기 산봉우리 위에서 누군가 큰 소리로 외쳐 부르는 사람이 있었다.

"우씨 나으리! 저희 대왕님께서 전갈을 보내셨습니다. 연회를 베풀고자 하오니 속히 왕림하시라는 말씀이셨습니다."

우마왕이 이 말을 듣더니 혼철곤으로 손행자의 금고봉을 덜컥 가로막으면서 소리쳤다.

"원숭이야, 잠깐 그 손을 멈추거라. 내 친구 댁으로 잔치에나 다녀와야겠다!"

말을 마치자, 그는 상대방을 내버려둔 채 구름을 낮추고 마운동으로 들어가서 옥면공주에게 사태를 설명해주었다.

"요 예쁜 것아! 놀라지 말아요. 아까 그 뇌공 같은 주둥아리를 한 녀석은 손오공이란 원숭이였어. 내가 몽둥이로 한 대 쳐서 쫓아보냈으니까 두 번 다시 오지 못할 거야. 그러니 마음 푹 놓고 놀기나 하라고.

나는 친구 집에 술 한잔 얻어 마시러 갔다 올 테니까."

그리고 비로소 갑옷 투구를 훌훌 벗어던진 다음, 검푸른 융단 옷 한 벌 갈아입고 문밖으로 나오더니 벽수금정수(辟水金睛獸)에 올라타고 다시 한번 부하들에게 집안 단속을 잘하라는 분부를 남겨둔 채, 안개구름을 일으켜 타고 곧바로 서북방을 향하여 날아갔다.

높다란 산봉우리 위에서 그 광경을 굽어보던 손대성은 속으로 이런 생각을 했다.

'저 늙은 황소란 놈이 또 무슨 친구를 사귀었는지 모르겠다. 도대체 어디로 술잔치를 벌이러 가는 것일까? 오냐, 좋다! 이 손선생도 한번 따라가보자꾸나!'

앙큼스런 손행자, 그 자리에서 몸을 훌떡 뒤채더니 형체 없는 일진 청풍으로 화하여 우마왕을 뒤쫓기 시작했다.

얼마 안 있어 한군데 산중에 당도했을 때, 어느 틈엔가 우마왕의 뒷모습이 소리도 없이 사라지고 보이지 않았다. 손대성은 거기서 바람결로 흩어졌던 본신을 그러모아 형체를 드러낸 다음, 산속으로 들어가 흔적을 찾았다.

그곳에는 맑은 물이 깊숙하게 괸 못이 한군데 자리잡고 있었다. 못가에는 비석 하나 우뚝 세워졌는데, 그 비석에 커다란 글씨로 여섯 자가 새겨져 있었다.

낙석산 벽파담(落石山 碧波潭)

손대성은 물속이 훤히 들여다보일 정도로 맑디맑은 못을 눈앞에 두고 곰곰이 생각했다.

'늙은 황소 녀석은 이 근처에서 사라졌다. 그렇다면 물속으로 들어간 것이 분명할 것이다. 물속에는 어떤 놈들이 있을까? 이무기의 요정 아니면 담룡(潭龍)이나 물고기의 정령, 그것도 아니라면 오랜 세월 해묵은 거북이, 자라, 큰 자라, 악어 따위가 정령이 되었을지도 모른다만, 어찌 되었든 이 손선생도 물속에 뒤따라 들어가봐야 되겠다.'

용감한 손대성은 인결을 맺고 중얼중얼 주문을 외우면서 몸을 한 번 꿈틀하더니, 몸집은 크지도 작지도 않고 무게는 어림잡아 서른여섯 근쯤 되는 방게 한 마리로 둔갑해 가지고 물속으로 첨벙 뛰어들었다.

방게란 놈이 곧바로 물 밑바닥까지 가라앉아보니, 불현듯 오색이 영롱하고 뒤편까지 들여다보일 만큼 투명한 패루(牌樓)가 나타났다. 손대성이 짐작한 대로, 패루의 기둥뿌리에는 아까 우마왕이 타고 떠났던 낯익은 벽수금정수가 매여 있었다. 패루 안쪽으로 들어서니 용케도 물 한 방울 없다. 방게로 둔갑한 손대성은 여덟 개의 다리를 바쁘게 놀리며 엉금엉금 기어들어갔다. 이리저리 둘러보고 있으려니 저편으로부터 풍악을 울리는 소리가 질탕하게 들려왔다. 손대성은 정신을 바짝 차리고 자세히 살펴보았다.

주궁 패궐(朱宮貝闕)이 바깥 세상과 다름없으니, 황금으로 기와 지붕 얹고 백옥으로 대문 지도리를 만들었다.

대모(玳瑁, 바다거북 등딱지)로 병풍처럼 둘러놓았는가 하면, 난간에는 산호와 진주를 쌓아놓았다.

상서로운 구름이 아지랑이처럼 연좌(蓮座)에 휘황찬란하게 감도는데, 위에는 해와 달, 별자리(三光)에 잇닿고 아래로는 길거리로 통하게 되어 있다.

천궁(天宮)이 바다와 이어져 감춰진 곳은 아니지만, 과연 이곳은 봉호(蓬壺, 봉래도)의 선경에 견줄 만하다.

고당(高堂)에는 잔지 자리 베풀어 주인과 손님이 늘이앉았고, 대소 관원들은 감투에 면주(冕珠)를 달았다.

옥녀(玉女)들을 바삐 불러 상아 쟁반 받들게 하고, 선아(仙娥)들을 재촉하여 음률을 고르게 한다.

고래는 몸집처럼 긴 울음 울고, 거대한 게가 덩실덩실 발짓 춤을 추며, 자라는 생황 불고, 악어는 북을 치는데, 검정 준마가 입에 머금은 구슬이 술동이를 비친다.

새 모양의 전서체(篆書體)로 쓴 글월이 푸른 병풍에 내리닫이로 줄을 이었고, 새우 수염보다 더 가는 발이 문간방에 드리웠다.

팔음(八音)³을 갈마들며 연주하니 순(舜)임금의 '잡선소(雜仙韶)'요, 궁(宮)·상(商) 가락을 합창하는 소리가 구름 밖 하늘 끝까지 울려 퍼진다.

푸른 머리 농어 기생은 요금(瑤琴)을 어루더듬고, 눈알 붉은 마랑(馬郎)⁴은 옥퉁소 가락을 골라잡는다.

쏘가리 할멈은 향긋한 노루 고기 육포를 머리에 이고 나와 바치는데, 용녀의 머리에는 금봉시(金鳳翅) 비녀를 꽂았다.

먹는 것은 천궁 주방(廚房)의 팔보 진미(八寶珍味) 성찬이요, 마시는 것은 자부(紫府)⁵의 옥액 경장(玉液瓊漿) 농익은 술이다.

---

3 팔음: 동양 음악에 쓰이는 여덟 가지 기본 악기. 금종(金鐘)·석경(石磬)·사현(絲絃)·죽관(竹管)·포생(匏笙)·토훈(土壎)·혁고(革鼓)·목지어(木柷敔).

4 마랑: 바다의 여신 마랑부(馬郎婦)의 준말. 『해록쇄사(海錄碎事)』에 보면, 마랑부는 금빛 모래 여울에 나타나 온갖 사람들과 음탕한 짓을 저지르는데, 그녀와 교접한 남자는 "평생토록 음행을 끊게 된다" 하였다. 여기서는 바다의 물고기를 의인화(擬人化)한 것이다.

5 자부: 천상의 궁궐. 곧 옥황상제가 거처하는 궁전을 일컫는데, 고대 제왕들의 금궁(禁宮)을 통틀어 말하기도 한다.

연회 석상에서 맨 윗자리를 차지한 사람은 우마왕이요, 그 좌우에는 이무기의 요정 서너 마리, 그 앞쪽에는 늙은 용의 정령이 앉아 있고, 그 양편에 다시 용자, 용손과 용녀, 용파들이 자리잡고 앉아서, 한창 술잔을 주거니 받거니 돌려가며 왁자지껄 떠들썩하게 즐기고들 있었다.

손대성은 대담하게도 곧장 한복판으로 기어올라가다가 그만 늙은 용의 정령에게 들키고 말았다.

"저 버르장머리 없는 방게 녀석을 잡아라!"

늙은 용의 호통 한마디에, 용자 용손들이 우르르 달려들어 시골뜨기 방게를 잡아 꿇렸다. 손행자는 느닷없이 사람의 목소리를 내어 소리쳤다.

"잘못했습니다! 목숨만…… 제발 목숨만 살려주십쇼!"

늙은 용이 호통쳐 묻는다.

"너는 어디서 기어들어온 방게냐? 감히 여기가 어디라고 무엄하게도 대청 한복판에 기어올라와 귀하신 손님들 앞에 거리낌없이 멋대로 행동하고 있었느냐? 어서 바른대로 불지 못할까! 그래야만 네놈의 죽을죄를 용서해주겠다!"

교활한 손대성은 일부러 거짓말을 꾸며대어 여럿 앞에 변명을 늘어놓았다.

호수 속에 태어나 호수 속에 자랐으니, 물가 언덕에 구멍을 파고 내 세상인 양 살아왔나이다.

세월이 오래 흐르고 일신이 편안하게 되니, 거리낌없이 제멋대로 살아가라고 횡행개사(橫行介士) 벼슬을 받았나이다.

풀숲 딛고 진흙 덩이 질질 끌며 기어다니자니 외롭고 쓸쓸하기만 할 뿐이라, 예의범절이라고는 이날 이때껏 배워본 적이 없었나이다.

　　법도를 모르고 대왕의 위엄을 욕되게 하였으니, 엎드려 바라옵건대 존귀하신 자비 베풀어 너그러이 죄를 용서하여주소서!

　잔치 자리에 앉아 있던 여러 정령들이 이 말을 듣고 측은한 생각이 들었는지, 저마다 몸을 일으켜 늙은 용에게 절하고 간청을 드린다.

　"방게 선비가 요궁(瑤宮)에 처음 들어와 궁중의 예의범절을 몰랐던 모양이오니, 어르신께서 용서하시고 놓아보내시기 바라나이다."

　손님들이 이렇듯 간청하는데야 주인 된 몸으로서 어떻게 속 좁은 면모를 보이랴. 늙은 용이 내빈들에게 일단 사과하더니 그 자리에서 명령을 내렸다.

　"그놈을 놓아주어라! 하지만 매는 맞아야 할 것이니, 잊지 말고 바깥에서 대령하고 있거라!"

　"예에, 그리하오리다!"

　손대성은 한마디로 응답하고 나서 다리야 날 살려라 허겁지겁 도망쳐 나왔다. 패루 아래 이르러 가만 생각해보니 엉뚱한 꾀가 하나 불쑥 떠오른다.

　'우마왕이 저렇게 술독에 빠져 있는데 언제까지 끝날 때만 기다리고 있으란 말이냐? 또 술잔치가 끝나서 돌아간다 해도 부채를 내게 순순히 빌려줄 리 만무하다. 차라리 저놈의 벽수금정수를 훔쳐 타고 우마왕으로 둔갑해서 나찰녀에게 달려가 속임수로 부채를 빼앗는 것이 어떨까? 부채를 손에 넣어 가지고 우리 사부님이 저것들 모르게 화염산을 넘어가시도록 해드릴 수만 있다면, 억지로 싸워서 빼앗기보다 더 나을 것이다.'

생각이 여기에 미치자, 손대성은 즉시 본래 모습으로 돌아가 벽수금정수의 고삐를 풀어 잡고 안장 위에 훌쩍 뛰어 올라탔다. 그리고 살그머니 물속을 빠져나와 벽파담 수면 위로 올라갔다. 그는 다시 우마왕의 모습으로 둔갑한 다음, 구름을 일으켜 타고 짐승을 휘몰아 순식간에 취운산 파초동 어귀까지 들이닥쳤다.

"문 열어라!"

호통 소리 한마디에, 동굴 문 안쪽에서 파수를 보던 여동 둘이 주인의 목소리를 알아듣고 대문을 활짝 열어젖혔다. 문을 열고 내다보았더니, 목소리뿐만 아니라 얼굴 생김새도 영락없는 우마왕이라, 두 여동은 부리나케 안으로 달려가서 여주인께 아뢰었다.

"마님, 나리께서 돌아오셨습니다."

남편이 돌아왔다는 말을 듣자, 나찰녀는 부랴부랴 타래머리를 매만지고 연꽃 같은 걸음걸이로 급히 문밖으로 마중을 나갔다.

우마왕으로 둔갑한 손대성은 거드름을 부리며 안장에서 내리더니 벽수금정수의 고삐를 끌고 휘적휘적 대문 안에 들어섰다. 실로 대담하기 짝이 없는 행동으로 이 당돌한 가인(佳人)을 속여먹을 작정이다.

나찰녀는 범태 육안이라 그를 알아보지 못한 채 손목을 잡아끌어 안으로 모시더니 여동들에게 분부하여 자리를 마련하고 차를 올리게 했다. 온 집안 식구들이 오랜만에 돌아온 주인 어르신을 보고 기뻐하면서 너나 할 것 없이 모두 나와 공손히 문안 인사를 올렸다.

잠시 동안 번잡스러운 인사치레가 끝난 뒤, 가짜 우마왕은 나찰녀를 돌아보고 능청스레 사과했다.

"여보, 정말 오래간만이구려."

"그간 별고 없으셨나요, 대왕."

나찰녀가 답례를 건네더니 내처 묻는다.

서유기 제6권   337

"대왕께서는 신접살림 재미에 빠지셔서 저를 모른 체하고 거들떠 보지도 않으시더니, 오늘은 무슨 바람이 불어 돌아오셨나이까?"

가시 박힌 물음에, 가짜 우마왕은 쑥스러운 웃음을 지으면서 군색한 변명을 늘어놓았다.

"내 어찌 당신을 모른 체하고 거들떠보지도 않았겠소. 옥면공주에게 불려간 뒤로 집안 살림살이가 번거롭고, 게다가 친구들과 교제가 많아져서 그만 오래도록 머물게 되었을 뿐이오. 하지만 그동안에 한밑천 단단히 잡아놓았소."

그리고 얼른 화제를 딴 데로 바꾸었다.

"요즈음 소문을 듣자니, 손오공이란 놈이 당나라 화상을 모시고 화염산 부근에 이르렀다던데, 혹시 그놈이 당신에게 부채를 빌리러 오지 않았나 해서 이렇게 달려온 거요. 우리 아들의 원수를 갚아주지 못해 한이 맺혔는데, 그놈이 여기 나타나거든 곧바로 내게 사람을 보내 알려주시구려. 내 그놈을 붙잡는 날이면 시체를 천 토막 만 토막 갈가리 찢어서 우리 부부의 뼈에 사무친 원한을 풀고야 말겠소."

그제야 나찰녀가 눈물을 뚝뚝 흘려가며 서럽게 얘기를 끄집어낸다.

"대왕, 속담에도 '남자에게 아내가 없으면 재산을 지탱하지 못하고, 여자에게 지아비가 없으면 그 한 몸도 주인 없어 보전하지 못한다(男兒無婦財無主, 女子無夫身無主)' 했듯이, 제 목숨도 당신이 없었기 때문에 하마터면 그 원숭이 놈에게 빼앗길 뻔했어요!"

이 말을 듣고 가짜 우마왕이 노발대발, 일부러 분노에 찬 목소리로 다그쳐 물었다.

"아니, 저런 못된 원숭이 놈이! 그래, 언제 여길 왔다 돌아갔소?"

"아직 돌아가지는 않았을 거예요. 어제 저한테 부채를 빌리러 왔었죠. 저는 그놈이 우리 아들의 전정(前程)을 망쳐놓았다고 생각하니 분하고 원통해서 견딜 수가 없었어요. 그래서 무장을 갖추고 보검을 휘두르면서 문밖으로 뛰쳐나가 그놈의 원숭이에게 한바탕 칼질을 해주었지 뭐예요. 그랬더니 그놈은 절더러 '형수님'이라고 불러가면서 옛날에 대왕하고 무슨 의형제를 맺었다나 뭐랬다나 주절대더군요."

"흐흠, 사실 오백 년 전에 그놈하고 일곱 명이 의형제를 맺은 일이 있기는 있었소."

"저한테 욕을 먹으면서도 감히 대답을 못 하고, 칼로 난도질을 해도 맞서 싸우려 들지 않기에, 나중에는 부채질을 한 번 해서 날려보내고 말았죠. 그랬더니 그놈은 또 어디서 정풍 술법을 배웠는지, 오늘 아침에 또 문밖에 돌아와서 저를 불러내지 않겠어요? 저는 또 부채질을 서너 번 더 해서 아예 하늘 끝까지 날려보내려고 했지만, 꼼짝달싹도 하지 않는 거예요. 그래서 다급한 김에 또 칼로 내리찍었더니 이번에는 고분고분하게 칼을 맞기는커녕 그 무시무시한 쇠몽둥이로 날 치려고 대들기에, 저는 겁이 나서 동굴 안으로 도망쳐 들어와 문짝을 단단히 닫아걸었죠. 한데 그 원수 놈은 어디로 쑤시고 들어왔는지 어느 틈엔가 제 뱃속으로 들어가 앉아서 한바탕 난동을 부리지 뭡니까. 그 통에 하마터면 목숨까지 빼앗길 뻔했어요. 죽을 지경이 되었으니 전들 어쩌겠어요. 하는 수 없이 그놈에게 '시아주버니'라고 몇 마디 불러서 구슬리고 부채를 내주어 돌려보내고 말았죠."

가짜 우마왕은 또 일부러 가슴을 쥐어박으면서 통분해했다.

"저런, 저런……! 아깝구나, 아까워! 부인이 정말 잘못했소, 잘못했어! 어쩌자고 그 소중한 보배를 원숭이 놈에게 내주었단 말이오? 이거 분하고 원통해서 죽겠구먼!"

'남편'이 분을 못 이겨 펄펄 뛰는 것을 보자, 나찰녀는 생글생글 웃으면서 이렇게 달래주었다.

"대왕, 노여워하실 것 없어요. 그놈한테 내준 것은 가짜 부채랍니다. 그놈을 감쪽같이 속여서 돌려보냈지 뭐예요."

"으응? 가짜였다고! 그럼 진짜 부채는 어디 있소?"

"호호호! 염려 마시고 안심하세요. 제가 잘 간직해두었으니까요."

나찰녀는 몸종에게 분부하여 술상을 차려내다 오랜만에 집으로 돌아온 남편에게 환영 잔치를 베풀었다.

"자, 대왕님. 신혼 재미도 좋으시겠지만, 서로 머리 얹어 맺은 조강지처의 옛정을 잊지 마시고, 내 고향 물로 빚은 술이나 한잔 드세요."

곰살궂게 술잔을 받들어 올리니, 손대성은 '가짜 남편' 노릇을 하는 입장에서 받지 않으려 해야 안 받을 도리가 없다. 그는 어물어물 싱겁게 웃어가며 술잔을 받아들었다.

"여보, 당신이 먼저 들지 그래. 나는 바깥 재산일에 골몰하느라 당신하고 오래 떨어져 있었지 않소? 그동안에 집안 살림살이를 보살피느라 고생이 많았을 테니, 당신에게 위로하는 뜻으로 이 잔을 드리리다."

나찰녀는 그가 건네는 잔을 받더니 거기에다 술을 가득 채워 도로 내밀었다.

"자고로 '아내는 내 몸과 같다(妻者, 齊也)' 했으니, 지아비란 제 몸을 길러주신 어버이와 같은데, 새삼스레 위로하실 게 어디 있나요?"

이리하여 둘이 서로 겸손하게 사양해가며 자리를 마주하고 앉아 술잔을 주고받았다. 그러나 손대성은 승려의 몸이라 육식을 금하는 계율을 깨뜨릴 수가 없어 과일만 몇 개 집어 먹으면서 나찰녀의 수작에 어물어물 대꾸해 넘기곤 했다.

하지만 술잔이 몇 차례 돌아가고 나자, 나찰녀는 벌써 거나하게 취한 끝에 색정이 꿈틀거리는지, 손대성 곁에 찰싹 붙어 앉아서 몸뚱이를 비벼대랴, 간지럼을 태우랴, 살짝 꼬집어대랴, 손목을 잡아끌고 어깨로 밀치고 온갖 농탕질을 다 쳐가며 아양을 떨고 숨 돌릴 새도 없이 지분거렸다. 한 잔 술을 가지고 너 한 모금, 나 한 모금, 하다못해 과일 한 조각 입에 물고 베어 먹이기까지 하는데야 배짱이 어지간한 손대성으로서도 어떻게 감당해낼 재주가 없었다. 그러나 수상쩍은 기미를 보였다가는 산통이 깨질 판이라, 그저 시침 뚝 떼고 마음에도 없는 웃음을 벙글벙글 웃어가며 계집이 하자는 대로 몸을 서로 기댄 채 장단이나 맞춰줄 밖에 딴 도리가 없다.

이태 만에 참고참았던 색정이 동해 논다니 짓거리를 하는 나찰녀, 오로지 스승의 안전을 지키기 위해 그녀의 수작을 받아넘겨야 하는 손대성, 그 광경이야말로 가관 중에도 가관이었다.

    시흥(詩興)을 낚는 낚싯대, 근심 걱정 쓸어버리는 빗자루, 세상만사 털어내는 데 술잔보다 더 좋은 것이 어디 있으랴.
    남아 대장부는 충절을 세우기 위해 흉금을 풀어헤치고, 계집은 욕정을 걷잡지 못해 분수마저 잊고 헤픈 웃음 깔깔댄다.
    발갛게 달아오른 얼굴은 천도 복숭아 같고, 웃음결에 흔들어대는 몸뚱이가 수양버들 가지처럼 하늘거린다.
    종알종알 소곤소곤 수다를 떨고, 비비 꼬이는 몸뚱이가 툭툭 건드리고 지분대니 멋들어진 풍류의 정감이 철철 넘쳐난다.
    이따금씩 타래 머리카락으로 은근슬쩍 간지럼을 태우는가 하면, 열 손가락 뾰족한 손톱 끝으로 번갈아 꼬집기도 한다.
    넓적다리 들어 휘감기가 벌써 몇 차례며, 소맷자락 짐짓 떨쳐 뽀얀 살결 내보이기는 또 몇 차례인가.
    분 바른 목덜미가 저절로 수그러지고, 제멋대로 놀아나는 허리가 점점 뒤틀려도 아랑곳하지 않는다.

합환의 즐거움을 속삭이는 소리가 입에서 떨어질 새 없으니, 풀어헤친 앞가슴 사이로 절반쯤 드러난 금단추기 토실토실히다.

술 취하면 참으로 옥산(玉山)마저 허물어진다더니, 게슴츠레 풀린 눈자위로 추파 던지고 비벼대랴 문지르랴 농탕질 치니 이 얼마나 추태냐!

손대성은 그녀가 거나하게 취해 풀어진 꼴을 보자, 속으로는 정신을 바짝 차리고 은근슬쩍 본심을 건드리기 시작했다.

"여보, 그 진짜 부채는 어디다 간직해두었소? 한시 한때라도 조심하지 않으면 안 되오. 손행자란 놈은 워낙 변화무쌍한 녀석이니까, 언제 또 나타나서 당신을 속이고 빼앗아갈지 모른단 말이오."

나찰녀는 까르르 웃어가며 입속에서 살구나무 잎사귀만한 것을 토해내더니, 손행자에게 건네주며 자랑스럽게 말했다.

"보세요! 이게 바로 그 보배 아닌가요?"

손대성이 그것을 받아들고 보니, 부채치고는 너무나 작아 도무지 믿을 수가 없었다. 그는 속으로 생각했다.

'이까짓 것으로 어떻게 부채질을 해서 산불을 끌 수 있단 말인가? 아무래도 또 가짜인 모양이다.'

'남편'이 보배를 손에 든 채 무엇인가 곰곰이 생각하는 것을 본 나찰녀는 자꾸만 억세게 치밀어 오르는 욕정을 참지 못하고 앞으로 바싹 대들더니, 분 바른 얼굴을 손행자의 뺨에 비벼대면서 다급하게 물었다.

"이봐요, 보배는 집어넣으시고 술이나 드세요. 뭘 그리 골똘하게 생각하는 거예요?"

그사이에 또 곁다리가 끼고 들어왔다. 손행자는 그 틈을 타서 얼른 물었다.

"아무리 보배 부채라고는 해도 이렇게 작은 물건으로 둘레가 팔백 리나 되는 산불을 어떻게 끌 수 있단 말이오?"

나찰녀는 술김에 제정신을 빼앗긴 뒤라, 저도 모르는 사이에 보배를 쓰는 방법까지 거침없이 실토하고 말았다.

"여보세요, 대왕님! 서로 헤어진 지 겨우 이태밖에 안 지났는데, 밤이나 낮이나 옥면공주란 년과 즐기느라고 넋이 홀딱 빠져나가셨군요. 아무리 그래도 어떻게 자기 집안의 보배를 쓰는 방법조차 까맣게 잊어버릴 수가 있담? 자, 보세요! 왼편 엄지손가락으로 이 자루에 붙은 일곱번째 붉은 실을 비비 꼬면서 '훅! 훅! 쉬익, 쉭!' 이렇게 숨을 한번 들이마셨다 내쉬었다 하면 금방 일 장 이 척 길이나 늘어난단 말이에요. 이 보배가 얼마나 변화무쌍한지는 아시죠? 그까짓 팔백 리 산불쯤이야 문제될 게 있나요. 딱 한 번만 부채질을 해도 순식간에 꺼져버릴걸요, 뭐!"

손대성은 힘들게 빼낸 비결을 가슴 깊이 낱낱이 암기해두었다. 하하! '훅! 훅! 쉬익, 쉭!'이라? 이제 됐구나 싶자, 그는 부채를 입에다 날름 물고 손바닥으로 얼굴을 쓰윽 문질러 내렸다. 불쑥 드러낸 얼굴 모습은 털북숭이 손행자의 본색, 뒤미처 그는 나찰녀를 노려보면서 사나운 목소리로 호통을 쳤다.

"나찰녀! 이 얼굴이 네년의 진짜 서방인지 아닌지 똑똑히 봐라! 생판 모르는 이 사내 녀석한테 엉겨붙어서 이따위 너절하고 추잡스런 꼬락서니를 다 보이고도 부끄러운 줄 모르느냐!"

대갈일성 호되게 꾸짖는 말에, 나찰녀는 술기운이 싹 달아나고 정신을 가다듬어 다시 바라보니, 이게 웬일이냐? 남편 우마왕은 온데간데없이 사라지고 눈앞에 있는 것은 저 죽일 놈의 원수 덩어리 손행자가 아닌가! 그녀는 기절초풍을 하다 못해 술상을 뒤엎고 먼지 구덩이 땅바닥에 굴러떨어져 몸 둘 바를 모른 채 떼굴떼굴 굴렀다. 너무나 부끄럽고 창피스러운 나머지, 그저 쥐구멍이라도 있으면 파고 들어가고 싶은 생각뿐이다.

"아이고 분해라! 저 원수 놈한테 속아넘어가다니, 분해 죽겠다!"

나찰녀야 분해 죽거나 말거나 아랑곳없이, 손행자는 막무가내로 붙잡고 늘어지는 그녀의 손길을 냅다 뿌리치고 여유만만하게 큰대자 걸음걸이로 성큼성큼 파초동을 빠져나왔다. 이야말로 '미색을 탐내는 마음 없으니, 의기양양 떳떳하게 거드름 부리며 싱글벙글 돌아온다(無心貪美色, 得意笑顔回)'는 격이었다.

허공으로 선뜻 솟구쳐 높은 산봉우리에 뛰어오르자, 성미 급한 손대성은 부채를 토해내 가지고 과연 비결이 맞는지 안 맞는지 시험해보았다. 그 계집이 뭐라고 했더라? 옳거니! 왼편 엄지손가락으로 부채 자루 일곱번째 붉은 실을 비비 꼬면서 '훅! 훅! 쉬익, 쉭!' 이렇게 숨을 들이켰다가 내쉬라고 그랬겠다……? 비결은 과연 딱 들어맞았다. 살구나무 잎사귀만하던 부채가 구결을 외우기가 무섭게 순식간에 1장 2척가웃이나 늘어났던 것이다. 어디 그뿐이랴, 큼지막한 부채를 손에 들고 자세히 살펴보니, 상서로운 광채가 번쩍번쩍 빛나고 서기가 감돌아 흩날리는데, 부챗살 겉면에는 서른여섯 줄이나 되는 붉은 실이 가로세로 얽히고설켜 거죽과 뒷면 안팎에 맞붙어 있는 것이, 먼젓번의 것과는 전혀 딴판이었다.

이렇듯 진짜 파초선을 손에 넣은 것까지는 좋았는데, 여기서 문제가 생겼다. 부채를 크게 늘리는 비결을 빼내고 그것을 확인하기는 했으나, 이것을 도로 짧게 줄이는 구결은 미처 알아내지 못한 채 뛰쳐나오고 말았던 것이다. 손대성은 후회막급, 자신의 성급한 처사를 꾸짖었으나 이미 지나가버린 일이니 어쩌겠는가, 그저 1장 2척 큼지막하게 늘어난 부채를 손에 들고 있을 수밖에…… 이리하여 손행자가 부채를 장대처럼 어깨에 둘러메고 오던 길을 되찾아 돌아온 것은 더 얘기하지 않기로 하겠다.

한편, 진짜 우마왕은 벽파담 물 속에서 여러 정령들과 술잔치를 끝낸 후 작별 인사를 나누고 문밖으로 나왔는데, 패루 기둥에 매여 있을 벽수금정수란 놈이 어디로 사라졌는지 온데간데없다. 배웅하러 나왔던 늙은 용은 부하 정령들을 모아놓고 따져 물었다.

"어떤 놈이 우씨 나리의 금정수를 훔쳐갔느냐?"

부하들은 송구스러워 그 자리에 무릎 꿇고 아뢰었다.

"저희가 어찌 감히 훔쳤겠습니까. 저희들은 모두 연회 석상에서 술을 올리랴, 음식 쟁반을 나르랴, 노래 부르고 풍악을 울리느라, 한 사람도 바깥에 나올 틈이 없었습니다."

늙은 용이 듣고 보니 옳은 얘기다.

"흐흠, 그렇겠지. 온 집안이 즐겁게 놀고 있었으니 우리 집안 식구들은 이런 짓을 못 했을 게다. 혹시 누군가 낯선 놈이 들어오지는 않았느냐?"

용자, 용손들이 그 말을 받았다.

"아까 여러 손님들이 자리잡고 앉아 계실 때에 방게 요정 한 마리가 들어오지 않았습니까. 낯선 놈이라곤 그놈뿐입니다."

늙은 용과 아들, 손자가 주고받는 얘기를 곁에서 가만히 듣고 있던 우마왕은 퍼뜩 생각나는 것이 있어 무릎을 쳤다.

"옳거니, 그놈이었구나! 여러분, 더 따져 물을 것 없소이다. 아침에 노룡(老龍)께서 나한테 사람을 보내 이 연회에 초대하셨을 때, 이런 일이 있었소. 손오공이란 자가 당나라 화상을 보호하여 서천으로 경을 구하러 가는 도중, 화염산 불길에 가로막혀 넘어가기 어려우니까, 나한테 파초선을 빌리러 온 일이 있었소. 내가 그 부채를 빌려주지 않아 결국 피차간에 싸움이 한바탕 벌어지게 되고 승부를 내지 못하던 차에, 때마침 연회에 참석하라는 연락을 받았던 거요. 그래서 나는 그놈을 떨쳐버리고 이렇듯이 잔치 자리에 달려왔던 것이외다. 그 원숭이 녀석은 꾀가 말짱할 뿐만 아니라, 가지가지 변화 술법을 지니고 있는 놈이오. 그러니까 그 못된 놈이 내 뒤를 몰래 밟아왔다가 방게로 둔갑해 이곳 형편을 염탐한 다음, 내 벽수금정수를 끌어내 타고 우리집으로 가서 집사람을 얼렁뚱땅 속여넘기고 파초선을 빼앗으러 달려갔을 것이 분명하오."

여러 요정들은 이 말을 듣자 너나 할 것 없이 간담이 써늘해지고 가슴살이 떨려, 우마왕에게 다시 한번 확인해 물었다.

"손오공이라 하오면 바로 저 옛날 천궁을 한바탕 뒤엎었던 그 제천대성을 말씀하시는 게 아닙니까?"

"그렇소, 바로 그놈이오. 그러니까 여러분도 서천으로 가는 노상에서 그놈과 마주치거든 아무리 언짢은 일이 생기더라도 그놈만큼은 절대 피하셔야 될 거요."

이리하여 범인은 확인한 셈이었으나, 늙은 용의 정령은 자기 집에서 손님의 탈것을 잃어버렸으니 걱정이 이만저만 아니다.

"일은 그렇다 치고, 대왕께서 탈것이 없어졌으니 이 노릇을 어찌하면 좋소이까?"

우마왕은 껄껄 웃으면서 친구들을 안심시켰다.

"상관없소이다. 걱정들 마시고 돌아가시오. 내 이 길로 그놈을 뒤쫓아가리다."

친구들과 작별한 그는 물길을 가르고 벽파담 위로 뛰어나오더니, 그 즉시 황운(黃雲)을 일으켜 타고 곧바로 취운산 파초동을 향해 날아갔다.

동굴 어귀에 다다르니, 벌써 대문 안에서는 나찰녀가 분에 못 이겨 몸부림을 치고 가슴을 두드리며 울부짖는 소리가 들려왔다. 문을 밀쳐 열고 들어서니, 아니나 다를까 벽수금정수란 놈이 그 아래 고삐를 묶인 채 천연덕스럽게 엎드려 있다.

우마왕은 화가 치밀어 버럭 고함쳐 아내를 불렀다.

"여보! 손오공이 왔었지? 그놈 어디 있소?"

시중드는 몸종들이 먼저 그 목소리를 알아듣고 쪼르르 달려나오더니 일제히 무릎 꿇고 문안 인사를 드린다.

"나리, 돌아오셨습니까!"

뒤미처 달려나온 나찰녀가 대뜸 우마왕의 가슴팍을 부여잡고 머리로 들이받으면서 욕설을 퍼붓기 시작했다.

"이 벼락 맞아 뒈질 늙은이 같으니라고! 어쩌자고 이렇게 정신을 못 차리는 거요? 저 몹쓸 놈의 원숭이가 금정수를 훔쳐 타고 당신 모습으로 둔갑해 나타나서 나를 감쪽같이 속여넘기고 달아났는데도, 어쩌면 그렇게 태평스러울 수 있단 말이오!"

설마설마 했던 일이 그예 벌어지고 만 것이다. 우마왕은 분함을 이기지 못해 이를 갈아붙였다.

"그놈의 원숭이, 지금 어디로 갔소?"

나찰녀는 남편의 가슴을 두드리면서 또 악담을 퍼부었다.

"이런 쓸개 빠진 것! 이제 와서 그걸 물으면 뭣 해? 그 못된 원숭이 녀석은 나를 감쪽같이 속여 부채를 빼앗고 나서는 정체를 드러내고 뺑소니쳐 달아났단 말이야! 아이고 분해라! 아이고 원통해 죽겠네!"

우마왕은 그저 아내를 달래줄 도리밖에 없다.

"여보, 일이 그렇게 된 거야 이제 어쩌겠나? 부채도 부채지만 당신

몸도 생각해야지. 너무 낙심하지 말고 잠시만 기다리구려. 내 이 길로 ㄱ 원숭이 녀석을 뒤쫓아가 보배를 되찾은 다음에, 그 몹된 놈의 껍질을 벗기고 뼈다귀를 추려내고, 간을 도려내 당신 분풀이를 해주리다."

이렇게 아내를 안심시켜놓고, 몸종들에게 호통쳐 분부했다.

"애들아, 내 병기를 가져오너라!"

몸종들이 송구스럽게 대답한다.

"나리의 병기는 이곳에 없사옵니다."

우마왕이 가만 생각해보니, 병기는 옥면공주가 사는 마운동에 두고 왔다. 그래서 머쓱한 기색으로 다시 분부를 내렸다.

"그럼 너희 마님이 쓰는 병기를 가져오너라!"

나찰녀의 측근에서 시중들던 몸종이 냉큼 안으로 들어가더니 두 자루 청봉보검을 받들고 나왔다. 우마왕은 술잔치에 가느라고 입었던 검푸른 융단 예복을 훌훌 벗어던지고 간편한 차림새로 고쳐 입은 다음, 쌍칼을 양손에 한 자루씩 갈라 쥐고 파초동을 나서기가 무섭게 곧바로 화염산 쪽을 향해 뒤쫓기 시작했다.

이야말로 '조강지처를 저버린 남편 탓으로, 치정에 들뜬 여인은 속임수를 당하고, 불같이 성난 우마왕은 목차인(木叉人, 손오공)에게 득달같이 달려간다'는 격이다.

과연 화염산을 넘는 앞길에 길흉이 어떨 것인지, 다음 회에서 풀어보기로 하자.

■ 서유기—총 목차

제1권 제1회~제10회

옮긴이 머리말

제1회   신령한 돌 뿌리를 잉태하니 수렴동 근원이 드러나고, 돌 원숭이는 심령을 닦아 큰 도를 깨치다 · 31

제2회   스승의 참된 묘리를 철저히 깨치고 근본에 돌아가, 마도(魔道)를 끊고 마침내 원신(元神)을 이룩하다 · 63

제3회   사해 바다 용왕들과 산천이 두 손 모아 굴복하고, 저승의 생사부에서 원숭이 족속의 이름을 모조리 지우다 · 94

제4회   필마온의 벼슬이 어찌 그 욕심에 흡족하랴, 이름은 제천대성에 올랐어도 마음은 편치 못하다 · 125

제5회   제천대성이 반도대회를 어지럽히고 금단을 훔쳐 먹으니, 제신(諸神)들이 천궁을 뒤엎어놓은 요괴를 사로잡다 · 155

제6회   반도연에 오신 관음보살 난장판이 벌어진 연유를 묻고, 소성(小聖) 이랑진군, 위세 떨쳐 손대성을 굴복시키다 · 185

제7회   제천대성은 팔괘로 속에서 도망쳐 나오고, 여래는 오행산 밑에 심원(心猿)을 가두다 · 215

제8회   부처님은 경전을 지어 극락 세계에 전하고, 관음보살 법지를 받들어 장안성 가는 길에 오르다 · 243

제9회   진광예(陳光蕊)는 부임 도중에 횡액을 당하고, 그 아들 강류승(江流僧)은 아비의 원수를 갚고 근본을 되찾다 · 276

제10회   어리석은 경하 용왕 치졸한 계략으로 천조(天曹)를 어기고, 승상 위징은 서찰을 보내어 저승의 관리에게 청탁을 하다 · 308

제2권 제11회~제20회

제11회 저승 세계를 두루 유람하던 태종의 혼백이 돌아오고, 염라대왕에게 호박을 바치러 죽어간 유전(劉全)은 새로운 배필을 얻다 · 17

제12회 태종이 정성으로 수륙대회 베풀어 불도를 선양하니, 관세음보살이 현성(顯聖)하여 금선 장로를 깨우치다 · 53

제13회 호랑이 굴에 빠진 삼장 법사, 태백금성이 액운을 풀어주고, 쌍차령에서 유백흠이 삼장 법사 가는 길을 만류하다 · 98

제14회 심성을 가라앉힌 원숭이 정도(正道)에 귀의하니, 마음을 가리던 육적(六賊)도 흔적 없이 스러지다 · 127

제15회 신령들은 사반산에서 남모르게 삼장을 보호하고, 응수간의 용마는 소원 이뤄 재갈을 물리다 · 164

제16회 관음선원의 승려들 보배를 탐내어 음모를 꾸미고, 흑풍산의 요괴가 그 틈에 금란가사를 도둑질하다 · 196

제17회 손행자는 흑풍산에서 일대 소동을 일으키고, 관음보살은 흑곰의 요괴 굴복시켜 거두다 · 231

제18회 당나라 스님은 관음선원의 재난에서 벗어나고, 손대성은 고로장(高老莊)에서 요마를 없애러 나서다 · 270

제19회 운잔동에서 오공은 팔계를 굴복시켜 받아들이고, 삼장 법사는 부도산에서 『심경(心經)』을 받다 · 295

제20회 황풍령(黃風嶺)에서 당나라 스님은 재난에 봉착하고, 저팔계는 산허리에서 사형과 첫 공로를 앞다투다 · 327

제3권 제21회~제30회

제21회 호법 가람은 술법으로 집 지어 손대성을 묶게 하고, 수미산의 영길보살(靈吉菩薩)은 황풍괴를 제압하다 · 17

제22회 저팔계는 유사하(流沙河)에서 일대 격전을 벌이고, 목차 행자는 법지를 받들어 사오정을 거두어들이다 · 47

제23회 삼장은 부귀영화, 여색의 시련에 본분을 잃지 않고, 네 분의 성신(聖神)은 일행의 선심(禪心)을 시험해보다 · 77

제24회 만수산의 진원 대선은 옛 친구 삼장을 머물게 하고, 손행자는 오장관에서 인삼과(人蔘果)를 훔쳐먹다 · 111

제25회 진원 대선은 경을 가지러 가는 스님을 뒤쫓아 잡고, 손행자는 오장관을 뒤엎어 난장판으로 만들다 · 142

제26회 손오공은 인삼과 처방을 구하러 삼도(三島)를 헤매고, 관세음보살은 감로(甘露)의 샘물로 나무를 살려내다 · 175

제27회 시마(屍魔)는 당나라 삼장을 세 차례나 농락하고, 성승(聖僧)은 미후왕의 처사를 미워하여 쫓아내다 · 207

제28회 화과산의 요괴들이 다시 모여 세력을 규합하고, 삼장 일행은 흑송림(黑松林)에서 마귀와 부닥치다 · 239

제29회 강류승은 재난에서 벗어나 보상국으로 달아나고, 저팔계는 사오정을 희생시켜 숲속으로 뺑소니치다 · 269

제30회 사악한 마도(魔道)는 정법(正法)을 침범하고, 심성을 지닌 백마는 원숭이 임금을 그리워하다 · 297

제4권 제31회~제40회

제31회 저팔계는 의리를 내세워 미후왕을 격분시키고, 손행자는 지혜로써 요괴의 항복을 받아내다 · 17

제32회 평정산에서 일치 공조(日値功曹)는 소식을 전해주고, 미련한 저팔계는 연화동(蓮花洞)에서 봉변을 당하다 · 56

제33회 외도(外道)는 진성(眞性)을 미혹하고, 원신(元神)은 본심(本心)을 도와주다 · 92

제34회 마왕은 교묘한 계략으로 원숭이 임금을 곤경에 빠뜨리고, 제천대성은 사기 쳐서 상대편의 보배를 가로채 달아나다 · 128

제35회 외도(外道)는 위세 부려 올바른 심성을 업신여기고, 심원(心猿)은 보배 얻어 사악한 마귀를 굴복시키다 · 162

제36회 영악한 원숭이는 고집스런 승려들을 굴복시키고, 좌도 방문을 깨뜨려 견성명월(見性明月)에 잠기다 · 193

제37회 임금은 귀신이 되어 한밤중에 당 삼장을 만나뵙고, 손오공은 입제화로 변신하여 젊은 태자를 유인하다 · 226

제38회 젊은 태자는 모친에게 물어 정(正)과 사(邪)를 알아내고, 두 제자는 우물 용왕을 만나보고 진위(眞僞)를 가려내다 · 263

제39회 천상에서 한 알의 단사(丹砂)를 얻어 내려오고, 죽은 지 3년 만에 임금은 이승에 다시 살아나다 · 296

제40회 어린것에게 농락당하여 선심(禪心)이 흐트러지니, 세 형제는 각오를 새롭게 다지고 분발 노력하다 · 331

제5권 제41회~제50회

제41회 손행자는 삼매진화(三昧眞火)에 참패를 당하고, 저팔계는 구원을 청하려다 마왕에게 사로잡히다 · 17

제42회 제천대성은 정성을 다하여 남해 관음을 찾아뵙고, 관세음보살은 자비를 베풀어 홍해아를 잡아 묶다 · 52

제43회 흑수하(黑水河)의 요얼(妖孼)이 당나라 스님을 잡아가고, 서해 용왕의 마앙 태자는 타룡(鼉龍)을 사로잡아 돌아가다 · 88

제44회 삼장 일행이 강제 노역을 하는 승려들과 마주치고, 심성 바른 손행자, 요망한 도사의 정체를 간파하다 · 124

제45회 손대성은 삼청관 도사들에게 이름을 남겨두고, 원숭이 임금은 차지국 왕 앞에서 법력을 과시하다 · 159

제46회 외도(外道)가 강한 술법으로 농간 부려 정법(正法)을 업신여기니, 심원(心猿)은 성스러운 법력으로 사악한 도사들을 파멸시키다 · 193

제47회 성승(聖僧)의 밤길이 통천하(通天河) 강물에 가로막히고, 손행자와 저팔계는 자비심을 베풀어 동남동녀를 구하다 · 229

제48회 마귀가 찬 바람으로 농간 부리니 폭설이 나부끼는데, 스님은 서방 부처 뵈올 마음에 층층 얼음길 내딛다 · 263

제49회 삼장 법사 재난을 만나 통천하 수택(水宅)에 잠기고, 구고구난(救苦救難) 관음보살 어람(魚籃)을 드러내다 · 296

제50회 성정(性情)이 흐트러짐은 탐욕(貪慾)에서 비롯되며, 심신(心神)이 동요를 일으키니 마두(魔頭)와 만나다 · 331

제6권 제51회~제60회

제51회 심원(心猿)이 온갖 계책을 다 썼으나 모두가 헛수고요, 수공(水攻) 화공(火攻)으로도 마귀를 제압하지 못하다 · 17

제52회 손오공은 금두동에 들어가 한바탕 뒤집어엎고, 석가여래는 마왕의 주인을 넌지시 일러주다 · 52

제53회 삼장은 자모하(子母河) 강물을 잘못 마셔 잉태하고, 사화상은 낙태천의 샘물 떠다가 태기(胎氣)를 풀다 · 85

제54회 서쪽으로 들어선 삼장 법사는 여인국에 봉착하고, 심원(心猿)은 계략을 세워 여난(女難)에서 벗어나다 · 121

제55회 색마는 음탕한 수단으로 당나라 삼장 법사를 농락하고, 삼장은 성정(性情)을 지켜 원양(元陽)을 깨뜨리지 않다 · 153

제56회 손행자는 미쳐 날뛰어 산적떼를 때려죽이고, 삼장 법사는 미혹에 빠져 심원(心猿)을 추방하다 · 188

제57회 진짜 손행자는 낙가산의 관음보살에게 하소연하고, 가짜 원숭이 임금은 수렴동에서 또 가짜를 찍어내다 · 223

제58회 마음이 둘로 갈리니 건곤(乾坤)을 크게 어지럽히고, 한 몸으로는 참된 적멸(寂滅)을 수행하기 어렵다 · 252

제59회 당나라 삼장은 화염산(火燄山)에 이르러 길이 막히고, 손행자는 속임수를 써서 파초선을 처음 빼앗다 · 282

제60회 우마왕(牛魔王)은 싸우다 말고 잔치판에 달려가고, 손행자는 두번째로 사기 쳐서 파초선을 손에 넣다 · 316

제7권 제61회~제70회

제61회 저팔계가 힘을 도와 우마왕을 패배시키고, 손행자는 세번째로 파초선을 손에 넣다 · 17

제62회 육신의 때를 벗기고 마음 씻어 보탑을 깨끗이 쓸어내고, 요마를 결박지어 주인에게 돌리니 이것이 수신(修身)이다 · 54

제63회 손행자와 저팔계가 두 괴물을 앞세워 용궁을 뒤엎으니, 이랑현성 일행이 도와 요괴들을 없애고 보배를 되찾다 · 85

서유기 — 총 목차   353

제64회 형극령(荊棘嶺) 8백 리 길에 저오능이 애를 쓰고, 목선암(木仙庵)에서 삼장 법사는 시(詩)를 논하다 · 118

제65회 사악한 요마는 가짜 소뇌음사(小雷音寺)를 세워놓고, 스승과 제자 네 사람은 모두 큰 횡액(橫厄)에 걸려들다 · 157

제66회 제신(諸神)들은 잇따라 독수(毒手)에 떨어지고, 미륵보살(彌勒菩薩)은 요마(妖魔)를 결박하다 · 191

제67회 타라장(駝羅莊)을 구원하니 선성(禪性)이 평온해지고, 더러운 장애물에서 벗어나니 도심(道心)이 맑아지다 · 224

제68회 당나라 스님은 주자국(朱紫國)에서 전생(前生)을 논하고, 손행자는 삼절굉(三折肱)의 진맥 수법으로 의술을 베풀다 · 257

제69회 심보 고약한 원숭이는 한밤중에 약을 몰래 만들고, 국왕은 연회석상에서 사악한 요마 얘기를 털어놓다 · 290

제70회 요마의 보배는 연기, 모래, 불을 뿜어내고, 손오공은 계략을 써서 자금령(紫金鈴)을 훔쳐내다 · 323

제8권 제71회~제80회

제71회 손행자는 거짓 이름으로 늑대 괴물을 굴복시키고, 관세음보살이 현성하여 마왕을 제압하다 · 17

제72회 반사동(盤絲洞) 일곱 요정이 근본을 미혹시키니, 탁구천(濯垢泉) 샘터에서 저팔계가 체통을 잃다 · 55

제73회 원한에 사무친 요괴들은 극독으로 해를 끼치고, 손행자는 요행으로 마귀의 금빛 광채를 깨뜨리다 · 93

제74회 태백장경(太白長庚)은 마귀 두목의 사나움을 귀띔해주고, 손행자는 변화술법을 베풀어 사타동(獅駝洞)에 잠입하다 · 132

제75회 심원(心猿)은 음양 이기병(陰陽二氣甁)에 구멍을 뚫고, 마왕은 뉘우쳐서 대도(大道)의 진(眞)으로 돌아가다 · 167

제76회 손행자는 뱃속에서 늙은 마귀의 심성을 돌이켜놓고, 저팔계와 더불어 요괴를 항복시켜 정체를 드러내게 하다 · 206

제77회 마귀 떼는 삼장 일행의 본성(本性)을 업신여기고, 손행자는 홀몸으로 석가여래의 진신(眞身)을 뵙다 · 243

제78회 손행자는 비구국 아이들을 불쌍히 여겨 신령을 보내주고, 삼장은 금란전에서 요마를 알아보고 함께 도덕을 따지다 · 281

제79회 청화동(淸華洞)을 찾아서 요괴를 잡으려다 남극수성(南極壽星)을 만나고, 조정에 들어가 군주를 올바로 각성시키고 어린것들의 목숨을 살려내다 · 314

제80회 아리따운 색녀는 원양(元陽)을 기르고자 배필을 구하려 하고, 손행자는 스승을 보호하려 사악한 요물의 정체를 간파하다 · 345

제9권 제81회~제90회

제81회 진해 선림사에서 손행자는 요괴의 정체를 알아보고, 세 형제는 흑송림(黑松林)에서 스승을 찾아 헤매다 · 17

제82회 아리따운 요녀는 삼장에게서 양기를 얻으려 하고, 당나라 스님의 원신(元神)은 끝내 도(道)를 지키다 · 55

제83회 손행자는 여괴(女怪)의 근본 내력을 알아내고, 아리따운 색녀(姹女)는 드디어 본성으로 돌아가다 · 92

제84회 가지(伽持)는 멸하기 어려우니 큰 깨우침을 원만히 이루고, 삭발당한 멸법국왕, 승려의 몸이 되어 본연으로 돌아가다 · 126

제85회 앙큼한 손행자는 저팔계를 시샘하여 골탕먹이고, 마왕은 계략 써서 당나라 스님을 손아귀에 넣다 · 159

제86회 저팔계는 위력으로 도와 괴물을 굴복시키고, 제천대성은 법력을 베풀어 요괴를 섬멸하다 · 194

제87회 하늘을 모독한 죄로 봉선군(鳳仙郡)에 가뭄이 들고, 손대성은 착한 행실 권유하여 단비를 내리게 하다 · 230

제88회 선승(禪僧)은 옥화현(玉華縣)에 이르러 법회를 베풀고, 손행자와 저팔계, 사화상은 첫 문하 제자를 받아들이다 · 261

제89회 황사(黃獅) 요괴는 훔쳐 온 병기 놓고 축하연을 베풀고, 손행자와 저팔계, 사화상은 계략으로 표두산을 뒤엎다 · 292

제90회 스승은 죽절산의 사자 소굴로, 사자 요괴들은 옥화성으로 각각 붙잡혀 가고, 도(道)를 훔치려다 선(禪)에 얽매인 구령원성은 끝내 주인에게 굴복하다 · 319

제10권 제91회~제100회

제91회 금평부(金平府)에서 정월 대보름 연등 행사를 구경하고, 당나라 스님은 현영동(玄英洞)에서 신분을 털어놓다 · 17

제92회 세 형제 스님이 청룡산에서 한바탕 크게 싸우고, 네 별자리는 코뿔소 요괴들을 포위하여 사로잡다 · 48

제93회 급고원(給孤園) 옛터에서 인과(因果)를 담론하고, 천축국 임금을 뵙는 자리에서 배필감을 만나다 · 79

제94회 네 스님은 어화원(御花園)에서 잔치를 즐기는데, 한 마리 요괴는 헛된 정욕을 품고 홀로 기뻐하다 · 108

제95회 거짓 몸으로 참된 형체와 합치려다 옥토끼는 사로잡히고, 진음(眞陰)은 바른길로 돌아가 영원(靈元)과 다시 만나다 · 139

제96회 구원외(寇員外)는 고승을 받아들여 환대하나, 당나라 스님은 부귀영화를 탐내지 아니하다 · 169

제97회 손행자는 은혜 갚으려 악독한 도적들과 마주치고, 신령으로 꿈에 나타나 저승의 원혼을 구원해주다 · 197

제98회 속된 심성이 길들여지니 비로소 껍질에서 벗어나고, 공을 이루고 수행을 채우니 진여(眞如)를 뵙게 되다 · 235

제99회 구구(九九)의 수효를 다 채우니 마겁(魔劫)이 멸하고, 삼삼(三三)의 수행을 마치니 도는 근본으로 돌아가다 · 269

제100회 삼장 법사는 곧바로 동녘 땅에 돌아오고, 다섯 성자는 마침내 진여(眞如)를 이루다 · 294

작품 해설 · 329

부록 · 483

■ 기획의 말

'대산세계문학총서'를 펴내며

근대 문학 100년을 넘어 새로운 세기가 펼쳐지고 있지만, 이 땅의 '세계 문학'은 아직 너무도 초라하다. 몇몇 의미있던 시도에도 불구하고, 전체적으로는 나태하고 편협한 지적 풍토와 빈곤한 번역 소개 여건 및 출판 역량으로 인해, 늘 읽어온 '간판' 작품들이 쓸데없이 중간되거나 천박한 '상업주의적' 작품들만이 신간되는 등, 세계 문학의 수용이 답보 상태에 머물러 있었음을 부인하기 힘들다. 분명한 자각과 사명감이 절실한 단계에 이른 것이다.

세계 문학의 수용 문제는, 그 올바른 이해와 향유 없이, 다시 말해 세계 문학과의 참다운 교류 없이 한국 문학의 세계 시민화가 불가능하다는 의미에서, 보다 근본적으로, 우리의 문화적 시야 및 터전의 확대와 그 질적 성숙에 관련되어 있다. 요컨대 이것은, 후미에 갇힌 우리의 좁은 인식론적 전망의 틀을 깨고 세계 전체를 통찰하는 눈으로 진정한 '문화적 이종 교배'의 토양을 가꾸는 작업이며, 그럼으로써 인간 그 자체를 더 깊게 탐색하기 위해 '미로의 실타래'를 풀며 존재의 심연으로 침잠하는 작업이라 할 수 있다.

우리의 현실을 둘러볼 때, 그 실천을 위한 인문학적 토대는 어느 정도 갖추어진 듯이 보인다. 다양한 언어권의 다양한 영역에서 문학 전공자들이 고루 등장하여 굳은 전통이나 헛된 유행에 기대지 않고 나름의 가치있는 작가와 작품을 파고들고 있으며, 독자들 또한 진부한 도식을 벗어나 풍요로운 문학적 체험을 원하고 있다. 새롭게 변화한 한국어의 실감 속에서 그 체험이 이루어지기를 바라는 요청 역시 크다. 그러므로 필요한 것은 어쩌면 물적 토대뿐일지도 모른다는 판단이 우리를 안타깝게 해왔다.

    이러한 시점에서, 대산문화재단의 과감한 지원 사업과 문학과지성사의 신뢰성 높은 출판을 통해 그 현실화의 첫발을 내딛게 된 것은 우리 문화계의 큰 즐거움이 아닐 수 없다. 오늘의 문학적 지성에 주어진 이 과제가 충실한 결실을 맺을 수 있도록, 우리는 모든 성실을 기울일 것이다.

'대산세계문학총서' 기획위원회